Über den Autor:
Michael Knobelspies wurde 1980 im schwäbischen Riedlingen geboren. Nach seinem Studium der Wirtschaftsmathematik in Ulm und Los Angeles begann er seine Arbeit bei einem großen deutschen Versorgungsunternehmen. Im Rahmen eines Expatvertrags verbrachte er knapp 3 Jahre in Spanien, was ihm dabei sehr ans Herz wuchs. In dieser Zeit lernte er nicht nur Land und Leute näher kennen, sondern auch seine Frau Beatriz. Mit dieser lebt er seit 2014 in Düsseldorf. „Zwischen Tapas und Flamenco" ist sein Debütroman.

Michael Knobelspies

Zwischen Tapas und Flamenco

Bibliografische Information der Deutschen Nationalbibliothek:
Die Deutsche Nationalbibliothek verzeichnet diese Publikation in der Deutschen Nationalbibliografie; detaillierte bibliografische Daten sind im Internet über http://dnb.dnb.de abrufbar.

© 2016 Michael J. Knobelspies

Umschlagkonzept: Beatriz Sáez López
Umschlaggestaltung: Beatriz Sáez López

Herstellung und Verlag: BoD – Books on Demand, Norderstedt

ISBN: 978-3-7412-5386-7

Inhalt

Vorwort	9
1. Harte Landung	11
2. Einkaufsbummel mit Folgen	18
3. Glück im Unglück	39
4. Erste Schritte	62
5. Es wird heiß	81
6. Hinweise	114
7. Gespräche	139
8. Wenn es einmal schief läuft	166
9. Neue Energie	185
10. Bingo!	197
11. Gefühle	217
12. Abgezockt	238
13. Ein großartiger Abgang	255
14. Was bleibt	274
Danksagung	287

„De Madrid al cielo"

Nach Madrid ist nur der Himmel schöner
(spanisches Sprichwort)

Vorwort

Im Grunde genommen sind der Hintergrund und die Entstehungsgeschichte zu diesem Buch recht schnell erklärt. 2011 bekam ich die Möglichkeit als Expat für mein Unternehmen in Madrid zu arbeiten. Obwohl ich Spanien bis dahin kaum kannte, hatte es auf mich immer einen gewissen Reiz ausgeübt und mich dazu bewogen, den Schritt zu machen. Diesen habe ich zu keinem Zeitpunkt bereut, im Gegenteil: die 3 Jahre dort waren mit die besten meines Lebens. Sowohl beruflich, als auch privat habe ich in Spanien tolle Erfahrungen gemacht. Ich habe malerische Dörfer entdeckt, sehenswerte Städte besucht, an fantastischen Stränden gelegen, hervorragendes Essen zu mir genommen, geniales Wetter genossen und viele wunderbare Leute kennengelernt, nicht zuletzt meine Frau Beatriz. Mit dieser bin ich seit 2014 verheiratet. Die Hochzeit fand natürlich in Spanien statt, im beschaulichen Provinzstädtchen Ávila, rund eineinhalb Autostunden nördlich von Madrid. Dem geneigten Spanien-Urlauber kann ich einen Besuch dort wärmstens empfehlen.

Als die Rückkehr nach Deutschland feststand, war für mich klar, dass ich diese Zeit auf irgendeine Weise verarbeiten wollte und musste. So entstand die Idee, ein Buch über Spanien und seine Bewohner zu schreiben aus der Sicht eines „Fremdlings". Das Ergebnis würde ich beschreiben als eine Mischung aus Roman und Reisebericht. Im Mittelpunkt steht eine rein fiktive Geschichte, die angereichert wird durch Erzählungen von Alltagssituationen im Land. Diese basieren zum Teil auf wahren Erlebnissen und Begebenheiten. Meine Absicht war es nicht, einen Reiseführer zu schreiben oder gar eine detaillierte Analyse über das Wesen des Spaniers. Dieses Buch soll dem Leser schlicht und einfach Land und Leute auf unterhaltsame Weise näherbringen.

Somit bekommt der Spanien-Neuling nach der Lektüre hoffentlich Lust, das Land baldmöglichst zu besuchen. Der Spanien-Kenner wird mit Sicherheit an der ein oder anderen Stelle im Buch zustimmend nicken, wenn er an seinen letzten Spanien-Urlaub zurückdenkt. Der Spanien-Liebhaber dagegen wird dieses Buch wahrscheinlich direkt vor Ort, an einem der zahlreichen Strände oder aber nach dem Abendessen, bei angenehmen Temperaturen und einem guten Glas Rotwein auf der Terrasse seiner Ferienwohnung lesen und den Aufenthalt in diesem wundervollen Land genießen.

Michael Knobelspies
im Juli 2016

1. Harte Landung

Sonntag, 25. Mai – 05:32 Uhr

Das Bild auf seinem Monitor begann zu wackeln. Erst nur sehr leicht, dann immer heftiger. Darin konnte er verschwommen ein Lichtermeer erkennen. Noch schien alles weit weg, aber die Lichter kamen rasch näher. Um ihn herum vibrierte es, Gegenstände fielen zu Boden. Das Rütteln und Schaukeln wurde immer stärker; ein Rauschen, unterbrochen von regelmäßigen Warnsignalen, umgab ihn.

Er befand sich in freiem Fall.

Angst stieg in ihm auf. Er war überfordert mit all den Reizen, die gleichzeitig auf seine Sinne wirkten. Der Kopf schmerzte. Sein Gehirn funktionierte nicht mehr. Es war wie gelähmt und sein Blick hing starr auf dem Monitor, der das Bild der Kamera an der Unterseite seines Flugkörpers wiedergab. Viele Lichter tanzten dort über den Bildschirm und wurden immer größer. Seine Hände umgriffen fest den Steuerknüppel, aber er hatte die Kontrolle schon längst verloren. Das Raumschiff gehorchte nun nur noch den Gesetzen der Natur und rauschte durch den erleuchteten Nachthimmel, den Lichtern entgegen. Dennoch erschien ihm alles wie in Zeitlupe. Viel langsamer, als es eigentlich sein müsste. Allerlei Gedanken schossen ihm durch den Kopf. Unsortiert, wirr und ohne Sinn. Bilder zogen vor seinem inneren Auge vorbei. Erinnerungen zuckten wie Blitze auf.

Um ihn herum nahm das Chaos noch weiter zu. Die beweglichen Teile im Innern des Raumschiffs fielen von einer Seite auf die andere. Alles wurde durchgeschüttelt wie Sandkörner in einer Rassel. Sein Sicherheitsgurt hielt jedoch und verhinderte, dass auch er zum Spielball der Gewalten wurde. Regungslos sah er mit an, wie Gegenstände Zentimeter an seinem Kopf vorbeiflogen.

Sollte sein Leben auf diese Art zu Ende gehen? Konnte das alles gewesen sein? Und wozu dann all die Jahre zuvor?

„John! ... John! ... Joooohn! .... Antworte doch, John!"

Wie aus weiter Ferne drang eine Stimme an sein Ohr, zunächst leise, dann immer lauter und verzweifelter, gegen sämtliche Geräusche und den Lärm ankämpfend. Jemand rief seinen Namen.

„Joooooohhhhhnnn! Hörst Du mich?"

Mit einem Schlag schien sein Kopf wieder klar. Diese Stimme wirkte wie eine kalte Dusche, die den Verstand und das Gehirn aus der Ohnmacht erweckte, und seinen Körper wieder mit Leben füllte. Seine Augen lösten sich vom Bildschirm.

„Ja, Sir! Ich kann Sie hören." Mit der linken Hand drehte er den Lautstärkeregler voll auf, um die Worte aus dem Lautsprecher besser verstehen zu können.

„John, unsere Systeme melden eine beträchtliche Beschädigung an deinem Raumschiff. Du verlierst sehr schnell an Höhe. Laut unseren Berechnungen hast du noch ungefähr 700 Meter, um das Raumschiff abzufangen. Befolg jetzt also genau unsere Anweisungen!"

„Alles klar, Sir!"

„Schalt zunächst einmal den Auftrieb aus! Schau, dass du das Ding mit der Steuerung wieder in die Balance bringst. Sobald du die Schüssel unter Kontrolle hast, fahr' die Bremsklappen aus. Verstanden? ... Dann fährst du langsam wieder die Auftriebsdüsen hoch ..."

Ruhig, fast schon mechanisch, führte John die Anweisungen der Stimme aus. Die Angst, die ihn noch vor wenigen Augenblicken gelähmt hatte, war wie verflogen. Das Wissen, das er sich in zahlreichen Simulationen angeeignet hatte, war plötzlich wieder da. Schnell hatte er sein Raumschiff von einem unkontrollierten freien Fall in ein sanftes Schweben befördert. Allerdings merkte er rasch, dass der Auftrieb nicht mehr funktionierte. Ganz langsam schwebte er also nach unten, in Richtung Erde, und auf seinem Monitor konnte John nun schon einzelne Straßen und Häuser erkennen.

„Gut gemacht, John. Dieser Teil wäre schon einmal geschafft. Doch noch ist die Gefahr nicht gebannt. John, wir können derzeit nicht genau sagen, wo du dich befindest. Unser System scheint irgendeinen Defekt zu haben. Aber bald werden wir es herausfinden. Ganz sicher. Solange musst du durchhalten. Wir - "

Das war das Letzte, was er von seinem Chef hörte. Danach vernahm er aus dem Lautsprecher nur noch ein Piepsen, Quietschen und Rauschen und die Verbindung war weg. Nun war er auf sich allein gestellt.

Auf dem Bildschirm konnte John jetzt einen dunkleren Bereich ausmachen, der für eine Landung geeignet schien. Er zoomte diesen Fleck näher heran und erkannte Bäume und eine etwas größere freie Fläche. Dort würde er sein Raumschiff landen. Der Höhenmesser zeigte 180 Meter und es war an der Zeit, sich unsichtbar zu machen. Mit einem Knopfdruck überzog sich das komplette Raumschiff mit einer Tarnkappe, die es von außen absolut unsichtbar machte.

Ganz ruhig lenkte John sein Flugobjekt in Richtung Landeplatz. Meter um Meter ließ er es langsam nach unten gleiten. Viele Male hatte er diesen Vorgang im Simulator seines Heimatplaneten durchgespielt. Jeden einzelnen seiner Kollegen hatten sie damit zahlreiche Stunden gequält. Immer wieder hatten sie den Landeanflug üben müssen, bis aufs kleinste Detail. Doch das war nur ein winziger Teil seiner Ausbildung gewesen. Daneben hatten sie Englisch lernen müssen, sie hatten Unterricht in amerikanischer Geschichte und Geografie bekommen; mit Hilfe von kleinen Filmen hatten sie verschiedene menschliche Verhaltensmuster gelernt, sie waren mit der Technologie der Menschen vertraut gemacht worden, sie hatten ihre Körper auf Höchstleistung trimmen müssen und hatten manchmal nächtelang auf Schlaf verzichtet. Insgesamt lagen knapp 5 Jahre harten Trainings hinter John und er hatte alles erdenklich Wichtige über die USA und die Menschen dort erfahren.

Er war zwar nicht der Beste seines Jahrgangs gewesen, aber dennoch hatten sie gerade ihn für diese schwierige Mission ausgewählt. Wie sein Vorgesetzter ihm später mitgeteilt hatte, war die Wahl auf ihn gefallen, weil er neugieriger war als alle anderen, weil er extrem gut darin war, sich anzupassen und weil sie ihm daher am ehesten zutrauten, auch mit unvorhergesehenen Situationen zurechtkommen zu können.

John blickte in den Spiegel, der oberhalb seines Monitors angebracht war. Noch immer fiel es ihm schwer, sich an sein neues Gesicht und seinen neuen Körper zu gewöhnen. Die Bewegungen in seiner neuen Hülle waren so ungewohnt, dass es ihn Monate gekostet hatte, zu laufen, die Arme koordiniert zu bewegen und die Gesichtsmuskeln richtig einzusetzen. Doch das, was er da im Spiegel vor sich sah, war jetzt sein neues Ich - zumindest für die Dauer seines Aufenthalts auf der Erde. Das war John Goblet: US Amerikaner aus San Diego, Kalifornien, 37 Jahre alt, 1,81 m groß, 90 kg schwer, mit blauen Augen und kurzem braunen Haar. Er schickte ein sanftes Lächeln zum Spiegel, dann wandte er sich wieder dem Bildschirm und den Instrumenten zu.

Das Raumschiff war inzwischen nur noch wenige Meter vom Erdboden entfernt. Die Landestelzen, nur für John sichtbar, wurden ausgefahren und mit einem leichten Ruckeln setzte das Raumschiff auf dem harten Untergrund auf. John war auf der Erde angekommen, auch wenn er noch nicht wusste, wo genau. Doch das interessierte ihn im Moment wenig. Zunächst einmal war es wichtig, alle Sicherheitshinweise zu befolgen, bevor er sich aus seiner Kapsel wagen konnte, um auf keinen Fall unnötige Gefahren einzugehen. Aber auch auf diesen Moment waren sie bestens vorbereitet worden und auf seinem Bildschirm wurde automatisch ein Video abgespielt, das als letzte Vorbereitung auf die neue Welt gedacht war. Hier hatten die Ausbildungsleiter noch einmal volle Arbeit geleistet beim Versuch, sämtliche Kursinhalte in einem rund halbstündigen Film zusammenzufassen.

Wie werde ich Amerikaner in 33 Minuten? So etwas, oder etwas Ähnliches hatten die Macher des Films wohl im Kopf gehabt, als sie unzählige Infos über Land und Leute in diesem kurzen Video komprimierten. Unfassbar, was den Machern dort an Informationsdichte gelungen war. Es war, als ob jemand versucht hätte, auf einem dieser amerikanischen Schokoladen Cookies, noch rund 50 weitere Schokoladenstückchen unterzubringen. Und das mit Erfolg.

Zu viel Information für John. Er machte den Monitor aus und zog seinen Rucksack aus dem Seitenfach. Glücklicherweise war dieser trotz der Unordnung im Raumschiff noch immer an seinem Platz. Zielstrebig griff er sich Gegenstände aus Schränken und Schubladen und packte sie in den Rucksack. Scheinbar hatte seine Spezialausrüstung den Sturzflug unbeschadet überstanden. Eine gründliche Vorbereitung auf den Ausstieg war wichtig. Lieber zu viel mitnehmen, als zu wenig. Schließlich wusste er nicht, was er noch alles brauchen könnte bei seinem ersten Ausflug auf der Erde. Er nahm eine Halskette, an der eine tischtennisballgroße Kugel hing. Er hatte gehofft, dass sie bald anfangen würde rot zu leuchten, doch die Kugel blieb weiß. Er hängte sie sich um und lief dann zu seinem Bett, das in die Seitenwand der Raumkapsel eingebaut war. Dort zog er einen Briefumschlag unter dem Kopfkissen hervor. Vorsichtig öffnete er ihn und schaute sich das Foto an, das darin war. Ein paar Minuten lang betrachtete er es mit strahlenden Augen; dann küsste er es, bevor er es schließlich zurück in den Umschlag und denselben dann in seine Hosentasche steckte.

Sonntag, 25. Mai – 09:49 Uhr

Noch einmal blickte er aus den Fenstern seines Raumschiffs in alle Richtungen. Inzwischen waren schon mehrere Leute im Park unterwegs. Die meisten von ihnen waren allerdings Läufer, die sich mehr auf sich selbst, als auf ihre Umgebung konzentrierten. John schnappte sich den Rucksack und als einen Augenblick lang kein Läufer mehr in Sichtweite war, öffnete er die Tür seines Raumschiffs und stieg hinaus ins Ungewisse. Sofort schloss sich die Tür wieder und John stand inmitten eines Basketballfelds. Sonnenstrahlen schienen ihm ins Gesicht und er musste die Augen zukneifen, die sich noch nicht an das helle Licht gewöhnt hatten. Als er die Augen langsam wieder aufmachte, sah er in einiger Entfernung auf einer Parkbank einen älteren Mann sitzen. Mit weit aufgerissenen Augen und offenem Mund starrte dieser ihn an. John ging in seinem Kopf sämtliche menschlichen Emotionen durch, die sie ihm beigebracht hatten, um die Mimik dieses Mannes verstehen zu können. Konnte der Mann etwa das Raumschiff sehen?

John blickte sich rasch um, aber da war nichts. Jedenfalls war da nichts, was dieser ältere Herr hätte sehen können. Das Raumschiff war unsichtbar. John blickte zurück zum Mann, dessen Gesichtsausdruck sich noch immer nicht verändert hatte. Und so langsam dämmerte es John. Der Mann hatte ihn beim Aussteigen beobachtet, aber natürlich konnte er nur John, nicht jedoch das Raumschiff sehen. Somit war John für ihn wie aus dem Nichts erschienen, in der Mitte eines Basketballfelds.

John ärgerte sich über diese Leichtsinnigkeit. Warum hatte er diesen Mann nicht gesehen bevor er ausgestiegen war? Er war sich bewusst, dass er fortan konzentrierter sein müsste, um sich und die Mission nicht in Gefahr zu bringen. Es würde alles andere als leicht werden, unter den Menschen nicht aufzufallen und unerkannt zu bleiben, vor allem dann nicht, wenn er sich solche Fehler erlaubte.

Wieder blickte John zum alten Mann, der inzwischen wieder den Mund geschlossen hatte und mit einem Kopfschütteln in John's Richtung schaute. Offensichtlich hatte der Mann noch immer nicht genau verstanden, was er da soeben gesehen hatte und wirkte reichlich verwirrt.

John hingegen musste nun das Problem mit dem Raumschiff lösen. Dieses war zwar unsichtbar, aber dennoch war da Materie. Man konnte es anfassen, wenngleich man es auch nicht sehen konnte. Und sobald mehr Leute unterwegs sein würden, wäre auch die Wahrscheinlichkeit höher, dass jemand mit seinem Raumschiff zusammenstieß. Dies wiederum würde Aufmerksamkeit erzeugen. Ein unsichtbarer Gegenstand, den man aber fühlen konnte. Im schlimmsten Fall würden die Menschen seine Kapsel dann einfach mitnehmen und er würde für immer auf der Erde zurückbleiben.

Er musste also schnell handeln, auch wenn er immer noch von dem älteren Herrn beobachtet wurde. John zog eine Spraydose aus seinem Rucksack und begann das unsichtbare Raumschiff zu besprühen. Dieser Spray war eine der neuesten Erfindungen, die seine Kollegen im Labor entwickelt hatten und er machte es möglich, Materie für mehrere Tage verschwinden zu lassen, und das innerhalb von Sekunden. Somit konnte John seine Kapsel nicht nur unsichtbar, sondern auch unfühlbar machen und dennoch war sie nach wie vor in der Mitte des Spielfelds. John arbeitete schnell und gründlich und ließ sein Raumschiff rasch komplett verschwinden.

Der Mann beobachtete ihn dabei die ganze Zeit und schien dadurch nur noch verwunderter, aber John ließ dies kalt, denn im Vergleich zu einer möglichen Entdeckung seiner Raumkapsel war dieser alte Mann, was auch immer er über John denken mochte, das kleinere Übel.

John kramte in seinem Rucksack nach der Spezialbrille und einem Paar dünner Handschuhe, ebenfalls eine Meisterleistung des Technologielabors. Mit Hilfe der Brille konnte er mit dem Spezialspray eingesprühte Dinge wieder erkennen und falls gewünscht fotografieren. Mit den Handschuhen konnte er die unsichtbaren Gegenstände anfassen, womit sie dann auch wieder fühlbar und für jedermann sichtbar wurden. Die Handschuhe packte John zurück in den Rucksack; diese würde er erst vor seiner Abreise wieder benötigen. Die Brille hingegen setzte er sich auf und sah das Raumschiff deutlich vor sich. Er machte zur Sicherheit ein paar Fotos, auch von der Umgebung, um auf keinen Fall den Standort seines Flugobjekts zu vergessen.

Der alte Mann schaute noch immer in seine Richtung und John wollte nun möglichst schnell aus dessen Blickfeld verschwinden. Er schnappte sich seinen Rucksack und ging in die dem Mann entgegengesetzte Richtung, nachdem er einen letzten Blick auf das nun nicht mehr vorhandene Raumschiff geworfen hatte.

Die Sonne hatte mittlerweile an Kraft gewonnen und alles deutete auf einen herrlichen Frühlingstag hin. John bemerkte, dass ihm das Atmen schwerer fiel. Er fühlte sich plötzlich unglaublich müde und ausgelaugt. In den letzten paar Tagen hatte er sehr wenig geschlafen. Auch wenn das Raumschiff weitestgehend automatisch flog, hatte er dennoch genug mit der Überwachung der Fluginstrumente zu tun gehabt. So sehr ihn nun die Neugierde auch antrieb herauszufinden, wo genau er sich eigentlich befand, so bremste ihn nun doch sein Körper, der nach etwas Erholung bettelte. Ein paar Meter entfernt entdeckte John eine leere Parkbank im Schatten und beschloss, sich einen Augenblick lang zu setzen, um wieder Energie zu tanken, während sich in seinem Kopf alles darum drehte, wohin ihn das Schicksal geleitet hatte.

2. Einkaufsbummel mit Folgen

Sonntag, 25. Mai – 11:06 Uhr

John spürte einen warmen Atem und dann merkte er, wie ihn jemand am Arm berührte. Er riss die Augen auf und blickte direkt in ein Augenpaar, nur Zentimeter von seiner Nasenspitze entfernt. Ein Schrei entglitt ihm und das Gesicht vor ihm wich erschrocken zurück. Es war das Gesicht des alten Mannes, der ihn zuvor so lange beobachtet hatte. John musste auf der Parkbank wohl völlig erschöpft eingeschlafen sein. Der alte Mann begann auf ihn einzureden, doch John beachtete ihn gar nicht mehr. Erschrocken war er aufgesprungen. Mit der einen Hand stieß er den Mann zur Seite, mit der anderen griff er nach seinem Rucksack und rannte mit ein paar schnellen Sätzen davon.

John hatte inzwischen den Park verlassen und stand, den Schreck noch in seinen Gliedern, vor einer etwas breiteren Straße. Zum ersten Mal in seinem Leben sah er nun Autos in Realität. Bisher kannte er sie nur aus den Lehrfilmen seiner Professoren. So simpel ihm diese Art der Fortbewegung der Menschen auch erschien, so faszinierend war sie für ihn andererseits. Es hatte sich also tatsächlich in den letzten gut 40 Jahren, als zum letzten Mal ein Bewohner seines Planeten auf der Erde gewesen war, nichts verändert. Die Autos sahen zwar ein wenig anders aus, aber das war es dann auch schon. Er erinnerte sich noch genau an den Tag, als er zum ersten Mal, zu Beginn seiner Ausbildung, mit Jim sprach, der im Jahr 1972 knapp 2 Monate für seine Mission in New York und Umgebung gewesen war. Einen vollen Nachmittag lang hatte ihm Jim mit enormer Begeisterung erzählt von den Menschen, von ihrer Technologie, von ihrem Verhalten, von dem was sie den ganzen Tag über so taten. An jenem Nachmittag war es gewesen, als John von dieser einen Idee, von diesem sehnlichen Wunsch, selbst einmal auf die Erde zu kommen, nicht mehr losgelassen wurde. Er war wie infiziert von diesem Gedanken, eines

Tages die Menschheit kennenzulernen und für die Sicherheit seines Planeten und deren Bewohner diese gefährliche Reise zu wagen. Viel hatte er für seinen Traum gegeben. Er hatte alles, was er an Information über die Erde und ihre Bewohner finden konnte, studiert. Unzählige Male hatte er sich mit Jim getroffen und stundenlang dessen Geschichten von der Mission 72 gelauscht. Vermutlich hatte keiner seiner Kollegen so hart für diesen Traum gearbeitet wie er und schließlich war er dafür belohnt worden.

Vor 6 Monaten hatte ihn dann eines Tages der oberste Ausbildungsleiter auf die Seite genommen. In einem kurzen Gespräch hatte er ihm mitgeteilt, dass sie ihn ausgewählt hatten, um die nächste Mission auf der Erde durchzuführen. Er sollte schauen, wie die Menschen lebten, was die Menschen antrieb und vor allem, wie sich ihre Technologie in den letzten Jahren entwickelt hatte. Welche Fortschritte hatte die Menschheit im Vergleich zur letzten Mission gemacht? Was war aus diesem mysteriösen Computer geworden, von dem Jim nach seiner Mission 1972 erzählt hatte? Wie hatten sich die Menschen im Bereich Luft- und Raumfahrttechnik weiterentwickelt?

John hatte den Auftrag, all diese Informationen zusammenzutragen, um dann die obersten Vertreter der Sicherheit seines Planeten darüber zu unterrichten. Diese hatten Angst, dass die Menschen eines Tages über die Existenz ihres Planeten und dessen Bewohner erfahren könnten. Die Menschen könnten dann versuchen wollen, zu ihrem Planeten zu gelangen, um diesen zu erobern. Schließlich waren die Menschen ihnen zahlenmäßig weit überlegen. Nach der 72er Mission waren die Chefs beruhigt gewesen, da die Technologie der Menschen ihrer eigenen noch weit unterlegen gewesen war und somit keine Gefahr bestand entdeckt oder gar erobert zu werden. Nach gut 40 Jahren konnte sich dies aber geändert haben und so war eine neue Mission beschlossen worden. Rund 3 Monate sollte John in den USA verbringen, vor allem in New York, aber auch in anderen Städten. Die Amerikaner waren bei der letzten Mission als die Technologiezentrale der Menschheit ausgemacht worden und somit konnte man dort am ehesten herausfinden, auf welchem Entwicklungsstand die Menschen in der Zwischenzeit angelangt waren.

Gedankenverloren blickte John einem besonders schönen Auto hinterher, das gerade an ihm vorbeigefahren war. So eines hatte er in keinem Video gesehen. Rasch setzte er sich seine Brille auf und machte ein Foto vom vorbeifahrenden Auto. Die Tüftler in den Labors hatten diese Brille so entwickelt, dass John allein mit seinen Gedanken den Auslöser drücken konnte. Somit war es möglich, rasch und ganz unauffällig Bilder machen.

Hier jedenfalls war von einem großen Fortschritt in der Technologie bei den Menschen erst einmal nicht viel zu sehen. Mit dem guten Gefühl, eine erste wertvolle Beobachtung gemacht zu haben, ging er zur nächstgelegenen Fußgängerampel. Neben ihm unterhielten sich zwei ältere Damen. John spitzte interessiert die Ohren. Das, was sie sprachen, war nicht Englisch. Das war eine andere Sprache. Er versuchte in seiner Umgebung Anhaltspunkte zu finden, die ihm dabei helfen konnten herauszufinden, wo er sich denn genau befand. Er blickt nach links auf eine etwas größere Kreuzung. Rechts, in einiger Entfernung konnte er das Wort ‚Metro' erkennen. Die Ampel schaltete auf grün und John überquerte die Straße.

John marschierte zunächst einmal weiter in Richtung Osten aus Ermangelung irgendeiner besseren Alternative. Dorthin verlief eine etwas kleinere Straße und er hielt es nicht für verkehrt, die ganz großen Menschen- und Automassen zu meiden. John stoppte kurz an, um seine Jacke auszuziehen und sie im Rucksack zu verstauen. Inzwischen stand die Sonne hoch am Himmel und John, der die Hitze nicht gewohnt war, war es schon heiß geworden. Er ging weiter die Straße entlang, die auf beiden Seiten mit Bäumen bepflanzt war. Der Gehweg war mit Zäunen und Mauern von den Vorgärten und Häusern getrennt und im Vergleich zu den Erzählungen von Jim über New York waren die Gebäude eher winzig. Auch schien die Straße eher ruhig zu sein und es fuhren kaum Fahrzeuge. Links und rechts war nahezu alles vollgeparkt mit Autos und das ein oder andere Modell zog die Aufmerksamkeit John's auf sich. Nicht zuletzt auch deswegen, weil die Marken völlig andere waren als die, von denen ihm Jim erzählt hatte.

Weiter vorne auf seinem Gehweg erkannte John jetzt ein Paar, das auf ihn zukam. Der Mann trug einen dunkelblauen Anzug, ein weißes Hemd und eine blau-grau gestreifte Krawatte. Seine sauber polierten, rötlich-braunen Lederschuhe glänzten in der Sonne. Das schon etwas lichtere Haar trug er ordentlich zur Seite gekämmt. Das Erscheinungsbild seiner Frau stand dem Seinen in nichts nach. Zu ihrem schwarz-weiß gemusterten knielangen und ärmellosen Kleid, trug sie schwarze Stöckelschuhe, die an der Spitze eine kleine Öffnung hatten. Eine lange Kette, mit großen weißen und grauen Perlen zierte ihren Hals und in ihrer linken Hand hielt sie elegant eine rote Lederhandtasche. Unter ihrem schulterlangen, kastanienfarbenen Haar glitzerten silberne Ohrringe.

Als er nur noch rund 10 Meter von dem Paar entfernt war, bemerkte John, wie ihn die beiden anblickten. Eine gefühlte Ewigkeit starrten sie ihm in die Augen. Dann musterten sie ihn ganz. Er konnte sehen, wie die Blicke der Frau an seinem Körper hinabwanderten und sie ihm dann wieder intensiv in die Augen schaute, während das Paar an ihm vorbeispazierte. John fühlte sich unwohl. Er blickte an sich hinunter. Er trug ein weißes T-Shirt und eng anliegende Jeans. Dazu weiße Socken und blau-weiße Sportschuhe. Was er trug war das, was Jim von seiner letzten Mission zurückgebracht hatte. John's „Leihkörper" hatten sie genau so angefertigt, dass die Kleidung gut passen würde. Umso weniger verstand er, warum die beiden ihn gerade so lange angeschaut hatten.

Schließlich setzte er seinen Weg fort und bog an der nächsten größeren Kreuzung nach links ab. Schon nach kurzer Zeit kamen ihm weitere Leute entgegen. Zuerst eine Familie. Vater, Mutter und drei Kinder. Und auch diese blickten ihm lange Zeit in die Augen und betrachteten ihn dann von oben nach unten. Die beiden kleinen Söhne trugen wie ihr Vater beige Stoffhosen und dunkle Polo-Shirts, während das kleine Mädchen helle Lackschühchen und ein Sommerkleidchen anhatte. Auch die Mutter mit ihrem figurbetonten Rock und einer dünnen Frühlingsjacke in derselben Farbe war äußerst elegant angezogen.

Die nachfolgenden Menschen, denen er begegnete, schauten ihn ebenfalls lange und sehr genau an und der Blickkontakt mit ihnen kam John Ewigkeiten vor, so dass er irgendwann wegschaute, wenn er ihren Blicken nicht mehr standhalten konnte. Alle waren sie sehr vornehm angezogen, ganz anders als er. Guckten ihn die

Leute etwa deswegen so lange und durchdringend an? Warum zog er scheinbar so viel Aufmerksamkeit und Blicke auf sich?

Wo auch immer er sich befand und was auch immer passierte jetzt, es galt vor allem unerkannt zu bleiben. Nur nicht auffallen. Doch genau hierin lag das Problem. Die Reaktion dieser Leute signalisierte ihm, dass er irgendwie anders war. Oder bildete er sich das nur ein?

Erneut sah John an sich hinunter. An seinem Körper konnte er nichts verändern. Der war ihm von den Kollegen im Labor so vorgegeben. Was er jedoch wechseln konnte, war die Kleidung. Er könnte sich Kleidung kaufen, die so ähnlich aussah wie die der Herren, die ihm bisher begegnet waren. Das war im Moment die einzige Möglichkeit, die er hatte, um nicht als „Erdentourist" aufzufallen, der keine Ahnung davon hatte, wie er sich zu kleiden hatte.

Als er noch am Nachdenken war, wie er jetzt am besten zu einem Kaufhaus gelangen konnte, nahm er plötzlich ein lautes Piepen in seiner Nähe wahr. Erschrocken schaute er sich in alle Richtungen um, aber da war niemand. Er war allein. Er suchte weiter nach der Quelle des Geräusches, aber er fand nichts. Das Piepen musste also von ihm selbst kommen. Mit einem Schlag wurde ihm auch klar, woher es kam: von seinem Handgelenk. Dort, wo er die Armbanduhr trug. Auf dem Display blinkte eine Zahl in rot auf. Wieder und wieder erschien diese Zahl: 25. Knallig rot und begleitet von diesem unerträglichen Piepen. Beides brannte sich ins Gehirn von John, der nicht wusste, was er tun sollte. Panisch sah er sich um, ob er beobachtet wurde, doch zum Glück war keine Menschenseele in der Nähe. Wie sollte er sich unauffällig unter den Menschen bewegen, wenn diese blöde Uhr ein so lautes Geräusch von sich gab, welches noch meterweit zu hören war.

John blieb stehen. Mit der rechten Hand deckte er das Display der Uhr ab, als ob er auf diese Weise das Blinken und Piepen stoppen könnte. Er zuckte zusammen. Ungläubig starrte er auf seine Hand. Konnte es sein, dass diese leicht grünlich war. John machte kurz die Augen zu, so als wollte er sie neu justieren. Dann öffnete er sie wieder und sah erneut auf seine Hand. Tatsächlich! Ein blasser giftgrüner Schimmer überzog diese. Und jetzt erst bemerkte

John, dass nicht nur die Hand betroffen war. Sein gesamter Arm schimmerte grünlich. Er zog sein T-Shirt hoch, um zu schauen, welche Farbe sein Bauch hatte. Auch dieser erstrahlte in einem zarten Grünton. Erschrocken bedeckte er seinen Bauch wieder. Konnte es noch viel schlimmer kommen? Die Uhr piepte unaufhörlich und dazu hatte sich sein Körper jetzt auch noch grün verfärbt. Wenn ihn jetzt jemand so sah, dann war er geliefert. Zu seinem Glück jedoch war niemand in der Nähe.

Den Blick abwechselnd nach vorne und nach hinten gerichtet, harrte er nervös ein paar Minuten so aus. Tatsächlich hörte das ohrenbetäubende Geräusch plötzlich auf. John blickte auf die Uhr. In der Anzeige war nun eine gelbe 24 zu sehen. Seine Hand war zwar noch immer grünlich, jedoch war der Farbschimmer schon merklich blasser als noch kurz zuvor. Der Herzschlag John's normalisierte sich wieder. Endlich war dieser nervtötende Piepton weg. Es war wieder ruhig und er würde seinen Weg unauffällig fortsetzen können. Dennoch atmete er noch ein paar Mal tief ein und aus, bevor er sich wieder in Bewegung setzte. Die Uhr zeigte ihm jetzt eine 23 in gelb an. Das Grün seiner Haut war nahezu komplett verschwunden und hatte sich wieder in ein bleiches Rosa gewandelt. Langsam ging er weiter die Straße entlang, die zum Großteil mit Bäumen gesäumt war. Licht und Schatten wechselten sich ab und sein Weg führte ihn leicht bergab. Nach wenigen Metern hatte sich seine Sorge um die Uhr, das damit verbundene Geräusch sowie die seltsame Verfärbung seines Körpers wieder deutlich gelegt und der Gedanke an eine neue, adäquate Bekleidung beschäftigte John.

Ein elegant gekleideter Herr mit Gehstock kam kurz darauf auf ihn zu. John zögerte keinen Augenblick und sprach ihn direkt an. Auf Englisch fragte er ihn, wie er am schnellsten zu einem Kaufhaus gelangen konnte. Der Mann schaute ihn mit großen Augen an. Offenbar verstand er nicht, was John von ihm wollte. John wiederholte mehrfach das Wort „shopping" und deutete auf seine Kleidung. Schließlich nickte der Mann und sagte in seiner Sprache: „Ach so. Der Herr will einkaufen. Jaja, da sind Sie hier auf dem richtigen Weg." Jetzt war John derjenige, der verdutzt dreinblickte, da ihm der ältere Mann nicht auf Englisch geantwortet hatte. Dieser jedoch schien John's fragende Miene gar nicht wahrzunehmen und fuhr fort. „Schauen Sie, " und dann packte er John am Arm und deutete die Straße entlang, „wenn Sie dort weitergehen und am Ende der Straße nach rechts abbiegen, dann kommen Sie direkt zur Castellana. Von dort aus sehen Sie dann schon ein großes Gebäude auf der anderen Straßenseite. Das ist ein Corte Inglés. Dort können Sie alles Mögliche einkaufen, auch neue Kleidung."

Mehr als auf die Worte, hatte sich John auf die Gesten des Herrn konzentriert. Wie er zunächst geradeaus zeigte und dann eine Bewegung mit dem Arm nach rechts machte. Und so wie es John schien, musste das Kaufhaus dann ganz in der Nähe sein. Er machte die Bewegungen des Herrn einfach nach und der Mann nickte.

„Ganz genau. Immer geradeaus und an der großen Straße nach rechts. Dann sehen Sie das Kaufhaus schon vor sich."

John bemerkte, dass ihn der Herr immer noch am Unterarm festhielt. Eher zufällig schweifte sein Blick auf seine Uhr. Die Anzeige beunruhigte John, denn dort blinkte nun eine gelbe 24 auf. Immer schneller schien die Zahl dort aufzuleuchten. Was auch immer gerade geschah, das Blinken verhieß nichts Gutes und es war wohl nur eine Frage der Zeit, bis dieses Geräusch wieder einsetzte. Es half alles nichts. John musste sich aus seiner misslichen Lage befreien. So unauffällig wie möglich versuchte John seinen Arm aus der Hand des Mannes zu lösen. Allerdings gestaltete sich die Befreiung recht kompliziert und sie gelang ihm letztlich nur mit Hilfe einer sehr komisch wirkenden halben Körperdrehung. Er bedankte sich rasch bei dem Herrn und marschierte in die Richtung los, die ihm der Herr zuvor angezeigt hatte.

Nach wenigen Metern blieb John schlagartig stehen. Er drehte um und hatte mit wenigen Schritten den älteren Herrn wieder eingeholt.

„Entschuldigen Sie bitte, könnten Sie mir vielleicht noch sagen, wo ich mich befinde?"

Der Mann zuckte nur mit den Schultern.

Und dann kam John die Frage auf Spanisch über die Lippen. Zwar zögerlich, aber deutlich verständlich für den alten Mann.

„Wo befinde ich mich? Bin ich hier in Spanien?"

Der Herr schaute ihn jetzt leicht verwundert an und versuchte so verständlich wie möglich zu antworten. „Madrid. Das hier ist Madrid, die Hauptstadt von Spanien, junger Mann. Ich hoffe das kommt jetzt nicht zu überraschend für Sie."

Schelmisch grinste er John an.

„Ah. Ach so. Ich verstehe..., vielen Dank!" antwortete John freundlich, wenngleich auch etwas unsicher. Madrid. In Spanien. Er ließ sich diese Worte nochmals auf der Zunge zergehen. Dann zauberte sich ein Lächeln in sein Gesicht.

Sonntag, 25. Mai – 13:14 Uhr

Montse nahm die erstbeste Flasche Rotwein und eilte Richtung Kasse. In der anderen Hand hielt sie 2 Tüten Kartoffelchips, eine Flasche Coca Cola und eine Thunfisch-Teigpastete. Das wichtigste fehlte allerdings noch – das Geschenk. Eigentlich hatte sie all dies gestern schon erledigen wollen, aber wieder einmal hatte sie einen Samstag durcharbeiten müssen.

Seit sie vor 4 Jahren aus Barcelona weggezogen war, um in Madrid einen Job im Bereich Erneuerbare Energien anzunehmen, hatte sie kaum mehr freie Zeit an den Abenden und an den Samstagen. Als Projektleiterin eines neuen Windparks, war Montse für das 8-köpfige Projektteam, sowie für die Einhaltung der Fristen verantwortlich. Sie liebte ihren Job. Allerdings setzten ihr in letzter Zeit das schwierige politische Umfeld im Bereich der Energieerzeugung und die anhaltende Finanzkrise mächtig zu. In Anbetracht der Tatsache, dass über ein Viertel ihrer Landsleute ohne Arbeit dastand, konnte sie sich wirklich nicht beklagen und auch ihr Gehalt war mehr als ordentlich im Vergleich mit anderen, wenngleich sie dafür auch oftmals 60 – 70 Stunden pro Woche arbeitete.

Vor ihr an der Kasse standen noch 5 Leute mit gut gefüllten Einkaufswagen. Sie würde weitere kostbare Zeit verlieren, die ihr dann fehlte, um das Geburtstagsgeschenk für ihre Freundin zu kaufen. Sie blickte auf die Uhr. 13:18 Uhr. Ihre Freundin hatte für 14 Uhr eingeladen. Kaum zu schaffen, vor allem dann nicht, wenn die Dame an der Kasse sich noch länger mit der Verkäuferin über Gott und die Welt unterhielt. Es war natürlich gut, freundlich zu sein und den Leuten einen schönen Sonntag zu wünschen, aber sie sollte doch in erster Linie ihre Arbeit machen und möglichst schnell ihre Warteschlange abarbeiten. Montse ärgerte sich sehr über solche Dinge, nicht nur weil sie es gerade ziemlich eilig hatte, sondern vielmehr, weil ihr diese Arbeitseinstellung nicht gefiel. Sie fragte sich, wie ihr Land aus der Krise kommen sollte, wenn manche Spanier nur halbherzig ihre Arbeit erledigten. Überhaupt hatte sie es allmählich satt, ständig dieses Krisengerede zu hören. Politiker nutzten das Wort „Krise", um ihr eigenes Versagen und ihre eigenen Fehler zu vertuschen und somit die Schuld an der wirtschaftlich schlechten Lage des Landes unglücklichen, unkontrollierbaren äußeren Umständen der Weltwirtschaft zuzuschieben. Unternehmen rechtfertigten damit zahlreiche Entlassungen, selbst wenn sie aus ganz anderen Motiven vorgenommen wurden. Die Menschen wiederum konnten die Schuld an ihrer eigenen schlechten Lage den unfähigen Politikern, den geldgierigen Banken und der gemeinsamen europäischen Währung zuschieben und sich damit selbst aus der Verantwortung stehlen. Montse glaubte nicht mehr an eine schnelle Erholung, denn um eine solche nachhaltig zu erreichen, waren auch einige tiefgründige Veränderungen im Land nötig, die sie noch nicht sehen konnte.

Nachdem sie bezahlt hatte, steckte sie das Wechselgeld ein und verließ schnellen Schrittes den Supermarkt. Zum Glück wusste sie schon, was sie Ana als Geschenk kaufen wollte. Das Problem war nur, dass dieses Einkaufshaus so groß war, dass man sich leicht verlaufen konnte. Angeblich war es der größte ‚El Corte Inglés' in Madrid, oder sogar ganz Spaniens?

Montse irrte durch die Gänge, auf der Suche nach der Buchabteilung. Das Kaufhaus war gut gefüllt mit Leuten und es schien, als ob viele Paare und Familien schnell noch einen Abstecher dorthin machten, bevor sie dann Mittagessen gingen. Viele standen einfach nur auf dem Gang, redeten dort miteinander und blockierten somit die Wege der anderen Leute. Mehrmals musste sie sich zwischen spielenden Kindern und Pärchen hindurchzwängen, die einen Sonntagsplausch hielten. Schließlich fand sie ein Hinweisschild, das ihr die Richtung zur Buchabteilung deutete. Dort angekommen, schnappte sie sich eine Geschenkbox: „Spa für zwei". Damit konnte sich ihre Freundin Ana einen Spa- und Wellness-Aufenthalt gemeinsam mit ihrem Mann unter mehr als 250 Angeboten in ganz Spanien aussuchen. In der heutigen Zeit mit den ganzen Geschenkgutscheinideen war dies zwar nicht das originellste Geschenk, aber zumindest war es schnell besorgt und Montse wusste, dass sich ihre Freundin darüber freuen würde. Sie bezahlte rasch und suchte dann den nächstgelegenen Ausgang, um zur Metro zu gelangen. Als sie sich umblickte, um nach möglichen „Ausgang"-Hinweisschildern Ausschau zu halten, fiel ihr ein Mann auf, der in einer Ecke auf dem Boden kauerte. Er erregte vor allem dadurch ihre Aufmerksamkeit, dass er eben nicht dieses typische Aussehen eines obdachlosen Bettlers hatte.

Neugierig ging sie auf ihn zu. Es schien ihr, als würde er Hilfe benötigen. Der Mann war sportlich, jugendlich gekleidet, sein Blick jedoch wirkte leer und kraftlos. Zunächst glaubte Montse, dass er betrunken war, aber bei genauerem Hinsehen erkannte sie so etwas wie Panik und Angst, sowie ein unkontrolliertes Zittern. Und dann sein Gesicht? Schimmerte es wirklich grünlich?

„Hallo! Entschuldigung! Bist Du in Ordnung?"

Der Mann reagierte und blickte in ihre Richtung, antwortete aber nicht.

„Alles klar bei Dir? Brauchst Du Hilfe?"

Mit großen Augen starrte er Montse an. Jetzt versuchte sie es auf Englisch.

„Verstehst Du mich? Was ist passiert? Kann ich Dir irgendwie helfen?" Sie bückte sich zu dem Herrn hinunter und legte ihm die Hand auf die Schulter. In diesem Moment ertönte ein lautes Piep-Geräusch, das eindeutig von dem Mann stammte. Montse erschrak und zog ihre Hand zurück. Der Mann schaute sie an und stammelte auf Englisch:

„Wasser. Hast Du vielleicht Wasser?"

„Wasser habe ich nicht, aber ich kann Dir Coca Cola anbieten. Ist das ok?"

„Ja. Vielen Dank."

Sie reichte ihm die Flasche und der Mann trank hastig. Mit jedem Schluck schien sich sein Zustand etwas zu bessern und er machte jetzt einen weitaus frischeren Eindruck als zuvor. Seine Uhr hatte aufgehört zu piepen. Seine Gesichtsfarbe wirkte schon wieder gesünder, dennoch war Montse noch etwas beunruhigt durch den leichten Grünstich.

„Fühlst du dich jetzt ein wenig besser?", fragte sie ihn.

„Viel besser!"

„Wirklich? Dein Gesicht sagt da etwas anderes. Es sieht so aus, als ob dir fürchterlich schlecht wäre."

„Nein, nein. Alles gut. Vielen Dank für die Coca Cola, Frau, Frau,…"

„Du kannst mich Montse nennen. Ich heiße Montse."

„Danke Montse. Ich bin übrigens John."

„Sehr angenehm, John. Du musst unbedingt aufpassen, dass Du ausreichend trinkst bei diesen Temperaturen. Es ist noch nicht mal Juni und wir werden heute schon deutlich über 30 Grad haben. Wenn man das nicht gewohnt ist, wird es schwierig. Du bist wohl zum ersten Mal hier in Spanien, oder?"

„Ja" antwortete John. „Ich bin Tourist. Ich komme aus den USA und möchte hier ein paar Tage Urlaub machen."

John versuchte jetzt aufzustehen, da ihn bereits mehrere Leute beim Vorbeigehen merkwürdig angeschaut hatten.

„Lass mich Dir helfen" sagte Montse und packte ihn am Arm. Sofort ertönte wieder dieses Piepen und John blickte nervös auf seine Uhr.

„Nein Danke" erwiderte John. „Ich schaff das schon alleine."

Immerhin schien die Flüssigkeit ihm geholfen zu haben. Er war tatsächlich selbst in der Lage sich aufzurichten und das Gespräch im Stehen fortzusetzen.

Montse wunderte sich dagegen noch immer über das schreckliche Geräusch der Uhr von John. War das Zufall oder war das gar keine normale Uhr? Zweimal hatte sie John angefasst und jeweils genau in diesen Momenten hatte der Alarm der Uhr angefangen. Fast wie ein Bewegungsmelder.

Jedenfalls ging es ihm wieder spürbar besser und sie hatte ihm mit der Cola helfen können.

„Du hast Recht", sagte John, „es ist wohl ein wenig zu heiß für mich."

„Am besten du bleibst erstmal im Kaufhaus, wo es kühler ist, und erholst dich, bevor du wieder ins Freie gehst."

„Ja. Hatte sowieso vor, Kleidung zu kaufen hier."

„Sehr gut. Kauf ruhig viel ein, Spanien braucht das Geld" antwortete sie lächelnd.

John schaute sie fragend an.

„Nun ja, du weißt schon. Wegen der Krise im Land. Du darfst unserer Wirtschaft ruhig ein wenig helfen. Offensichtlich sind das derzeit zwei unserer wichtigsten Standbeine: Tourismus und Textilindustrie."

„Ah, wirklich?", fragte John. „Das wusste ich nicht."

„Jaja. Trotz Krise und allem, die Zahl der Touristen ist in den letzten Jahren sogar angestiegen. Die Ausländer kommen halt immer noch gerne nach Spanien wegen des fantastischen Essens, der Strände, des guten Wetters und der vielen schönen Städte und Dörfer. Es gibt viel zu sehen bei uns. Was willst du dir denn alles anschauen hier?"

„Hmm. Also ehrlich gesagt…Also eigentlich…nur diese Stadt" sagte John etwas verlegen.

Montse fuhr unbeirrt fort: „Viele Amerikaner kommen nach Madrid wegen des Flairs der Stadt, wegen der drei großen Kunstmuseen oder wegen der Tapas. Ich muss zugeben, dass Madrid einiges zu bieten hat, auch wenn ich aus Katalonien komme und daher natürlich Barcelona bevorzuge." Sie lächelte wieder. „Du musst wissen, dass es hier einen großen Konkurrenzkampf zwischen den beiden Städten gibt: nicht nur im Fußball. Auch im Tourismus, im Essen, in der Mode, einfach in allem. Das Ganze geht dann soweit, dass sich ein Teil der Katalanen für ein unabhängiges und eigenständiges Katalonien ausspricht. Sie wollen sich von Spanien abspalten und ein selbständiges Land sein. Als ob wir nicht genügend andere Probleme in Spanien hätten derzeit…Wo genau kommst du eigentlich her?"

„Aus San Diego, Kalifornien" antwortete John einsilbig.

„Cool, aus dem Paradies für Surfer. Ich wollte schon immer mal nach Kalifornien, nicht nur, um dort Urlaub zu machen. Vielleicht sogar, um dort zu arbeiten. Immerhin sollte es dort mehr interessante Aufgaben geben für eine Ingenieurin wie mich. Und besser zahlen tun sie bestimmt auch. Vor allem das Silicon Valley wäre reizvoll mit all den neuen Technologieunternehmen. Da würde ich gerne hingehen."

Montse geriet ins Schwärmen. Sie liebte ihr eigenes Land, aber mehr und mehr nahm sie auch Dinge wahr, die ihr an Spanien nicht gefielen. In letzter Zeit hatte sie öfter ans Auswandern gedacht, wie auch so viele andere ihrer Landsleute, die mit ihrer Situation im Land nicht zufrieden waren. Weggehen, die Probleme des Landes hinter sich lassen und eventuell in ein paar Jahren wieder zurückzukommen. Wie oft hatte sie das schon von Freunden oder ehemaligen Studienkollegen gehört. Viele hatten zwar nur vage Pläne, aber zuletzt hatte Montse von immer mehr Leuten gehört, die tatsächlich das Land verlassen hatten in Richtung England, Frankreich, Deutschland oder USA. Der schlechte Arbeitsmarkt zwang die Leute dazu, ihr Schicksal im Ausland zu suchen.

„Kalifornien ist wirklich sehr schön, auch wenn die Leute ganz anders gekleidet sind dort als hier." John hatte Montse aus ihren Gedanken gerissen. Er blickte einem rund 70 jährigen, sehr vornehm gekleideten, Ehepaar hinterher. Sie folgte seinem Blick.

„Da sieht man, dass heute Sonntag ist. Vor allem die älteren Leute ziehen sich dann sehr elegant an. Früher war das sogar noch viel mehr der Fall und auch in kleineren Städten oder Dörfern sieht man es noch häufiger. Männer in Anzug und Krawatte, Frauen in vornehmen Kleidern, Jungen in Stoffhosen und Hemd und Mädchen mit bunten Kleidchen und hübschen Schühchen. Dann ging die ganze Familie gemeinsam in die Kirche, danach ging es zum Aperitif in eine Bar und danach nach Hause zum Mittagessen. Der Sonntag war ein besonderer Tag und dies drückten die Leute auch mit der Kleidung aus. Heute kleiden sich zwar noch immer viele Spanier sonntags vornehm, aber viele andere machen zwischen Sonntag und Werktag keinen Unterschied mehr. Das soll aber nicht heißen, dass wir nicht modebewusst sind. Im Gegenteil, ich würde sagen, dass wir Spanier sehr modebewusst sind und uns im Vergleich mit anderen Nationen gut kleiden."

John schaute an sich hinunter.

„Nein, ich meinte jetzt nicht dich." Montse lachte. „Aber es gibt schon viele Touristen, die nach Spanien kommen und kleine modische Sünden begehen. Du weißt schon, Sandalen mit Socken, weiße Tennissocken mit schwarzer Hose, T-Shirts unter Hemden oder kurzärmelige Hemden. Dadurch ist es sehr einfach, die Ausländer von den Spaniern zu unterscheiden, denn diese Dinge entsprechen nicht wirklich dem spanischen Stil. Wir lieben es gerne etwas eleganter. So wie die Italiener."

„Sehr interessant", sagte John, der sichtlich grübelte.

„Ich rede mal wieder zu viel", sagte Montse. „Ich wollte jetzt nicht über die ausländischen Touristen herziehen, aber es fällt halt nun mal auf."

„Ist schon OK. Es ist gut, dass du so ehrlich bist. Wo sollte ich denn jetzt Kleidung einkaufen, damit ich etwas spanischer aussehe?", fragte John.

„Uff. Gute Frage. Es gibt viele spanische Marken, die gute Klamotten haben. Du kennst bestimmt Marken wie Zara, Pull & Bear oder Massimo Dutti. Diese und noch einige mehr gehören alle zu Inditex. Das ist das große Textilimperium von Amancio Ortega, dem aktuell reichsten Spanier. Daneben haben wir aber auch noch Mango, Camper oder Desigual. Wir haben also eine Menge Auswahl. Da findest du bestimmt irgendwo etwas elegantes, was dir gefällt."

John zückte seinen Notizblock und notierte scheinbar die Namen der Marken, die Montse ihm genannt hatte. Montse musste schmunzeln. John war schon ein wenig seltsam, aber er war ihr sympathisch und er war ein sehr aufmerksamer Zuhörer. Beinahe hatte sie vergessen, dass sie ja zum Geburtstag von Ana eingeladen war. Es war schon kurz vor zwei und durch ihre gute Tat an John hatte sie reichlich Zeit verloren, beziehungsweise verquatscht.

Rasch zückte sie aus ihrem Portemonnaie eine Visitenkarte.

„Sorry John, aber ich muss nun wirklich ganz dringend los. Ich bin sowieso schon viel zu spät dran…selbst für spanische Verhältnisse." Sie zwinkerte John zu. „Hier hast du auf alle Fälle meine Telefonnummer und Email-Adresse. Wenn du Lust hast im Laufe der Woche mal einen Kaffee zu trinken, dann melde dich einfach. Würde mich freuen."

Sie reichte ihm die Karte und gab ihm aus reiner Gewohnheit je ein Küsschen auf beide Wangen. John zuckte etwas zurück. Der Körperkontakt mit Montse schien im offensichtlich sehr unangenehm. Er blickte beunruhigt auf seine Uhr. Doch diese blieb dieses Mal stumm. Montse allerdings hatte diese Szene in ihrer Eile gar nicht mehr mitbekommen und war bereits Richtung Ausgang davongerannt. Sie hetzte die Rolltreppe der nahegelegenen Metro hinunter. Noch im Rennen holte sie die Monatskarte aus ihrer Tasche und eilte in die Station. Sie konnte bereits das Geräusch des einfahrenden Zuges hören und rannte die letzten Schritte bis zum Gleis. Wenigstens hatte Montse hier Glück gehabt und musste nicht auf den Zug warten. Die Türen schlossen sich und der Zug setzte sich in Bewegung.

„Scheiße" entfuhr es ihr. Sie hatte nun das Fehlen ihrer Einkaufstüte bemerkt, die sie zuvor neben John abgestellt hatte. Kein Wein, keine Cola und kein Essen. Zumindest das Geschenk für Ana hatte sie bei sich. Verärgert und kopfschüttelnd setzte sich Montse auf einen freien Platz, während der Zug im Dunkel der Röhre verschwand.

Sonntag, 25. Mai – 14:07 Uhr

Locker und leicht schwebte er die Treppe hinunter, immer 2 Stufen auf einmal nehmend. Nebenan auf der Rolltreppe drehten sich die Leute nach ihm um. Niemand benutzte hier die normalen Treppen, es sei denn, die Rolltreppe war mal wieder aus irgendeinem Grund außer Betrieb. John hatte freien Lauf. Am Gleis warteten bereits viele Menschen. John blickte in beide Richtungen, aber er konnte Montse nicht entdecken. Die Metro fuhr ein. Er musste sich entscheiden. Nochmals ein Blick nach rechts. Montse war nicht da. Vermutlich hatte sie einen der anderen Züge genommen, die von dieser Station aus fuhren. Ein Zug fuhr ein. Die Türen öffneten sich. John überlegte. Ein Signal ertönte, die Türen gingen langsam wieder zu und im letzten Augenblick sprang John hinein.

Er blickte auf die Plastiktüte in seiner Hand. Zu spät hatte er bemerkt, dass Montse sie neben ihm stehengelassen hatte. Er war in die Metrostation gerannt, einem der nummerierten Schilder gefolgt und über eine kleine Barriere gesprungen. Das alles nur, um Montse ihre Sachen zurückzugeben.

Er trank einen Schluck Cola und packte die Flasche zurück in die Tüte. Er wusste nicht so genau, was er nun mit diesen Sachen machen sollte, aber da er ja Montse's Kontaktdaten hatte, würde er wohl versuchen, ihr den Wein und das Essen zurückzugeben. Zudem schien ihm ihre Visitenkarte äußerst wertvoll zu sein, da Montse offensichtlich eine sehr intelligente Frau war und er vielleicht in Zukunft noch auf ihre Hilfe angewiesen sein könnte. Projektingenieurin stand auf der Karte. Er hatte zwar keine Vorstellung davon, was Montse genau machte, aber vielleicht bestand ja eine Möglichkeit, dass sie als Ingenieurin etwas von der Technik in seinem Raumschiff verstand. Auch wenn er ihr natürlich das Raumschiff nicht zeigen konnte, so bestand ja dennoch die Hoffnung, dass sie ihm auf irgendeine Art bei der Reparatur desselben behilflich sein konnte.

Ein paar Stationen später stieg John aus der Metro aus und folgte einer etwas größeren Gruppe Leute. Nach zahllosen Rolltreppen, die nach oben führten, gelangte er schließlich an den Ausgang der Station. Natürlich hatte er keine Ahnung, wo er sich befand, aber das war ihm im Moment auch herzlich egal. Schon wieder spürte er die neugierigen Blicke von ein paar umstehenden Leuten auf seiner Kleidung und seinen Schuhen. Er brauchte dringend ein neues Outfit. Immer noch lief er der Gruppe hinterher und nach wenigen Metern schon befand er sich inmitten eines Menschenstroms, der ihn in Richtung Stadtzentrum mitriss.
John hielt plötzlich an. Er schaute auf seinen Brustkorb. Die Kugel an seiner Halskette leuchtete rot. Sie hatten es offensichtlich geschafft. Sein Chef und die Techniker hatten wieder den Kontakt mit ihm hergestellt. John nahm die leuchtende Kugel in die Hand.
„Hallo, ich bin´s. John. Schön, dass ihr euch meldet." Ein sanftes Lächeln umspielte seine Mundwinkel.
„John, tut uns leid, aber es hat doch etwas länger gedauert, um die Verbindung wieder herzustellen. Alles in Ordnung bei dir?"
„Ja, Sir, es geht mir gut, aber es ist sehr heiß hier. Mein Körper fühlt sich nicht so gut an. Was ist da los mit mir?"
Sein Chef antwortet ihm mit seiner ruhigen, fast schon monotonen Stimme:
„John, dein Körper ist nicht für hohe Temperaturen ausgelegt. Dieser Körper wurde gebaut für New York und Umgebung. Um diese Jahreszeit ist es dort nicht so warm. Wir hatten dich nicht darüber aufgeklärt, weil wir nie geglaubt hatten, dass dies einmal zu einem Problem werden würde. Aber offensichtlich ist das der

Fall in deiner neuen Umgebung. Schau, dein Körper wurde für eine Höchsttemperatur von 25 Grad Celsius ausgelegt. Deine Uhr misst die Körpertemperatur in regelmäßigen Abständen und dort kannst du sie auch jederzeit ablesen."

„Moment. Was heißt das ganz genau, dass dieser Körper nur für 25 Grad ausgelegt wurde?"

„Nun. Sollte die Außentemperatur und damit die Körpertemperatur auf 23 oder 24 Grad steigen, so warnt dich die Anzeige deiner Uhr. Ab 25 Grad Celsius gilt die höchste Alarmstufe rot. Dazu ertönt dann ein akustisches Signal deiner Uhr. Und zwar so lange, bis die Temperatur wieder unter 25 Grad fällt."

John schossen nun mehrere Fragen gleichzeitig in den Kopf.

„Die Uhr piept dann also. Aber was zum Teufel soll ich in diesem Fall unternehmen? Wie bekomme ich die Körpertemperatur wieder in den normalen Bereich?"

„Am besten du gerätst erst gar nicht in diesen hohen Bereich. Halte dich an kühleren Orten auf. Vermeide die Hitze. Vermeide den Kontakt zu allem, was wärmer als 25 Grad ist und was dich somit aufwärmen könnte. Und falls trotz all dieser Maßnahmen dein Körper zu heiß wird, dann kühl ihn schnell ab. Kalte Flüssigkeiten sind perfekt geeignet, die Temperatur abzusenken. Viel trinken hilft also."

„Sir, wollen Sie damit sagen, dass mein Körper so leicht auf die Umgebungstemperatur reagiert?"

„Leider ja, John."

„Und wenn ich es nicht rechtzeitig schaffen sollte die Temperatur abzusenken?"

„Was dann passiert, willst du lieber nicht wissen. Mehr als 25 Grad sind auf Dauer schlecht für dich. Dein Körper wird dann zum Risiko. Also pass auf!"

John musste an die vorangegangen Situationen denken. Das unangenehme Geräusch der Uhr und dann die seltsame Verfärbung seiner Haut. Und dies war ja scheinbar nur der Anfang gewesen. Er schaute auf seine Uhr. Oben in der Ecke stand eine kleine Zahl: 20. Alles also im grünen Bereich. Diese Zahl würde er künftig stärker unter Kontrolle haben müssen.

„John, bist du noch dran?"

„Ja, Sir. Habe verstanden."

„John. Noch wissen wir nicht genau, wo du dich befindest. Wir müssen noch einmal die genaue Zeit des Absturzes mit der Flugroute abgleichen, denn wir haben vor kurzem ein paar technische Probleme in unserem System identifiziert. Genaueres wissen wir noch nicht. Bleib am besten in der Nähe des Raumschiffes, solange wir nichts über deinen Standort und dessen Bewohner wissen. Geh bitte kein Risiko ein und halte dich von den Menschen fern. Wir dürfen nicht auffallen."

John blickte sich um. Alles voller fremder Menschen hier und nicht wenige schauten ihm verwundert zu, wie er in eine rot leuchtende Kugel sprach, aus der Geräusche kamen.

„Das Raumschiff-Team ist schon dabei, die genaue Ursache deines Absturzes zu untersuchen. Sobald wir mehr wissen, melden wir uns wieder bei dir und sagen dir, wie du von dort wieder wegkommst. Also vertrau uns. Wir holen dich dort so schnell wie möglich wieder heraus."

„Klingt gut. Danke, Sir."

„Bis dann."

Und damit war das Gespräch beendet. Die Kugel verblasste in Sekundenbruchteilen und war nun wieder weiß. John machte einen zufriedenen Eindruck nach diesem kurzen Gespräch. Seine Leute würden ihm helfen, von hier wieder abheben zu können. Dennoch klangen noch die warnenden Worte seines Chefs nach... „Bleib am besten in der Nähe des Raumschiffes." „Halte dich von den Menschen fern."

Unmöglich konnte er sich an diese Anweisungen halten. Schließlich hatte er eine Mission zu erfüllen.

John betrat eines der zahlreichen Kaufhäuser, wo er nun endlich angemessene Kleidung kaufen wollte. Er kämpfte sich durch ein Meer von Mänteln, Jacken, Anzügen, Hosen, Hemden und Herrenaccessoires. Hier und da nahm er etwas von der Stange, was ihm der Kleidung der Leute auf der Straße am ähnlichsten schien. Schließlich wollte er mit seiner neuen Kleidung ja die Spanier kopieren, um kein Aufsehen zu erregen. Ein Verkäufer fragte ihn in eher schlechtem Englisch, ob er Hilfe benötige. John bejahte und drückte ihm den ganzen Stapel Klamotten, die er bereits ausgewählt hatte, in die Hand. Der Verkäufer reagierte überrascht, aber freundlich fragte er John nach dessen Kleidergröße. John antwortete sofort: „1,81 Meter."

Jetzt war der Verkäufer völlig verwirrt und schaute John's Kleiderstapel durch, auf dem allerlei Kleidergrößen bunt gemischt lagen.

„Lassen Sie mich die Größe messen."

Mit einem Maßband maß er die Beinlänge und setzte gerade an, den Hüftumfang zu messen, als John erschrocken einen Schritt zurückwich und rasch auf seine Uhr schaute. Er stieß einen unkontrollierten schrillen Schrei aus und ruderte wild mit den Armen, um sich Luft und Raum zu verschaffen.

Was wollte dieser Mann von ihm? Warum begrapschte er ihn? Zuerst war es Montse gewesen. Mehrfach sogar und jetzt diese Person auch noch. War das etwas, was alle Menschen machten, oder nur die Menschen in diesem Land? In seinen Vorbereitungskursen jedenfalls hatte ihn darauf niemand hingewiesen...

15 Minuten später stand John an der Kasse. Er hatte viel anprobiert und letztlich auch viel ausgewählt. Den Verkäufer hatte er auf Distanz gehalten, obwohl dieser sehr freundlich war und ihm immerzu neue Sachen zur Anprobe gebracht hatte.

„Das wären dann insgesamt 839,70 Euro", sagte der Verkäufer.

John zückte seine Brieftasche und begann mehrere Dollar Noten herauszuziehen. Der Verkäufer rümpfte die Nase und bemerkte geduldig, dass dieses Kaufhaus nur Euro akzeptiere. John blickte auf seine Dollar Scheine. Er verstand nicht. Der Verkäufer zeigte ihm einen 10 Euro Schein und sagte: „Euro. Nicht Dollar."

John wurde etwas nervös. In seiner Geldbörse gab es nur eine Art von Scheinen. Damit hatte er nicht gerechnet. Der Verkäufer lächelte freundlich.

„Sie können auch gerne mit Karte bezahlen."

John reichte ihm eine Master Card. Der Verkäufer zögerte kurz, schaute die Karte genauer an und steckte sie schließlich in sein Lesegerät. Nichts. Er zog die Karte nochmals heraus und steckte sie erneut ins Gerät. Wieder nichts. Er schüttelte den Kopf.

„Es tut mir leid mein Herr, aber diese Karte funktioniert leider nicht. Sie sieht auch schon sehr alt aus. Haben Sie vielleicht eine andere, eine neuere?"

Wieder warf John einen Blick in seine Brieftasche. Er hatte keine weiteren Karten. Da war nichts mehr. Zahlreiche Gedanken schossen ihm wild durch den Kopf. Seine Hände begannen zu zittern. Er spürte ein Zucken in seinen Beinen. Sein Körper erwärmte sich von unten nach oben. Wie eine Welle breitete sich die Hitze von den Füßen, über die Beine, den Unterleib, den Oberkörper und schließlich bis im Kopf aus. John bemerkte, dass er drohte die Kontrolle über seinen Körper zu verlieren. Seine Uhr begann zu piepen.

„Alles in Ordnung mit Ihnen?" fragte der Verkäufer besorgt.

John blickte ihm tief in die Augen. Dann schnappte er die Tüten mit der unbezahlten Kleidung und rannte davon. Schnell erreichte er die Rolltreppen und eilte hinunter. Der Verkäufer hatte inzwischen seine kurzzeitige Überraschtseinsstarre überwunden und rannte ihm laut schreiend nach. John lief so schnell er konnte. Er bahnte sich seinen Weg durch die engen Gänge des Kaufhauses. Einige der angerempelten Leute brüllten ihm böse nach. John nahm all das nicht wahr. Er rannte. Es gab nur ihn, die Taschen in seinen Händen und eine Menge Hindernisse. Sein Körper funktionierte nun wie auf Autopilot. Scheinbar mühelos wich er den vielen Leuten im Kaufhaus aus. Wie Scanner erahnten seine Augen schon die nächsten Bewegungen der Menschen in seinem unmittelbaren Blickfeld. Gazellengleich näherte er sich rasch dem Ausgang. Er hatte mittlerweile schon rund 30 Meter zwischen sich und seine Verfolger gebracht. Zum Verkäufer hatten sich 2 Sicherheitsleute gesellt. Sie schrien ihm nach, in einer Mischung aus Englisch und Spanisch.

John passierte die Ausgangstür des Kaufhauses und verschwand in den Menschenmassen der Fußgängerzone. Geschickt bahnte er sich darin seinen Weg vorwärts und hatte schnell weitere wertvolle Meter Vorsprung herausgelaufen. Dies animierte seine Verfolger aber anscheinend noch umso mehr, mit lautem Geschrei auf den Dieb aufmerksam zu machen. Viele Leute drehten ihre Köpfe in Richtung der Sicherheitsleute, von woher die lauten Schreie kamen. Zu John's Glück realisierten die meisten Fußgänger allerdings erst, dass er der Flüchtige war, als er bereits an ihnen vorbeigerannt war. Instinktiv war John klar, dass er in dieser Menschenmenge zwar leichter untertauchen konnte und nur schwer zu finden war, anderseits wusste er aber nicht genau, was seine Verfolger ihm nachbrüllten und ob ihn nicht doch ein geistesgegenwärtiger Passant festhalten würde. Wenn er freie Bahn hätte, so würde er seine Schnelligkeit ausspielen können und noch mehr Vorsprung herausholen, um sich dann irgendwo verstecken zu können.

Also hielt er nach rechts auf eine kleine Gasse zu. Dort schienen deutlich weniger Leute unterwegs zu sein. Noch wenige Meter. Dann geschah es. John hatte nicht aufgepasst. Er stolperte über das Bein eines Fußgängers. Mit den Einkaufstaschen in den Händen federte er den Sturz noch ab. Ein dumpfer Schlag und John lag bäuchlings, lang ausgestreckt auf der Straße. Der Boden unter ihm färbte sich rot.

3. Glück im Unglück

Sonntag, 25. Mai – 16:01 Uhr

Was für ein bescheidener Tag. Eine einzige Fahrt hatte er gehabt bislang und das war heute Morgen um halb 8 gewesen. Drei junge Frauen, vermutlich Freundinnen, die in ihren kurzen Kleidchen und hohen Schuhen direkt aus der Diskothek gekommen waren. Offensichtlich hatten sie sich dort noch nicht genug verausgabt, denn sie hatten die ganze Fahrt über gequatscht. Vom Zentrum bis ins Stadtviertel von Moratalaz. Gut 10 Euro hatte sie dies gekostet und 20 Cent Trinkgeld waren dabei für ihn herausgesprungen. Das war alles. Und seitdem saß Francisco in seinem Taxi, bei schönstem Frühlingswetter, hörte Radio und las in der Tageszeitung, die er sich zuvor am Kiosk gekauft hatte. Er blickte auf die Uhr. Kurz nach vier. Lange würde er heute nicht mehr arbeiten. Es war Sonntag und es war sowieso sehr wenig los. In diesem Fall zog er es vor, wenigstens noch ein paar Stunden am Abend mit seiner Familie zu verbringen. Seine beiden 4 und 7 Jahre alten Söhne würden sich bestimmt freuen, wenn sie noch ein wenig gemeinsam draußen mit dem Vater spielen könnten.

Die letzten Wochen und Monate hatte er immer noch längere Schichten gearbeitet. Teilweise über 12 Stunden pro Tag und zudem noch hin und wieder am Wochenende. Trotzdem blieb ihm am Monatsende unterm Strich weniger Geld als früher. Die Wirtschaftskrise hatte das Land nun schon seit Jahren fest im Griff. Francisco erinnerte sich noch an die goldenen Zeiten, die Jahre, als die Wirtschaft boomte, als die Leute noch Geld hatten und es auch ausgaben. Damals, zwischen 2003 und 2007, gab es eine Menge Arbeit für die Taxifahrer in der Stadt. Die Madrilenen gingen viel mehr weg abends, auch unter der Woche, in Bars, Restaurants und Diskotheken und gönnten sich dann nach dem ein oder anderen Glas Alkohol auch ein Taxi für den Nachhauseweg. Francisco erinnerte sich noch sehr gut daran, wie er in diesen Jahren einen

Fahrgast am Ziel absetzte und dort sofort ein neuer Fahrgast ins Taxi sprang. Nahezu rund um die Uhr lief das Geschäft bei ihm und seinen Kollegen. Die Leute stritten sich teilweise um die Taxis.

Heutzutage hingegen nahmen viele Leute, sofern sie überhaupt noch ausgingen, öffentliche Verkehrsmittel, obwohl auch die deutlich teurer waren als früher. Ein Taxi leisteten sich die meisten nur selten. Zu viele Menschen waren direkt oder indirekt von der Krise betroffen und mussten die Gürtel enger schnallen. Da hatte nicht jedermann das Geld, sich einfach mal schnell ein Taxi zu nehmen. Irgendwo musste ja gespart werden. Für Francisco und die anderen Taxifahrer bedeutete dies, dass sie nun oftmals stundenlang vor den noch angesagten Bars und Clubs warten mussten, bis ein Fahrgast kam. Das Angebot an Taxis überstieg die Nachfrage bei weitem und auch die zahlreichen ausländischen Touristen konnten dies nicht ändern. Ja, die Tourismus-Branche blühte, aber viele andere Wirtschaftszweige, allen voran die Bau-Branche, würden wohl lange brauchen, um sich wieder von der Krise zu erholen.

Francisco selbst hatte daher auch Geldsorgen. Nur mit Müh und Not und mit der Unterstützung seiner Eltern kam seine Familie über die Runden. Er arbeitete Vollzeit, seine Frau Teilzeit und seine Eltern packten mit an, wenn es darum ging, auf die beiden Jungs aufzupassen, oder wenn eine unvorhergesehene Ausgabe mal wieder ein Loch in den Familien-Finanzplan riss. Er konnte nicht sagen, ob er jemals wieder aus dieser schwierigen Situation herauskommen würde. Zu schwer lastete die Hypothek der Wohnung auf ihm. Wie so viele seiner Landsleute, hatte er sich in den guten Jahren eine deutlich übertreuerte Wohnung gekauft. Die Bank hatte damals kaum eigenes Kapital von ihm verlangt und ihm zudem einen großzügigen Kredit gewährt. Jetzt musste Francisco jeden Monat einen Großteil seines Einkommens zur Rückzahlung des Kredits verwenden. Wenigstens konnte er noch bezahlen. Viele andere, vor allem Leute, die ihren Job verloren hatten, konnten das nicht mehr und deren Häuser gingen dann in den Besitz der Banken über. Zwangsräumungen von Wohnungen waren keine Seltenheit.

Nein, gut ging es ihm und seiner Familie nicht, aber es gab viele, denen es schlechter ging. Zumindest hatte er einen Job und damit stand er schon einmal besser da, als ein gutes Viertel der arbeitsfähigen Bevölkerung. Und keiner konnte sagen, wie schnell sich der Arbeitsmarkt wieder erholen würde. Am schlimmsten und beunruhigendsten war mit Sicherheit die Situation bei den Jugendlichen. Über 50% der jungen Leute standen nach Schule oder Studium ohne Job da und das, obwohl sie oftmals sehr gut ausgebildet waren. Und nicht selten kam es dann vor, dass erstklassige Ingenieure in Warenlagern oder an Supermarktkassen arbeiteten, um nicht untätig zu Hause rumzusitzen. Wo sollte das nur hinführen? Wie sollte man die Schüler und Studenten motivieren, wenn man wusste, dass ein Großteil von ihnen hinterher sowieso arbeitslos sein würde oder aber völlig überqualifiziert einer einfachen Tätigkeit nachgehen müsste, ohne eigene Schuld?

Zudem hatte Francisco auch den Eindruck, dass die Unternehmen diese Situation ausnutzten, um die Löhne niedrig zu halten und die Arbeiter somit ausbeuteten. Es stand ja genügend Ersatz auf der Straße, wenn sich jemand beschweren sollte.

Er blickte auf das Foto seiner beiden kleinen Söhne, das er in der Mittelkonsole des Taxis liegen hatte. Sie begleiteten ihn ständig. Sie und natürlich seine Frau waren seine Motivation, der Antrieb, vor allem an schlechten Tagen, wie dem heutigen. Irgendwie schaffte er es immer durch den Tag und irgendwie würde er es auch durch die Krise schaffen. Immerhin hatte er mit seinen 48 Jahren ja auch schon mehr als die Hälfte seines Arbeitslebens hinter sich. Viel mehr Sorgen machte er sich wegen seiner Kinder. Was würden seine Söhne wohl einmal machen in der Zukunft? Würden sie es wieder leichter haben Arbeit zu finden? Oder befand sich das Land dann schon wieder in der nächsten Krise?

Geschichte wiederholte sich schließlich und der Mensch neigte dazu, auch noch ein zweites oder drittes Mal dieselben Fehler zu machen. Warum also sollte sich eine solche Finanzkrise nicht wiederholen? Doch erstmal musste das Land aus der aktuellen wieder herauskommen.

In der Hinsicht war Francisco weitaus pessimistischer als die Politiker, die jedes Jahr aufs Neue verkündeten, dass das Ende des Tunnels nahe sei, dass die ersten zarten Knospen eines Wirtschaftswachstums wieder zum Vorschein kamen und dass bald sowieso wieder alles gut wäre. Er glaubte es ihnen nur nicht mehr, egal welcher Partei sie angehörten. Zu viel hatten sie aus seiner Sicht schlecht gemacht, zu viele Fehltritte hatten sie sich erlaubt und somit den Kredit des Volkes, zumindest aber mal den seinen verspielt. Die Leute mussten das schon selbst schaffen, sich selbst freischaufeln aus der Krise, der Schuldenlast, der schlechten Wirtschaftslage. Auf die Hilfe der Politiker sollten die Menschen lieber nicht vertrauen.

Francisco starrte mit leerem Blick durch die Windschutzscheibe. Sehr oft schon waren ihm diese oder ähnliche Gedanken durch den Kopf gegangen, vor allem wenn er nicht viel Arbeit hatte. Er ertappte sich selbst dabei, wie diese Gedanken wieder einmal die Kontrolle über ihn gewonnen hatten. Jetzt blickte er auf das Taxi seines Vordermanns. Noch 5 Kollegen waren vor ihm in der Schlange. Das konnte heute lange dauern, bis er an der Reihe war. Mindestens noch mal 30 Minuten warten, um am Ende dann möglicherweise eine Kurzstrecke zu fahren, die weniger als 10 Euro einbrachte. Nein, danke. Eine Sache würde er allerdings noch schnell erledigen.

Er stieg aus seinem Wagen und ging bis zu einem kleinen Kiosk am Ende der Straße. Er wusste nicht, warum er es wieder und immer wieder versuchte, wo er doch noch nie Glück gehabt hatte. Dennoch kaufte er sich für 3 Euro Lotterielose. Irgendwann musste es ja mal klappen. Und wenn es nur ein paar Tausend Euro wären. Wie viele seiner Landsleute, gab er die Hoffnung nicht auf, dass einmal das Glück bei ihm anklopfen würde und er mit einem Schlag einen Großteil seiner Sorgen würde vergessen können. Das Jahr über spielte Francisco nicht viel. Mal hier und da ein paar Euro, aber bei der großen Weihnachtslotterie am 22. Dezember, da kaufte er sich immer mehrere Lose, oft mit Kollegen oder Freunden zusammen. Alle wollten sie dann ‚el gordo', den ‚Dicken' gewinnen, den ersten Preis, der pro 20 Euro Los einen Gewinn von 400.000 Euro einbrachte, vor Steuern. Jedes Jahr, Wochen vor der großen Ziehung der Zahlen, begannen die Spanier dann schon, sich Lose zu kaufen. Viele kauften jedes Jahr in derselben Lotterie-Verkaufsstelle, jedes Jahr dieselbe 5-stellige Nummer, die ihnen zum großen Gewinn verhelfen sollte. Viele kauften auch Lose aus allen möglichen Teilen Spaniens, Nummern, die vielleicht nicht in Madrid verkauft wurden. Andere versuchten zumindest alle möglichen Endziffern einmal zu haben, um auf jeden Fall etwas zu gewinnen. Es war schon ein wenig verrückt. Leute standen teilweise stundenlang an einer Verkaufsstelle an, nur um dort ihre Glücksnummer zu bekommen. Hoch im Trend waren auch immer die Nummern, die in den letzten Jahren mit fetten Preisen dotiert waren. Eventuell schlug das Glück ja zweimal bei derselben Nummer zu.

Oftmals, wenn er nicht Dienst hatte, schaute sich Francisco einen Teil der Ziehung im Fernsehen an, die natürlich live im Ersten ausgestrahlt wurde. Mehrere Stunden lang wurden dann kleine Kügelchen mit 5-stelligen Zahlen aus einer riesigen Stahlkugel gezogen, in der alle Kugeln mit allen möglichen 5-stelligen Zahlen darauf warteten, durch die kleine Öffnung in die Freiheit zu gelangen und viele Leute glücklich zu machen. Schulkinder sangen dann die Zahl vor und den dazugehörigen Gewinn. Bei den großen Gewinnen wiederholten sie mehrmals ihren Gesang und die Glücksnummer wurde nochmals groß eingeblendet. So lief das, bis alle Gewinne ermittelt waren.

Mehr als 150 Euro hatte Francisco noch nie gewonnen, obwohl er jedes Jahr knapp 300 Euro für die Weihnachtslotterielose ausgab. Aber er gab die Hoffnung nicht auf. Einer seiner Arbeitskollegen hatte vor ein paar Jahren einmal einen 3. Preis gewonnen: 125.000 Euro. Ein sattes Weihnachtsgeld. Ja, das wäre es. Einmal so einen Gewinn und er hätte die Ausbildung seiner Söhne gesichert. Er drückte die Lose fest zwischen Daumen und Zeigefinger, so als wollte er damit dem Glück ein Zeichen geben und steckte sie dann in seine Brieftasche und kehrte zu seinem Taxi zurück. Immer noch war er die Nummer 6 in der Schlange. Er ließ den Motor an und fuhr davon.

Sonntag, 25. Mai – 16:09 Uhr

Um John herum hatte sich ein kleiner Kreis gebildet. Leute blickten ihn teils besorgt, teils neugierig an. Ein Mann fragte ihn, nachdem er auf Spanisch nicht reagiert hatte, nun auf Englisch, ob er in Ordnung sei. John nickte. Der Mann half ihm auf die Beine. Die Flasche Rotwein, die die Ingenieurin zuvor vergessen hatte und die John seitdem bei sich trug, war beim Sturz kaputt gegangen.

Auf dem Straßenpflaster hatte sich ein kleiner roter See gebildet. John blickte einen kurzen Augenblick lang orientierungslos auf. Dann vernahm er Schreie von hinten und sofort war er wieder handlungsfähig. Rasch packte er seine Taschen und rannte unter den verdutzten Blicken der umstehenden Personen davon. Die Verfolger, mittlerweile zwei Männer der Guardia Civil, dem Zivilschutz, die dem Verkäufer zu Hilfe geeilt waren, erreichten bereits die Stelle, wo die Rotweinflasche zu Bruch gegangen war, als John in eine kleine Gasse hineinrannte.

Er kam schnell voran in dem fast menschenleeren Gässchen, aber einer seiner beiden Verfolger schien gut trainiert zu sein und kam ihm immer näher. Weiter vorne öffnete sich die Gasse wieder etwas und John sah dort viele Leute. Seine einzige Rettung wäre nun eine Menschenmenge, wo er untertauchen konnte. So schnell er konnte lief er auf die Menschentraube zu. Lautes Gebrüll kam aus deren Richtung. Beim Näherkommen erkannte er Banner und Fahnen. ‚Europa', ‘Geld', ‘Regierung' konnte er dort lesen. Die Menschen schienen sauer zu sein. John hetzte an den ersten vorbei, rempelte andere an und bahnte sich seinen Weg. Hinter ihm wütende Schreie. Er blickte sich kurz um. Einige hatten sich verärgert nach ihm umgedreht. Andere beschimpften seinen Verfolger, der nun in einer Menschentraube feststeckte. John kämpfte sich durch die letzten paar Reihen und hatte dann wieder freie Bahn. Wenig später bog er ab und kurz darauf nochmals. Dann wechselte er in einen ruhigen Gehschritt und betrat flink ein Geschäft. Wie er schnell erkannte, ein Schuhladen. Hier würden sie ihn hoffentlich nicht finden. Scheinbar interessiert schaute er sich einige Paar Schuhe an. Hin und wieder blickte er in Richtung Schaufenster nach draußen. Und tatsächlich rannte dort plötzlich der etwas langsamere seiner Verfolger vorbei. Automatisch duckte sich John hinter ein Regal. Noch war er nicht sicher. Sein Körper verblieb in Alarmbereitschaft.

Warum hatte er das getan? Warum hatte er die Tüten nicht einfach dort gelassen? Wieso hatte er die Tüten mit der unbezahlten Kleidung nicht fallengelassen?

John konnte es sich nicht erklären. Wie blockiert, unfähig klar zu denken, hatte er reagiert und damit sehr viel Aufmerksamkeit auf sich gezogen. Genau das, was er hatte verhindern wollen. Wieder einmal war ihm klar geworden, dass sie ihn zwar auf vieles vorbereitet hatten, aber eben nicht auf alles. In diesen Momenten waren seine Intelligenz und sein Ideenreichtum gefragt, um Gefahren zu vermeiden und Probleme zu lösen. In dieser Situation hatte er einen denkbar schlechten Ausweg gewählt. Sein Chef wäre wohl sehr enttäuscht von ihm. Jetzt musste er zumindest die nächsten Schritte gut planen, um weitere Schwierigkeiten zu vermeiden.

Jetzt erst bemerkte John, dass die Kugel an seinem Hals rot aufleuchtete. Ein Anruf von seinem Chef. Ohne Begrüßung kam dieser sofort zum Kern.

„John. Wir haben keine Ahnung, was mit der Technik der Flugroutenüberwachung los ist. Da arbeiten wir mit Hochdruck daran. Jedoch wissen wir inzwischen, wo du bist. Du befindest dich in Madrid. Das ist die Hauptstadt von Spanien. Eine große Stadt mit mehr als 3 Millionen Einwohnern. Die Leute dort sprechen Spanisch, also wirst du wahrscheinlich nicht mit denen kommunizieren können, es sei denn diese verstehen auch Englisch. Doch das wichtigste. Wir haben gesehen, dass innerhalb der nächsten Tage die Temperaturen dort erheblich ansteigen werden. Wohl bis auf knapp 30 Grad, in ein bis zwei Wochen dann sogar darüber. Du musst also so schnell wie möglich weg von dort. Du hast circa eine Woche Zeit; wenn du dann nicht weg bist, so wird die Hitze deinen Körper nachhaltig schädigen und vielleicht sogar zerstören. Somit verlierst du komplett die Kontrolle über ihn. Hörst du?"

„Ja, Sir. Ich habe es gehört." John war etwas mulmig zu Mute.

„Spätestens morgen schicken wir mehr Informationen zum Schaden am Raumschiff und darüber, wie du es wieder startklar bekommst. John, du schaffst das. Wir haben vollstes Vertrauen."

„Aber sicher", antwortete John etwas zögerlich.

„Pass auf dich auf!" Dann trennte sein Chef die Verbindung. John schluckte schwer.

Dass er nun von der Polizei hier gesucht wurde, war wohl noch das kleinste Problem, dass er ohne Geld und gültige Kreditkarte dastand, schon ein etwas größeres, aber dass die Temperaturen in den nächsten Tagen deutlich anstiegen und er somit nur eine Woche Zeit hatte, um wieder wegzukommen von hier, das war ein lebensbedrohliches Problem.

Was, wenn er es nicht schaffen würde? Dann müsste er hier, weit weg von Familie und Freunden sterben. Und nicht nur würde er sterben, er würde damit auch noch seinen Planeten und dessen Bewohner einer Gefahr aussetzen, wenn die Erdbewohner seinen Körper genauer untersuchen würden, oder durch irgendeinen Zufall sein Raumschiff entdecken würden. Ihm wurde schwarz vor Augen bei diesen Gedanken. Seine Beine wurden weich. Was sollte er jetzt tun?

Kurz darauf kramte John in einer seiner Einkaufstüten und zog einen dunkelblauen Anzug heraus und ein weißes Hemd. Er begann sich auszuziehen. Zunächst das Shirt, dann öffnete er seine Hose. Die Verkäuferin beobachtete ihn mit großen Augen. Sie ging auf ihn zu und fragte:

„Entschuldigen Sie bitte, was machen Sie da?" Mit halb heruntergelassener Hose blickte John sie an.

„Ich wollte mich nur kurz umziehen. Meine Hose ist schmutzig." Er zeigte auf den Rotweinfleck am Hosenbein. Auf Englisch bekam er die Antwort der verblüfften Verkäuferin. „Ok, aber doch nicht hier. Hier können Sie nur Schuhe kaufen. Zur Not können Sie auf die Toilette gehen und sich dort umziehen." Sie zeigte in Richtung der Toilette im hinteren Teil des Ladens. John zuckte mit den Schultern, zog die Hose wieder hoch und ging zur Toilette. Dort zog er sich das weiße Hemd und den Anzug an. Er schaute an sich hinunter. Fehlten nur noch die passenden Schuhe. Die gab es zwar in diesem Laden, aber wie sollte er bezahlen. Sollte er erneut die Ware einfach mitnehmen und davonrennen? Noch mehr Aufsehen erregen? Kurz überlegte er. Dann zog er seine Sneakers wieder an und verließ die Toilette.

„Sehr elegant. Sehr schön", meinte die Verkäuferin. „Jetzt brauchen Sie nur noch elegante Schuhe. Schauen Sie mal." Sie zeigte ihm ein paar dunkelbraune Lederschuhe, aber John schüttelte den Kopf.

„Heute nicht. Hab kein Geld mehr." Die Verkäuferin schaute ihn nun etwas enttäuscht an.

„Diese Woche komme ich dann aber nochmals vorbei und dann kaufe ich welche", fügte John rasch hinzu, der in seiner Ausbildung sehr wohl gelernt hatte, die menschlichen Emotionen zu interpretieren. Der Gesichtsausdruck der Verkäuferin veränderte sich allerdings nicht merklich. Vermutlich hatte sie schon zu oft diesen Satz gehört.

„Brauchen Sie eine Plastiktüte?", fragte sie ihn trotz der Enttäuschung freundlich, auf seine halb aufgerissenen Plastiktüten schauend. John bemerkte erst jetzt, dass diese bei seinem Sturz vorher offensichtlich etwas abbekommen hatten.

„Ja gerne. Vielen Dank." John packte seine frisch eingekauften, beziehungsweise geklauten, Sachen von den kaputten in die neuen Tüten mit dem Schriftzug des Schuhladens. Neu eingekleidet und mit andersfarbigen Tüten würden sie ihn wohl da draußen nicht mehr erkennen. Er bedankte sich nochmals bei der Verkäuferin und spazierte dann aus dem Laden.

Es waren jetzt sogar noch mehr Menschen auf der Straße als zuvor. Mit seinem Anzug, dazu den Sneakers, den Plastiktüten in der Hand und dem Rucksack, gab John ein merkwürdiges Bild ab. Einige der Passanten sahen ihn schmunzelnd an. John aber schien das nicht zu bemerken. Er hatte einen Plan. Er hatte eine Idee, wie er an Geld kommen könnte, auch wenn er noch nicht wusste, ob es funktionieren würde. Noch ganz genau erinnerte er sich an einen Nachmittag vor gut einem Jahr, als er gemeinsam mit Jim, dem Auserwählten der 72er Mission, zusammen saß und sie sich über alles Mögliche unterhielten. Jim war ein talentierter Erzähler und John hatte ihm zum Teil stundenlang zugehört, wie er von seinen Erlebnissen aus New York berichtete und von den Leuten, die er dort getroffen hatte.

An jenem Nachmittag hatte Jim von dessen Wochenende in Las Vegas erzählt. Mit einem Freund, den er kurz zuvor kennengelernt hatte, war er dorthin geflogen, um die aufstrebende Stadt zu erkunden, von der so viele schwärmten. Ein Paradies sei dieses Las Vegas, so hatte Jim es genannt. Voll bunter Lichter, voll nächtlichem Treiben, voller Spieltische und Spielautomaten und allerlei Amüsements. Interessiert hatte John ihm zugehört, wie er ihm von den vielen Kasinos und den Glücksspielen erzählt hatte, von dem Spieltrieb der Leute und dem Wunsch reich zu werden in einer Nacht. Damals hatte John erst so richtig verstanden, was Geld für die Menschen bedeutete und welche Funktion es hatte. Heute hatte er gelernt, dass dies auch in Spanien so war, dass er sich ohne Geld nichts kaufen konnte und nicht am Leben teilnehmen konnte.

Konnte er nicht einfach versuchen, diese Spiellust der Menschen, diesen Trieb immer mehr Geld haben zu wollen ausnutzen? Konnte er nicht einfach sein eigenes kleines Las Vegas hier aufmachen, um Geld zu verdienen und sich damit Sachen zu kaufen?

Klar, er hatte weder ein Kasino, noch eine Genehmigung, noch einen Spieltisch, noch einen Automaten, aber Jim hatte ihm auch von den Leuten erzählt, die in irgendwelchen Nebenstraßen saßen und mit ihren eigenen Spielchen Geld verdienten und den unvorsichtigen Touristen das Geld aus der Tasche zogen. Was hatte er schon zu verlieren?

John durchsuchte einen Mülleimer, aus dem er schließlich drei identische, weiße Pappbecher herauszog. Da er keine kleinen Kugeln finden konnte, nahm er sich eines der Plastiktrinkröhrchen, das noch in einem der Becher steckte und schnitt es in drei gleich große Teilstücke. Dies würde den Zweck erfüllen. Jetzt musste er nur noch einen geeigneten Standort finden und es konnte losgehen. Hier, direkt in der Hauptader der Fußgängerzone, wollte er nicht bleiben. Ein paar Meter weiter wurde er fündig. Er ging ein paar Schritte in eine Seitenstraße hinein, die von deutlich weniger Leuten begangen wurde. Damit war John immer noch nahe genug an der Fußgängerzone, um von den Leuten gesehen zu werden.

Leicht nervös setzte er sich auf den Boden, lehnte Rucksack und Plastiktüten an die Hauswand hinter sich und bereitete sein eigenes Glücksspiel vor.

Wenig später saß er, mit der Brille auf der Nase, hinter den drei umgedrehten Pappbechern und verkündete laut:

„Ladies and Gentlemen, willkommen in Mini Vegas. Treten Sie näher und gewinnen Sie in wenigen Sekunden das Dreifache Ihres Einsatzes. Heute ist Ihr Glückstag."

Mehrere Leute drehten sich nach John um, aber nur wenige blieben stehen. Ein Mann fragte ihn neugierig:

„Und was muss ich dafür tun?"

„Schauen Sie, es ist ganz einfach. Sie müssen sich nur merken, wo dieses Plastikteil sich am Ende der Runde befindet." Dabei hielt er in seiner rechten Hand zwischen Daumen und Zeigefinger eines

seiner kleinen Plastikröhrchen. „Wenn Sie den richtigen Becher erraten, so gebe ich Ihnen das Dreifache Ihres Einsatzes zurück."
„Und wer sagt mir, dass Sie mich nicht hereinlegen?"
„Niemand. Aber Sie können ja selbst entscheiden, ob Sie eine Runde spielen möchten und falls ja, wie viel Sie einsetzen wollen."
Scheinbar einverstanden mit den Spielregeln hob der Herr die Schultern.
„Na dann mal los."
John hielt ihm das Plastikröhrchen hin.
„Sie dürfen auch gerne prüfen, dass hier alles echt ist."
Der Mann nahm das Röhrchen in die Hand und schaute es sich kurz an.
„Alles in Ordnung."
„Na toll", sagte John. Jetzt muss ich es erst wieder desinfizieren.
„Sie mit Ihren Schmutzfingern."
Die umstehenden Leute lachten und auch dem Mann huschte ein kurzes Lächeln über die Lippen während John das Plastikteil mit einer Flüssigkeit besprühte. Der Mann stand er konzentriert da und sah zu, wie John rasch das Röhrchen unter dem mittleren Becher verschwinden ließ und anfing die Position der Becher zu verändern. Mit der Zunge zwischen den Zähnen und weit aufgerissenen Augen folgte der Blick des Mannes dem Becher, unter dem er das Röhrchen vermutete. John, der dies noch nie gemacht hatte, und dem man diese Ungeübtheit auch ansah, mischte die Becher so langsam, dass es keinerlei Anstrengung bedurfte, dem Becher zu folgen. Nach wenigen Sekunden stoppte er und schaute den Mann neugierig an.
„Haben Sie eine Ahnung, wo das Röhrchen sein könnte?"
Der Mann nickte. Er zeigte auf den von ihm aus rechten Becher.
„Dort muss es sein."
„Wollen Sie es also riskieren und Geld setzen?", fragte John.
„Ja. 5 Euro. Hier. Auf den Becher ganz rechts." Er zog einen 5 Euro Schein aus seiner Brieftasche.
„Will sonst noch jemand setzten?", fragte John in den kleinen Kreis, der sich mittlerweile um ihn gebildet hatte. Noch zwei Herren setzten jeweils 2 Euro auf denselben Becher. John nahm das Geld und hob den Becher.

Kein Röhrchen war darunter. Ein lautes Raunen ging durch die Menge und der erste Herr stand mit ungläubigem Blick da.

„Das ist unmöglich. Das Röhrchen muss dort sein. Wo haben Sie es hingetan?"

John hob den mittleren Becher mit der rechten Hand an, fuhr sogleich mit der linken Hand unter den Becher und zog das Röhrchen hervor.

„Hier meine Herren. Hier ist das Röhrchen." Er präsentierte es dem staunenden Publikum in der linken Hand, die in einem Handschuh steckte. Einer der beiden Herren, die 2 Euro gesetzt hatten, schüttelte den Kopf, winkte mit der Hand ab und ging vor sich hin murmelnd davon. Der erste Herr aber wirkte immer noch ungläubig und starrte auf das Röhrchen.

„Lassen Sie mich doch bitte nochmals sehen."

John reichte ihm das Plastikröhrchen. Der Mann drehte und drückte es zwischen seinen Fingern, konnte aber nichts Ungewöhnliches feststellen. Schließlich gab er es John zurück. Dieser besprühte es erneut.

„Jetzt haben Sie es schon wieder schmutzig gemacht." Gelächter brandete auf und der Mann blickte ihn leicht böse an.

„Machen Sie noch mal."

„Sehr gerne. Schauen Sie gut zu, meine Damen und Herren. Ihr dreifacher Einsatz winkt als Gewinn."

Wieder hatte er das Röhrchen unter den Becher gesteckt und begann nun die drei Becher kreisen zu lassen. Noch ungeschickter als beim ersten Mal stellte er sich dabei an und positionierte dann die Becher in einer Reihe. Leute im Publikum flüsterten mit ihren Nebenleuten und zeigten auf den linken Becher. Der Herr in der ersten Reihe zückte nochmals 5 Euro und sagte:

„Hier. Nochmals 5 Euro, auf den Becher links."

John blickte ihn an. „Sind Sie sicher?"

„Ganz sicher."

John schaute ins Publikum. „Möchte sonst noch jemand setzen?"

Tatsächlich traten noch 4 Personen nach vorne, die die erste Runde noch nicht beobachtet hatten und setzten zusammen 12 Euro. Ebenfalls alle auf den linken Becher.

John nahm das Geld an sich und hob den Becher. Nichts. Gar nichts war darunter.

Wieder hob er den mittleren Becher, griff mit der linken Hand darunter und hielt das Röhrchen in die Höhe.

„Hier ist das Röhrchen. Wieder in der Mitte."

Erneut ging ein Raunen durch die Menge, die inzwischen auf knapp 20 Leute angewachsen war. Die Menschen murmelten, schüttelten die Köpfe und blickten John fragend an.

„Elender Betrüger!" sagte der erste Herr verärgert, der nun schon 10 Euro verspielt hatte. Er hatte die Nase voll und ging.

John aber wiederholte dasselbe Spielchen Runde um Runde und das Geld floss. Was für eine einfache, aber geniale Idee. Der eigentliche Dank aber gebührte seinen Kollegen im Labor, die den Spray, die Handschuhe und die Brille entwickelt hatten. Immer dasselbe Muster. Er besprühte das Röhrchen mit dem Spezialspray, der es innerhalb von Sekunden unsichtbar werden ließ. Dies passierte in der Zeit unter dem Becher. So konnten es die Leute nicht bemerken. Er mischte die Becher so langsam, dass es sehr einfach war, den vermeintlich richtigen Becher nicht aus den Augen zu verlieren. Aus diesem Grunde waren sich die Leute sehr sicher und setzten mehr Geld. Wenn er dann den Becher anhob, so lag da nur ein unsichtbares Röhrchen darunter. Nur John mit seiner Brille konnte es sehen. Dann wählte er einen der anderen Becher, unter denen jeweils auch ein unsichtbares Röhrchen lag, welches John ganz zu Beginn mit seinem Spray präpariert hatte. Mit der rechten Hand ohne Handschuh hob er den Becher und mit der linken, an der er den Laborhandschuh trug, griff er so flink unter den Becher, griff das Röhrchen, das durch die Berührung mit dem Handschuh wieder sichtbar wurde und zeigte es dem erstaunten Publikum. Runde um Runde führte er so die Zuschauer an der Nase herum und verdiente prächtig. Die meisten Leute spielten zwar nur einmal und gingen dann verärgert, schimpfend oder ratlos weiter, aber es kamen immer wieder genügend Leute nach. Wenn einmal nur wenig gesetzt wurde, dann ließ er die Leute gewinnen, um zu höheren Einsätzen zu motivieren. Zwischenzeitlich hatte er mehr als 50 Menschen im Publikum. Spanier, aber ebenso viele ausländische Touristen.

Knapp eine Stunde nachdem er sein Mini Vegas eröffnet hatte, packte John seine Becher zusammen. Er war erschöpft, denn er hatte ständig auf der Hut sein müssen, um keinen Fehler zu begehen, so dass sein Trick nicht aufflog. Außerdem glaubte er, dass er mittlerweile genug Geld verdient hatte, um die nächsten paar Tage überstehen zu können. Er dankte dem Publikum, das zum Großteil schon weitergezogen war. Die Show war schließlich zu Ende. Er zählte die zahlreichen Geldscheine und −münzen, die er eingenommen hatte. Fast 900 Euro. Er steckte das Geld ein, nahm Rucksack und Plastiktüten und zog zufrieden von Dannen.

Sonntag, 25. Mai − 17:11 Uhr

Francisco hupte und wechselte auf die linke Spur. Rechts war wieder mal irgendein Schleicher unterwegs. Dies ging ihm zu langsam. Er wollte ja schließlich schnell nach Hause kommen, um den Abend mit seiner Familie zu verbringen. Jeden Tag verbrachte er mehrere Stunden auf der Straße. Es nervte ihn, wenn dann Leute unterwegs waren, die sich nicht auskannten, die nur herumtuckerten oder gar die Straße blockierten.

Dabei war er noch einer der eher gemäßigten Taxifahrer. Er kannte Kollegen, die sich deutlich aggressiver im Straßenverkehr verhielten. Die fuhren über gelbe, ja teilweise schon rot gewordene Ampeln, waren zu schnell unterwegs, bogen links ab, wo es verboten war und fuhren im Zick-Zack über mehrspurige Straßen. Die Hupe war dabei ihr ständiger Begleiter. Die zahlreichen Kreisverkehre waren immer eine Gefahrenquelle für Unfälle, wenn manche Fahrer die Blinker zu spät oder gar nicht setzten. Aber nicht nur andere Fahrer waren potentielle Gefahrenquellen und Rivalen um die Vorherrschaft auf den Straßen, sondern auch die Fußgänger. Für diese bedeutete eine rote Ampel nicht mehr als ein „Vorsicht, hier kommt eine Straße" Warnung. Kaum ein Madrilene oder Spanier hielt sich als Fußgänger wirklich an das rote Ampelzeichen. Nur dann, wenn der Autoverkehr in Bewegung war, musste man die Ampel respektieren. Francisco ärgerten weniger die Leute, die bei sich von Grün auf Rot umschaltender Fußgängerampel noch schnell über die Straße huschten, als über diejenigen, oftmals leider auch ältere Bürger, die, obwohl die Ampel gerade schon auf Rot geschaltet hatte, noch in aller Ruhe und Gelassenheit oder einfach nur durch das Alter bedingt, die Straße bei gemächlichem Tempo überquerten, während die erbosten Autofahrer, die grünes Licht hatten, ihre Hupen malträtierten und ihrem Unmut Luft verschafften. Täglich erschienen ihm die Straßen einer Stadt wie Madrid wie eine Kampfarena. Busfahrer gegen Falschparker, Taxifahrer gegen zögerliche Autofahrer, Motorrad- und Mopedfahrer gegen die vierrädrigen Fahrzeuge und alle Fahrzeuge zusammen gegen die Fußgänger. Auch wenn er es gewohnt war, so war es dennoch jeden Tag aufs Neue nervenaufreibend. Allzu gerne wäre er einmal nach Nordeuropa gegangen, in die skandinavischen Länder, von denen er schon öfter gehört hatte, dass dort alles so geordnet zuging. Wie wäre es wohl, dort Taxifahrer zu sein?

Doch dann stellte er sich auch vor, wie es wohl wäre in einem asiatischen Land Taxis durch den Verkehr zu steuern, wo anscheinend Chaos herrschte, wo sich kaum jemand an die Regeln hielt und man sich dann dennoch fragte, warum dort nicht viel mehr Unfälle passierten. Vermutlich lag da Spanien irgendwo in der Mitte zwischen Ordnung und Chaos. Es könnte also schlimmer sein.

Francisco wechselte wieder auf die rechte Spur. Diese war jetzt frei und er kam schnell voran. In knapp 10 Minuten würde er zu Hause sein. Vor ihm schaltete die Ampel auf Gelb. Er gab Gas. Das würde ihm noch reichen. Eine Wagenlänge vor der Ampel schaltete diese auf Rot. Er hielt das Gaspedal gedrückt. Aus dem Augenwinkel sah er, wie ein Fußgänger auf die Straße lief. Instinktiv trat Francisco hart auf die Bremse und zog den Wagen ein wenig nach links. Er bemerkte einen leichten Schlag am rechten Kotflügel.

„Scheiße! Ich hab ihn erwischt." Von draußen vernahm er laute Schreie. Francisco's Wagen kam zum Stehen. Er blickte in den Rückspiegel. Es waren bereits Fußgänger auf die Straße gelaufen und standen um einen auf dem Boden liegenden Mann. Ein paar Meter entfernt sah er eine Plastiktüte und darum herum verstreut Klamotten.

„Scheiße, Scheiße!" Verzweifelt stieg Francisco aus seinem Taxi und ging zur Unfallstelle.

„Sag mal, spinnst du?" fragte ihn eine junge Frau, die den Unfallhergang beobachtet hatte.

„Du hättest ihn umbringen können."

„Tut mir leid. Ich hab ihn wirklich nicht gesehen. Plötzlich war er auf der Straße."

„Ja, ja. Ihr Taxifahrer fahrt auch immer wie die Verrückten."

Francisco war inzwischen beim Opfer angelangt, das sich mittlerweile hingesetzt hatte.

„Entschuldigen Sie bitte. Es tut mir wirklich leid, mein Herr. Sind Sie in Ordnung?"

„Er spricht kein Spanisch" belehrte ihn ein umstehender Mann.

Der Mann auf der Straße blickte ihn an und sagte auf Englisch:

„Ja. Ich denke schon….Alles gut."

Er stand noch deutlich unter dem Einfluss des soeben Geschehenen und wirkte etwas verwirrt, aber rein körperlich schien ihm nichts passiert zu sein. Francisco war erleichtert. Auf Englisch sprach er ihn an.

„Sollen wir ins Krankenhaus? Ich fahre Sie."

Die umstehenden Menschen fingen an zu diskutieren, ob man nun einen Krankenwagen rufen müsse, oder nicht. Doch dann erhob sich der Mann plötzlich.

„Ich bin wirklich in Ordnung. Es geht mir gut."

Francisco nahm ihn am Arm.

„Kommen Sie mit mir. Ich bringe Sie ins Krankenhaus."

„Nein, danke" entgegnete der Mann und begann die auf der Straße verteilten Kleidungsstücke einzusammeln. Francisco half ihm dabei. Die umstehenden Leute hatten sich inzwischen weitestgehend entfernt, nachdem sie gesehen hatten, dass es dem Unfallopfer gut ging und dass der Mann anscheinend nicht wirklich verletzt war.

„Mein Name ist Francisco." Er streckte dem Fremden die Hand hin.

„Hallo, ich bin John. Danke fürs Helfen."

Francisco war überrascht. Dieser John schien überhaupt nicht sauer auf ihn zu sein. Er wirkte sehr ruhig und freundlich. Was für ein Glück, dass dies hier so glimpflich abgelaufen war. Nichts Schlimmeres passiert. Aber es würde ihm eine Lehre sein, in Zukunft vorsichtiger zu fahren.

„Kein Problem, John. Ich werde Sie nach Hause bringen. Kommen Sie." Ein schlechtes Gewissen plagte Francisco und er wollte John zumindest an sein Ziel bringen. John willigte ein und nahm neben Francisco Platz.

„Wo wohnen Sie? Wo soll ich Sie hinbringen?"

„Ich weiß nicht" war die Antwort von John.

Francisco lief es eiskalt den Rücken hinunter. Hatte es den Amerikaner vielleicht am Kopf erwischt? Vielleicht wusste er deshalb nicht mehr, wo er wohnte. Zudem war er nur mit Rucksack unterwegs. Irgendwo musste er doch sein Gepäck haben.

„Wohin fahre ich Sie jetzt?"

Francisco wirkte ein wenig ratlos.

„Zu einem Hotel. Kennen Sie ein Hotel?" fragte ihn John.

„Ja. Sehr viele. Welches Hotel?"

„Keine Ahnung. Können Sie eines empfehlen?"

Sehr merkwürdig. Dieser Mann hatte also anscheinend noch keine Unterkunft. Viel Gepäck hatte er aber auch nicht. Oder aber er hatte alles vergessen aufgrund des Unfalls. Francisco musterte seinen unerwarteten Fahrgast kurz, war sich aber nicht ganz sicher, wie er ihn einschätzen sollte. Hatte dieser Typ viel Geld oder eher nicht. Mit dem Anzug wirkte er zwar vornehm, dazu aber Sneakers. Seltsam.

„Schauen Sie. Ich kenne ein Hotel in der Nähe. Vielleicht mögen Sie es. Es ist nicht sehr teuer."

John nickte. „Sehr gut." Er sah aus dem Fenster gen Himmel. Noch immer war schönster Sonnenschein.

„Sehr gutes Wetter heute" sagte Francisco. „Die ganze Woche werden wir schönes Wetter haben. Hier in Spanien haben wir fast immer tolles Wetter. Viel Sonne." Er lächelte John an.

Von dem kam ein gequältes Lächeln zurück. Dann blickte er wieder aus dem Fenster. Zwei kleine Jungen, die auf dem Gehsteig einem Ball nachjagten, fesselten seinen Blick. John sah ihnen genau zu und blickte ihnen auch noch nach, als das Taxi bereits an den Jungen vorbeigefahren war.

„Die spielen Fußball auf der Straße. Sehr gefährlich. Besser im Park. Mögen Sie Fußball?"

Mit großen Augen schaute ihn John jetzt an. „Das ist Fußball?"

„Na ja. Normalerweise nicht auf der Straße. Normalerweise spielt man auf einer Wiese. Kennen Sie das nicht?"

John schüttelte den Kopf.

„Ach ja. Stimmt. In den USA spielt ihr ja keinen Fußball. Ihr spielt Basketball und Baseball und American Football."

„Ganz genau" pflichtete John ihm bei. Er wirkte jetzt geistesabwesend, wie in einer anderen Welt. Sein Blick schweifte gedankenverloren durch den Innenraum des Taxis. Plötzlich huschte ein Lächeln über sein Gesicht. „Fußball. Das muss ich mir mal anschauen."

„Auf jeden Fall", sagte Francisco. „Hier in Madrid haben wir zwei gute Teams. Real Madrid und Atlético Madrid."

Wie gerne würde er wieder einmal ins Stadion gehen. Ins Santiago Bernabéu. Er musste daran denken, wie ihn sein Vater als Kind und später als Jugendlichen oft zu Heimspielen von Real Madrid mitgenommen hatte. Leider konnte er nicht dasselbe mit seinen Söhnen machen. Die Karten waren einfach zu teuer. Selbst gegen schlechte Mannschaften kosteten die billigsten Tickets noch 30 Euro. Das konnte sich seine Familie in der jetzigen Situation schlichtweg nicht leisten. Stattdessen saßen sie hin und wieder in ihren Real Madrid Trikots, selbstverständlich irgendwelche billigen Imitate der Originaltrikots, gemeinsam vor dem Fernseher und sahen sich ein Liga- oder Champions League Spiel an. Francisco wünschte, er könnte wieder einmal mit der ganzen Familie zu einem Heimspiel ins Stadion.

Francisco hielt den Wagen vor einem Hotel an.

„Dies ist ein gutes Hotel und es ist gar nicht teuer. Gefällt es Ihnen?"

John warf einen Blick auf das Hotel und zuckte mit den Achseln.

„Ich denke es ist in Ordnung. Vielen Dank."

Sie stiegen beide aus und Francisco öffnete den Kofferraum. Er reichte John seinen Rucksack und die Tüten. John zückte ein paar Geldscheine und streckte sie Francisco hin.

„Reicht das?", fragte er ihn.

Francisco wehrte mit den Händen ab.

„Du musst nicht bezahlen. Die Fahrt ist gratis."

John schien nicht verstanden zu haben.

„Aber ...Wieso...Ich muss doch bezahlen. Eine Taxifahrt kostet Geld, oder etwa nicht?"

Francisco schüttelte den Kopf und winkte ab.

„Nein. Das ist OK. Kein Geld. Danke."

John stand mit seinen Geldscheinen in der Hand ratlos da, während ihm Francisco einen schönen Abend wünschte und zurück in sein Taxi stieg.

Er ließ den Wagen an und seufzte laut. Was für ein verrückter Tag! Wenigstens war diesem Amerikaner nichts passiert. Oder vielleicht doch. Jetzt, da Francisco sich etwas beruhigt hatte vom ersten Schreck des Unfalls, war er sich plötzlich nicht mehr so sicher, ob dieser John wirklich so freundlich war und ob er nicht doch verletzt war. Vielleicht überlegte der Amerikaner bereits, wie er am erfolgreichsten eine Klage gegen Francisco einreichen konnte. Francisco hatte bereits viel über die teils kuriosen Klagen und unglaublichen Schadensersatzsummen gelesen, die in manchen Fällen von amerikanischen Gerichten verhandelt wurden. Allein beim Gedanken an solche Summen wurde ihm schwarz vor Augen. Was, wenn dieser John nun zu seinem Anwalt ginge, um Francisco wegen des Unfalls wie eine Weihnachtsgans auszunehmen...

Francisco wollte jetzt nur noch nach Hause. Er brauchte ein kühles Bier...und seine Familie.

Er blickte in den Rückspiegel. John stand dort noch immer kopfschüttelnd und starrte auf die Geldscheine in seiner Hand. Dann fuhr Francisco davon.

Sonntag, 25. Mai – 17:55 Uhr

Schon wieder einer dieser Schnösel Touris. Leute mit viel Kohle, die glaubten mit ihrem komischen Kleidungsstil die Modewelt revolutionieren zu können. Schwarzer Anzug, weißes Hemd und dazu Sneakers. Beschissen sah das aus. Aber Kohle hatte der auf jeden Fall. Ließ sich im Taxi in der Gegend rumfahren und shoppte wie ein Verrückter. Und jetzt stand er da mit Geldscheinen in der Hand vor dem Hoteleingang. Was hatte der denn vor?

Irgendwie war ihm der Typ da unsympathisch.

Enrique beobachtete John ganz genau. Er saß rund 200 Meter von ihm entfernt auf dem Boden, mit dem Rücken an eine Hauswand gelehnt. Das sanfte Abendlicht eines prächtigen Frühlingstages schien ihm ins Gesicht und er musste seine rechte Hand schützend über seine Augen halten, um auch alles gut erkennen zu können. Der Asphalt des Gehsteigs, auf dem er saß, war angenehm warm. Jetzt würde wieder die gute Zeit des Jahres beginnen. Mai und Juni waren sogar oftmals die besten Monate des Jahres, wenn man so wie Enrique den Großteil der Tage und Nächte auf den Straßen Madrids verbrachte. Es war tagsüber noch nicht zu heiß und die Nächte waren schon wieder deutlich erträglicher als in den kalten Wintermonaten.

Enrique blickte noch immer hinüber zum Eingang des Hotels, wo der merkwürdige Tourist gerade kopfschüttelnd die Geldscheine wieder in seine Tasche steckte. Jetzt oder nie. Enrique zündete sich eine selbstgedrehte Zigarette an und stand auf. Er kratzte sich am zerzausten Bart und ging mit schnellen Schritten auf den Fremden zu. Ganz schräger Vogel dieser Kerl da. Enrique hatte schon viele Touristen gesehen und konnte diese mittlerweile ganz gut in eine seiner Kategorien einordnen. Da gab es die Rucksacktouristen, die Kulturliebhaber, die Partygänger, die Sightseeing Touristen, die Shopper, die Schleckermäuler und die Edeltouristen. Dies half ihm dann schnell einzuschätzen, ob es sich lohnte, die jeweilige Person um Geld anzubetteln. Meistens sah Enrique die Leute und schon hatte er sie gedanklich in eine seiner Schubladen gesteckt. Bei diesem Kerl da aber schien keine der Kategorien zu passen. Jetzt blickte dieser Tourist am Hotelgebäude in die Höhe, zog die Schultern nach oben, packte seine Taschen und lief auf die Eingangstür des Hotels zu.

„Entschuldigen Sie bitte, Sir. Einen Augenblick bitte.", sagte Enrique auf Englisch.
Er hatte den Touristen fast eingeholt und dieser blieb stehen und drehte sich nach ihm um.
„Wie lange sind Sie schon hier in Madrid?"
John schaute ihm einen Augenblick tief in die Augen.
„Erst seit heute. Ich bin heute hier angekommen."

„Ah. Sehr gut. Zum ersten Mal in Madrid oder in Spanien?"
„Ja."
„Das Hotel hier ist sehr gut. Das haben Sie gut ausgewählt."
„Na ja. Eigentlich hat es mir ja der Herr im Taxi empfohlen."
„Was wollen Sie hier machen in Madrid?"
„Ich? Ähm. Nun…Ich wollte erstmal schlafen. Ich bin sehr müde."

Enrique legte die Stirn in Falten. Dieser Kerl war aber auch zu komisch. Konnte ihm nicht einmal auf diese einfache Frage antworten.

„Wenn Sie möchten kann ich Ihnen gerne etwas von der Stadt zeigen. Ich bin übrigens Enrique. Auf Englisch wäre das dann wahrscheinlich ‚Henry'." Er streckte John seine rechte Hand hin.

John musterte ihn von oben bis unten. Mit seinem wilden Haar, dem dichten Vollbart und den zerlöcherten und schmutzigen Jeans sah Enrique vermutlich nicht besonders vertrauenserweckend aus. Nur zögerlich kam ihm die Hand des Fremden entgegen.

„Ich bin John. Sehr erfreut." Sein Gesichtsausdruck allerdings sagte etwas anderes.

„Ja, schon klar. So richtig gepflegt sehe ich nicht gerade aus." Enrique blickte an sich hinunter. „Aber so ist das halt nun einmal, wenn man ohne verdammte Arbeit ist. Diese beschissene Krise, diese beschissenen Politiker. So sieht's aus hier in Spanien. Herzlich willkommen!"

Seine Stimme war lauter geworden. Enrique war sichtlich erzürnt. Immer dasselbe. Die Leute beurteilten einen von vornehrein allein aufgrund des Aussehens. Auf der Straße schauten sie einen verachtend oder aber mitleidig an. Klar, die wussten ja nicht, was er alles durchgemacht hatte. Die sahen ja nicht die Geschichte hinter dem Menschen und dessen Vergangenheit, sondern sie sahen nur das Hier und Jetzt. Und das war Scheiße! Langsam beruhigte er sich wieder und blickte in das ängstliche Gesicht von John. Enrique lächelte.

„Sorry, Sir. Ich wollte Ihnen keine Angst machen. Schauen Sie. Im Grunde genommen ist Spanien eines der besten Länder, in denen Sie Urlaub machen können und leben können. Nur hat eben die Krise einiges verändert. Aber Sie werden auf jeden Fall eine tolle

Zeit hier haben. Sie haben ja Geld. Sie müssen ja keinen Job hier finden und sich den Lebensunterhalt verdienen."

John lächelte etwas gequält. Er stand wie angewurzelt da und wusste anscheinend nicht so recht, wie er sich verhalten sollte.

Wie begriffsstutzig war diese Dumpfbacke eigentlich. Enrique konnte es nicht fassen. Eigentlich verstanden an dem Punkt die meisten Touristen, die er ansprach, dass er Geld haben wollte. Und dann liefen sie entweder rasch davon oder sie streckten ihm ein paar Münzen hin und gingen dann ihrer Wege. Doch dieser hier tat nichts von beidem. Der blieb einfach stehen und starrte ihn an. Da half nur noch der direkte Weg.

„Mein Freund", begann Enrique und packte ihn am linken Arm. „Du gehst jetzt dann gleich in dein gemütliches Hotel und später wirst du etwas Leckeres zu Abend essen. Ich dagegen werde auf der Straße schlafen und weiß noch nicht, wie ich das Loch in meinem Magen stopfen soll. Kannst Du mir vielleicht helfen?"

John war einen Schritt zurückgewichen und Enrique hatte seinen Arm sofort wieder losgelassen. Der Kerl schien immer noch nicht verstanden zu haben. Enrique trat wieder näher an ihn heran, nahm John's linken Oberarm in beide Hände, näherte sich bis auf wenige Zentimeter dem Gesicht von John und flehte erneut:

„Bitte, mein Freund. Bitte hilf mir und gib mir ein wenig Geld, damit ich essen kann." Er schaute ihm tief in die Augen. „Bitte."

Einige Sekunden lang standen sie so da, Enrique mit flehendem Blick, John dagegen wie gelähmt. Plötzlich zuckten sie beide zusammen. Ein schrilles Piepen riss John aus seiner Lethargie. Noch bevor Enrique überhaupt begriff was los war, hatte sich John von ihm losgerissen. Panisch hüpfte er auf und ab. Dann rannte er schreiend im Kreis während er sich die Ohren zuhielt. Schließlich legte sich John auf den Rücken, streckte die Beine von sich weg und strampelte unkontrolliert. Erst als das alarmierende Geräusch wieder aufgehört hatte, begann er ruhiger zu atmen. John stand auf und starrte Enrique an, als ob nichts geschehen wäre.

Verunsichert blickte sich Enrique um. „Was war das? Woher kam dieses Geräusch? Und überhaupt, was ist da gerade mit dir passiert?"

Enrique sah John besorgt an. Dieser griff in seine Tasche und zog zwei 5 Euro Scheine heraus.

„Hier, bitte. Nimm. Aber lass mich gehen."

Enrique nahm das Geld, wunderte sich aber immer noch, woher das Geräusch eben gekommen war. Dazu diese unfassbare Reaktion des Touristen. War das Wut, Angst oder gar Wahnsinn gewesen? Sogar das Gesicht hatte sich leicht grünlich verfärbt.

„Auf Wiedersehen", sagte John und ging eilig mit seinen ganzen Sachen zur Eingangstür des Hotels.

Ein leises „Danke" entwich Enrique, der John noch nachschaute, bis dieser im Hotel verschwunden war. Mit gemischten Gefühlen stand Enrique noch eine Zeit lang da. Was war da gerade passiert? War er selbst zu aggressiv vorgegangen? Hatte er den Kerl etwa eingeschüchtert? Egal. John war ja auch nicht gerade freundlich zu ihm gewesen.

10 Euro hatte er ihm letztlich abgeknöpft. Das war schon mehr als ordentlich. Kein schlechter Tag. Ein sehr rätselhafter Typ, dieser John. Und war das laute Piep-Geräusch von ihm gekommen? Diesen John musste er im Blick behalten, nicht nur, weil dort noch mehr Geld zu holen war. Sein sechster Sinn sagte Enrique, dass John etwas verbarg. Aber was?

4. Erste Schritte

Sonntag, 25. Mai – 18:43 Uhr

Noch ein rascher Blick zurück. Dieser Enrique stand noch immer vor dem Hotel. Sein Gesicht hatte John jetzt eingespeichert. Der Kerl hatte ihm wirklich Angst gemacht. Seine Stimme, sein Tonfall, seine Körperhaltung, sein Äußeres. Er war so viel anders als die Personen, die er bisher näher kennengelernt hatte. Und obwohl John ihn kaum kannte, wusste er, dass er ihn nicht mochte. Da war Enrique's gieriger Blick. Dazu der bedrohliche Griff nach John's Oberarm. Und schließlich umgab John so eine böse Vorahnung, dass er diesem Enrique nicht zum letzten Mal begegnet war. John zitterte noch immer am ganzen Körper. Ein Körper, über den er vor wenigen Augenblicken komplett die Kontrolle verloren hatte. John wusste nicht warum. Zurück blieb ein mulmiges Gefühl, dass so etwas jederzeit wieder passieren könnte.

Jetzt erst schaute John wieder nach vorne und blickte in das freundliche Gesicht einer jungen Dame. Er ging auf sie zu und sie wünschte ihm einen schönen Abend. Sie hatte sofort bemerkt, dass er kein Spanier war und ihn deswegen auf Englisch angesprochen.
„Kann ich Ihnen helfen, Sir?"
„Guten Abend. Ja. Ich würde hier gerne übernachten."
„Haben Sie reserviert?"
John blickte sie fragend an. Die Hotelangestellte bemerkte dies und reagierte schnell.
„Wie ist denn Ihr Name?"
„Ich bin John Goblet."
Sie begann auf ihrer Tastatur zu tippen. „Schauen wir mal…Hier kann ich Sie leider nicht finden. Wie lange würden Sie denn bleiben wollen?"
Wieder wusste John keine Antwort.

„Wenn Sie es noch nicht genau wissen, dann können wir natürlich erst einmal für nur 2 oder 3 Nächte schauen und danach dürfen Sie auch gerne verlängern."

John nickte zustimmend. Er wurde sich erst jetzt bewusst, dass er relativ planlos und hilflos wirken musste. An vielen Stellen hatte er schlichtweg keine Ahnung, was er tun und wie er handeln sollte. Einfachste Fragen konnte er nicht beantworten. Daran musste er arbeiten.

„Für 3 Nächte könnte ich Ihnen ein Zimmer für 207 Euro anbieten. Mit Frühstück. Ist das in Ordnung?"

„Aber natürlich", kam es von John wie aus der Pistole geschossen.

„Bezahlen Sie mit Karte?"

„Nein, ich bezahle damit", antwortete John und zog ein Bündel Geldscheine aus seiner Hosentasche.

„Sehr gerne", meinte die freundliche Angestellte etwas überrascht.

Sie ließ ihn das Check-In Formular ausfüllen, das John auch vor keine größeren Probleme stellte, da er ja alle seine Daten perfekt gelernt hatte. Dann gab sie ihm die Zugangskarte für sein Zimmer und erklärte ihm, wann und wo er das Frühstück finden konnte. Für John war dies eine wahre Wohltat nach der vorangegangenen Begegnung mit diesem unsympathischen Enrique. Diese junge Dame, Paula stand auf ihrem Namensschild, war unglaublich nett und hatte so ein freundliches Lächeln. Er konnte sich gut vorstellen, dass die Touristen, die hier einmal übernachtet hatten, gerne wieder kamen. Vielleicht erklärte sich die hohe Anzahl von ausländischen Touristen in Spanien auch zum Teil durch die zuvorkommende Art der Leute, die in dieser Branche arbeiteten.

Paula fragte ihn, ob er sonst noch einen Wunsch hätte.

„Da ich Ihre Sprache nicht spreche, würde ich gerne Spanisch lernen. Ich muss noch etwas Wichtiges erledigen, wofür ich Grundkenntnisse der Sprache benötige. Können Sie mir vielleicht sagen, wo ich mir diese aneignen kann?"

„Sehr gerne. Wenn Sie einen kleinen Moment warten, dann suche ich Ihnen die nächstgelegene Sprachschule heraus." Wieder tanzten ihre zarten Finger auf der Tastatur. Dann huschten ihre großen braunen Augen über den Monitor und ein paar Mausclicks später schaute sie wieder John an.

„Es gibt eine Sprachschule nicht weit von hier. Nur 4 Blocks die Straße hinunter. Diese hat auch morgen ab 10 Uhr geöffnet. Leider kann ich Ihnen nicht sagen, welche Sprachniveaus sie dort anbieten. Da müssten Sie einmal vor Ort nachfragen."

„Super. Vielen Dank. Dann schaue ich da morgen vorbei."

Paula schrieb die Details zur Sprachschule auf ein Zettelchen und reichte es John.

„Kann ich sonst noch etwas für Sie tun?" Wieder lächelte sie ihn an.

„Wo kann ich hier etwas zu trinken bekommen?" John bemerkte, dass er bislang, seit den wenigen Schluck Cola bei der Begegnung mit Montse am Vormittag, den ganzen Tag noch nichts getrunken hatte. Und dabei hatte ihm sein Chef ja ausdrücklich nahe gelegt, viel zu trinken, um seine Körpertemperatur besser kontrollieren zu können.

Paula verwies auf die Hotelbar im hinteren Teil der Lobby. John bedankte sich für den guten Service und ging schnurstracks in Richtung Bar. Dort setzte er sich an den Tresen und blätterte in der Karte. Schließlich bestellte er ein Glas frisch gepressten Orangensaft.

Gespannt sah John dabei zu, wie der Barmann eine große Maschine mit ganzen Orangen befüllte. Diese rollten dann von oben eine Spirale hinunter und gelangten ins Innere der Saftpresse. Die Orangen wurden in 2 Hälften geschnitten, voneinander getrennt, dann über einen Drehmechanismus weitergeführt und schließlich ausgepresst. Kurz darauf landeten beide Schalenhälften im Auffangbehälter der Maschine und der sonnengelbe Saft landete in einer Glaskanne. Fasziniert betrachtete John dieses Instrument. Das könnte eine weitere wichtige Beobachtung sein, die er unbedingt festhalten sollte, um später seinem Chef davon berichten zu können, auch wenn es nicht den Anschein hatte, als ob die Menschheit mit diesem Gerät die Existenz seines Planeten gefährden könnte.

Der Mann hinter der Bar hatte inzwischen den frischgepressten Saft in ein elegantes Glas mit Stiel gegossen und zog eine Untertasse aus dem Regal hinter sich. Auf die Untertasse legte er eine weiße Serviette und stellte dann das Glas darauf. Daneben legte er ein weißes Beutelchen, sowie einen kleinen Löffel. Dann schob er John das Meisterwerk hin.

„Ihr Orangensaft, Sir."

John begutachtete das weiße Beutelchen.

„Zucker. Falls Sie es süß mögen.", sagte der Barmann freundlich.

John nickte zustimmend, öffnete das Beutelchen, kippte den gesamten Inhalt in sein Glas und rührte mit dem Löffel fleißig um. Er freute sich darüber, wie schön und mit welcher Detailverliebtheit ihm dieser Orangensaft serviert wurde. Und zudem schmeckte er auch noch richtig lecker.

„Schmeckt fantastisch!", sagte er in Richtung Barmann.

„Na klar", meinte dieser. „Hier in Spanien haben wir hervorragendes Essen und Trinken." Dann begann er in seinem etwas holprigen Englisch zu erzählen von Tapas, Tortillas, von Fisch und Meeresfrüchten. Er schwärmte von tollem Rotwein und Weißwein und Cava, dem spanischen Schaumwein. Nicht zu vergessen natürlich der weltberühmte Brandy aus seiner Geburtsstadt Jerez in Andalusien. Fast 5 Minuten lang referierte er leidenschaftlich über die Gastronomie des Landes, die seiner Meinung nach nicht viel zu wünschen übrig ließ. John war leider viel zu müde, um ihm Fragen zu stellen und nickte nur hin und wieder zustimmend.

Er trank aus und schob dem Barkeeper 5 Euro zu und noch bevor dieser ihm das Wechselgeld herausgeben konnte, hatte sich John schon auf den Weg zu den Fahrstühlen gemacht.

Er war wirklich sehr müde. Viel war passiert an diesem ersten Tag auf der Erde und vor allem war vieles ganz anders gekommen, als es geplant gewesen war. Nicht alles war gut gelaufen und er hatte ein paar schwierige Momente überstehen müssen, aber das Wichtigste war, dass es ihm gut ging. Wie er die ganzen Probleme lösen würde, die jetzt vor ihm lagen, dazu würde er sich morgen Gedanken machen.

John öffnete seine Zimmertür mit der Karte. Wieder so eine neue Technologie, von der sie ihm in der Schulung noch nicht berichtet hatten. Scheinbar hatte sich doch einiges verändert in den letzten Jahren. Nach einem kurzen Zimmerrundgang legte er sich erschöpft aufs Bett. Er machte den Fernseher an. Es lief gerade ein Film. Zwei Männer unterhielten sich, natürlich auf Spanisch. Er schaltete weiter. Da waren Tiere zu sehen. Soweit er sich an seinen Unterricht erinnern konnte, nannten die Menschen diese Tiere Elefanten. Doch das Thema Tiere hatte bei der Schulung keine wirklich bedeutende Rolle gespielt. Er schaltete weiter. Ein Tennismatch. Er schaute sich ein paar Ballwechsel an, doch dann wurde ihm langweilig und er wechselte den Kanal. Bisher schien es ihm unerklärlich, warum die Menschen diesen Fernseher so viel benutzten. Interessant kam ihm das Ganze jedenfalls nicht vor.

Im nächsten Sender schienen sie gerade über die neuesten Nachrichten in der Welt zu berichten. Gespannt starrte er auf den Fernseher, doch die Augen fielen ihm vor Müdigkeit zu. Kurz darauf öffnete er sie wieder. Auf einer Landkarte waren viele Sonnen abgebildet. Daneben standen Zahlen, die von 23 bis 33 reichten. Eine attraktive Frau stand vor der Karte und zeigte hin und wieder auf eine der Sonnen, während sie in schier unglaublichem Tempo ein Wort nach dem anderen aus ihrem schönen Mund herausschoss. Sie erzählte etwas von ‚ola de calor' und strahlte übers ganze Gesicht.

Draußen war es zwar noch hell, aber John war nun endgültig ins Land der Träume eingetaucht.

Montag, 26. Mai – 7:51 Uhr

Na toll. Wieder einmal würde er zu spät kommen wegen dieser bescheuerten Metro. Schon wieder ein Streik der Zugführer, der den gesamten öffentlichen Nahverkehr in Madrid beträchtlich beeinflusste. Ein Notservice war zwar eingerichtet, aber dies bedeutete, dass vielleicht ein Viertel der Züge unterwegs war, die normalerweise fuhren. Dementsprechend lange mussten die Menschen warten und dementsprechend voll waren die Züge. Dieses Mal ging zwar alles gut, aber Pablo hatte beim letzten Streik vor gut drei Wochen eine Situation erlebt, in der sich zwei Männer prügelten, um noch in den bereits übervollen Zug zu gelangen. Sicherheitskräfte hatten damals deeskalierend eingreifen müssen, um schlimmeres zu verhindern.

Es war ja nicht so, dass Pablo gar kein Verständnis hatte für die Streiks der Leute, die bei der Metro arbeiteten. Nur leider wurden diese immer zu Lasten der Bevölkerung ausgetragen, die dann mit verspäteten und übervollen Zügen den Preis dafür zu bezahlen hatten. Aber die Gewerkschaft nutzte eben genau hier ihre Macht aus, um den Druck auf die Stadt zu erhöhen und ihre Ziele durchsetzen zu können. Wirklich traurig, die Entwicklung der Metro in den letzten paar Jahren. Als Jugendlicher hatte Pablo umgerechnet rund 50 Cent für eine Einzelfahrt gezahlt, mittlerweile kostete diese zwischen 1,50 Euro und 2 Euro. Ordentlich gestiegen waren in den letzten Jahren auch die Preise für das Zehnerticket und die Fahrt zum Flughafen. Klar. Damit wollte man auch ein Stück weit die Touristen zur Kasse bitten, um das Haushaltsloch der Stadt Madrid zu stopfen. Die Betriebskosten stiegen natürlich mit der Zeit und Preiserhöhungen waren nötig, aber in letzter Zeit schienen diese absolut überproportional, vor allem auch mit Hinblick auf die wirtschaftliche Situation des Landes. Dazu kam noch, dass all dies offensichtlich dann immer noch nicht ausreichte, um zumindest die Beschäftigten zu halten. Im Gegenteil: Löhne wurden sogar noch gekürzt und Stellen abgebaut. Irgendetwas passte da nicht zusammen. Hier musste man mit Sicherheit auch einmal die Frage nach etwaigen Management-Fehlern stellen. Und die größte Frechheit aus der Sicht Pablo's war dann noch die Werbung, die eine Zeit lang geschaltet wurde, dass die Metro in Madrid von allen größeren europäischen Hauptstädten die billigste sei. Dann waren die Preise sämtlicher Metros von Städten wie London, Paris, Berlin oder Stockholm aufgeführt. In der Tat hatte Madrid in diesem Vergleich die günstigste Metro, aber was nutzte ein absoluter Preisvergleich, wenn man nicht auch die Einkommensunterschiede der verschiedenen Länder berücksichtigte. Ein Arbeiter in London zahlte also mehr für sein Metroticket als ein Madrilene, aber mit hoher Wahrscheinlichkeit verdiente er auch deutlich besser. Eine bodenlose Frechheit, eine solch einseitige und irreführende Werbung!

Man musste aber natürlich auch anerkennen, dass die Metro, wenn nicht gerade Streik war, sehr gut funktionierte. Sie war recht modern, hatte ordentliche Taktraten zu den Kernzeiten, war sauber, die Stationen waren einladend und sicher. In gewisser Weise war sie auch ein Stück weit der Stolz der Stadtbewohner. Umso mehr schmerzten die Preisanstiege und Streiks.

Pablo hatte sich durch die Menschenmassen hindurch zum Ausgang der Station gezwängt und fünf Minuten später betrat er das Schulgebäude. 8:07. Mist. Sieben Minuten zu spät. Wenigstens würde es einigen seiner Schüler ebenso ergehen und mit Sicherheit war er noch nicht der Letzte. Ärgerlich war es dennoch, denn er nahm seine Arbeit hier sehr ernst. Im Eingangsbereich erblickte er einen etwas hilflos dreinschauenden Mann.

„Kann ich Ihnen irgendwie helfen?"

Der Herr blickte ihn fragend an und sofort wechselte Pablo ins Englische und wiederholte seine Frage. Darauf erhielt er eine Antwort.

„Ja. Ich würde mich gerne zu einem Spanischkurs anmelden. Bin ich hier richtig?"

„Absolut, Sir. Und Sie sind wohl aus den Staaten, nehm' ich mal an, oder?"

„Richtig. Ich bin John Goblet aus Kalifornien. Schön Sie kennenzulernen."

„Sehr angenehm. Und ich bin Pablo aus Madrid." Pablo lachte.

„Finde ich cool, dass auch mal ein Amerikaner Spanisch lernen will und nicht immer nur wir Englisch. Schau, mein Freund: ich hab's etwas eilig, aber wenn du dort den Gang nach hinten gehst, die zweite Tür auf der rechten Seite. Dort findest du die Anmeldung. Sag einfach, dass du einen Spanisch-Kurs machen willst. Alles Weitere erklären sie dir dann dort."

„Super. Besten Dank."

„Keine Ursache und viel Glück. Wenn du willst, sehen wir uns hier in einer Stunde wieder."

Dann eilte Pablo davon und rannte die Treppen hoch in Richtung Unterrichtsraum.

Cool. Endlich mal wieder ein Muttersprachler, ein waschechter Kalifornier. Bei dem konnte er sein Englisch noch weiter aufbessern. An der Uni lernte man zwar viel über Grammatik und Geschichte der Sprache, aber das Sprechen und die Anwendung kamen oftmals zu kurz. Als er vor rund zwei Jahren sein Anglistik- und Germanistikstudium begonnen hatte, wusste er noch nicht, worauf er sich einließ. Irgendwie hatte er immer die Illusion gehabt, dass einem das Studium die perfekten Sprachfähigkeiten schon vermitteln würde. Deswegen hatte ihn ein Studium der Sprachen auch so sehr interessiert. Er wollte mit den Leuten anderer Länder kommunizieren können. Damals, als er direkt nach der Schule für 4 Wochen in die USA gereist war, da hatte er sehr schnell bemerkt, dass sein Schulenglisch zu nicht viel mehr reichte, als zum Überleben. Dabei war seine Erfahrung keineswegs ein Einzelfall. Die Spanier hatten nicht gerade den Ruf besonders sprachbegabt zu sein. Viele sprachen zwar leidlich gut Englisch, aber doch mit recht starkem spanischem Akzent. Im Beruf oder im Ausland, sofern man dann auf Englisch kommunizieren sollte, da wurden einem dann sehr schnell die eigenen Grenzen aufgezeigt. Nicht selten schrieben sich seine Landsleute daher für einen Englisch Sprachkurs ein und das unmittelbar nach der Schulzeit. Letztlich ein tolles Geschäft für die zahlreichen Sprachschulen im Land. Pablo vermutete, dass Spanien vielleicht sogar die höchste Dichte an Englisch-Sprachschulen in ganz Europa hatte.

Mit Freunden und Studienkollegen hatte er schon öfters die Diskussion gehabt, warum der Englisch-Sprachunterricht in spanischen Schulen offensichtlich nicht ausreichte, um die Schüler auf ein vernünftiges Niveau zu bringen, das den Anforderungen eines internationalen Arbeitsumfelds genügte. Waren spanische Schüler schlichtweg fauler oder dümmer als die Schüler in anderen Ländern? Hatten die spanischen Kinder einfach weniger Englisch-Unterrichtsstunden? Oder hing das Ganze mit der Qualität des Unterrichts und der Lehrer zusammen? Oder war es eine Mischung aus allem drei? Pablo und seine Freunde hatten keine eindeutige Antwort auf diese Frage, aber mehrere Faktoren schienen eine Rolle zu spielen. Zum einen wurde im spanischen Fernsehen und in anderen Medien alles auf Spanisch übersetzt und synchronisiert. Selbst kleinste Satzteile, Lieder und sogar Namen wurden übersetzt. So wurde beispielsweise aus dem englischen Prinzen William Guillermo und die Queen Elisabeth wurde kurz mal zur Königin Isabel umbenannt. Wenn man es extrem ausdrücken wollte, so konnte man beinahe von einer Abschirmung der Spanier von der englischen Sprache sprechen. Heutzutage war dies wegen Internet natürlich nicht mehr so extrem wie noch vor ein paar Jahrzehnten, aber dennoch kamen die Jugendlichen deutlich weniger mit der englischen Sprache in Berührung, als Jugendliche aus anderen Ländern.

Ein zweiter Faktor war möglicherweise die Mentalität der Spanier.

Viele scheuten sich schlichtweg, sich mit anderen Leuten auf Englisch zu unterhalten. Noch viel mehr, wenn andere Spanier dabei waren. Man könnte ja einfache Sprachfehler begehen oder Wörter falsch aussprechen und damit schnell zum Gespött und Gelächter der anderen werden. Dann doch lieber nichts sagen. Diese falsche Scham und der damit verbundene Mangel an Sprachpraxis standen einer Verbesserung der Sprachkenntnisse klar im Weg. Eine Sprache musste man erlernen wie das Fahrradfahren oder das Tennisspielen. Viel Übung machte den Meister und nur durch die Fehler, die man machte, konnte man sich letztlich verbessern. An dieser Stelle musste sich jeder Spanier einmal an der eigenen Nase packen.

Ein weiterer Punkt war die mangelnde Vorbildfunktion der prominenten Spanier. Viele von denen sprachen selbst gar kein Englisch oder aber nur ein sehr schlechtes. Von Fußballprofis über Schauspieler bis hin zu Bürgermeistern großer Städte: von ihnen war meist nicht viel auf Englisch zu hören und falls ja, dann war es oftmals so peinlich, dass noch Tage danach Videos auf Internetplattformen kursierten oder über Handys ausgetauscht wurden. Ja selbst der Präsident des Landes sprach augenscheinlich kein Englisch. Wenn diese ganze Prominenz ohne Englisch zu dem geworden war, was sie nun war, so war offensichtlich die englische Sprache für den späteren Erfolg nicht wirklich wichtig.

Nach einhelliger Meinung von Pablo und dessen Freunden war aber ein letzter Faktor ein sehr entscheidender: die Englischlehrer. Dabei konnte man deren Aufgabe in zwei Bereiche aufteilen: zum einen die Schüler für die englische Sprache zu begeistern und zu motivieren, zum anderen die Vermittlung der Sprache an sich, also im Wesentlichen die Grammatik und die Aussprache. Offenbar lief auch hier nicht alles ideal. Selbst wenn man die Englischlehrer noch verteidigen wollte mit dem Argument, dass die Motivation der Schüler für die Sprache ja nicht ihre Aufgabe sei, so war der zweite Aufgabenbereich unstrittig. Pablo sah darin den weit entscheidenderen Punkt, denn er glaubte zu beobachten, dass viele Jugendliche inzwischen erkannt hatten, dass Englisch für sie und ihre Zukunft eine wichtige Rolle spielen würde und allein deswegen schon viel motivierter waren und Englisch lernen wollten. Also lag das Problem wahrscheinlicher weniger in der Motivation, als an der Qualität des Unterrichts. Aber was genau war denn so schlecht am Unterricht? Pablo musste nur an seine Zeit als Schüler und seinen damaligen Englischunterricht zurückdenken, dann lag die Antwort auf der Hand. Die Aussprache. Viele Lehrer hatten eine katastrophale Aussprache. Wenn aber der Lehrer die Wörter schon falsch aussprach, wie sollten dann die Schüler die richtige Aussprache lernen? Da wurden oftmals englische Wörter „verspanisiert", also einfach auf die spanische Aussprache übertragen. Aus Spiderman wurde dann schnell mal „Espiderman" oder aus break wurde „breag". Immer wieder bemerkte Pablo seit seinem Studium, wie viele englische Wörter seine Landsleute eigentlich falsch aussprachen. Und der Großteil der Schuld lag bei den Lehrern, obwohl man sagen musste, dass sich hier viel getan hatte in den letzten Jahren. Früher jedoch gab es vielfach gar keine Fortbildungspflicht für Englischlehrer. Teilweise gab es Englischlehrer, die noch nie einen Fuß in ein englischsprachiges Land gesetzt hatten, die selbst keine Filme auf Englisch schauten. Da war es kein Wunder, dass deren Aussprache fürchterlich war. Die Leidtragenden waren dann aber die Schüler, die diese Aussprache als die vermeintlich richtige übernahmen und sich spätestens dann bei der ersten Unterhaltung mit einem Muttersprachler wunderten, warum sie selbst nichts verstanden und der Gegenüber auch nicht, so als ob sie beide völlig unterschiedliche Sprachen sprechen würden. Erschwerend dazu kam auch noch die Tatsache, dass im Fernsehen, zum Teil in den Hauptnachrichten, englische Wörter komplett falsch ausgesprochen wurden und sich diese falsche Aussprache somit fortpflanzte bei den Spaniern.

Hier hatte Pablo sich ein ganz klares Ziel gesteckt. Er wollte die richtige Aussprache lernen, er wollte regelmäßig mit Muttersprachlern sprechen und mindestens alle zwei Jahre für ein paar Wochen nach England oder in die USA, um sich fit zu halten. Er würde alles daran setzen, seine Aussprache so gut wie möglich den Muttersprachlern anzunähern. Wenn er einmal Lehrer wäre, sollten seine Schüler für eine Zukunft mit der englischen Sprache gewappnet sein. Das war sein persönlicher Anspruch. Und jetzt gleich konnte er schon einmal üben mit den Schülern des Englischsprachkurses, den er im Auftrag der Sprachschule erteilte. Englisch für Leute mit geringen Vorkenntnissen und Wiedereinsteiger. Dreimal die Woche kam er hier her, um für jeweils eine Stunde zu unterrichten. Für ihn der perfekte Nebenjob, um seine Haushaltskasse etwas aufzubessern und nebenbei schon einmal für seinen zukünftigen Job zu üben.

Mit zehnminütiger Verspätung betrat er den Unterrichtsraum.

Montag, 26. Mai – 8:15 Uhr

John kam zurück in die Eingangshalle. Er war in dem Zimmer gewesen, das Pablo ihm zuvor genannt hatte. Ein freundlicher Herr hatte ihn dort nach seinen Wünschen gefragt und dann hatten sie gemeinsam ein Anmeldeformular zur Sprachschule ausgefüllt. Der Herr hatte ihn über die Modalitäten des Kurses aufgeklärt. Im Falle von John, der einen Intensivkurs belegen wollte, würde der Unterricht von Montag bis Freitag 9:00 – 14:00 Uhr stattfinden. Mit einer halben Stunde Pause dazwischen. Da John noch nicht genau wusste, wie lange er in Spanien sein würde, vereinbarten sie, dass er jederzeit wieder aussteigen konnte. Allerdings müsste er immer für eine Woche im Voraus bezahlen, womit John einverstanden war. Dann wies ihn der Herr noch darauf hin, dass er natürlich einen Einstufungstest machen müsse, damit man John in den richtigen Kurs einteilte, gemäß seinen Vorkenntnissen. Während der Herr alles für den Test vorbereitete, sollte John noch kurz in der Empfangshalle warten. Gleich würde er mit dem Test beginnen können.

In John stieg die Nervosität. Das letzte Mal hatte er ein solch komisches Gefühl bei der letzten entscheidenden Prüfung gehabt, bei der man die geeigneten Kandidaten für die Mission Erde herausfiltern wollte. Unruhig ging er im Kreis. Dann hielt er vor dem Schwarzen Brett der Sprachschule an. Dort warben sie für alle möglichen Sprachen, von Englisch über Deutsch und Französisch bis hin zu Arabisch oder Chinesisch. Daneben war ein Aushang über einen 1-Tages Ausflug nach Segovia für die Teilnehmer der Spanisch Sprachkurse. Das Bild zeigte das beeindruckende Aquädukt von Segovia, das allein aus Steinen gebaut worden war. Ob er für solche Ausflüge Zeit haben würde, das wusste John noch nicht. Auf den Blättern daneben waren sämtliche Sprachlehrer der Schule abgebildet mit einem kurzen Steckbrief. John sah sich die Fotos an und erblickte auch das Foto von Pablo, den der zuvor kennengelernt hatte. Er hatte nicht gewusst, dass Pablo hier Lehrer war. 20 Jahre alt, Lehramtsstudent und er unterrichtete einen Englisch Kurs. Unter seinen Hobbies standen dort Reisen, Ausgehen und Sport. Als sein Lebensmotto war „hör nie auf zu lernen" angegeben. Wie sehr das doch auch auf John zutraf. Ein Lächeln überzog sein Gesicht, doch dann erstarrte er plötzlich. Sein Blick war fest auf ein Bild geheftet. Eine gefühlte Ewigkeit blieb er so stehen. Seine Augenbrauen zogen sich zusammen. Langsam griff er mit seiner Hand in die Jackentasche, wo er einen Umschlag hervorholte. Er öffnete ihn und hielt das Foto das er darin aufbewahrt hatte neben das Bild am Schwarzen Brett. Sein Blick wanderte zwischen dem Foto und dem Bild an der Wand hin und her. Kein Zweifel. Die Bilder waren identisch. Einfach unfassbar. Ungläubig schüttelte er den Kopf. Auf der Rückseite seines Fotos machte er sich ein paar Notizen. Dann unterstrich er eines der Wörter doppelt: Fußball. Der Taxifahrer Francisco hatte am Vortag davon gesprochen. John dachte an die Jungs, die auf dem Gehsteig gespielt hatten.

„Herr Goblet, wir sind soweit. Sie können jetzt den Einstufungstest machen."

Montag, 26. Mai – 9:04 Uhr

Pablo stand im Foyer und schaute sich um. Ob der Amerikaner wohl gewartet hatte und immer noch hier war? Auch wenn Pablo jetzt nicht viel Zeit hatte, weil er in einer knappen Stunde an der Uni sein musste, so hätte er doch gerne die Telefonnummern mit diesem John ausgetauscht, damit sie sich einmal in Ruhe auf ein Bierchen treffen konnten. Dann konnte er dem Amerikaner auch gleich mal zeigen, wie man so in Madrid feierte. Pablo liebte die Stadt und ihr Nachtleben. Immer wieder erzählten ihm Leute, dass es vor der allgegenwärtigen Krise noch viel besser gewesen war, aber da er damals noch nicht weggehen durfte, weil er nach Meinung seiner Eltern noch zu jung war, hatte er den Vergleich ja nicht und so war die momentane Situation für ihn die normale. Pablo war sehr streng erzogen worden. Sein Vater war ein angesehener Hochschullehrer und seine Mutter Unternehmensberaterin. Beide hatten es in ihren Berufen sehr weit gebracht, auch deshalb weil sie sehr fleißig und diszipliniert waren. Konsequenterweise wollten sie dies dann auch ihrem Sohn vermitteln und verlangten ihm in der einen oder anderen Situation vielleicht zu viel ab. Als Pablo noch in der Schule gewesen war, hatten sie eigens für ihn einen Studenten engagiert, der ihn in den Abendstunden nach der Schule bei seinen Hausaufgaben betreut hatte bis eines der Elternteile nach Hause kam, was häufig sehr spät war. Mit den Ganztagesschulen in Spanien war es auch meist der Normalfall, dass beide Elternteile berufstätig waren; zumindest bevor die Finanzkrise kam und massenweise Arbeitsplätze vernichtete. Für Pablo war die intensive Betreuung eher ein Segen gewesen, da er ja keine Geschwister hatte und seine Eltern sehr viel arbeiteten. Bald war der Student für ihn zu einer Art älterer Bruder geworden und sie hatten ein blendendes Verhältnis gehabt. Was Pablo aber nicht ertragen hatte können, war die Tatsache, dass ihn seine Eltern jeden Sonntag mit in den Gottesdienst geschleppt hatten. In einer streng katholischen Familie war dies Pflicht und es gab keine Ausrede. Als Kind war das ja auch noch ganz nett gewesen, da noch viele andere Kinder dort gewesen waren und es speziell einen Kindergottesdienst gegeben hatte. Der war sogar richtig interessant gewesen, doch als Jugendlicher hatten die Qualen angefangen. Er war nahezu der einzige in seinem Alter gewesen, der in die Kirche ging und sich das langweilige Blabla des Priesters anhören musste. Da seine Eltern ihm aber andererseits auch alles ermöglichten, was er sich nur so vorstellen konnte, auch heute noch, wollte er ihnen etwas zurückgeben, indem er ihnen mit dem sonntäglichen Kirchgang eine Freude machte. Auch beim Thema Weggehen mit Freunden hatten seine Eltern klare Vorstellungen gehabt und erst mit 16 Jahren war Pablo zum ersten Mal so richtig mit Freunden ausgegangen, natürlich unter der Auflage, vor 1 Uhr nachts wieder zu Hause zu sein. Auch aus diesem Grund genoss Pablo nun seine Freiheit. Gemeinsam mit zwei Freunden wohnte er in einer WG und damit kontrollierte er selbst seine Ausgehzeiten. Vor allem an den Wochenenden ließ er es hin und wieder mal krachen, manchmal auch unter der Woche, allerdings ohne damit sein Studium zu vernachlässigen.

Da war er ja. John stand am Getränkeautomaten und versuchte dort offensichtlich vergeblich sein Glück. Pablo näherte sich ihm von hinten, legte ihm die Hand auf die Schulter und sagte: „Da bist du ja. Dachte schon du wärst gegangen."

Überrascht zuckte John zusammen und befreite sich von der Hand auf seinem Körper, drehte sich Pablo zu und machte einen Schritt nach hinten. Dabei blieb er mit seinem Bein allerdings am Mülleimer hängen, der direkt neben dem Automaten aufgestellt war. Sein Oberkörper neigte sich nach hinten. Er ruderte wild mit den Armen, doch bevor Pablo ihn packen konnte, lag John bereits auf dem Boden.

„Tut mir Leid, Sportsfreund. Wollte dich nicht erschrecken."

Pablo beugte sich besorgt zu John, der dort etwas hilflos auf dem Rücken lag, wie ein Käfer, der auf den Rücken gefallen war und nicht mehr aufkam. Sogleich packte Pablo ihn am rechten Oberarm und nahm seine rechte Hand, um ihn wieder auf die Beine zu ziehen. Ein lautes Geräusch unterbrach jedoch die Hilfsaktion und John zog verängstigt seinen rechten Arm zu sich. Pablo verstand nicht, was da gerade vor sich ging. John rollte sich auf dem Boden von ihm weg, schnaubte heftig wie ein Pferd und stand dann alleine wieder auf. Er blickte beunruhigt auf seine Uhr, aus der ganz offensichtlich dieser unangenehme Ton kam. Pablo stand ratlos daneben. Auf dem Boden vor ihm lag ein Briefumschlag. Dieser musste John wohl aus seiner Tasche gefallen sein, während dessen sportlicher Rolleinlage. Pablo hob ihn auf und hielt ihn John hin.

„Du hast da was verloren." Und dann passierte etwas Seltsames.

Pablo hatte lediglich ein Dankeschön erwartet, aber keineswegs diesen furchteinflößenden Blick von John. Denn als dieser den Umschlag in Pablo's Hand sah, ging seine rechte Hand langsam in Richtung Umschlag und seine Augen fixierten die Augen Pablos. Pablo spürte, wie sich die Härchen an seinem ganzen Körper aufstellten, während John den Umschlag entgegennahm und ihn dabei nicht einen Augenblick aus den Augen ließ.

Pablo hatte diesen Blick schon einmal gesehen und er erinnerte sich jetzt auch wieder genau daran wo: in der Filmtrilogie von Herr der Ringe, bei Gollum, der den Hobbits den Ring abjagen wollte. Dieser Blick, der von den Worten begleitet war: „Mein Schaaaaatz."

„Ganz schön laut deine Uhr. Mit der kannst du ein ganzes Dorf aufwecken.", bemerkte Pablo lässig, eifrig bemüht, von dieser unangenehmen Situation abzulenken. Dieser Blick war doch ganz schön beängstigend gewesen.

John hatte inzwischen den Umschlag wieder eingesteckt, blickte ihn dann kurz an und nickte. Er schien ziemlich verwirrt. Dann ging sein Blick zurück zur Uhr, die noch immer piepte.

„Willst du das Geräusch nicht abschalten?", fragte Pablo.

„Wasser. Ich brauche Wasser.", stammelte John und blickte auf den Getränkeautomaten.

„Und du hast wohl keine Münzen. Kein Problem."

Pablo warf 1 Euro ein, zog sich eine Flasche Wasser aus dem Automaten und reichte sie John, der sogleich gierig trank. Nahezu der ganze Flascheninhalt verschwand in John's Mund und Magen. Dann schaute er Pablo an und bedankte sich, jetzt wieder mit dem freundlichen Blick, mit dem ihn Pablo vor einer Stunde kennengelernt hatte.

„Keine Ursache. Du hattest ja mal wirklich Durst.", sagte Pablo lächelnd. Dann bemerkte er, dass das Geräusch verstummt war. Während er sich noch fragte, ob da ein Zusammenhang zwischen Uhr und Wasser bestand, ob die Amerikaner da vielleicht schon wieder ein neues Gerät entwickelt hatten, das einem meldete, wann der Körper Wasser brauchte, entschuldigte sich John bei ihm. Offenbar hatte er diesen ängstlichen Gesichtsausdruck bei Pablo wahrgenommen. Pablo fragte nach, ob denn nun wieder alles in Ordnung sei und kam dann zum Thema Sprachtest.

„Wie war der Test? Wann bekommst du die Ergebnisse?"

„Ganz in Ordnung. Die Ergebnisse wollten sie mir in ungefähr einer Viertelstunde mitteilen."

Pablo nickte und meinte, dass er in diesem Fall gerne noch mit John warten könnte. Er müsste dann erst in einer halben Stunde wieder los, um zur Uni zu gehen. Die beiden unterhielten sich über die Uni, die Professoren und das Studentenleben. John zeigte großes Interesse und stellte Pablo eine Menge Fragen, die dieser gerne beantwortete. Dann klingelte Pablo's Telefon. Er entschuldigte sich kurz bei John, der sehr interessiert dessen Handy betrachtete.

Ein Freund von Pablo war am Apparat und wollte mit ihm über das anstehende Dorffest sprechen. Pablo's Vater und der Vater von Pablo's Freund, Alberto, waren im selben Dorf groß geworden, bevor sie beide der Arbeit wegen nach Madrid gezogen waren. In Pablo's Familie, wie in so vielen anderen, war es Tradition, jedes Jahr zum alljährlichen Dorffest ein verlängertes Wochenende dort zu verbringen. Im Grunde genommen hatte fast jeder Madrilene „sein" Dorf oder das Dorf seiner Eltern oder Großeltern, wo er oftmals einen Großteil seiner Sommer- und Weihnachtsferien verbrachte, um hin und wieder aus der Großstadt rauszukommen. Das Dorffest des Dorfes von Pablo's Vater fiel immer auf ein Wochenende in der 2. Junihälfte und für Pablo war es eine hervorragende Gelegenheit, jedes Jahr aufs Neue mit den Jugendlichen und jungen Erwachsenen dort zu feiern. Es war irgendwie wie eine Art Klassentreffen, auch wenn sie nie gemeinsam zur Schule oder Uni gegangen waren. Pablo erinnerte sich noch an die Dorffeste vor einigen Jahren, die damals noch viel größer und bunter gewesen waren. Das waren die Zeiten gewesen, als die Kommunen noch mehr Geld gehabt hatten und dieses auch bereitwillig zur Feier des Dorfes ausgegeben hatten. Mittlerweile sah die Lage ganz anders aus. Klamme Kassen waren das neue Markenzeichen der Gemeinden. Ein großes, prächtiges Dorffest zu organisieren, war da schlichtweg nicht mehr möglich. Viele Dörfer, vor allem die kleineren, hatten daher inzwischen schon gar kein Fest mehr. Andere hatten nur noch eine deutlich abgespeckte Version der Dorffeste von früher. Wieder andere, und dazu gehörte Pablo's Dorf, setzten auf die Mitarbeit und die freiwilligen Spenden der Bewohner. Es war nicht unüblich, dass die Dorfbewohner pro Kopf 100 Euro in einen Topf einzahlten, damit ihr Dorffest stattfinden konnte. Zum Glück gab es noch viele traditionsbewusste Leute, die sich aktiv für den Erhalt dieser teilweise jahrhundertealten Dorffest-Bräuche einsetzten, sei es mit Geld oder körperlicher Arbeit bei Auf- und Abbau des Fests.

Auf der einen Seite waren sich die vielen Dorffeste ähnlich, da natürlich das Essen, die Musik und das Feiern überall im Mittelpunkt standen. Dennoch hatte wieder jedes Dorf seine ganz besonderen Programmpunkte und zumindest in den größeren Dörfern war für fast jeden etwas dabei. Viele Aspekte vermischten sich dann: das Sportliche, das Kulinarische, das Musikalische, das Traditionelle und das Religiöse. Und natürlich war auch immer etwas für die Kleinsten geboten, vom Kinderspielparcours bis hin zu Bastelwettbewerben.

Einer der Höhepunkte in Pablo's Dorf war das Stiertreiben, wo eine Handvoll Stiere durch das Dorf bis in die Arena getrieben wurden und die Mutigen vor den Stieren herrannten. Dies war die kleine, eher dörfliche Version des Stiertreibens von Pamplona, das jedes Jahr Tausende von Touristen anzog, die dann dem gefährlichen Spektakel beiwohnten.

Pablo selbst lief in seinem Dorf oftmals auch mit, allerdings gehörte er eher zu den Vorsichtigen, die immer darauf bedacht waren einen großzügigen Sicherheitsabstand zwischen sich und den Stieren zu halten. Zudem waren die Stiere etwas kleiner und schmächtiger als im weltberühmten Pamplona. Für den Nervenkitzel war dies jedoch vollkommen ausreichend.

Zusammen mit ein paar Freunden wollte Pablo auch einen Programmpunkt für das diesjährige Fest organisieren. Mit seinem Freund Alberto, der ihn gerade angerufen hatte, besprach er nun noch einige Details der Planung. Wenig später wandte er sich wieder John zu.

„Sorry. War ein Freund von mir. Er hatte ein paar wichtige Fragen."

John's Augen waren immer noch auf Pablo's Handy fixiert. Dieser bemerkte es und lächelte.

„Ach so, das Handy. Das ist das neueste Modell von Samsung. Erst vor ein paar Wochen auf den Markt gekommen. Ist echt genial, das Teil. Aber du wirst wahrscheinlich eher ein iPhone Fan sein, oder?"

John stand etwas ratlos da und nickte dann zustimmend, auch wenn er anscheinend nicht wirklich verstanden hatte. Pablo bemerkte dies und wollte gerade nachhaken, als plötzlich jemand nach John rief.

„John Goblet… Ihre Testergebnisse liegen vor."

John verschwand im Zimmer, aus der die Stimme gekommen war und nach 5 Minuten kam er mit einem leichten Lächeln auf den Lippen zurück.

„Na mein Freund. Wie war's?"

„Sehr gut. Die haben mich doch tatsächlich in den 3. Kurs eingestuft, bei den Fortgeschrittenen. Morgen früh kann ich anfangen."

„Glückwunsch, Kumpel. Dann können wir uns ja bald auf Spanisch unterhalten."

John wehrte mit den Händen ab: „Nein, nein. Besser Englisch."

Dann zog Pablo ein Stück Papier aus seinem Rucksack und schrieb ein paar Zahlen darauf.

„Hier John, meine Handynummer. Falls du noch irgendwelche Fragen hast. Ich muss jetzt nämlich wirklich los. Aber wenn du Lust hast, dann lass uns morgen Abend treffen und dann machen wir mal ein wenig Party. Was meinst du?"

John zögerte ein wenig, doch dann willigte er gerne in diesen Vorschlag ein. Er bemerkte aber noch, dass sein Handy hier in Spanien nicht funktionieren würde und es daher wohl am besten wäre, wenn sie gleich einen festen Treffpunkt ausmachen könnten.

„Kein Problem. Dann treffen wir uns morgen, 20 Uhr, Puerta del Sol, beim Bären. Das findest du leicht, eine kleine Statue eines Bären mit einem Baum. Von dort sehen wir dann schon, was wir machen. Nett dich kennengelernt zu haben."

Pablo streckte ihm die Hand entgegen. John betrachtete diese kritisch. Sein Blick wechselte ein paar Mal zwischen Pablo's Hand und Pablo's Augen hin und her. Pablo war etwas ratlos. Seltsam. Aber wenn ihm John die Hand nicht geben wollte, dann halt nicht.

„Also, bis morgen dann, John." Pablo klopfte ihm kumpelhaft auf die Schulter.

Und noch bevor John überhaupt darauf antworten konnte, war Pablo schon weggelaufen und durch die Tür verschwunden. John dagegen stand noch ein paar Sekunden da, den Blick auf die Schulter gerichtet, auf die Pablo soeben geklopft hatte, während ein langgezogenes, verzweifelt klingendes „Ahhhhh" aus seinem Munde kam.

Pablo eilte mit großen Schritten in Richtung Metro-Station.

Da hatten sie diesen Amerikaner doch tatsächlich in den Fortgeschrittenen Kurs gesteckt. Irgendwie hatte es zuvor gar nicht den Anschein gemacht, als würde John schon so viel Spanisch können. Komisch.

5. Es wird heiß

Montag, 26. Mai – 9:37 Uhr

Als Pablo die Sprachschule verlassen hatte, zog John nochmals den Umschlag aus seiner Tasche, der ihm zuvor herausgefallen war. Im Umschlag steckte noch immer das Foto mit den Notizen auf der Rückseite, die er zuvor gemacht hatte. Auf einem Stadtplan von Madrid, der am Schwarzen Brett hing, suchte er die Straße, die er sich notiert hatte. Nachdem er auch die Sprachschule auf der Karte lokalisiert hatte, stellte er zufrieden fest, dass sein Ziel nicht allzu weit entfernt sein konnte. Dann verließ er das Schulgebäude.

Gedanken an sein Raumschiff schossen ihm plötzlich in den Kopf. Bis jetzt hatte er die Tatsache, dass sein Raumschiff kaputt war, mehr oder weniger gut verdrängt. Die Aufregung um die ersten Stunden bei den Menschen, das Neue und das Interessante hatten John völlig davon ablenken können, wie groß doch die Gefahr, in der er sich befand, eigentlich war. Er befand sich mit seinem temperaturempfindlichen Körper in einem heißen Land, in dem er sich nicht auskannte und hatte dazu ein nicht funktionsfähiges Raumschiff, so dass er auf der Erde gefangen war. Keine sonderlich guten Umstände, um sich wohl zu fühlen.

Draußen ging es inzwischen schon sehr lebhaft zu. Autos säumten die Straße und auch die Fußgänger waren jetzt zahlreich unterwegs. Langsam nur kam er voran. Immer wieder blockierten Leute vor ihm den Gehsteig. Drei ältere Damen, die sich offensichtlich blendend und lautstark miteinander unterhielten, dabei aber leider das Gehen fast vergaßen und die Umwelt um sich herum ebenfalls, gingen vor ihm. Die schienen noch nicht einmal zu bemerken, dass John sie nur allzu gerne überholt hätte. Aber wie? Auf diesem engen Gehweg. Später eine Gruppe Jugendlicher, für die der Gehsteig offensichtlich der optimale Treffpunkt darstellte. Sie sahen zwar, dass von beiden Richtungen Leute vorbei wollten, aber machten nur widerwillig und im letzten Augenblick ein wenig Platz. Auch ein Ehepaar, das ihm entgegenkam und fast die gesamte Breite des

Gehsteigs in Anspruch nahm, sah ihn, machte aber keinerlei Anstalten auf die Seite zu gehen und John Platz zu machen. Erst als John und das Paar sich fast schon von Angesicht zu Angesicht gegenüberstanden, traten die beiden ein wenig nach rechts, um John grademal so viel Platz zu lassen, dass er sich an ihnen vorbeizwängen konnte. Allerdings rempelte er dabei ein wenig die Schulter des Herrn an. Während John sich nach dem Mann umblickte, schien dieser den Rempler gar nicht wahrgenommen zu haben, denn das Paar ging in aller Ruhe weiter. John hingegen blickte beunruhigt auf seine Uhr. Jeder Körperkontakt versetzte ihn in einen leichten Angstzustand, nachdem er nun schon mehrfach an die Temperaturgrenzen seines Körpers gegangen war. Den Spaniern dagegen schienen diese ständigen Berührungen nichts auszumachen.

Warum machten diese Leute nicht ein wenig mehr Platz? Sehen konnten sie ihn doch offensichtlich. Oder warum machten es die Menschen nicht einfach wie im Straßenverkehr, auf der einen Seite in eine Richtung, auf der anderen Seite in die andere. Ein wenig kam ihm das Verhalten der Leute fast vor, wie die Western Filme, die Jim damals in den USA gekauft hatte und die er sich so gerne angeschaut hatte. Dort war der Stärkere immer der Chef der Straße und der Schwächere musste ausweichen. So ähnlich kam es ihm hier auch vor. Vielleicht musste er einfach mal etwas mutiger sein. Beherzt und aufrecht auf die Leute zugehen. Dann würde man ja sehen, wer ausweichen würde.

Tatsächlich testete John diesen Ansatz mit 2 Gruppen, die ihm entgegenkamen. Erfolgreich war er damit aber nicht. Beide Male war ein mittelstarker Rempler mit dem Gegenüber und ein grimmiger Blick desselben die Folge. Dazu kam, dass seine Uhr schon wieder bei knapp 24 Grad stand. Er gab sich also geschlagen und wich künftig brav jedem menschlichen Hindernis auf dem Gehsteig großzügig aus. Er folgte dem Weg, den er sich auf dem Stadtplan zuvor angeschaut hatte, um möglichst direkt zu seinem Ziel zu kommen. Zum Glück hatte er ein gutes Gedächtnis und so fiel es ihm nicht schwer, den Weg zu finden.

Es war herrlichstes Wetter. Ein wunderschöner Frühlingstag mit strahlend blauem Himmel. Es würde ein sehr warmer Tag werden, wie vom Wetterbericht vorhergesagt. Es war noch nicht einmal 10 Uhr und schon jetzt stand das Thermometer bei fast 25 Grad. John wusste, dass er aufpassen müsste und drosselte seine Geschwindigkeit. Er versuchte, soweit es möglich war, im Schatten zu gehen. Dennoch gelang es ihm nicht, den Anstieg seiner Körpertemperatur aufzuhalten. Er musste trinken, viel trinken, um seinen Körper von innen abzukühlen. Dummerweise hatte er nichts zu trinken bei sich. Kurzentschlossen betrat er eine Bar. Es war nicht viel los, nur vereinzelt saßen dort ein paar ältere Herren und unterhielten sich. Andere waren vollkommen in ihre Zeitungen vertieft. Wenn man den Fußboden betrachtete, so konnte man allerdings vermuten, dass kürzlich eine größere Feier in dieser Bar stattgefunden hatte. Vor dem Tresen lagen beachtliche Mengen von zerknüllten Servietten, Olivenkernen und Nussschalen auf dem Boden. Während John noch rätselte, ob der Fußboden dort noch so schmutzig war vom Vortag oder schon so schmutzig war frühmorgens, beobachtete er einen Herrn am Bartresen, der gerade genüsslich eine Olive mampfte und den Kern danach einfach auf den Boden spuckte. Diese Frage hatte sich also geklärt. Und der Herr sollte nicht der einzige bleiben, den John dabei erwischte, wie er den Fußboden vor dem Tresen einfach mal so zur Müllhalde erklärte. Eine seltsame Angewohnheit, die John dort beobachtete und über die er später sicherlich auch berichten würde.

Doch jetzt brauchte er zunächst einmal Wasser und zwar reichlich. Der Mann hinter dem Tresen hatte John bereits bemerkt und als dieser näher trat, fragte er ihn freundlich, natürlich auf Spanisch, was John denn wolle. Außer einem „hola" hatte John bei diesem Sprechtempo nichts verstanden und so versuchte er auf Englisch ein großes Glas Wasser zu bestellen, oder noch besser, gleich eine ganze Flasche. Unglücklicherweise verstand der Mann kein Englisch und zuckte mit den Schultern.

„No inglés. No entiendo."

John versuchte es mit Zeichensprache und imitierte den Trinkvorgang, indem er ein imaginäres Glas an seinen Mund führte und daraus trank. Sein Gegenüber schien zu begreifen.

„Ah. Quieres tomar algo. Cortado, café con leche, cerveza?"

Ein Bier? Zu dieser Uhrzeit? Von den Erzählungen seines Freundes Jim von dessen Aufenthalt in New York wusste er nur, dass die Menschen am Abend gerne Bier tranken, in Gesellschaft mit anderen. Aber morgens? John dachte angestrengt nach. Dann rief er erfreut: „Agua! Agua!" Endlich war ihm dieses Wort eingefallen.

Der Mann lächelte und stellte ihm sogleich ein kleines Glas Leitungswasser hin.

„Para ti. Gratis."

John nahm das Glas und trank es in einem Zug leer.

Er gab dem Wirt zu verstehen, dass er noch mehr wollte und dieser füllte das Glas bereitwillig wieder auf. Sofort kippte es John wieder hinunter. Er hatte wirklich Durst und um die Temperatur zu senken, brauchte er noch mehr. John wiederholte seine Gestik von zuvor und wieder füllte ihm der freundliche Wirt das Glas. Dieser schien Gefallen an seiner neuen Aufgabe gefunden zu haben und so wiederholte sich das Spiel mehrere Male. John gab die Signale und der Wirt lächelte freundlich zurück und stellte ihm das nächste Glas hin. Dazu schien er die Spanier am Tresen auf diesen seltsamen Gast aufmerksam zu machen, der da gerade ein Glas Wasser nach dem anderen in sich hineinkippte. Viele blickten von ihren Zeitungen auf und verfolgten das Spektakel amüsiert. Unter den Herren entspann sich eine muntere Gesprächsrunde, die John allerdings nur am Rande wahrnahm. Er war mit Trinken und Zeichen geben beschäftigt.

Nebenan jedoch fingen die Herren an, darauf zu wetten, wie viele Gläser John wohl noch schaffen würde. Alsbald lagen mehr als 20 Euro Wetteinsatz auf dem Tresen und John trank noch immer. Bei jedem neuen Glas, das der Wirt ihm brachte und das John hinunterkippte, schüttelten die Herren ungläubig ihre Köpfe und brüllten „Olé". Die Stimmung war prächtig und mittlerweile blickten fast alle Leute in der Bar gespannt auf John, um mitzuverfolgen, wie viele Gläser er schaffte. Wieder stellte der Wirt ihm das gefüllte Wasserglas hin, doch diesmal gab ihm John zu verstehen, dass er nicht mehr vorhatte, dieses zu trinken. Er hatte genug. Ein Raunen ging durch die Menge. Dann erhob sich ein kleiner, zierlicher, rund 80 jähriger Mann von seinem Platz und trat zu John. Gut gelaunt legte er seinen Arm um John's Schulter, obwohl er es kaum bis in diese Höhe schaffte, denn John war um einiges größer als er, und dann begann er auf ihn einzureden.

„Mein Freund. Du wirst doch nicht schon aufgeben. Ich habe gerade 3 Euro darauf gesetzt, dass du noch mindestens 1 Glas schaffst."

Er grinste bis über beide Ohren. Von den anderen Tischen und vom Tresen kam schallendes Gelächter, nur John war es gar nicht nach Lachen zu Mute. Da kippte er ein Glas Wasser nach dem anderen in sich hinein, um seinen Körper abzukühlen und dann umarmte ihn dieser kleine Tattergreis so ausgiebig, dass die Temperatur schon wieder anstieg. John prüfte mit einem Blick die Anzeige seiner Uhr. Freundlich, aber bestimmt befreite er sich von dem Arm des Alten und obwohl er eigentlich nichts mehr trinken wollte, stürzte er das bereitstehende Wasserglas doch hinab, um die lieb gemeinte Umarmung des Herrn und den damit verbundenen Temperaturanstieg wieder auszugleichen. Als John dieses letzte Glas ausgetrunken hatte, war die Stimmung auf dem Höhepunkt. Die Spanier konnten sich kaum mehr auf ihren Stühlen halten vor Lachen und der kleine alte Mann lief in Siegerpose, beide Arme in die Höhe streckend, durch die Bar und ließ sich feiern.

John zückte ein Bündel Geldscheine und wollte bezahlen, doch der Wirt winkte ab und gab ihm zu verstehen, dass er kein Geld wollte. Bis auf rund 3 Liter Leitungswasser hatte ihn diese Showeinlage von John ja nichts gekostet und das war es mehr als wert gewesen. John bedankte sich, blickte in die Runde und verabschiedete sich höflich und fast alle in der Bar riefen ihm ein freundliches „Adiós" hinterher.

Als er wieder auf die Straße hinaustrat, musste John kurz die Augen zusammenkneifen, so hell kam es ihm im Vergleich zur Bar vor. Zwar mit wassergefülltem Bauch, aber auch mit immerhin gut 4 Grad niedrigerer Körpertemperatur, setzte er seinen Weg zufrieden fort. Seltsamerweise achtete er jetzt mehr auf den Boden und er musste feststellen, dass es offenbar auch viele Leute gab, die auf der Straße dasselbe machten wie in der Bar. Hier und da erblickte er achtlos weggeworfene Servietten oder Papiertaschentücher. Ab und an kreuzte eine herrenlose Plastiktüte oder Zeitung seinen Weg und vereinzelt entdeckte er auch ein paar Pappbecher am Straßenrand. Als ob dies nicht schon schlimm genug gewesen wäre, wurde er kurz darauf Zeuge einer weiteren Verschmutzungstat. Ein Hund setzte sich breitbeinig auf den Gehsteig und verrichtete dort in aller Ruhe seine Notdurft. Fußgänger gingen links und rechts an ihm vorüber, doch Herrchen blickte, scheinbar nichts bemerkend und mit dem Handy telefonierend, in eine andere Richtung. Als der Hund sein Geschäft beendet hatte, lief er munter vorneweg und Herrchen folgte, so als wäre nie etwas passiert. John ärgerte sich über diese Gleichgültigkeit, ja über dieses unerhörte Verhalten des Hundehalters. Fühlte sich dieser nicht für die Taten seines Hundes verantwortlich? War es so schwierig, den Hundekot in eine Tüte zu packen und zu entsorgen? Wie würde die Straße wohl aussehen, wenn alle Hunde der Stadt auf einmal auf die Gehsteige kackten?

Solch rücksichtslosen Hundebesitzern sollte man die Häufchen mal unter die Nase reiben, damit sie sich endlich besser um den Auswurf ihrer Tiere kümmerten. Andererseits hatte aber auch keiner der vorbeilaufenden Fußgänger etwas gesagt. Es schien sie nicht groß zu interessieren, was da Hund und Herrchen machten. John verstand das Verhalten der Menschen nicht. Nicht in der Bar und nicht auf der Straße. Man machte etwas sauber, um es hinterher sofort wieder schmutzig zu machen. Manche verursachten mehr Schmutz als andere, aber keiner sagte etwas.

Plötzlich vernahm John einen kurzen Schrei, gefolgt von einer Kanonensalve an spanischen Schimpfwörtern, wie er dem Tonfall entnehmen konnte. Eine junge Frau war soeben mit ihren feinen Schuhen in die frische Hundescheiße getreten und betrachtete nun fluchend ihre Schuhsohlen. John fand es schade, dass der Mann mit dem Hund jetzt nicht mehr da war. Es wäre zu schön gewesen zu beobachten, was dann passiert wäre. Doch so musste die arme Frau ihrem Unmut mit bösen Wörtern freien Lauf lassen, so wie es vermutlich jeden Tag viele Leute machten, wenn ihnen selbiges Schicksal widerfuhr und sie in Hundekot traten.

John hatte sich wieder etwas beruhigt, aber fortan starrte er alle paar Meter auf den Gehsteig, um nicht zufällig ebenfalls Opfer eines Hundehaufens zu werden. Es war inzwischen noch wärmer als zuvor, aber dank seiner Wasser-Auftank-Aktion hatte er noch einige Grad Puffer. Zudem war er in gemächlichem Tempo unterwegs. Zufällig schweifte sein Blick auf die andere Straßenseite, wo der Gehsteig in der prallen Sonne lag. Sein Herzschlag erhöhte sich, denn was er dort sah, gefiel ihm gar nicht. Besser gesagt, wen er dort sah. Er versuchte sich nichts anmerken zu lassen und ohne den Kopf zur anderen Straßenseite zu drehen wanderte sein Blick nochmals hinüber. Kein Zweifel. Er war es. Enrique, der Landstreicher, der ihn gestern vor dem Hotel angesprochen hatte und ihm so gar nicht positiv in Erinnerung geblieben war. In John's Gehirn fing es an zu arbeiten. Was sollte er jetzt machen? Wie konnte er diese Person loswerden? Denn es war offensichtlich, dass Enrique ihm wohl schon länger absichtlich gefolgt war. Unwillkürlich wurden John's Schritte länger und er ging ein wenig schneller. Davonrennen wäre wohl eher keine gute Idee. John's Körper würde sich dabei wieder zu schnell erwärmen. Zudem ging ja keine wirkliche Gefahr von diesem Kerl aus. Er war einfach nur unangenehm. Ihn in einer Bar loszuwerden war ebenfalls schwierig. Da müsste er schon in ein großes, volles Kaufhaus gehen. Davon war aber keines in Sicht. John blickte in die Fenster der Gebäude auf seiner Straßenseite, um seinen aufdringlichen Verfolger in der Reflexion der Glasscheiben zu beobachten. Dieser war immer noch dort und hielt sich ungefähr 2-3 Meter hinter John. Doch Enrique musste ebenfalls schon bemerkt haben, dass John ihn gesehen hatte. Aber es schien ihm egal zu sein.

John bog in die nächste Straße ein, um sich ein wenig Vorsprung zu verschaffen. Wenn nun viele Autos kämen, so könnte er Enrique vielleicht abschütteln. Er erhöhte das Gehtempo. Im Spiegel eines parkenden Autos blickte er nach hinten und konnte Enrique zunächst nicht entdecken. John ging jetzt noch schneller, um seinen Vorsprung auszubauen. Jetzt wagte er einen Blick nach hinten. Enrique war nicht zu sehen. Im Bestreben auf Nummer Sicher zu gehen, behielt John sein Tempo noch etwas bei, bevor er erneut abbog und dann wieder in die ursprünglich geplante Richtung ging.

Dieser Kerl wurde ihm immer unsympathischer. Keine Ahnung, was der von ihm wollte. Vielleicht sollte er seinen Chef über Enrique informieren und sich Ratschläge geben lassen, wie er mit ihm weiter vorgehen sollte. Als John gerade wieder vorhatte langsamer zu gehen, da sah er plötzlich, wie Enrique von neuem auf der anderen Straßenseite aufgetaucht war. Wie konnte das sein? Das war unmöglich, er hatte ihn doch bereits abgehängt. Sein Herzschlag erhöhte sich plötzlich.

John blickte hinüber zu seinem Verfolger und das letzte, was er sah, war ein breites Grinsen von Enrique. Dann hüllte sich John's Umgebung in ein verschwommenes Bild und aus dem verschwommenen Bild wurde ein schwarzes Bild. Ein Piepen drang wie aus weiter Ferne an John's Ohr und dann verlor er das Bewusstsein.

Montag, 26. Mai – 10:53 Uhr

Rein zufällig hatte Enrique den Amerikaner auf der Straße erkannt. Da er nichts weiter vorhatte und zudem die Hoffnung hatte, diesem Dummkopf vielleicht nochmals ein paar Euros aus der Tasche ziehen zu können, folgte er ihm. Ein wenig Geld würde er gut gebrauchen können. Irgendwie musste er ja über die Runden kommen.

Seit drei Jahren lebte Enrique nun schon dieses Leben ohne feste Heimat, ohne Dach über dem Kopf. Doch das Unglück hatte bereits vor fünf Jahren seinen Lauf genommen, als die Wirtschaftskrise das Land voll erwischte. Enrique war kurz zuvor mit seinem Architekturstudium fertig geworden und hatte sogar noch einen Job bekommen. Doch dann hatte die Krise begonnen und nach nur vier Monaten in seiner Arbeit war er entlassen worden. Das war ein harter Schlag für ihn gewesen. Frisch von der Uni und voll motiviert ins Arbeitsleben gestartet, stand er plötzlich mit leeren Händen da. Und das war erst der Anfang gewesen. Mehr und mehr Leute verloren ihre Jobs und Enrique, der ja noch keine Erfahrung hatte, hatte keine Chance gehabt, eine neue Arbeit zu bekommen. Zuerst hatte er noch große Hoffnungen gehabt, dass er bald wieder in einer anderen Firma unterkommen würde, aber mit der Zeit war seine Zuversicht geschwunden. Ein Gefühl der Machtlosigkeit, des Nicht-Gebrauchtwerdens und der Ratlosigkeit hatte sich in ihm breit gemacht. Es hatte an ihm genagt und er hatte sich auch persönlich verändert. Obwohl seine Eltern ihn immer unterstützt hatten und ihm auch in dieser schwierigen Phase immer zur Seite gestanden waren, hatte sie Enrique immer schlechter behandelt. Es hatte ihn genervt, dass er noch zu Hause wohnen musste, dass er sie immer um Geld anbetteln musste und dass sie sich ständig in seine Angelegenheiten einmischten. Sie hatten es nicht mit böser Absicht getan. So war das nun einmal wenn man noch zu Hause wohnte. Dennoch hatte es ihn zunehmend gestört. Immer öfter waren er und seine Eltern in Streit geraten. Seitdem verbrachte Enrique zunehmend mehr Zeit mit Freunden, die ebenfalls arbeitslos waren. Sie trafen sich häufig im Retiro-Park, redeten über die hoffnungslose Situation, die unfähigen Politiker, die ihrer Meinung nach an vielem Schuld hatten und tranken sich mit Bier den Frust von der Seele. Das Verhältnis zu seinen Eltern hatte immer mehr darunter gelitten und eines Tages war Enrique einfach nicht mehr zu Hause aufgetaucht. Er hatte keine Lust mehr auf Bevormundung und Streits und wollte zudem seinen Eltern nicht weiter zur Last fallen. Von da an war die Straße sein Zuhause geworden mit all den negativen Konsequenzen und all den Notwendigkeiten, die ein solches Leben mit sich brachte. An Geld zu kommen war somit jeden Tag aufs Neue seine Hauptsorge.

Bevor er John anbettelte, hatte er allerdings erst einmal die Absicht, herausfinden, wo dieser denn hinwollte. Also folgte er ihm mit Abstand, bis John plötzlich in einer Bar verschwand. Von draußen hatte Enrique das ganze Spektakel verfolgt, wie John ein Glas Wasser nach dem anderen getrunken hatte und dabei das gesamte Publikum in der Bar begeistert hatte. Als John dann endlich wieder herausgekommen war, war ihm Enrique auf der anderen Straßenseite gefolgt. John schien absolut fokussiert und war zielstrebig die Straße hinunter gegangen. Da John so tief in seine Gedanken versunken war, war Enrique etwas nachlässiger geworden und ging fast schon auf gleicher Höhe wie John. Dann geschah, was geschehen musste. John blickte zur anderen Straßenseite und sofort bemerkte Enrique an John's Reaktion, dass er erkannt worden war. Enrique war klar, dass John ihn nach dem Gespräch am Vortag nicht unbedingt als den nettesten Gesprächspartner in Erinnerung behalten hatte.

John erhöhte das Tempo, bog dann ab und zwang Enrique somit die Straße zu überqueren. Der Verkehr war dicht und Enrique verlor wertvolle Zeit, bis er endlich eine Lücke gefunden hatte und über die Straße rennen konnte. John hatte mittlerweile einen beträchtlichen Vorsprung herausgearbeitet. Enrique entschied sich, ihm den Weg abzuschneiden. Er war ziemlich sicher, dass John später wieder seine ursprüngliche Richtung einschlagen würde. In leichtem Laufschritt trabte er los. Kurz darauf entdeckte er John wieder. Dieser jedoch hatte ihn noch nicht gesehen, denn statt in die Seitengasse zu schauen, aus der Enrique kam, blickte John nach hinten, wo er Enrique vermutete. Enrique grinste und näherte sich ihm rasch. Dieses Mal wäre es ihm egal, wenn John ihn sehen würde. Im Gegenteil. Jetzt würde er diesen Amerikaner offen ansprechen und versuchen, nochmals an Geld zu kommen.

Als er John eingeholt hatte und gerade über die Straße zu ihm hingehen wollte, drehte sich John zu ihm und blickte ihm in die Augen. Enrique versuchte freundlich zu lächeln. Dann ging alles ganz schnell. John verdrehte die Augen, wankte einen Moment wie ein Baum im Sturm und sackte dann lautlos in sich zusammen. Da lag er nun, der Tourist. Reglos auf dem Gehsteig. Enrique lief erschrocken zu ihm. Was war mit ihm los? Hatte er vor lauter Schreck einen Herzinfarkt erlitten? Hatte ihm Enrique tatsächlich so viel Angst eingejagt?

Überrascht stellte er fest, dass John's Gesicht sich verändert hatte. Eine giftgrüne Farbe überzog Stirn, Nase und Wangen des Amerikaners. Auch sein Hals schimmerte in derselben Farbe und selbst sie Hände schienen sich verfärbt zu haben. Was zum Teufel passierte da mit John?

Enrique sprach ihn an. Keine Antwort. Er tätschelte leicht John's Wangen. Keine Reaktion. Ein Gefühl der Beunruhigung und Angst stieg in Enrique auf. Was, wenn dieser Amerikaner nun vor Angst gestorben war? Aus Furcht vor ihm. Hätte er ihn doch bloß in Ruhe gelassen. Jetzt müsste er sich vielleicht sogar noch mit der Polizei herumschlagen, um denen alles zu erklären. Er blickte sich um. Es gab keine Zeugen in unmittelbarer Nähe. Enrique schaute, ob John sich eventuell beim Sturz eine schwerere Verletzung zugezogen hatte, doch es war nichts zu erkennen. Dann bemerkte er, dass John noch atmete. Tot war er also nicht. Vielleicht hatte er ja auch nur Probleme mit dem Kreislauf. Ein wenig Wasser würde John schon wieder auf die Beine bringen. Doch da war niemand in der Nähe, den er fragen konnte. Ein wenig die Straße hinunter entdeckte Enrique einen dieser kleinen Läden, die fast überall nur die „Chinesen" genannt wurden. In der Tat waren die Besitzer fast immer Chinesen oder chinesischer Abstammung; Kinder chinesischer Vorfahren, die schon vor ein oder zwei Generationen nach Spanien gekommen waren. In den kleinen Läden, die sie betrieben, verkauften sie die wichtigsten Lebensmittel, teilweise auch noch Gebrauchsartikel für Küche und Bad und meist auch frisches Brot, welches insbesondere sonntags stark nachgefragt wurde. Gefühlt hatten diese Geschäfte immer geöffnet, 7 Tage lang, 24 Stunden. Die waren wirklich sehr arbeitsam, diese Chinesen. Nicht selten verbrachte dann die ganze Familie den Samstag oder Sonntag im Laden und in den milden Sommernächten saß sie auch häufiger vor ihren Läden und genoss die angenehmen Temperaturen, so lange kein Kunde vorbeikam. Das Leben dieser Menschen spielte sich zum Großteil im und um den eigenen Laden ab. Dennoch merkte man ihnen keinerlei Unzufriedenheit oder Frust an. Anscheinend lag es einfach nicht im Naturell der Asiaten, sich ständig zu beschweren und über die eigene Arbeit oder Situation zu klagen. Auch wirtschaftlich schwerste Zeiten ertrugen sie scheinbar klaglos und lautlos.

Enrique kaufte eine große Flasche Wasser, die er problemlos aus dem Erbettelten des Vormittags bezahlen konnte und eilte zurück zu John. Dieser lag noch immer reglos auf dem Gehsteig. Enrique goss ihm einen großzügigen Schuss Wasser mitten ins Gesicht. John's Körper zuckte und schlagartig riss er die Augen auf. Die Aktion war geglückt. Enrique setzte die Flasche an John's Mund an und flößte ihm vorsichtig Wasser ein. Wie eine Mutter, die ihr Baby mit der Flasche stillte, musste die Szene auf einen Außenstehenden wirken. Schluck für Schluck päppelte Enrique den noch immer schwächelnden John wieder auf. Erleichtert stellte Enrique fest, dass langsam auch wieder die normale Farbe in John's Gesicht zurückkehrte.

Als dieser wieder zu sich gekommen war, fragte ihn Enrique, ob alles in Ordnung sei. John nickte langsam. Noch immer schien er geistig nicht ganz anwesend, aber er war zumindest soweit wieder hergestellt, dass er sich aufrecht hinsetzen konnte. Enrique war erleichtert. Auch wenn er den Amerikaner nicht wirklich sympathisch fand, so hatte er ihm doch keinen solchen Schreck einjagen wollen, der ihn glatt bewusstlos hatte werden lassen. Ein wenig Geld war alles, was er von ihm haben wollte. Und als ob John seine Gedanken gelesen hätte, zog dieser 10 Euro aus der Tasche und reichte sie Enrique. Dann trank er noch mehr aus der Flasche.

„Danke…Ganz ruhig. Die Flasche kannst Du behalten. Das Wasser wird dir helfen."

John nickte. Enrique hatte sein Ziel erreicht, auch wenn ihn ein Gedanke noch immer nicht losließ: wohin wollte dieser Tourist? Wohin war er so zielstrebig unterwegs gewesen? Und was war da soeben mit dessen Körper passiert? Vielleicht gab es noch eine Möglichkeit, dies alles herauszufinden. Er verabschiedete sich von John, der ja wieder bei Kräften war und ging langsam davon. Doch nur 50 Meter, bis um die nächste Ecke, wo er stehenblieb und wartete. Von hier aus konnte er John gut beobachten. Dann würde er ihm erneut folgen. Diesmal allerdings mit höchster Vorsicht.

Der Amerikaner trank noch ein paar Mal aus der Wasserflasche. Noch immer war er offensichtlich nicht ganz bei sich. Er spielte mit einer weißen Kugel, die er um den Hals hängen hatte und plötzlich färbte sich diese rot. Enrique verfolgte das Ganze mit weit aufgerissenem Mund. Dann fing der Typ an, auf die Kugel einzureden. Scheinbar wirres Zeug, von dem Enrique nichts verstand. Immer wieder schwieg John und lauschte. Aus der Kugel schien ebenfalls eine Stimme zu kommen. Enrique beobachtete alles mit einer Mischung aus Faszination und Staunen. Der Amerikaner sprach mit einer leuchtenden Kugel, aus der auch noch Geräusche kamen. Enrique versuchte sich auf die Wörter zu konzentrieren. Es war kein Englisch und auch sonst keine Sprache, die Enrique bekannt vorkam. Er fragte sich, ob dies wohl eine Sprache war, die er noch nie gehört hatte oder aber nur sinnloses Zeug. Enrique zückte sein Handy und drückte auf die Aufnahmetaste. Möglicherweise könnte er rausfinden, um was für eine Sprache es sich hierbei handelte.

Nach einigen Minuten verblasste das Leuchten der Kugel. John schaute sich um, stand auf und ging vorsichtig wieder die Straße zurück, aus der er gekommen war. Enrique gefiel dies nicht. Offensichtlich hatte der Tourist seine Meinung geändert und wollte nun woanders hin. Daher beschloss er, ihn in Ruhe zu lassen und ging seiner Wege, wobei er sich nochmals seine Tonaufzeichnungen auf dem Handy anhörte.

Dienstag, 27. Mai – 17:35 Uhr

María dachte an ihre Heimat und an ihre Familie. Immer wenn das Wetter schön war in der Hauptstadt, fühlte sie sich zumindest wieder ein wenig mehr zu Hause. Und heute war so ein herrlicher Tag. Es war warm und die Sonne strahlte vom wolkenlosen Himmel. Die schönste Zeit des Jahres würde nun beginnen. Vergessen die kalten und rauen Wintertage, an denen das Thermometer in Madrid zeitweise unter die 5 Grad Marke fiel und man gar keine Lust hatte, die warme Wohnung zu verlassen. Sie hasste diese harten Winter. Ganz anders dagegen die Winter in ihrer Heimat. María kam aus einem Dorf in der Nähe von Sevilla, der Hauptstadt Andalusiens. Dort war es schon selten, dass man im Winter einmal Tagestemperaturen von unter 10 Grad Celsius sah. Der Durchschnitt lag eher bei gut erträglichen 15 – 20 Grad. Dieses komplett andere Klima und die Tatsache, dass sie nun gut 500 km von ihrer Familie und ihren Freunden entfernt wohnte, das hatte es für sie am schwersten gemacht, sich in Madrid einzuleben, als sie vor rund 3 Jahren hier her gekommen war. Damals hatte María unter Tränen und mit schwerem Herzen ihre Heimat hinter sich gelassen. Im zarten Alter von 24 Jahren hatte sie das elterliche Haus verlassen, um der Liebe wegen ein neues Leben in der Hauptstadt zu beginnen. Die Liebe zu ihrem Freund hatte damals über die Liebe zur Heimat und zur Familie gesiegt. Ihr Freund, ein angehender Jurist, der damals gerade sein Studium beendet hatte, hatte ein attraktives Jobangebot in Madrid erhalten. Für María, die bis zu diesem Zeitpunkt noch nie länger als zwei Wochen von ihrer Familie getrennt gewesen war, war dies eine schwierige Zeit gewesen. Oftmals hatte sie geweint, wenn sie einsam in ihrer kleinen Wohnung saß, während ihr Freund bei der Arbeit war. Sie hatte sich so allein gefühlt ohne Familie und Freunde in einer fremden Stadt. Nach und nach hatte sie es dann allerdings geschafft, ein paar Leute kennenzulernen und ihr Freund und sie hatten sich einen kleinen Freundeskreis in Madrid aufgebaut. Dazu war es ihr gelungen, in drei kleineren

Geschäften in der Nachbarschaft als Aushilfe zu arbeiten, wann immer Not am Manne war. So hatte María zumindest ein kleines Einkommen und konnte sich ab und zu einmal ein paar neue Kleidungsstücke kaufen beim Einkaufsbummel mit ihren neuen Freundinnen.

Und dann, als es gerade schien, dass María sich an ihr neues Leben und ihre neue Umgebung gewöhnt hatte, da kam der große Schock. Die Beziehung zu ihrem damaligen Freund war am Ende. Er hatte unglaublich viel gearbeitet für seine Kanzlei und immer weniger Zeit gehabt für María. Die Arbeit hatte ihn aufgefressen und gegen Ende hatten die beiden sich immer öfter wegen Kleinigkeiten gestritten. Als María dann auch noch den Verdacht hatte, dass er mit einer Arbeitskollegin ein Verhältnis hatte, war endgültig Schluss. Sie hatte zwar nie erfahren, ob es tatsächlich der Fall gewesen war, aber er hatte es nie groß bestritten und zu keiner Zeit hatte sie den Eindruck gehabt, dass er die Beziehung noch einmal retten wollte. Vor anderthalb Jahren war das gewesen. Kurz vor Weihnachten. Sie war daraufhin sofort in den Zug gestiegen und zu ihren Eltern gefahren. Vier Wochen hatte sie dort verbracht und sich von Freunden und Eltern wieder aufrichten lassen. Fast alle wollten sie davon überzeugen, doch wieder zurückzukommen nach Andalusien. María jedoch entschied, dass sie es weiter in Madrid versuchen wollte. Sie würde es schon schaffen, auch allein. Ihr Stolz verbot es ihr, sofort aufzugeben und alles, was sie sich dort mühsam aufgebaut hatte, jetzt sofort wieder hinzuschmeißen. So war sie dann Mitte Januar wieder nach Madrid zurückgekommen, hatte ihre Sachen aus der Wohnung geholt und sich bei einer Freundin einquartiert. Von dort wollte sie nach einem WG Zimmer suchen. Doch sie hatte Glück. Einer der Mitbewohner ihrer Freundin wollte ausziehen und so war ein Zimmer frei geworden, das dann María bezog. So wurde sie Teil einer 4er WG. Neben ihrer Freundin, die als Arzthelferin arbeitete, wohnten noch ein junger Informatiker und ein Bauingenieur in der WG. Aufgrund der enorm hohen Mietpreise konnten es sich selbst Berufstätige oft nicht leisten, allein eine Wohnung zu mieten. Eine WG unter jungen Berufstätigen war daher keine Seltenheit in Madrid. Für viele junge Leute war dies das erste Mal, dass sie das elterliche Haus verließen und sich unabhängig machten. Später, wenn sie dann ein wenig Geld angespart hatten, zogen sie häufig mit ihren Partnern zusammen in eine kleine Wohnung.

María fühlte sich von Anfang an wohl in der neuen WG. Diese war jetzt ihre Ersatzfamilie und sie hatte immer jemanden zum Reden und Ausgehen. Mit der Zeit hatte sie die schmerzhafte Trennung von ihrem Freund überwunden und stand wieder mit beiden Beinen im Leben. Um ihre Ausgaben decken zu können, hatte sie einen neuen Job suchen müssen. Durch Zufall hatte sie vor 8 Monaten von einer Freundin erfahren, dass eine Bar in der Innenstadt eine Flamenco Tänzerin suchte. Dort wurden nahezu täglich Flamenco Shows für Touristen aufgeführt. María hatte in ihrer Kindheit und Jugend sehr viel getanzt, auch weil ihre Mutter früher Flamenco Tänzerin gewesen war. Überhaupt war ihre Familie sehr traditionsbewusst. María's Großeltern hatten stets dafür gesorgt, dass sich die andalusischen Brauchtümer in der Familie fortsetzten. Der sonntägliche Besuch in der Stierkampfarena im Sommer gehörte da genauso dazu wie der Tanz, das Essen und die Fiestas. María hatte sehr viel Talent gehabt als Tänzerin, aber sie hatte nie gedacht, davon leben zu können und als sie dann mit ihrem Freund nach Madrid gezogen war, hatte sie den Flamenco komplett vernachlässigt. Dennoch schaffte sie es, den Barbesitzer von ihren Fähigkeiten zu überzeugen. Er hatte mehrere Kandidatinnen vortanzen lassen und sich letztlich für María entschieden. Neben ihren Tanzkünsten hatte dabei mit Sicherheit auch ihr Äußeres eine Rolle gespielt. Es war nun einmal so: eine hübsche Flamenco-Tänzerin lockte noch mehr Touristen an. Und für María war es ein Traum-Job. Sie hatte zwar an 6 Tagen in der Woche Auftritte, teilweise auch zweimal pro Tag, aber das Tanzen machte ihr Spaß und das Gehalt war nicht so schlecht. Wenn man Glück hatte, dann erhielt man auch hin und wieder von ein paar Touristen noch Trinkgeld. Und dank ihres Aussehens hatte María öfter Glück.

Mit diesem Geld und dem, was sie noch ab und an als Aushilfe in einer Bäckerei nebenan verdiente, konnte María gut leben. Sie war eine bescheidene junge Frau und hatte schon als kleines Mädchen gelernt, ohne großen Luxus zu leben. Groß geworden in eher ärmlichen Verhältnissen im ländlichen Andalusien, hatte sie es nicht nötig, jede Woche Kleidung einkaufen zu gehen, wie dies manche ihrer neuen Madrider Freundinnen taten. Hin und wieder gönnte sie sich eine Kleinigkeit, aber sie zog es vor, das Geld, das sie verdiente zu sparen und dafür öfter einmal ihre Familie und ihre Freunde im Süden zu besuchen.

Ihre Schönheit und ihre freundliche Art machten sie auch bei den Männern zu einem Anziehungspunkt. Nicht selten wurde sie in den Shows, auf der Straße oder beim Weggehen mit ihren Freundinnen angesprochen. Jedoch war sie stets distanziert und viele der Männer, die etwas von ihr wollten, waren ihr zu direkt und zu schnell. Sie konnte sich nicht so schnell auf neue Bekanntschaften einlassen, vor allem nicht auf neue Männer. Zu wenig Zeit war seit der Trennung von ihrem Ex-Freund vergangen und zu sehr hatte sich vor allem dieses schreckliche Ereignis von vor gut 12 Jahren bei ihr eingebrannt.

María packte ihren Koffer wie immer wenn sie einen Auftritt hatte. Erst vor Ort zog sie sich um, schminkte sich und verwandelte sich in die heiße Flamenco Tänzerin. Heute wählte sie das weiße Kleid mit den roten Punkten. Sie legte es samt Schuhen und Schminktäschchen in den Koffer. Die restlichen Utensilien hatte sie immer in ihrem Koffer. Es wäre zu viel Arbeit, den Koffer jeden Tag komplett neu zu packen. Obwohl sie inzwischen schon weit über 150 Auftritte an ihrer neuen Arbeitsstelle gehabt hatte, so war sie doch jedes Mal ein bisschen nervös, wenn sie den Koffer zumachte und die Wohnung verließ. Ihre Mitbewohner waren um diese Uhrzeit noch nicht zu Hause. Oftmals sahen sie sich erst spätabends, wenn María wieder nach Hause kam. Die anderen waren dann aber meist schon fast wieder dabei, ins Bett zu gehen, um am nächsten Morgen fit zu sein. María prüfte nochmals, ob sie auch wirklich alles dabei hatte. Dann zog sie die Wohnungstür hinter sich zu.

Dienstag, 27. Mai – 20:02 Uhr

John blickte auf die Uhr. 2 Minuten nach 8. Sein rechtes Bein zuckte leicht. Kurz darauf auch sein linkes. Sein Handgelenk, an dem er die Uhr trug, schnellte blitzartig vor sein Gesicht. Ein rascher Blick. 20:03 Uhr. Unruhig schaute sich John um. Nichts.

Plötzlich begannen seine Augen zu zwinkern. Erst nur das linke, doch schon wenig später auch das rechte. Im Wechsel senkten und hoben sich seine Augenlider völlig eigenständig. John hatte keine Kontrolle mehr über sie. Wieder der Blick zur Uhr. 5 nach 8. Wieso kam Pablo denn nicht? Erneut bemerkte John ein Zucken in seinen Beinen. Dann erzitterte sein ganzer Körper. Schlagartig kam wieder sein Handgelenk mit der Uhr vor seine Augen geflogen. 20:06 Uhr. Das Zwinkern, Zucken und Zittern nahm noch weiter zu. John hielt es kaum noch aus. Er ging unaufhörlich im Kreis, um diese willkürlichen Bewegungen seines Körpers etwas abzumildern, doch diese hielten an. Es wurde nicht besser.

Inzwischen war es schon 13 Minuten nach 8. Sie hatten doch 20 Uhr ausgemacht, oder? Er blickte sich um. Er war ohne Zweifel richtig. Da stand er, auf einem Sockel und mit den Vorderbeinen gegen einen Baumstamm gelehnt, den Kopf nach oben gerichtet: der Bär, der anscheinend so wichtig war für die Madrilenen. Alle paar Sekunden stellten sich Leute vor ihn und ließen Fotos von sich machen. Ein wahrer Anziehungspunkt für Touristen aus aller Herren Länder. Bei hochgewachsenen, bleichen Blondhaarigen war er genauso beliebt wie bei kichernden Asiaten. Verliebte Pärchen wollten ihn ebenso auf ihren Fotos haben wie Familien mit herumtollenden Kindern.

John überblickte den ganzen Platz und es schien ihm, als wäre er vor 2 Tagen schon einmal hier vorbeigekommen. Er konnte es aber nicht mehr mit Gewissheit sagen. Es war viel los. Wiederum war es ein warmer und sonniger Tag gewesen, aber heute hatte John sich zur Mittagszeit nicht mehr aus dem Haus getraut. Zu nah war noch der Schock über seinen Schwächeanfall am vorigen Tag. Heute Vormittag hatte er zum ersten Mal seinen Sprachkurs besucht und es hatte ihm gefallen. Es schien hier alles viel lockerer als bei seiner Ausbildung damals auf seinem Heimatplaneten. Nach dem Kurs war er dann direkt wieder ins Hotel gegangen, um den Nachmittag im klimatisierten Zimmer zu verbringen. Sein Chef hatte ihn nochmals ausdrücklich ermahnt, das Thema mit der Temperatur sehr ernst zu nehmen. John hatte also den Nachmittag genutzt, um etwas Spanisch zu lernen und seine Beobachtungen der ersten beiden Tage aufzuschreiben. Schließlich könnten diese, auch wenn sie nicht in den USA stattfanden, von Nutzen für seine Rasse sein. Dann hatte er sich an der Rezeption den Weg zur Puerta del Sol erklären lassen und war losmarschiert.

Noch immer keine Spur von Pablo. Und so schaute er sich ein wenig auf dem Platz um. Weiter vorne, nahezu in der Mitte des Platzes konnte er übergroße Comicfiguren erkennen. Menschen in Kostümen, die sich für ein wenig Geld fotografieren ließen. John erkannte nur Mickey-Mouse, den er aus den Erzählungen und Bildern von Jim's Erlebnissen in den USA kannte. Ein paar Meter daneben stand eine Menschentraube um einen Mann herum. John war jedoch zu weit entfernt, um erkennen zu können, womit dieser die Leute in den Bann zog. Fast am anderen Ende des Platzes erkannte er eine Gruppe Mexikaner mit ihren riesigen Sombreros, die fast breiter waren, als ihre Träger groß. Sie machten Musik und das ein oder andere Kind in der Nähe ließ sich davon zum Tanzen mitreißen.

„Hallo mein Freund, da sind wir. Wie geht's?"

Pablo hatte sich von der Seite genähert mit zwei Freunden im Schlepptau.

Mit der Ankunft der drei Spanier hatte sofort auch das Zucken, Zwinkern und Zittern aufgehört. Während John sich noch über diese Tatsache wunderte, stellte Pablo bereits die beiden Neulinge vor.

„Das sind Jesús und Sergio." Sie gaben sich die Hand, wobei John peinlich genau darauf achtete, den Körperkontakt so kurz wie möglich zu halten. Nur aus Höflichkeit und um nicht als Sonderling zu gelten, gab er den beiden überhaupt die Hand. Pablo entschuldigte die Unpünktlichkeit, verwies aber grinsend darauf, dass nur 20 Minuten Verspätung für spanische Verhältnisse noch gar nicht mal so schlecht wären.

„Du musst wissen John, dass wir nicht gerade für unsere Pünktlichkeit bekannt sind."

Ein Zucken durchzog John's Körper. Pablo fuhr fort:

„Andererseits ist es auch nicht so schlimm, wie die Ausländer immer denken. Es ist unter Freunden oftmals einfach der Sprachgebrauch. Wir sagen 20 Uhr, aber wir alle wissen, dass dies nicht Punkt 20 Uhr bedeutet."

„Es sei denn, wir müssen einen Zug oder Flug erwischen", fügte Sergio lächelnd hinzu.

John war etwas verwirrt und die drei Freunde bemerkten es.

„Tja, es ist nicht so einfach, diese Sache mit der Pünktlichkeit oder Unpünktlichkeit zu erklären. Vielleicht muss man dazu länger in Spanien gelebt haben, um das Thema zu verstehen.", meinte Pablo. Erneut antwortete John mit einem unkontrollierten Zucken.

„Doch jetzt lass uns losgehen und eine schöne Bar suchen. Ich freu mich schon sehr auf ein kühles Bier."

Obwohl es ein gewöhnlicher Dienstagabend war, war richtig viel los im Zentrum. Sie mussten ein wenig suchen, doch bald hatten die vier mit Glück einen freien Tisch auf der Terrasse einer Kneipe ergattert. Im Prinzip war es gar keine Terrasse, sondern der freie Platz vor der Bar, der als solche genutzt wurde. Alle Bars und Restaurants schienen draußen ihr Revier abgesteckt zu haben und stellten dort dann ihre Tische und Stühle auf. Viele Menschen saßen dort, essend, trinkend, sich unterhaltend und alle waren offensichtlich gut gelaunt.

Pablo bestellte vier Bier. Kurz darauf brachte der Kellner diese und stellte ihnen ein Schälchen Oliven und Kartoffelchips dazu.

„Schau John, dies sind die kleinen Freuden des Lebens. Gemeinsam mit Freunden die Abendsonne genießen mit einem schönen kühlen Bier. Dazu noch ein paar gute spanische Tapas. Deswegen kommen die ganzen Touristen hier her." Pablo's Freunde lachten. John sah sich um. Er vermochte nicht zu sagen, ob die Leute Touristen waren oder Madrilenen. Allerdings hörte er hier und da, wie sich Leute auf Englisch oder in einer anderen Sprache miteinander unterhielten. Die drei Spanier erklärten John, dass es fast immer zum Bier oder anderen Getränken eine kleine Aufmerksamkeit des Hauses gab. In diesem Fall waren es Oliven und Kartoffelchips, in anderen Fällen auch mal kleine belegte Brötchen, ein kleines Tellerchen Paella oder andere Köstlichkeiten. In manchen Bars waren diese Appetitanreger sogar so groß, dass man nach zwei Getränken gleichzeitig auch so viel gegessen hatte, dass man satt war. In Krisenzeiten waren solche Bars natürlich beim Volk äußerst beliebt.

Um John die spanische Küche etwas näher zu bringen, beschlossen die Freunde, ein paar typisch spanische Gerichte zu bestellen. Als der Kellner ihnen dann später eine Menge Essen auf den Tisch gestellt hatte, begann Jesús John zu erklären, was sie da vor sich hatten.

„Schau. Hier haben wir den typischen leckeren Serrano Schinken. Luftgetrocknet natürlich. Daneben siehst du den Manchego Käse, der aus Schafsmilch hergestellt wird. Das da sind Pimientos del Padrón, eine spezielle Paprikasorte, die in Öl gebraten wird und darauf kommt dann Salz. Aber Vorsicht. Ein paar von denen könnten scharf sein... Das dort ist die traditionelle spanische Tortilla aus Kartoffeln und Eiern. Und schließlich haben wir noch Pulpo a la Gallega bestellt. Das ist das Meerestier mit den vielen Armen." Jesús bewegte theatralisch seine Arme auf und ab, um seine Erklärungen gestenreich zu unterstützen. „Mit Olivenöl und rotem Gewürz zubereitet. Ist für dich wahrscheinlich ungewohnt, schmeckt aber richtig lecker. Solltest du echt probieren."

Pablo unterbrach ihn. „Absolut. Der kommt direkt aus dem Norden Spaniens. Wie nahezu alle Meeresfrüchte und Fische, die in Madrid verkauft werden. Du musst wissen, dass wir hier in Madrid wahrscheinlich den besten Fisch haben, weil er jeden Tag frisch angeliefert wird."

John begutachtete noch neugierig den in kleine Stücke geschnittenen Kraken, während die Freunde schon mit dem Essen anfingen. Mit Händen, mit Zahnstochern und mit Gabeln. Die Teller hatten sie alle in der Tischmitte platziert und nun nahm sich einfach jeder, worauf er gerade Lust hatte. John begann ebenfalls zu essen und er war begeistert. Selbst der Pulpo, der ihn einige Überwindung gekostet hatte, schmeckte vorzüglich. Dazu das frische Bier und die Sonnenstrahlen der Abendsonne. Es war nicht verwunderlich, dass es sich hier so viele Leute gutgehen ließen. Die drei Freunde erklärten John, dass dies die typische Art sei, in Spanien mit Freunden zu essen. Gemeinsam wählt man verschiedene Speisen aus und dann wird gegessen wie in einer großen Familie. Jeder nimmt von allem. Sie fragten ihn nach einigen Essgewohnheiten und Gebräuchen der Amerikaner. John schaffte es jedoch geschickt auf Themen zu lenken, von denen er mehr Ahnung hatte. Alles, was er über Amerika, die Amerikaner und deren Gebräuche wusste, das hatte er schließlich nur von Jim gelernt, ohne es je selbst erfahren zu haben. Gemeinsam philosophierten sie darüber, wo das Bier wohl besser schmeckte, in Amerika oder in Spanien. Sie fragten sich auch welcher Wein denn der bessere sei, der kalifornische oder der spanische. Aber die drei Freunde konnten sich noch nicht einmal darauf einigen, wo denn überhaupt der beste Wein Spaniens herkam. War es der Wein aus dem Anbaugebiet Ribera del Duero oder aus der Rioja. Nach einigem Hin und Her unterbrachen sie diese Diskussion jedoch, als eine bildhübsche Blondine am Tisch vorbeilief. John bemerkte, wie die Blicke der drei Spanier alle gleichzeitig in Richtung der jungen Frau gingen und ihr folgten.

„Warum schaut ihr denn alle dieser Frau hinterher?"

Sergio blickte John in die Augen und es war ihm anzumerken, dass er etwas peinlich berührt war, da er sich hatte ertappen lassen, als er so offensichtlich der attraktiven Dame nachgeschaut hatte. Jesús hingegen ging in die Offensive.

„Aber klar doch, Mann. Schau sie dir nur an. Die ist perfekt. Hübsches Gesicht, toller Körper und dazu noch blond. Was willst du mehr?"

„Du musst wissen John", warf Pablo ein, „dass Jesús absolut auf blonde Frauen steht. Leider haben wir in Spanien nur wenige, die echt blond sind."

Zu Jesús gewandt sagte er: „Du solltest halt mal nach Schweden gehen. Da gibt es viele Frauen von dieser Sorte."

„Was hältst du eigentlich von den spanischen Frauen, John? Hast schon welche kennengelernt?" Jesús schaute ihn gespannt an.

John überlegte kurz.

„Na ja, hier kann ich nicht sagen, welche Frauen tatsächlich Spanierinnen sind und welche nicht. Aber am Sonntag habe ich eine Frau aus Barcelona kennengelernt. Die war sehr nett."

„Oh Mann, ihr Amerikaner immer mit eurer politischen Korrektheit. Sie war sehr nett. War sie attraktiv oder nicht? Das ist es, was uns interessiert."

John begann herumzustammeln, ohne eine klare Auskunft zu geben und die drei Freunde lachten ihn dafür aus.

„Schon gut John. Keine Sorge. Ab jetzt sagst du uns einfach, wenn dir eine Frau gefällt und vielleicht können wir dir ja dann helfen", meinte Jesús lächelnd.

John nickte, aber in Wirklichkeit wusste er schlichtweg nicht, woran er es festmachen sollte, ob ihm eine Frau gefiel oder nicht. Er spürte nichts. Seine Gefühle waren nicht anders gegenüber dieser Blondine gewesen, die eben vorbeigelaufen war, als gegenüber irgendwelchen anderen Menschen. Natürlich hatte ihm Jim alles erklärt, was er über das Thema Mann und Frau so wissen musste. Die Theorie half John an dieser Stelle aber denkbar wenig.

Die drei Spanier und John unterhielten sich noch eine ganze Zeit weiter über das Thema Frauen. Alle drei waren schließlich Single und John war es auf Nachfrage ebenfalls. Von daher sprach nichts dagegen, ein wenig die Frauen zu beobachten, die an den anderen Tischen saßen, oder auf dem Gehweg vorbeikamen. Immer wieder warfen die drei Freunde sich ein paar Worte auf Spanisch zu und grinsten. John nahm es ihnen nicht übel, da er wohl auch auf Englisch aufgrund seiner mangelnden Erfahrung mit Frauen nicht viel verstanden hätte. Dennoch fühlte er sich wohl in Gesellschaft der Jungs. Sie hatten in der Zwischenzeit nochmals eine Runde Bier bestellt und als sie mit dem Essen fertig waren, bestellte Pablo Drinks. Ob Rum mit Cola für John in Ordnung sei, wurde er gefragt. John war mit allem einverstanden, solange er sich damit keine Blöße geben musste.

„Ist es eigentlich wahr, John, dass es viel leichter ist, mit Mädels in Amerika zu flirten? Du weißt schon…Und danach dann eine mit nach Hause zu nehmen?", fragte Sergio.

„Jedenfalls hört man das öfter, vor allem bei Studenten."

Schon wieder hatten sie John in eine unangenehme Situation gebracht. Doch dieser antwortete ohne lange zu überlegen.

„Also wenn ihr dort studieren würdet, da hättet ihr bestimmt gute Chancen."

„Du meinst die Frauen dort stehen auf uns Südländer?"

„Auf alle Fälle. Vor allem wegen des spanischen Akzents. Der ist wirklich sexy. Da stehen die Amerikanerinnen drauf."

Jesús, Sergio und Pablo mussten herzlich lachen.

„Na dann Jungs, sollten wir mal ein Semester dort verbringen" schlug Pablo vor.

„Die spanischen Mädels sind natürlich aber auch nicht schlecht. Die sind oft schlank, sind nicht so bleich wie die im Norden und vor allem kleiden die sich immer richtig gut. Sehr weiblich. Da musst du dir nur mal ein paar Touristen anschauen, wie die herumlaufen, auch Amerikanerinnen. Das sieht nicht immer so elegant aus." bemerkte Sergio.

„Ja schon, aber oftmals kommst du einfach nicht an diese Frauen heran. Wenn es gut läuft, so flirten sie mit dir, aber vielmehr ist dann nicht drin." entgegnete Pablo.

Sergio nickte zustimmend.

„Auf die Frauen, Jungs", sagte Jesús und sie stießen mit ihren Drinks an.

Sie redeten dann auch noch über Frauen in anderen Ländern, denn bis auf John konnten sie alle ein paar Erlebnisse mit ausländischen Frauen aus der Vergangenheit zum Besten geben. Die Stimmung war prächtig. Die Sonne verschwand langsam hinter den Häusern auf der anderen Straßenseite. Sie waren bereits bei ihrem zweiten Drink, als John den Drang verspürte, sich entleeren zu müssen und dabei bemerkte, dass sein Körper ganz anders funktionierte als sonst. Doch maß er dieser Tatsache sträflicherweise noch keine große Bedeutung zu.

Als die hübsche Blondine von zuvor zum dritten Mal am Tisch vorbeikam, war Jesús kurz davor sie anzusprechen, aber im letzten Moment verließ ihn der Mut.

„Hallo hübsche Frau", murmelte er kaum hörbar vor sich hin. Die Frau marschierte weiter. Sergio und Pablo konnten sich ein Lächeln nicht verkneifen. Doch dann kam der Zufall Jesús zu Hilfe. Der jungen Frau war der Schlüsselbund aus ihrer Handtasche gefallen und sie hatte es nicht bemerkt. Blitzschnell reagierte Jesús, stand auf mit dem Drink in der Hand, hob mit der anderen die Schlüssel auf und ging der Frau hinterher. Als er sie eingeholt hatte, tippte er ihr von hinten auf die Schultern und meinte auf Englisch:

„Ich glaube du hast da was verloren."

Die junge Frau drehte sich um, blickte ihm in die Augen und erwiderte schroff:

„Was hab ich denn verloren?"

Sergio, Pablo und John waren noch nah genug, um das Gespräch mithören zu können. Ganz offensichtlich wurde die schöne Frau nicht zum ersten Mal angesprochen und erwartete deshalb nur wieder einen dieser klassischen Anmachsprüche. Jesús versuchte daher auch gar nicht erst ein Spielchen aufzuziehen, sondern hielt ihr den Schlüsselbund vor die Nase. Die Frau begutachtete den Bund und erkannte ihn als den ihren wieder.

„Oh ja, das ist meiner. Vielen Dank."

„Darf ich zur Belohnung wenigstens noch deinen Namen erfahren?", fragte Jesús und gab ihr die Schlüssel zurück.

„Ich bin die Annika, und du?"

„Ich heiße Jesús. Sehr erfreut. Woher kommst du denn und was führt dich nach Madrid?"

„Wir kommen aus Deutschland." Sie zeigte auf einen Tisch ein paar Meter entfernt. „Meine Freundinnen und ich machen hier eine Woche Urlaub. Du weißt schon: Stadt anschauen, shoppen, weggehen...was man halt so macht. Und was machst du? Also ich meine beruflich?"

Jesús zögerte einen Moment. Annika schaute ihn gespannt an.

„Ich bin Künstler."

„Künstler? Wirklich? Welche Art von Kunst denn?"

„Also ich mache Kunst auf der Straße", sagte Jesús.

„Bist du einer von denen, die Leute zeichnen? Da habe ich vorher schon einige auf der Plaza Mayor gesehen."

„Nein. Ich bemale die Straßen."

„Ach so. Mit Kreide. Hab ich auch schon mal gesehen", meinte Annika.

„Nein. Also eigentlich male ich die Streifen in der Mitte der Fahrbahn, weißt du?"

„Die weißen Linien? Du bist lustig. Dann bist du doch kein Künstler. Dann bist du Straßenbauarbeiter, oder was weiß ich, wie man das nennt", bemerkte Annika etwas abfällig.

„Na, wenn du meinst. Genau das mach ich. Streifen auf die Straße malen."

Sergio und Pablo warfen sich fragende Blicke zu. Die junge Deutsche schien aber interessiert.

„Dann sag mir doch mal, du Künstler, wie ihr die Streifen bei Baustellen macht. Die sind ja oftmals gelb und müssen hinterher wieder irgendwie abgehen, oder?"

Mit dieser Frage hatte Jesús nicht gerechnet. Er druckste an der Antwort herum. Dann erklärte er etwas von aufgeklebt und dass man die Streifen danach einfach wieder abziehen könnte, aber die hübsche Blondine schien nicht wirklich überzeugt davon zu sein.

Irgendwie schien ihr Interesse an Jesús nun nicht mehr so groß. Sie bedankte sich nochmals für die Schlüssel, wünschte ihm einen schönen Abend und ging zum Tisch ihrer Mädels. Dort erzählte sie ihren Freundinnen etwas, vermutlich auf Deutsch, und kurz danach fingen alle an zu lachen und blickten zu Jesús hinüber. Dieser kam etwas niedergeschlagen zum Tisch der Freunde zurück.

„Tja, war wohl nichts", meinte er.

„Schon. Aber sag mal, wo hast eigentlich die Geschichte mit dem Künstler und Straßenmaler her? Gar nicht schlecht.", sagte Pablo.

„Hab das in nem Buch gelesen, wo ein Kerl diese Geschichte verwendet, um eine Frau anzusprechen. Bei dem hatte es allerdings besser funktioniert."

„Komm schon. Egal. Die Blondine da drüben wäre sowieso nicht die richtige Frau für dich gewesen. Und warum fragt sie eigentlich so früh schon nach deinem Beruf? Ist das so wichtig für nen kleinen Flirt? Lasst uns gehen", sagte Sergio und winkte den Kellner heran.

Der brachte kurz darauf die Rechnung und die drei Freunde begannen das Geld aus ihren Taschen zu holen. John wusste nicht so recht, was er tun sollte. Pablo bemerkte es und erklärte:

„Ach ja. Hier bezahlen wir immer alles zusammen. Das mit dem getrennt bezahlen ist in Spanien nicht üblich. Entweder einer lädt alle anderen ein, wie das meist bei Familienfeiern der Fall ist oder man teilt sich die Rechnung unter Freunden. In diesem Fall geht der ganze Betrag durch 4. Ist das für dich in Ordnung? Schließlich haben wir alle ungefähr gleich viel getrunken und gegessen."

„Ja klar", sagte John. „Wie viel macht das für mich?"

Dienstag, 27. Mai – 22:08 Uhr

Kurz nachdem die vier von ihren Plätzen aufgestanden waren, hatte John erneut bemerkt, dass irgendetwas mit ihm nicht stimmte. Es fiel ihm schwerer als sonst, Arme und Beine zu koordinieren. All das, was er jahrelang trainiert hatte, um in einem menschlichen Körper nicht aufzufallen, schien plötzlich weg zu sein. Sein Körper gehorchte ihm nicht mehr so richtig.

Sergio, der direkt hinter John lief, sprach ihn an:

„Mensch John, bist du etwa schon betrunken? Du läufst so komisch. Dabei fängt die Party jetzt erst so richtig an." Er lachte. John aber versuchte jetzt, noch angestrengter seine Bewegungen zu kontrollieren. Pablo und Jesús beratschlagten unterdessen, wohin sie mit John am besten gehen sollten. John hingegen bekam davon nichts mit. Zudem hatte er andere Probleme, als sich über die nächste Bar oder Kneipe Gedanken zu machen. Für ihn war es ein völlig neues Gefühl, das er bisher noch nicht kannte: er war betrunken. Auf der einen Seite machte ihm diese neue Sinneswahrnehmung Angst. Es beunruhigte ihn, nicht mehr den Körper kontrollieren zu können, was er monate- und jahrelang trainiert hatte. Auf der anderen Seite fing es an, ihm zu gefallen. Die Ängste der ersten Tage auf der Erde waren wie weggeblasen. Vergessen die Ereignisse mit der Hitze und dem seltsamen Enrique. Er war jetzt mit drei freundlichen Spaniern unterwegs, die sich mit ihm unterhielten und mit ihm Spaß haben wollten. Was auch immer ihn in diese Stimmung versetzt hatte, das Bier, die Tortilla oder der komische Tintenfisch; es war ihm egal und er bereute es nicht.

John blieb plötzlich vor einem Restaurant stehen und starrte auf ein Plakat.

„Sergio. Sag mal. Sieht so eine Spanierin aus?"

Sergio blickte auf das Plakat und platzte vor Lachen.

„Hey Jungs", rief er Pablo und Jesús hinterher, die ein paar Meter vor ihnen gingen, „ich weiß, wo wir hingehen sollten." Die beiden kamen zurück und schauten sich ebenfalls das Plakat an, auf das Sergio hinwies, und nickten zustimmend.

„John, heute werden wir dich in die Kultur und Tradition Spaniens einführen."

Die drei Freunde schafften es, beim Türsteher einen Rabatt auszuhandeln, da sie ja in Wirklichkeit nur John das Spektakel zeigen wollten. Sie versprachen aber hoch und heilig, dass sie auf jeden Fall den ein oder anderen Drink dort zu sich nehmen würden. Als die vier Platz nahmen, hatte die Show bereits angefangen. Auf der kleinen Bühne saßen 3 Frauen in traditionellen Kleidern und 1 Mann mit Gitarre. Ein anderer Mann tanzte. Während der Mann mit der Gitarre die Melodie vorgab, klatschten die drei Frauen kräftig mit, um den Rhythmus vorzugeben. Der Tänzer bewegte sich immer schneller, vollführte unglaubliche Drehungen und spektakuläre Bewegungen mit seinen Armen. Er tanzte sich in einen wahren Rausch, als die Musik schneller und schneller wurde. Das Publikum war begeistert. Mit offenem Mund starrte John ihn an. Jetzt, da er in diesem merkwürdigen Zustand war, in dem er kaum in der Lage war, seinen Körper einigermaßen zu kontrollieren, erschienen ihm die waghalsigen Bewegungen des Tänzers noch einmal unglaublicher. Wie schaffte er das nur? Und immer, wenn man glaubte, dass er müde werden würde, da legte er noch eine Schippe drauf und überraschte die Zuschauer von neuem.

„Tja John. Das ist Flamenco, der südspanische Nationaltanz sozusagen. Beeindruckend, was?", meinte Pablo. John nickte.

„Deswegen heißt es wohl auch so oft, dass wir Südländer Feuer im Blut hätten. Erkennst du die Leidenschaft? Das Temperament? Das Feuer?"

Sergio fügte hinzu: „Ich persönlich glaube ja, dass man das im Blut hat oder halt nicht. Man wird damit geboren. Ich könnte mir zum Beispiel keinen Schweden vorstellen, der Flamenco tanzt."

„Aber eine Flamenco-tanzende Schwedin....das hätte schon was.", meinte Jesús. Sie lachten. Als sich der Tänzer nach ein paar Minuten setzte, um eine wohlverdiente Pause zu machen, hielt der Applaus des faszinierten Publikums lange an. Mit einem Handtuch wischte sich der Tänzer den Schweiß aus dem Gesicht. Die Musik hatte ihm alles abverlangt. Die drei Freunde bestellten eine Runde Drinks, auch für John, der sich zwar versuchte dagegen zu wehren, aber viel zu halbherzig, um den anderen glaubhaft zu machen, dass er wirklich nichts mehr wollte. Sie erklärten ihm, wie solche Dinge in Spanien abliefen. Wenn man mit Freunden wegging, dann bestand ein gewisser Gruppenzwang. Dem konnte man sich nicht so einfach entziehen. Sie würden gemeinsam Spaß haben jetzt und morgen würden sie auch alle leiden. Diesen Teil verstand John zu dem Zeitpunkt aber noch nicht. Die Spanier seien sehr gerne in Gesellschaft, das brachten sie John ebenfalls bei. John trank von seinem Rum mit Cola, der ihm deutlich besser schmeckte als das Bier zuvor.

Die Musik setzte wieder ein. John schaute zur Bühne. Eine junge Dame erhob sich nun, die eben vorher noch klatschend den wilden Tänzer begleitet hatte. Geschmeidig entfernte sie sich ein paar

Schritte von ihrem Platz. Sie trug ein weißes, bis zu ihren Knöcheln reichendes Kleid mit großen roten Punkten. Um ihre Hüfte prangte ein roter Gürtel und an den Füßen trug sie hohe schwarze Schuhe. Das Kleid betonte ihre schmale Taille und brachte ihre schönen Brüste zur Geltung ohne jedoch zu viel preiszugeben. Das Weiß des Kleides bildete einen angenehmen Kontrast zu ihrer karamellfarbenen Haut, auf welche das Kleid an Armen, Dekolleté und Rücken den Blick freigab. John's Augen wanderten von den Beinen der Tänzerin über ihren schönen Körper bis zu ihrem makellosen Gesicht. Aus ihrem Blick sprach Stolz. Ihre braunen Augen funkelten bei jeder ihrer Bewegungen. Ihr dunkles Haar war streng nach hinten gekämmt und an ihrem Hinterkopf zusammengesteckt. Sie lebte diesen Tanz. John konnte seinen Blick nicht mehr von ihr lassen. Diese Eleganz und Leichtigkeit, mit der sie sich bewegte. Dieses Zusammenspiel von Armen, Beinen und Kopf. Diese unerwarteten Rhythmus- und Richtungswechsel. Diese Drehungen. Das alles faszinierte ihn. Es war ihm unerklärlich, wie man mit einem menschlichen Körper solche Bewegungen erzeugen konnte. Sein Umfeld nahm John kaum noch wahr. Für ihn erklang die Musik nur noch leise im Hintergrund. Die schöne Tänzerin zog ihn vollkommen in ihren Bann. Bald existierten in John's Welt nur noch sie und ihre traumhaften Bewegungen...

„John. John. Joooohn."

Pablo versuchte die Aufmerksamkeit seines Freundes zu gewinnen, doch auf sein Zureden reagierte John nicht. Schließlich stupste er ihn am Arm. John zuckte zusammen und schaute Pablo an.

„Ja? Entschuldigung. Was ist los?"

„Gar nichts ist los. Wollte nur sagen, dass dies eine richtige Spanierin ist. Die weiß wie man Flamenco tanzt und Männer verführt."

„Ja." Mehr konnte John nicht sagen. Er war noch immer wie verzaubert von der Flamenco-Tänzerin. Ein Kribbeln durchzog seinen Körper und in der Bauchgegend verspürte er ein seltsames Gefühl. John wusste nicht woher es kam, verdächtigte aber den Tintenfisch und den Rum. Schließlich hatte er zuvor von beidem noch nie gehört und soweit er wusste, hatten sie auf seinem Planeten auch keine Verträglichkeitstests der dort entwickelten menschlichen Mägen auf diese Dinge durchgeführt.

Die Tänzerin hatte sich inzwischen wieder gesetzt. Ihr Auftritt war vorbei, doch vor John's innerem Auge tanzte sie noch immer. Sie ließ ihn nicht mehr los. Bei den verbleibenden Auftritten der restlichen Tänzer war John nicht mehr konzentriert. Fast die ganze Zeit behielt er die attraktive Tänzerin im rotgepunkteten Kleid im Blick. Er wünschte sich so sehr, dass sie noch einmal die Bühne beträte, dass sie ihn noch einmal in die Welt des Flamencos entführte. Doch sie hatte keinen Auftritt mehr. Die drei Freunde hatten längst bemerkt, dass John nur noch Augen für die Tänzerin hatte. Nach der Show packte ihn Jesús am Arm und forderte ihn auf, aufzustehen. Ohne viel Aufhebens marschierte er mit John direkt auf die Bühne zu, wo sich die hübsche Tänzerin gerade mit einer Kollegin unterhielt.

„Darf ich die schönen Frauen kurz unterbrechen?", fragte Jesús. „Hier neben mir steht nämlich John aus den USA. Er würde dort gerne eine Flamenco Bar aufmachen und möchte dich deshalb ein paar Dinge fragen, denn dein Tanzstil hat ihm ganz besonders gefallen", sagte er an die Tänzerin im rotgepunkteten Kleid gerichtet. John schaute Jesús etwas verstört an, wagte aber nicht ihn zu unterbrechen. Die Tänzerin schien ebenfalls überrascht durch solch eine unerwartete Anfrage. Zuerst versuchte sie sich irgendwie aus der Nummer herauszureden, doch die Überrumpelungstaktik mit Kompliment von Jesús zeigte Wirkung.

„Na komm schon. Hilf meinem Freund ein wenig mit seinen Fragen und währenddessen laden meine Freunde und ich deine Freundin auf einen Drink ein."

Die Freundin der Tänzerin war dem nicht abgeneigt und so stimmte die Tänzerin schließlich zu. Die vier Herren und die beiden Damen stellten sich gegenseitig vor. Der Name der Tänzerin war María und ihre Freundin hieß Elena. Die Jungs besorgten noch eine Runde Drinks für alle. María und John setzten sich dann an einen Tisch, während die drei Kumpels mit Elena in Richtung Bar gingen.

María und John saßen sich zunächst schweigend gegenüber. John blickte sie einfach nur verträumt an. Schließlich war es María, die begann; zögerlich zwar, denn sie fühlte sich nicht wohl, wenn sie Englisch reden musste:

„OK John. Du willst also eine Flamenco Bar eröffnen?"

„Ähm ja. Ganz genau. Eine Flamenco Bar."
„Wo denn?"
„Wahrscheinlich in San Francisco. Die haben dort häufig Nebel und brauchen deshalb ein wenig südländische Musik, um ihre Laune aufzubessern."

María lächelte. „Ja? Glaubst du, dass diese Musik die Leute glücklich macht?"

„Auf jeden Fall. Ich zum Beispiel könnte dir stundenlang beim Tanzen zusehen. Du tanzt einfach wunderbar."

„Dankeschön.", antwortete María leicht verlegen. „Tanzen ist meine Leidenschaft, mein Leben. Wahrscheinlich merken das die Leute."

María und John unterhielten sich lange. Vor allem über das Tanzen, den Flamenco im Speziellen und das Leben im Süden Spaniens. John war ein sehr interessierter Zuhörer und stellte eine Menge Fragen. Er fand es spannend, so viel über Land und Leute zu erfahren. María andererseits liebte es, über ihre Heimat, die Gebräuche und die Menschen dort zu sprechen. Sie redeten hauptsächlich Englisch, aber wenn María hin und wieder die passenden Worte fehlten, so wechselte sie einfach ins Spanische. John verstand überraschenderweise das allermeiste und bemühte sich seinerseits ein paar Bemerkungen und Fragen auf Spanisch zu formulieren. Beide waren so vertieft in ihre Unterhaltung, dass sie nicht bemerkt hatten, dass María's Kollegin und die drei Freunde inzwischen gar nicht mehr in der Bar waren. Sie waren einfach so gegangen. Da María aber auch noch gerne mehr über John und sein Land erfahren wollte, ging sie zur Bar, um noch eine Runde Drinks zu bestellen. Als Tänzerin des Hauses kannte sie den Barkeeper natürlich sehr gut und bekam die Drinks spendiert. Und so saßen die beiden noch weitere 40 Minuten und unterhielten sich über Kalifornien und Amerika. John hatte leichtes Spiel, da María noch nie ihr Heimatland verlassen hatte. Somit konnte John ihr Geschichten erzählen, die er ebenfalls nur erzählt bekommen hatte, von Jim, aus dessen Amerika Mission oder in Lehrvideos.

Weit nach Mitternacht verließen sie die Bar und verabschiedeten sich, nicht ohne, dass María John ihre Handy-Nummer gab. Falls er wolle, könnte man sich ja nochmals treffen in den nächsten Tagen, schließlich hätten sie sich ja so prächtig unterhalten. John bedankte sich und steckte die Nummer ein. Allerdings fühlte er sich plötzlich gar nicht mehr wohl. Er musste sich sehr zusammenreißen, um sich auf den Beinen zu halten und sich nichts anmerken zu lassen. Die frische Luft ließ die Wirkung des Alkohols sich voll entfalten. John nahm noch wahr, wie María ihm einen guten Nachhauseweg wünschte und ihm zum Abschied rechts und links ein Küsschen auf die Wange drückte. Dann war María weg und mit ihr auch die Erinnerung von John.

Mittwoch, 28. Mai – 1:32 Uhr

María zog ihren kleinen Koffer hinter sich her. Sie überlegte kurz, ob sie ein Taxi nehmen sollte. Dann aber entschied sie sich, zu Fuß nach Hause zu gehen. So konnte sie den Kopf wieder etwas freibekommen bevor sie ins Bett ging. Ein ganz netter Kerl, dieser John. Und bei weitem nicht so aufdringlich wie viele andere Männer. Das gefiel ihr. Der Abend, sowie das Gespräch mit ihm, waren wirklich sehr schön gewesen. Jedoch beschäftigte sie die Stimme John's. Der Klang seiner Stimme war immer noch in ihrem Kopf. Genau genommen war es nicht der Klang, sondern die Sprache. Die englische Sprache, die so negative Gefühle in ihr hervorriefen. Und obwohl sie diese negativen Gefühle nicht zulassen wollte, so waren sie schlagartig wieder präsent, die Erinnerungen an dieses schlimme Erlebnis. Erinnerungen an das vielleicht dunkelste Kapitel in ihrem noch so jungen Leben.

Damals, im Alter von 15 Jahren, war sie mit einer Freundin in Sevilla gewesen. An einem Septembersamstag nach der Siesta waren sie mit dem Zug in die andalusische Hauptstadt gefahren, um dort ein wenig feiern zu gehen: ein wenig tanzen, etwas trinken und mit Jungs flirten. All das, was in María's Dorf mit seinen zwei, drei Kneipen nicht möglich war. Um 19 Uhr hatte es noch immer knapp 40 Grad gehabt. Sie hatten sich ein Eis geholt, waren durch die Fußgängerzone geschlendert, hatten sich an den Guadalquivir gesetzt, Cola getrunken und dabei die vorbeifahrenden Kanu- und Kajakfahrer beobachtet. Später waren sie ins Zentrum gegangen, um in einem der zahlreichen Straßenrestaurants Tapas zu essen. Um Mitternacht schließlich hatten sie sich langsam auf den Weg zur Disko gemacht. Vor 1 Uhr war dort sowieso nicht viel los. Sie waren dennoch früh dran gewesen und die Tanzfläche war noch leer gewesen, als sie dort angekommen waren. Der guten Laune hatte dies keinen Abbruch getan und so hatten die beiden Freundinnen früh zu tanzen begonnen. Mit der Zeit hatte sich der Club gefüllt und die Stimmung war hervorragend gewesen. Auch den ein oder anderen netten Jungen hatten sie kennengelernt und María und ihre Freundin hatten ihren Spaß gehabt. Kurz nach 5 Uhr hatten sie sich auf den Weg in Richtung Bahnhof gemacht. Sie waren erschöpft gewesen, hatten sich aber das Geld fürs Taxi sparen wollen und waren daher zu Fuß gegangen. Mit dem ersten Zug frühmorgens wollten sie ins Dorf zurückfahren. Unterwegs hatte ihre Freundin Hunger bekommen und hatte sich etwas in einem Schnellimbiss holen wollen. María hatte sich draußen auf den Bordstein gesetzt und gewartet. Ihre Füße hatten geschmerzt von den unbequemen Absätzen. Sie hatte ihre Schuhe dann kurz ausgezogen, um ihren Füßen etwas Luft zu verschaffen, als plötzlich ein Mann vor ihr gestanden hatte. Vor Schreck war sie aufgesprungen. Der Mann hatte sie an der Schulter gepackt und auf Englisch auf sie eingeredet. María hatte nicht viel verstanden. Der Fremde war angetrunken gewesen und María hatte versucht, sich aus seinem Griff zu befreien. Doch dieser hatte sie mit der anderen Hand an der Hüfte gepackt. María erinnerte sich noch genau an seinen Gesichtsausdruck. Dieses ekelhafte Grinsen. Dieser gierige Blick und dazu der Gestank nach Bier aus seinem Mund. Immer wieder hatte er „guapa, guapa" gemurmelt. Dann war er mit seiner Hand unter ihr türkisblaues Sommerkleidchen gefahren und hatte begonnen sie dort anzufassen. María hatte nach Hilfe gerufen, aber niemand hatte es gehört. Der Fremde hatte schnell reagiert, hatte ihr den Mund zugehalten und sie in eine Seitengasse gezerrt. María hatte Todesangst gehabt. Kein Mensch weit und breit, obwohl die ersten Sonnenstrahlen bereits zu sehen gewesen waren. Der Mann hatte ihr gedroht, sie böse angeschaut. Dann hatte er sie weiter begrapscht, an den Innenseiten ihrer Schenkel, am Po, zwischen den Beinen. Sie hatte geweint und gewinselt, hatte ihn flehend angeschaut, doch er hatte nicht aufgehört. Dann hatte er begonnen das Kleid aufzureißen. Er hatte sich an ihrem BH zu schaffen gemacht, doch es war ihm nicht gelungen, ihn ihr mit einer Hand herunterzureißen. Kurz hatte er seine zweite Hand zur Hilfe nehmen müssen und das war der Augenblick gewesen, als María mit aller Kraft um Hilfe geschrien hatte, ehe der Fremde ihr einen wuchtigen Schlag ins Gesicht verpasst hatte. Dann hatte er dagestanden und ihren Körper gemustert, hatte ihre Brüste angestarrt und war dabei gewesen, seinen Gürtel zu öffnen.

In diesem Moment waren zwei Burschen aufgetaucht, die María's Schrei gehört hatten. Sie hatten den Mann angebrüllt, dass er das Mädchen loslassen solle. Der Fremde hatte die beiden jungen Männer angeschaut, hatte María losgelassen bevor er einem der beiden blitzschnell einen Faustschlag in den Magen verpasst hatte und davongerannt war. Das war das letzte gewesen, woran sich María erinnern konnte. Danach war sie nach Angaben ihrer beiden Retter völlig entkräftet zu Boden gesunken und bewusstlos geworden. Das nächste, woran sie sich erinnerte war, dass sie im Krankenwagen lag und ihre Freundin ihr weinend in die Augen schaute und immer wieder aufs Neue ein „es tut mir so leid" vor sich hinsagte.

Es hatte lange gedauert, bis María sich wieder einigermaßen von diesem Ereignis erholt hatte. Und noch immer träumte sie ab und zu von diesem verhängnisvollen Sonntagmorgen und sah den Fremden mit seinem lüsternen Blick vor sich. Die Polizei hatte ihn leider nie schnappen können. Vermutlich war es ein Tourist gewesen, der wenig später wieder das Land verlassen hatte. Auch wenn die beiden jungen Spanier ihr zur Rettung gekommen waren und somit eine Vergewaltigung hatten verhindern können, so war María dennoch seit diesem Tag allen Männern gegenüber deutlich zurückhaltender und es dauerte lange, bis ein Mann ihr Vertrauen gewinnen konnte. Und obwohl dieser John ebenfalls ein Tourist war, obwohl er Englisch sprach, so war María vollkommen klar, dass er ganz anders war. Er war freundlich, unterhaltsam und sogar fast ein wenig naiv. Ihr Gehirn tat ihm also unrecht, wenn es John aufgrund seiner Sprache auf irgendwelche Art mit dem damaligen Täter assoziierte.

6. Hinweise

Mittwoch, 28. Mai – 6:22 Uhr

John nahm ein Geräusch wahr. Zunächst nur ganz leise, dann immer deutlicher. Jemand oder etwas näherte sich. John wollte die Augen öffnen, aber es war ihm unmöglich. Es war, als ob sein Kopf ihm sagen würde:
„John, lass es lieber sein. Lass die Augen zu. Es ist besser für dich."
John versuchte gegen seinen Körper anzukämpfen. Vergeblich. Die Augen ließen sich nicht öffnen. Das Geräusch war nun schon ganz nah. Ein gleichmäßiges Knirschen. Dieser jemand oder dieses etwas musste ganz nahe sein. John hielt den Atem an. Das Knirschen ging im selben Rhythmus weiter, doch es schien nun wieder leiser zu werden, bis es schließlich ganz verschwunden war. Erst dann nahm John das Zwitschern von Vögeln wahr. Ab und zu ein Rascheln ganz in seiner Nähe. Wo zum Teufel war er? Er betastete seine Umgebung. Natur, Gras, trockenes Gras, viel Sand und viele Steinchen.

Sein Kopf brummte. Noch immer war es ihm unmöglich, seine Augen zu öffnen. Er versuchte ruhig zu bleiben. Er erinnerte sich daran, dass in gewissen extremen Situationen ein Versagen bestimmter Funktionalitäten seines Leihkörpers auftreten konnte. Die Ausbilder hatten dann zu Geduld geraten, da im System ein automatisches Reparaturprogramm hinterlegt war, was die Körperfunktionalität bald wieder herstellen sollte. Leider hatten sie damals nicht erwähnt, wie lange das dauern konnte. John beschloss, sich zunächst einmal nicht von der Stelle zu rühren. Immerhin schien er dort, wo er war, keiner akuten Gefahr ausgesetzt zu sein. Ein paar Minuten später spürte John etwas Warmes im Gesicht. Zuerst nur auf einer Seite, dann nach und nach überall. Die Morgensonne hatte ihn erreicht und tauchte sein Gesicht in ein sanftes Orange. Noch immer blieb John ruhig und vertraute darauf, dass seine Augen bald wieder funktionieren würden. Und tatsächlich: einige

Minuten später merkte John, wie ein Zucken durch seine Augenlider ging. Er versuchte sie zu öffnen und es gelang, wenngleich er sie auch gleich wieder schloss, da ihm die Sonne mitten ins Gesicht schien. Er drehte sich von der Sonne weg und wieder vernahm er dieses knirschende Geräusch, das sich langsam näherte. Diesmal aus der anderen Richtung. Zwischen Büschen hindurch erblickte John einen Jogger, der auf ihn zukam. Der Kies unter seinen Schuhen knirschte bei jedem Schritt. Der Läufer war aber zu sehr mit sich selbst beschäftigt und lief vorbei, ohne den Blick vom Weg vor sich zu nehmen. Als der Läufer weit genug entfernt war, stand John auf und schaute sich um. Natur. Sehr viel Natur. Hinter ihm erhob sich ein kleiner Hügel, immer wieder durchsetzt von Büschen und Bäumen. Vor ihm fiel die Landschaft leicht ab. In größerer Entfernung entdeckte er Häuser. Weiter links davon 4 hohe Türme. Geradeaus vor sich hatte er zwei größere und auffälligere Bauwerke. Wenn das vor ihm Madrid war, wie um Himmels willen war er dann hierher gekommen? Mitten in die Natur, wo außer ein paar einsamen Joggern, vielen Vögeln und ein paar Kaninchen nicht viel zu sehen war.

Etwas weiter rechts, rund 15 Meter über der Erde, entdeckte er eine Gondel. Mit den Augen folgte er dem Seil, an dem sie befestigt war. Da waren noch mehr Gondeln, doch sie bewegten sich nicht. In der einen Richtung verlief das Seil nach unten, zur Stadt hin. In der anderen Richtung bergan. John konnte sich nicht erinnern, dass er in eine dieser Gondeln gestiegen war in der Nacht zuvor. Außerdem bewegten sich diese ja gar nicht. Er blickte an sich hinunter. Seine Kugel, mit der er mit seinem Planeten kommunizierte, hing noch um seinen Hals. Er fasste in seine Taschen. Das Bündel mit Geldscheinen hatte er ebenfalls noch, wenngleich es wohl etwas kleiner war, als am Vortag. Er durchsuchte weiter seine Taschen. 3 Zettel kamen zum Vorschein. Auf dem ersten stand eine Telefonnummer. Darüber der Name der Tänzerin, María. Ja, an dieses geschmeidige Wesen mit den unfassbar eleganten Bewegungen konnte er sich noch genau erinnern. So etwas Schönes konnte man einfach nicht vergessen. Auf dem zweiten Zettel erkannte er seine eigene Handschrift. Dort las er „Raumschiff – Beimischung für Antriebsdüsen – Spezi – 5 Liter – Behälter auf Schäden untersuchen – undicht?"

John las die Notiz noch einmal: langsam, Wort für Wort. Sein Gehirn arbeitete offensichtlich noch nicht auf Höchsttouren und John brauchte ein paar Minuten, um diese scheinbar wahllos zusammengewürfelten Worte zu interpretieren. Doch kam die Erinnerung langsam wieder. Diese Notizen hatte er sich gemacht, als er zuletzt mit seinem Chef gesprochen hatte, also an jenem heißen Montagnachmittag, als John aufgrund der Temperaturen und unter dem Druck der Verfolgung von Enrique ohnmächtig geworden war. Nachdem er wieder zu sich gekommen war, mit Hilfe des Wassers dieses Landstreichers, hatte er seinen Chef angerufen. In erster Linie aus der Angst heraus, bald nicht mehr Herr seines eigenen Körpers zu sein. John hatte jemanden gebraucht, um sich wieder zu beruhigen. Natürlich hatte er seinem Vorgesetzten nicht gesagt, dass er trotz all dessen Warnungen, dennoch das Raumschiff verlassen hatte, um sich unters Volk zu mischen. Im weiteren Verlauf des Gesprächs hatte ihm sein Chef dann mitgeteilt, dass die Wissenschaftler im Labor die Absturzursache des Raumschiffes hatten klären können. Grund für die unfreiwillige Landung war der vermutlich beschädigte Tank der Flüssigkeit, die dem Treibstoff beigemischt wurde, um den Antrieb des Raumschiffs sicherzustellen. Dem Treibstoff wurde eine geringe Menge einer Spezialflüssigkeit beigemischt und damit funktionierten die Antriebsdüsen. Fiel nun entweder die Treibstoffzufuhr oder aber die Zufuhr dieses Spezialmittels aus, so fiel unweigerlich der Antrieb aus. Genau dies war passiert, weil, so vermuteten die Forscher aus dem Labor auf John's Planet, der Behälter dieser Spezialflüssigkeit offenbar beschädigt oder undicht war und somit schlichtweg die Flüssigkeit ausgelaufen war. Laut Notizen musste John nun also nichts weiter tun, als den Behälter zu reparieren und einige Liter dieser Spezialflüssigkeit zu besorgen. Diese nannte sich „Spezi". John hatte jedoch noch nie von so einer Flüssigkeit gehört. Dummerweise konnten ihm hierbei aber auch die Wissenschaftler seines Planeten nicht viel weiterhelfen. Die Flüssigkeit war nämlich nicht dort entwickelt worden, sondern Jim hatte sie damals von seiner Mission mitgebracht. Literweise. Warum? Daran konnte sich John nicht mehr erinnern. Was er lediglich wusste war die Tatsache, dass die Ingenieure auf seinem Planeten bei Experimenten herausgefunden hatten, dass diese Spezialflüssigkeit gemeinsam mit dem bis dahin verwendeten Treibstoff eine noch viel bessere Effizienz erreichte und daher hatten sie daraufhin den Antrieb so optimiert, dass er mit einer Zumischung dieser Flüssigkeit von der Erde funktionierte. Eine Nachbildung dieser Flüssigkeit war aber unmöglich, da offensichtlich Inhaltsstoffe enthalten waren, die die Forscher auf John's Planet nicht zu bestimmen in der Lage waren. Immerhin war er durch diese Informationen der Wissenschaftler seines Planeten einen kleinen Schritt weiter. Er wusste nun, was zu tun war, um sein Flugobjekt wieder abheben zu lassen. Und sein Chef hatte ihm unmissverständlich klar gemacht, dass er von John eine schnelle Reparatur des Raumschiffs erwartete.

John sah sich nun den letzten Zettel an. Auf diesem befand sich ebenfalls eine Zahlenfolge. Unterhalb der Nummer hatte er selbst etwas notiert.

„Mittagessen - 14 Uhr - Mittwoch – Material/Flüssigkeit?"

Die Telefonnummer war von Montse, die sie ihm am Sonntag gegeben hatte. Gestern Nachmittag, den er weitestgehend im Hotel verbracht hatte, hatte er Montse angerufen. Schließlich war sie ein möglicher Schlüssel, um sein Raumschiff wieder flugfähig zu bekommen. Als Ingenieurin hätte sie vielleicht die Möglichkeit, die benötigte Spezialflüssigkeit zu besorgen. Natürlich hatte John ihr das nicht im Detail erzählt. Lediglich, dass er ein technisches Problem hatte und sie ihm möglicherweise helfen könnte. Daraufhin hatten sie sich zum Mittagessen verabredet in der Nähe von Montse's Arbeitsstelle. Alles Weitere wollte John dann dort mit ihr besprechen.

Bis 14 Uhr war noch Zeit. John kramte weiter in seinen Taschen. Er wurde zunehmend nervöser. Etwas Wichtiges fehlte noch: der Umschlag. Ihm schwante Böses. Unruhig durchsuchte er alle möglichen Taschen und Nischen seiner Kleidung, wo auch nur irgendwo ein Umschlag hätte stecken können. Vergeblich. Da war kein Umschlag. Danach durchforstete er die Büsche im Umfeld seines Schlafplatzes nach diesem so wertvollen Stück Papier. Die Unruhe verwandelte sich in Panik. Wie ein wildes Tier schlich er um seinen Schlafplatz und suchte nach dem Umschlag. Doch auch diese Suche blieb ohne Erfolg.

Niedergeschlagen setzte er sich ins trockene Gras. Er wusste nicht, wo er war. Der Umschlag mit dem Foto darin war weg und ein Großteil seiner Erinnerung an den gestrigen Tag ebenfalls. War John nun am Tiefpunkt angelangt? Ohne Erinnerung, ohne Foto, ohne Hoffnung? Vor seinem geistigen Auge sah er die in Stücke geschnittenen Tintenfischgreifarme mit den Saugnäpfen, wie sie wieder zusammenwuchsen und nach ihm griffen. Immer näher und näher kamen sie ihm. Schon waren sie kurz vor seinem Gesicht und im Begriffe, ihn zu packen. John entwich ein kurzer Aufschrei des Schreckens. Die Tentakel waren auf einen Schlag wieder verschwunden. John aber schwor sich, nie wieder von diesem unheimlichen Tier zu essen, das ihm die Erinnerung geraubt hatte. Seinetwegen saß er nun in der Patsche und musste zusehen, wie er da wieder herauskam.

Bis zu den Gebäuden in der Ferne schien es ein weiter Weg zu sein. John beschloss daher in die entgegengesetzte Richtung zu laufen und den Seilen mit den Gondeln zu folgen. Alsbald sah er, wie die Seile und Gondeln in ein Gebäude mündeten. Er hielt auf das Gebäude zu. Am Eingang erfuhr er, dass es sich hierbei um den Teleférico von Madrid handelte. Diese Seilbahn verkehrte bereits schon seit 1969 zwischen der Straße Paseo del Pintor Rosales und dem Park Casa de Campo. Sie war gut 2,5 km lang und die Fahrt dauerte rund 11 Minuten.

Dieser Teleférico würde ihn zurück in die Stadt bringen, allerdings erst deutlich später. Somit würde er wohl oder übel einen großen Teil des Spanischunterrichts verpassen, aber sein Denkapparat schien sowieso nicht in Höchstform zu sein. Also beschloss er, sich noch ein wenig schlafen zu legen.

Mittwoch, 28. Mai – 14:09 Uhr

Montse verließ das Büro rennend. Sie hasste es zu spät zu kommen. Wieder einmal war ihr Chef kurz vor 14 Uhr zu ihr gekommen, um noch ein paar Daten einzufordern. Jedes Mal dasselbe. So etwas ärgerte sie ungemein. Entweder machte er das kurz vor dem Mittagessen oder kurz vor Feierabend. John würde bestimmt schon auf sie warten. Und letztlich würden sich dann vermutlich seine Vorurteile hinsichtlich der Unpünktlichkeit der Spanier bestätigen. So etwas hasste sie ebenfalls. Sie eilte zum vereinbarten Treffpunkt. Wie vermutet, wartete John dort bereits auf sie. Allerdings sah er etwas abgekämpft und nicht wirklich frisch aus.

„Sorry, John. Mein Chef hat mich nicht eher gehen lassen. Immer dasselbe. Hoffe du wartest noch nicht zu lange."

„Kein Problem. Das bisschen Warten macht mir nichts aus."

John wirkte etwas träge.

„Hey, alles in Ordnung mit dir? Du siehst irgendwie müde aus. Oder ist das wegen der Hitze?"

„Nein, nein. Alles bestens. Habe nur etwas wenig geschlafen."

„Auf geht's. Lass uns was essen. Du hast bestimmt auch schon Hunger."

Montse führte John in eine der typischen Restaurant-Ketten von Madrid. Nachdem sie die Getränke bestellt hatten, half sie ihm bei der Übersetzung der Tageskarte. John schien nicht übermäßig hungrig zu sein. Jedenfalls überließ er die Auswahl Montse. Er stellte lediglich eine Bedingung. Kein Pulpo und auch keine sonstigen Meeresbewohner.

Montse befragte John nach seinen letzten Tagen und John fasste das Wichtigste zusammen, ohne aber das Erlebnis im Kaufhaus, den Schwächeanfall vom Montag und seine vorige Nacht im Park zu erwähnen. Montse war positiv überrascht darüber, dass John tatsächlich einen Spanisch-Kurs belegte für ein paar Tage Urlaub. Sie hatte die Amerikaner immer eher als Sprachmuffel eingeschätzt. Sie erzählte von einer Freundin, die Sprachlehrerin für Spanisch war. Allerdings in Barcelona. Falls John wollte, so könnte sie von der mit Sicherheit die Kopie eines Lehrbuchs in elektronischer Form und ein paar einfache Hörbücher für ihn besorgen. John blickte Montse tief in die Augen und Montse fühlte sich zu einer Aussage genötigt.

„Ja, ich weiß. Das ist natürlich nicht ganz legal. Aber das macht doch jeder, oder? Ihr in Amerika vielleicht etwas weniger als wir hier in Spanien."

John unterbrach sie: „Was genau meinst du denn?"

„Na ja. Du weißt schon. Filme oder Musik vom Internet herunterladen. Elektronische Bücher mit Freunden austauschen. Solche Dinge eben. Wenn du in den Retiro-Park gehst, wirst du dort auch

Verkäufer sehen, die ihre Ware illegal auf der Straße anbieten. Selbst die Polizei geht da kaum mehr dagegen vor."

„Ist das denn so schlimm?", fragte John ganz unverblümt.

Montse hatte diese Wendung nicht erwartet.

„Persönlich finde ich das Ganze ehrlich gesagt nicht in Ordnung. Die Leute nehmen sich einfach etwas, was geistiges Eigentum von anderen ist und bezahlen nicht dafür. Natürlich machen das Leute in anderen Ländern auch, aber wir Spanier sind da glaube ich noch etwas dreister. Wenn wir kostenlos etwas bekommen können, dann greifen wir zu. Wir nutzen das aus und hinterher sind wir auch noch stolz darauf. Manche Leute prahlen regelrecht damit, wie viele Filme sie schon heruntergeladen haben und wie viele elektronische Bücher sie auf ihren E-Books haben, ohne dafür bezahlt zu haben. Aber was sollen die Autoren und Verlage bitteschön davon halten?"

„Das stimmt. Die bekommen dann kein Geld mehr. Andererseits habe ich gehört, dass ihr hier in Spanien eine Krise habt und es vielen Leuten finanziell nicht gerade so gut geht. Wie sollen sie dann noch Musik, Filme und Bücher kaufen? Vielleicht nehmen sie sich daher die Dinge umsonst."

Montse überlegte kurz.

„Mag schon sein, dass dieses Verhalten seit der Krise noch schlimmer geworden ist, aber viele Spanier sind von der Mentalität her einfach so, glaube ich, dass sie zugreifen, wo immer es etwas kostenlos gibt. Bei euch in Amerika gibt es in den Fast Food Restaurants doch oft die Möglichkeit, sich selbst den Becher mit Getränken zu füllen; das Refill-System. Dennoch kauft sich fast jeder sein eigenes Getränk. In Spanien würde dieses System nicht lange Bestand haben, da wir nur ein Getränk pro Familie oder Gruppe bestellen würden und dieses dann 5 Mal wieder füllen würden."

Montse musste lachen.

„Wir Spanier sind bei solchen Dingen schmerzfrei."

„Klingt ja eigentlich auch nicht unvernünftig", meinte John. „Zudem hat es ja auch etwas Gutes, wenn man die Dinge miteinander teilt. Gestern war ich mit drei Spaniern essen und wir haben auch alles geteilt, sogar die Rechnung. Somit kann man mehrere Dinge bestellen und von allem probieren. Also ich finde das gut."

„Ja sicher. In diesem Punkt hast du auch Recht. Dieser Aspekt der Gemeinschaft ist natürlich toll, aber eben nicht dieses Denken, alle Systeme immer nur auszunutzen. Das fängt bei so Kleinigkeiten wie den Getränken im Fast Food Restaurant an, geht dann über Dinge wie das Raubkopieren von Filmen und Büchern bis hin zu Steuerhinterziehung und Korruption. Und das Schlimme dabei ist wie gesagt, dass die Leute sogar noch stolz darauf sind. Sie rühmen sich damit vor Freunden, wie toll sie wieder das System ausgetrickst haben, welche Vorteile sie für sich selbst rausgeschlagen haben und so weiter. Von Seiten der Freunde und Kollegen kommt dann das große Schulterklopfen und alle sagen, wie toll der- oder diejenige das gemacht hat. Leider stellt sich kaum einer einmal hin und sagt offen, dass solch ein Verhalten der ganzen Gesellschaft schadet. Das traut sich niemand. Ein bisschen mehr Zivilcourage, das wäre oftmals nicht verkehrt."

John musste einen Augenblick nachdenken über das, was Montse gesagt hatte. Dann fragte er:

„Nehmen sich denn dann die Leute auch einfach Kleidung aus den Kaufhäusern ohne dafür zu bezahlen?"

„Du meinst, ob wir alle Kleinkriminelle sind und klauen? Das hoffe ich doch nicht, auch wenn die Anzahl der Diebstähle gefühlt in letzter Zeit wegen der Finanzkrise angestiegen ist. Waren in Läden zu klauen, das ist für die Leute nach wie vor ein Verbrechen und damit tabu! Genauso, wie wir uns auch lauthals darüber aufregen, wenn wieder Korruptionsskandale bei Bankern, Unternehmern oder Politikern herauskommen. Das finden alle schlecht, aber im Kleinen verhalten sich viele Spanier nicht so viel anders. Sie lassen dann vielleicht auch mal ein wenig Büromaterial von der Arbeit mitgehen oder entscheiden sich in ihrer beruflichen Rolle im Einkauf vielleicht aufgrund von ein paar schönen Geschenken, wie beispielsweise einer Digitalkamera, für das Produkt von Firma A, obwohl das Produkt von Firma B genauso gut und sogar noch billiger ist. Solche Dinge werden ja als ganz normal angesehen, aber im Prinzip ist es dasselbe wie das, was die hohen Tiere machen, nur eben ein paar Stufen kleiner."

John wirkte etwas niedergeschlagen. Montse's Worte hatten ihn sehr nachdenklich gemacht.

„Bist du jetzt arg schockiert? Habe ich eben dein gutes Bild, das du von den Spaniern hattest zerstört?", fragte Montse. Sie fuhr fort.

„Schau, das hört sich jetzt alles ganz negativ an. Wir sind natürlich keine Nation von Verbrechern und in anderen Ländern kommen solche Dinge genauso vor. Es ist nur schade, dass wir manchmal einerseits solch schlechtes Verhalten zwar wahrnehmen, aber nicht den Mut haben, dagegen vorzugehen. Ein bisschen mehr Zivilcourage hier und da würde nicht schaden. Wir sollten uns dann selbst einmal den Spiegel vorhalten oder auch dem Nachbar, dem Freund oder dem Verwandten. Warum weisen wir uns nicht gegenseitig auf unser Fehlverhalten hin? Fehlt uns dazu der Mut? Jeder könnte hier ein Stück weit sein Verhalten verbessern und damit der Gesellschaft dienen. Ich denke du weißt was ich meine, oder?"

John nickte zustimmend. „Ich glaube schon. Aber kannst du dir wirklich vorstellen, dass sich eine Gesellschaft so leicht verändern kann? Dass die Menschen sich plötzlich anders verhalten?"

Jetzt wirkte Montse nachdenklich. Vielleicht war sie einfach zu optimistisch, zu naiv, wenn es darum ging an die Veränderung von Menschen zu glauben. Die heutige Zeit erforderte viel Veränderungsbereitschaft von allen auf vielen Ebenen, wieso also nicht auch gleich noch ein paar Charakterzüge ändern? Aber John's Frage war gerechtfertigt, eine sehr gute Frage. Konnte ein Volk sich in der Außenwahrnehmung von andern tatsächlich im Laufe von ein paar Jahren verändern?

Plötzlich unterbrach John ihre Gedanken.

„Montse, du bist doch Ingenieurin, oder?" Montse nickte.

„Und als Ingenieurin hast du auch mit Maschinen zu tun."

„Hängt davon ab, was für eine Art von Ingenieur du bist und wo du arbeitest. Ich selbst habe eher weniger mit Maschinen zu tun." Sie schaute John fragend an, ob des schlagartig neuen Themas ihres Gesprächs.

„Also, ich habe da nämlich ein Problem mit einer Maschine und hatte überlegt, ob du mir vielleicht weiterhelfen kannst."

„Ich kann es versuchen. Um was für eine Maschine handelt es sich denn?"

John druckste herum. „Also eigentlich ist es eine Maschine, die fliegen kann."

„Ein Flugzeug?"

„Nicht wirklich. Aber sagen wir so etwas Ähnliches."

„Eine Rakete?"

„Auch nicht. Jedenfalls es fliegt."

„Jetzt machst du mich aber neugierig. Bist du Hobbybastler? Modellbau-Fan? Oder hast du ein Ufo zu Hause?" Montse lachte laut, aber John war plötzlich erstarrt.

Montse bemerkte, dass John ihren Spaß nicht so witzig fand und besserte nach.

„Entschuldigung. Wollte mich keinesfalls über Bastler oder Modellbauer lustig machen. Habe das früher selbst häufig gemacht. Kannst du mir das Problem schildern?"

„Schau, das Problem liegt im Antrieb. Zuerst hatte ich vermutet, dass dort ein kleines Teil kaputt ist, das den Antrieb steuert. Dann aber habe ich festgestellt, dass ich ein Leck im Schlauch habe, der die Zufuhr der Antriebsflüssigkeit regelt."

„Du meinst also, dass einfach nur der Schlauch des Treibstoffs undicht ist?"

„Nicht ganz. Treibstoff habe ich genug. Da ist alles in Ordnung. Aber die Maschine braucht noch einen Zusatz einer Spezialflüssigkeit, und genau hier liegt das Problem."

„Eine Spezialflüssigkeit?", fragte Montse.

John nickte mit dem Kopf.

„Ganz genau. Diese fehlt mir. Dummerweise habe ich nahezu keine Information über diese Flüssigkeit. Ich weiß lediglich, dass sie ‚Spezi' heißt und ich habe hier ein paar Tropfen dieser Flüssigkeit."

John zog ein kleines Plastikröhrchen aus seiner Tasche und reichte es Montse.

„Spezi? Sagt mir überhaupt nichts. Noch nie gehört." Montse nahm das Röhrchen und begutachtete es. Sie war ratlos.

„Hast du eventuell eine chemische Formel oder noch eine zusätzliche Information?"

John jedoch schüttelte den Kopf. „Nichts. Leider gar nichts."

„Dann wird's schwierig. Aber pass auf. Ich habe einen Bekannten, der in einem Labor arbeitet. Vielleicht hat der schon einmal von dieser Spezialflüssigkeit gehört oder er hat die Möglichkeit, die Einzelbestandteile zu bestimmen. Versprechen kann ich dir das allerdings nicht. Viel mehr fürchte ich, kann ich im Moment nicht für dich tun."

John war einverstanden und sie vereinbarten, dass sie beide in Kontakt bleiben würden. Montse notierte sich den Namen von John's Hotel, sowie den Namen der Spezialflüssigkeit ‚Spezi' und steckte das Röhrchen mit der Probe in ihre Handtasche.

Danach machte sie sich wieder auf den Weg zurück zur Arbeit für den zweiten Teil des Tages.

Mittwoch, 28. Mai – 15:16 Uhr

John war zufrieden. Er hatte gut gegessen. Die Unterhaltung war interessant gewesen und zumindest hatte Montse ihm versprochen, ihm wegen dieser Spezialflüssigkeit für sein Raumschiff zu helfen. Natürlich hatte er zu keiner Zeit erwähnt, dass es sich bei der Maschine in Wirklichkeit um ein Raumschiff handelte. Er hatte vielleicht sogar schon zu viel gesagt, als er erwähnt hatte, dass die Maschine ein Flugkörper war. Montse hatte zwar signalisiert, dass sie nur einen Scherz gemacht hatte bezüglich der Erwähnung eines Ufos, aber John war in jenem Augenblick das Herz in die Hose gerutscht. Er würde weiterhin sehr vorsichtig sein müssen.

Dieses Thema beschäftigte ihn im Moment genauso wie die Tatsache, dass sein Kopf fürchterlich schmerzte. Wie wenn ihm jemand ständig mit einem großen Hammer auf die Schädeldecke hauen würde. Zum Glück hatte ihm Montse auch hierzu einen Tipp gegeben. Sie hatte ihn sehr überrascht angeschaut, als er von seinem Hämmern im Kopf berichtet hatte. Ob er denn schon bei der Apotheke gewesen sei. Als wäre es das Selbstverständlichste der Welt – auch für einen Amerikaner. Er solle doch mal zur ‚farmacia' gehen. Die Gebäude mit dem grünen Kreuz über der Tür. Dort könnte er sich etwas gegen Kopfschmerzen geben lassen.

Also blickte John in beide Richtungen die Straße entlang, bevor er sich dann dafür entschied, es rechts zu versuchen. Er suchte sämtliche Gebäude nach grünen Kreuzen ab. Schließlich wurde er fündig. Es gab nur ein Problem. Die Tür der Apotheke war verschlossen. John war ratlos. Er schaute, ob es noch eine Tür gab und versuchte es erneut an der einzigen Eingangstür, die vorhanden war. Vergeblich. Es gab auch keine Klingel oder dergleichen. Er spähte durch das Schaufenster. Da war niemand.

Plötzlich packte ihn eine Hand am Unterarm. Erschrocken drehte sich John um und befreite sich von der Hand bevor seine Temperatur wieder ansteigen konnte. Ein älterer Mann mit schneeweißem Haar stand neben ihm und ließ einen Schwall spanischer Wörter auf den hilflosen John los. Von alldem hörte er lediglich die Wörter „geschlossen", „später" und „Siesta" heraus. Das Wort „Siesta" blieb einige Sekunden in seinem Ohr hängen und plötzlich wurde John sehr müde. Er fing an zu gähnen und hatte das starke Bedürfnis, sich einfach hinzulegen und ein wenig zu schlafen. Mit ganzer Konzentration stemmte er sich gegen dieses Bedürfnis.

Mit müdem Blick sah er den Mann an. Dieser hatte die Hilflosigkeit John's bemerkt und tippte mit dem Finger auf das Schild mit den Öffnungszeiten, das neben der Tür befestigt war. Erneut versuchte er, John den Sachverhalt zu erklären. Zwar genau so schnell wie zuvor, aber deutlich lauter, so als ob John dadurch mehr verstehen würde. Ein Blick auf die Öffnungszeiten zeigte John, dass die Apotheke erst wieder um 17 Uhr öffnen würde. Auf Spanisch wiederholte John langsam die Worte „geschlossen" und „Siesta" dem alten Mann gegenüber. Doch kaum hatte er das letzte Wort ausgesprochen, da überkam ihn erneut dieses unbändige Gefühl von Müdigkeit. Wie eine Welle schwappte es über ihn hinweg. John wünschte sich nur noch ein Bett und wollte nichts weiter, als friedlich zu schlafen.

„Sí, señor. Sí." Die aufdringliche Stimme des alten Herrn, die es fast mit jedem Wecker hätte aufnehmen können, machte John wieder halbwegs wach. Und der Greis hörte gar nicht mehr auf zu reden. John verstand zwar nicht alles, aber nun machte es sich dennoch bezahlt, dass er schon auf seinem Planeten heimlich Spanisch gelernt hatte. Im Selbststudium hatte er sich ein wenig Vokabular und Grammatik angeeignet, ohne dass seine Ausbilder oder sein Chef je davon erfahren hatten. Das war sein Geheimnis. Zwar war es nicht viel, was er wusste, aber doch so viel, dass er verstand, was ihm der Alte sagen wollte. John bedankte sich artig und mehrfach mit einem „Gracias" oder „Gracias, señor", bevor sich der freundliche Herr schließlich verabschiedete und langsam seines Weges ging. John dagegen gähnte noch einige Male vor sich hin. Er hatte mächtig damit zu kämpfen, die Müdigkeit, die ihn überkommen hatte, in die Schranken zu weisen.

Erst um 17 Uhr öffneten sie hier wieder. John stöhnte innerlich beim Gedanken daran, dass er bis dahin nicht viel gegen seine schrecklichen Kopfschmerzen unternehmen konnte. Warum machten die Spanier so lange Mittagspause? Und so spät? Das alles hatte ihm der Alte gerade eben versucht zu erklären. Für John war das alles neu. Der typische Tagesablauf in Spanien. Er wusste nicht, was typisch war oder normal. Alles, was er machen konnte, war den Tagesablauf der Spanier mit dem Tagesablauf der Amerikaner zu vergleichen, von welchem ihm die Ausbilder und auch Jim öfter berichtet hatten. Wann standen die Menschen auf? Wann fingen sie an zu arbeiten? Wann aßen sie zu Mittag? Wann machten sie Feierabend? Was machten sie danach? Wann gingen sie ins Bett? All diese Fakten hatte John im Kopf gehabt bevor er hier gelandet war. Doch mittlerweile hatte er festgestellt, dass die Menschen hier etwas später aufstanden, dass sie etwas später zur Arbeit gingen als die Amerikaner, vielleicht so gegen 9 Uhr, dass sie deutlich später zu Mittag aßen. Statt zwischen 12 Uhr und halb 1, wie die Amerikaner, machten die Spanier hier erst zwischen 14 und 15 Uhr Mittagspause. Am Wochenende aßen sie angeblich sogar noch später zu Mittag. Die Mittagspause variierte in der Länge. Während viele vielleicht eine Stunde Pause machten, dauerte sie bei manchen hier anscheinend 2 bis 3 Stunden, so wie beim Besitzer dieser Apotheke. Da war wohl nach dem Mittagessen erst einmal noch eine schöne Siesta angesagt, bevor er dann um 17 Uhr wieder seine Apotheke öffnete. John musste gähnen.

Diese lange Mittagspause hatte aber natürlich dann zur Folge, dass die Leute in Spanien oftmals deutlich später Feierabend machten, als in den USA oder vermutlich auch anderen Ländern. Damit waren sie dann auch später zu Hause und somit fand also auch das Abendessen später statt. Vor 21 Uhr dinierten die wenigsten Spanier. Deshalb gingen sie aber natürlich auch später zu Bett. Sehr interessant. Seine Ausbilder hatten nie ein Wort darüber verloren, dass in verschiedenen Ländern verschieden Sitten und Gebräuche herrschten. Für sie war der Amerikaner immer der typische Mensch gewesen. Eigentlich war es ja recht einfach, das spanische Volk zu charakterisieren. Alles war etwas später. Würde man die Uhren rund 2 Stunden zurückstellen, so wäre der Tagesablauf der Spanier wohl fast wieder deckungsgleich mit dem amerikanischen. Alles war später. Ja, diese einfache Beschreibung dieses Landes gefiel ihm. Er dachte an die Erzählungen seiner Ausbilder über die USA und verglich sie mit seinen Beobachtungen in Spanien. Es musste doch auch eine einfache Beschreibung für die Amerikaner geben. Und dann kam er darauf: alles ist größer. Er dachte an die Menschen, an die Tiere, an die Portionen beim Essen und an die Autos. Dieser Satz traf es sehr gut. Ob sich wohl alle Nationen der Menschen in so ein einfaches Raster bringen ließen? Es überkam ihn ein Gefühl der Neugier. Plötzlich hatte er Lust, noch andere Länder und Menschen kennenzulernen.

Ein lautes Hupen auf der Straße brachte ihn wieder zurück in die Wirklichkeit. John stand noch immer vor der Apotheke und starrte auf die Öffnungszeiten. Der alte Herr hatte ihm versucht zu erklären, warum manche Geschäfte zur Mittagszeit geschlossen hatten und auch warum die Mittagspause so spät war. John erinnerte sich nun auch wieder an einen Kommentar aus dem spanischen Fernsehen, wo sich ein paar Leute über dieses Thema unterhalten hatten. Auch wenn er nicht alles verstanden hatte, ein paar Argumente waren ihm klarer geworden. Spanien hatte dieselbe Uhrzeit wie viele andere Länder Mitteleuropas, zum Beispiel Deutschland und Frankreich. Irgendwie hatte dies wohl auch noch mit Franco zu tun. Denn eigentlich, wenn man sich die geographische Lage Spaniens anschaute, so lag das Land ja doch schon deutlich weiter im Westen, als die restlichen Länder, die dieselbe Uhrzeit hatten. Von daher müsste Spanien mit Großbritannien und Portugal in einer Zeitzone liegen und somit eine Stunde hinter Ländern wie Deutschland oder Frankreich. Einer der Diskussionsteilnehmer hatte damit auch den, aus Sicht der anderen Länder, verschobenen Tagesablauf der Spanier erklärt. Klar, die Sonne kam ja somit dort auch eine Stunde später an und blieb eine Stunde länger und damit verlagerten sich die Tätigkeiten der Leute nach hinten. Irgendwie logisch. Viel umstrittener war in der Runde offensichtlich die Frage, ob dies gut oder schlecht sei. Vor allem mit Hinblick auf die Kinder, die Familien und letztlich die Wirtschaft. Verlor das Land dadurch an

Leistung? Sollten Politiker einen neuen Tagesablauf wie im restlichen Europa einfach per Gesetz vorgeben? Oder sollte Spanien einfach in die Zeitzone von Portugal wechseln? Darüber hatte die Gruppe keine Einigung erzielt.

Eine Frau hatte ganz klar den aktuellen Tagesablauf der Spanier verteidigt. Schließlich sei der zu einem guten Teil auch der großen Hitze im Sommer geschuldet. Es sei ja nicht dasselbe in Schweden, im Sommer um 14 Uhr auf die Straße zu gehen wie in Andalusien in Südspanien. Dann könne man die Leute lange dazu verpflichten, aber leistungsfördernd würde das keinesfalls sein. Mit der längeren Mittagspause könne man die größte Mittagshitze umgehen und danach in den etwas kühleren Spätnachmittagsstunden nochmals arbeiten. Und sofern man im Urlaub am Strand war, konnte man die angenehmen Stunden von 17 Uhr bis 21 Uhr noch voll am Strand genießen, bevor man sich dann gemütlich zum Abendessen setzte. Viele ausländischen Touristen würden diesen Tagesrhythmus sogar während ihres Urlaubs kopieren. So schlecht könne er also gar nicht sein.

John war inzwischen weitergegangen auf der Suche nach weiteren Apotheken, die möglicherweise keine Mittagspause machten. Bei der Suche fielen ihm die unglaublich vielen Banken auf, die es hier anscheinend gab. Von der Ausbildung wusste er nicht allzu viel über Banken, nur dass sie nötig waren, um den Geldfluss der Menschen zu steuern und die Wirtschaft zu unterstützen. Bei so vielen Banken, und offensichtlich hatte jede spanische Region eine eigene, und viele größere Städte waren ebenfalls Namensgeber von Banken, hätte man eigentlich glauben können, dass die Wirtschaft fantastisch laufen müsste. Gleichzeitig hörte John aber immer wieder so viele Leute über die Krise reden. Viele Banken schienen also kein Mittel gegen eine Krise zu sein, schloss John daraus. Natürlich waren auch alle diese Banken geschlossen während der Mittagszeit. John machte sich eine Notiz, dass er unbedingt irgendwie an Geld kommen müsste. Noch hatte er zwar, aber langsam gingen die Scheine, die er bei seiner Glücksspielaktion auf der Straße verdient hatte, zur Neige.

Vor John lichteten sich jetzt etwas die Gebäudereihen und ein riesiges, graues Bauwerk kam zum Vorschein. John erkannte sofort, dass dies kein gewöhnliches Wohn- oder Bürogebäude war. Da er ja mit den Apotheken um diese Uhrzeit sowieso kein Glück haben würde, beschloss er, sich das genauer anzuschauen. Als er schließlich eine mehrspurige Straße überquert hatte, stand er direkt vor dem Bauwerk. Und jetzt hatte er auch freie Sicht auf das Symbol und den Text, welche oben am Gebäude befestigt waren: „Estadio Santiago Bernabéu". Noch war ihm nicht ganz klar, was er da vor sich hatte. Sicherlich hatte er damals auch von Jim mitbekommen, dass die Menschen teilweise ganz verrückt auf Sport waren und sich dort in Scharen verschiedenste Spiele und Wettkämpfe anschauten. Dazu waren die Stadien da. Weil John sich aber nie sonderlich für dieses Thema interessiert hatte, hatte er auch keine Ahnung, welche Sportart hier stattfand. Also trat er näher und fragte einfach zwei junge Männer, die von sich gegenseitig Fotos mit dem Stadion im Hintergrund machten. Wie sich herausstellte waren sie aus England. Freundlich und stolz klärten sie den uninformierten John auf, dass es sich bei dem Gebäude um das Stadion eines der weltbesten Fußball-Clubs handelte. Sie vergaßen auch nicht zu erwähnen, dass England natürlich das Mutterland des Fußballs sei. John hörte ihnen interessiert zu. Dann fragten ihn die Engländer, ob er denn nicht Lust hätte mit ihnen gemeinsam eine Stadionbesichtigung zu machen, doch John verneinte und so verabschiedeten sie sich.

Bei John arbeitete das Gehirn jetzt auf Hochtouren. Ein Fußballstadion war das hier also. Und zwar das Stadion von Real Madrid. Von Fußball hatte ihm ja auch schon der freundliche Taxifahrer von neulich erzählt, der ihn zum Hotel gebracht hatte. Vom Fußball und den beiden Clubs in der Stadt. Hier also fanden die Spiele statt. Vielleicht hätte er doch mit den beiden Engländern mitgehen sollte. Bestimmt hätte er bei einer Stadion-Tour noch einiges über diese so seltsame Sportart erfahren können. Andererseits sah dieser graue Betonklotz von außen jetzt auch nicht gerade super interessant aus. Möglicherweise wäre es sinnvoller, sich vorher nochmals mit dem Taxifahrer zu unterhalten. Der konnte ihm mit Sicherheit noch ein paar nützliche Informationen zum Fußball geben und vermutlich auch sagen, was es im Stadion so besonderes zu sehen gab. Leider hatte John aber keine Telefonnummer des Taxifahrers. Er hatte lediglich dessen Namen, Francisco, und konnte sich auch noch an die Wagennummer des Taxis erinnern: 13714. Auf der anderen Straßenseite erblickte er eine Reihe Taxis. John lief hinüber und ging an ein paar Fahrzeugen entlang. Keine 13714 zu sehen. Er hatte auch keine Ahnung wie viele Taxis es in Madrid insgesamt gab. Er müsste es also anders versuchen. Ein paar Fahrer standen neben ihren Wagen zusammen und unterhielten sich. John ging auf sie zu und fragte sie freundlich auf Spanisch, ob sie denn zufällig einen Francisco kennen würden. Ein Fahrer grinste und fragte zurück, welchen Francisco er denn meinen würde. John kannte seinen Nachnamen nicht. Daher erwähnte er dessen Wagennummer. Sie sahen sich gegenseitig fragend an. John fügte hinzu, dass er ganz dringend mit diesem Francisco aus Wagen 13714 sprechen müsse. Schließlich hatte einer der Fahrer die Idee, die Zentrale anzufunken und nach der besagten Wagennummer zu fragen. Der Fahrer erklärte der Zentrale den Sachverhalt, dass ein amerikanischer Tourist unbedingt dringend mit Francisco reden müsste. Tatsächlich konnte ihm die Zentrale weiterhelfen und kurz darauf wurde bestätigt, dass Francisco mit seinem Taxi auf dem Weg zu ihnen war. Rund 10 Minuten später traf Francisco dann bei ihnen ein. Francisco wirkte außergewöhnlich nervös und angespannt. Bevor er mit John sprechen konnte, bombardierten ihn seine Taxifahrer-Kollegen mit Fragen.

„So schnell hier? Was will dieser Typ denn von dir überhaupt?"

„Warum will er denn mit dir sprechen?"

„Woher kennst du den denn?"

Francisco antwortete halblaut, aber dennoch für John hörbar und verständlich, dass er einen kleinen Unfall gehabt hatte mit diesem Amerikaner. Es wäre aber nichts Schlimmeres passiert und der Mann sei auch sofort wieder aufgestanden. Jedenfalls hatte er damals nicht den Eindruck gehabt, dass John wirklich ernsthafte Verletzungen erlitten hatte.

„Sorry, sorry. Hey John. Alles in Ordnung?"

„Ja, sehr gut. Bis auf meinen Kopf, der tut noch etwas weh."

Mittwoch, 28. Mai – 16:25 Uhr

Francisco machte ein besorgtes Gesicht. Als gerade von der Zentrale der Anruf hereingekommen war, da hatte er es mächtig mit der Angst zu tun bekommen. Aus dem Fernsehen wusste er, dass die Amerikaner ja gerne einmal andere verklagten, wobei sie dann mehrere Millionen Schadenersatz forderten und vielleicht hatte dieser John ja genau das jetzt vor. Francisco fühlte sich nicht wohl in seiner Haut. Dieses ungewisse Gefühl und die Möglichkeit einer drohenden Klage wegen Körperverletzung machten ihm zu schaffen. Seine Familie wäre damit finanziell ruiniert.

„Soll ich dich ins Krankenhaus fahren?", fragte Francisco John.

„Ins Krankenhaus? Nein. Wieso? Eine Apotheke wäre nicht schlecht. Kennst du eine?"

Francisco beruhigte sich etwas. Immerhin, ganz so schlimm schien es nicht zu sein. Und John war immer noch freundlich, wie beim ersten Treffen. Es schien jedenfalls nicht so, als ob er ihn demnächst verklagen wollte wegen des kleinen Unfalls. Nur eine Apotheke, das war leicht machbar. Außerdem würde er John natürlich auch noch bis zu dessen Hotel bringen, sofern er wollte. Nur immer freundlich sein zu diesem Amerikaner, nicht dass der noch auf dumme Gedanken kam und ihn vor Gericht zerrte.

Ganz offensichtlich aber machte sich Francisco viel zu viele Gedanken über den Unfall vor ein paar Tagen und dessen Folgen, denn John begann sofort, das Gespräch in ganz andere Bahnen zu lenken.

„Das da hinten ist das Fußballstadion von Madrid, oder?" John zeigte auf das Estadio Santiago Bernabéu.

„Ganz genau. Das Stadion von Real Madrid. Warst du drin?"

„Nein. Noch nicht. Ich wusste nicht, ob es dort etwas Interessantes zu sehen gibt."

„Nun. Das hängt natürlich davon ab, ob du Fußball-Fan bist oder nicht."

Francisco kämpfte mit der englischen Sprache. Die richtigen Worte wollten ihm einfach nicht einfallen. John hatte das bemerkt und wechselte nun seinerseits ins Spanische, was Francisco sehr überraschte.

„Du sprichst ja sehr gut Spanisch. Und ich mühe mich hier mit Englisch ab" sagte Francisco mit ehrlicher Bewunderung. „Hast du das in 3 Tagen gelernt?"

„Na ja. Nicht ganz. Konnte davor schon ein bisschen was" erwiderte John bescheiden.

„Warst du schon einmal in einem Fußball-Stadion?" Francisco wechselte nun wieder zum Thema Fußball.

„Nein. Noch nie. Ehrlich gesagt weiß ich nicht einmal genau, wie Fußball gespielt wird."

„Jaja, ihr Amerikaner. Fußball ist halt nicht eure Sportart." Dann erklärte ihm Francisco so gut es am Steuer eines Taxis möglich war, das Spiel im Allgemeinen und ein paar der wichtigsten Regeln. John lauschte aufmerksam. Hin und wieder unterbrach er Francisco wenn er eine Frage hatte. Dann erzählte ihm Francisco etwas über das Stadion von Real Madrid, die Historie und die Kapazität.

„Wenn du wirklich noch nie in einem Stadion warst und dich ein wenig dafür interessierst, dann würde ich dir das echt empfehlen. Du kannst dir bei der Tour den Innenraum ansehen, eine Kabine betreten, auf der Trainerbank Platz nehmen und natürlich die Trophäensammlung anschauen. Und glaub mir: davon hat Madrid wirklich mehr als genug gewonnen."

Francisco schmunzelte. John schien weiterhin aufs Höchste interessiert. Er fragte nach den einzelnen Titeln und Trophäen, die es zu gewinnen gab und Francisco erzählte ihm bereitwillig alles. Als begeisterter Fußballfan machte es ihm Spaß, diesem Fußball-Greenhorn eine kleine Vorlesung zu diesem Thema geben zu können. Er erwähnte neben den nationalen Titeln auch sämtliche Titel, die es im europäischen Vereinsfußball zu gewinnen gab und zudem ließ er es sich nicht nehmen, auch noch ein wenig über die Fußball Weltmeisterschaft und Europameisterschaft zu reden, bei denen es natürlich für Spanien in letzter Vergangenheit sehr gut gelaufen war. Voller Stolz berichtete Francisco auch davon.

John hörte ihm nach wie vor sehr gespannt zu. Francisco konnte dieses absolute Interesse förmlich spüren. Oftmals hörten ihm Fremde bei seinen Fußball-Geschichten eine Weile lang höflich zu, bevor ihnen langweilig wurde. Nicht so bei John. Dieser sog die Informationen, die Francisco ihm gab, in sich auf und wollte immer noch mehr wissen. Inzwischen schien sich John auch schon entschieden zu haben, zum Bernabéu zurückzukehren am nächsten Tag, um die Stadionbesichtigung mitzumachen und sich den Innenraum, sowie die Pokale anzuschauen.

Francisco ließ an dieser Stelle nicht unerwähnt, dass ein solcher Besuch, obgleich ja kein Spiel geboten wurde, schon recht teuer sei. Dennoch schauten sich offensichtlich noch genügend Leute das Stadion an. Früher verlangten die Clubs ja auch schon stolze Summen für die Eintrittskarten zu einem Fußballspiel, aber allmählich nahm das Ganze schon Dimensionen an, die schwer zu verstehen waren für den normalverdienenden Fan. Selbst gegen schlechte Mannschaften kosteten die billigsten Plätze noch mindestens 30 Euro. Bei guten Gegnern und leicht besseren Sitzplätzen stiegen die Preise schon in Regionen, die sich in Krisenzeiten nicht mehr viele Leute leisten konnten. Francisco zog Vergleich mit anderen Ländern, wie beispielsweise Deutschland, wo die Eintrittspreise verhältnismäßig erschwinglich waren und dies trotz besserer Wirtschaftslage. Verkehrte Welt aus seiner Sicht. Der gemeine Fan in Spanien musste also mehr für das Spiel bezahlen, womit sich die Einnahmen der Clubs wohl verbesserten, die Finanzlage aber eher nicht. Jedes Jahr wurden noch höhere Summen für neue Spieler ausgegeben. 50 Millionen Euro und mehr für einen sehr guten Spieler waren längst keine Seltenheit mehr. Auch die Gehälter der Spieler stiegen fast jährlich entgegen jeglicher Vernunft mit Blick auf die Bevölkerung, die wegen Einsparprogrammen der Regierung und hoher Arbeitslosigkeit den Gürtel immer noch enger schnallen musste. Für John war es schwierig sich vorzustellen, dass die Top-Fußballspieler der Liga in zwei Monaten mehr Geld verdienten als die allermeisten Spanier in einem kompletten Arbeitsleben. Dennoch schien das der Großteil der Bevölkerung so zu akzeptieren, ohne sich groß zu beschweren. Francisco schüttelte mit dem Kopf.

Vermutlich hätte Francisco diesem Amerikaner noch stundenlang Fußball-Märchen erzählen können mitsamt der vollen Historie seines geliebten Clubs, wären sie nicht schon bei der Apotheke angekommen, die Francisco ausgewählt hatte. Hier hatten sie durchgehend geöffnet und John würde sich etwas gegen seine Kopfschmerzen kaufen können. John schien fast ein wenig traurig, dass sie schon angekommen waren. Es brannten ihm sichtlich noch einige Fragen unter den Nägeln.

Francisco bot ihm an zu warten, um ihn dann zum Hotel zu fahren, das schon in Sichtweite lag. John lehnte dankend ab und wollte die paar Meter gerne zu Fuß zurücklegen. Als ihm Francisco aber seine Telefonnummer anbot für weitere Fahrten in der Zukunft und mögliche Fragen zum Thema Fußball, war John sofort voller Zustimmung. Gerne nahm er Francisco's Visitenkarte an und steckte sie in seine Hosentasche. Dann verabschiedete er sich höflich und als er bezahlen wollte winkte Francisco ab. Gute Freunde würde er schon auch mal gerne kostenlos durch Madrid fahren, erklärte er John. In Wirklichkeit aber kreisten immer noch Gedanken um eine mögliche Klage wegen des kleinen Unfalls vor ein paar Tagen in seinem Kopf.

Mittwoch, 28. Mai – 17:02 Uhr

Beim Verlassen der Apotheke beäugte John kritisch die kleinen weißen Pillen, die in der Packung steckten, die er soeben gekauft hatte. Und diese sollten sein Kopfweh beseitigen? In seiner Heimat gab es so etwas nicht. Wie sollte es auch? So etwas wie Schmerzen gab es nicht und bis zum heutigen Morgen hatte er das Thema Schmerzen auch nur theoretisch gekannt. Er nahm sich vier der Pillen und schluckte sie hinunter. Bald würde er ja sehen, ob etwas passierte.

Dann machte er sich auf den Weg zum Hotel, das ganz in der Nähe lag. Nach den vielen Informationen zum Thema Fußball und dem Erwerb der Pillen, die in ihm die Hoffnung auf eine schnelle Linderung der Kopfschmerzen weckte, war John bester Laune. Dies sollte sich jedoch schlagartig ändern. Nachdem er ein paar Schritte gegangen war und Richtung Hotel blickte, erkannte er dort vor dem Eingang eine Gestalt, die ihn sofort anhalten ließ. Enrique, der junge Bettler, saß dort nur einige Meter vom Hoteleingang entfernt und hatte somit das gesamte Umfeld im Blick. John's Körper versteifte sich, seine Atmung wurde schwerer, sein Gehirn war wie gelähmt. Schon wieder lauerte ihm dieser unangenehme Typ auf. Er wurde ihn einfach nicht los. Zwar hatte Enrique ihm geholfen, als er nach seinem letzten Hitzekollaps auf der Straße das Bewusstsein verloren hatte, aber zuvor war auch er es gewesen, der ihn erst in diese missliche Lage gebracht hatte.

Nein, John hatte absolut keine Lust darauf, schon wieder diesem Burschen in die Arme zu laufen. Wer weiß, was er diesmal von ihm wollte. Einfach noch mehr Geld? Wollte er ihn ausfragen? Was wusste er über John? Das Beste wäre es zweifelsohne, nicht mit ihm in Kontakt zu kommen. Doch Enrique saß dort strategisch sehr günstig und konnte den Hoteleingangsbereich sehr gut überblicken. Einen offiziellen Hintereingang hatte das Hotel leider nicht.

John konnte warten, noch ein wenig herumlaufen und später wieder kommen. Allerdings war er doch recht müde von der vorigen Nacht und sein Kopfweh war immer noch nicht viel besser geworden. Ein wenig Erholung im Hotel würde er wirklich sehr gut gebrauchen können. Außerdem wusste er ja auch nicht, wie viel Zeit und Geduld dieser Junge hatte. Vielleicht blieb er den ganzen Abend und die ganze Nacht dort sitzen. Eine andere Lösung musste her. Wie konnte er, von Enrique unbemerkt, ins Hotel gelangen? John überlegte. Am liebsten hätte er sich einfach mit seinem Wunder-Spray unsichtbar gemacht, so wie er zuvor das Raumschiff verschwinden hatte lassen. Aber das ging leider nicht. Lebende Materie konnte man so nicht einfach von der Bildfläche verschwinden lassen. Seine einzige Möglichkeit war die gleichzeitig primitivste: anschleichen. So etwas hatten sie in der Ausbildung zwar nicht explizit trainiert, aber John in seiner Kindheit schon. Wie oft hatten er und seine Freunde Spiele gemacht, wo es darum ging, sich an Fremde heranzuschleichen oder einem Schulkameraden etwas unbemerkt wegzunehmen und ein anderer aus der Gruppe musste den Gegenstand dann wieder ebenso unauffällig zurückbringen. John war darin immer einer der Besten gewesen. Er schaffte es, in solchen Situationen ruhig zu bleiben, selbst wenn es brenzlig wurde. Allerdings war es nicht dasselbe, in seinem eigenen Körper steckend, sich irgendwo anzuschleichen wie als Mensch, im Körper von John Goblet, unbemerkt ein Hotel zu betreten, das von einem durchgeknallten und geldsüchtigen Wachhund kontrolliert wurde.

Immerhin hatte er ja nicht viel zu verlieren. Im schlechtesten Fall wurde er entdeckt und dann könnte er sich immer noch überlegen, wie er diesen Enrique wieder loswerden konnte.

John scannte die komplette Gegend rund um den Eingang. Enrique saß gut 5 Meter rechts vom Hoteleingang, von John aus gesehen, direkt auf dem Gehweg, mit dem Rücken an die Hotelfassade gelehnt. Regelmäßig schaute er nach links und nach rechts, um die vorbeilaufenden Menschen genau ins Visier zu nehmen. Er schien sehr aufmerksam. Wenn überhaupt, so würde John also von der von ihm aus gesehenen linken Seite kommen müssen, damit er nicht direkt vor Enrique vorbeilaufen musste. Doch viel einfacher würde auch diese Möglichkeit nicht sein. Der Gehweg war relativ schmal und übersichtlich. Zudem waren nicht wirklich viele Menschen unterwegs und für Enrique wäre es ein Leichtes, John schon von weitem zu sehen. Also war der Gehweg keine Lösung. Er musste auf anderem Weg dem Eingang nahe kommen, um dann nur noch die letzten Meter auf dem Gehsteig zurückzulegen. Je weniger, desto höher seine Chancen unentdeckt zu bleiben.

John hatte einen Plan. Dafür allerdings musste er zunächst wieder einen Teil des Wegs zurückgehen. Er ging zurück, entfernte sich dann einen Häuserblock vom Hotel, um in der Parallelstraße am Hotel vorbeigehen zu können. Damit würde er sich dann von der anderen Seite, auf der Enrique nicht saß, dem Hotel annähern können. Er war gut 200 Meter vom Hotel entfernt, als er bemerkte, dass Enrique nicht mehr an der Stelle saß, wo er vor 5 Minuten noch gesessen hatte. Abrupt blieb John stehen und durchsuchte den Eingangsbereich seines Hotels auf den unbeliebten Bettler. Dieser patrouillierte mittlerweile einen Teil des Gehwegs auf und ab. Wie ein Tiger in seinem Gehege schritt Enrique immer wieder bedächtig denselben Weg ab, eine Strecke von vielleicht 20 Metern. Immer wenn er an seinen imaginären Käfiggrenzen angelangt war, drehte er um und ging die rund 20 Meter wieder zurück. John sah ihm eine Weile lang zu. Er hatte noch keine Ahnung, wie er unter diesen erschwerten Bedingungen unbemerkt ins Hotel gelangen sollte, aber Enrique erweckte auch nicht den Eindruck, dass er sich bald wieder setzen würde. Und wer weiß, vielleicht setzte er sich ja dann genau auf die andere Seite des Hoteleingangs, was den kompletten Plan John's zunichte machen würde. John machte einen

Schritt auf die Straße. Da ihn Enrique auf dem Gehweg sofort sehen würde, musste er es auf der Straße versuchen. Zwischen Straße und Gehweg gab es eine nahezu durchgängige Reihe von geparkten Autos. Im Schutz dieser Autos wollte sich John bis in die Nähe des Hoteleingangs heranschleichen. In gebückter Haltung und hin und wieder durch die Fensterscheiben der geparkten Autos hindurchschauend, legte John Meter um Meter in Richtung Hotel zurück. Seine ganze Aufmerksamkeit galt Enrique, der noch immer demselben Muster folgend, vor dem Hotel auf und ab marschierte.

Ein lautes Hupen, gefolgt von einem heftigen Windzug, versetzte John in einen Moment der Schockstarre. Er hatte sich ein wenig zu weit von den parkenden Autos entfernt und blockierte damit einen Teil der Fahrbahn, was ihm der Fahrer eines knallroten Wagens soeben unmissverständlich zu verstehen gegeben hatte. John duckte sich noch tiefer, weil er Angst hatte, mit dieser Aktion Enrique auf sich aufmerksam gemacht zu haben. Vorsichtig lugte er hinter einem geparkten Kleinwagen hervor, doch Enrique war schon wieder in seinen Raubtiertrott gefallen. Wenn überhaupt, so hatte ihn dieses Hupen nur kurz abgelenkt. Schließlich waren solche Geräusche in einer Stadt wie dieser hier Gang und Gebe. Eng an die geparkten Autos gepresst, schlich sich John näher zum Hoteleingang. Ab und zu schaute Enrique in Richtung Straße oder aber den Gehweg hinauf und hinunter, doch im Schutz der Autos blieb John unbemerkt. John schaffte es ohne Probleme bis zum letzten geparkten Auto, bevor eine größere Parkverbotszone unmittelbar vor dem Hotel die Kette parkender Autos unterbrach. Er war jetzt vielleicht noch 15 Meter vom Hoteleingang entfernt.

Enrique ging immer noch vor dem Hoteleingang auf und ab. Er schien etwas in Gedanken verloren, doch hin und wieder, eher zufällig hob er den Kopf, blickte nach vorne und zur Straßenseite, wie ein Löwe, der nach Beute Ausschau hielt. John ließ ihn noch 3 Mal an dem Auto vorbeigehen, hinter dem er sich versteckt hielt, dann fasste er sich ein Herz, als Enrique wieder Kehrt gemacht hatte und, ihm den Rücken zuwendend, sich wieder von ihm entfernte. Ein Pärchen, welches ein paar Schritte hinter Enrique ging, diente als zusätzlicher Schutzschild zwischen John und diesem Burschen, für den Fall, dass er eine ungeplante Bewegung machen sollte. John folgte dem Pärchen fünf oder sechs Schritte bis er auf

Höhe des Hoteleingangs war. Dann legte er die restliche Strecke von der Mitte des Gehwegs bis zur Hoteleingangstüre mit ein paar schnellen großen Sätzen zurück. In dem Bruchteil der Sekunde, die die automatische Schiebtüre brauchte, um sich zu öffnen, warf John einen letzten Blick auf Enrique. Dieser drehte sich genau in diesem Moment um und ihre Blicke trafen sich. Eine gefühlte Ewigkeit schauten sie sich tief in die Augen, bevor John rasch im Hotel verschwand.

7. Gespräche

Mittwoch, 28. Mai – 17:52 Uhr

John atmete heftig. Mit dem Rücken an die Tür gelehnt, stand er in seinem Zimmer. Er hielt das Ohr an die Tür. Nichts zu hören. Wie ein Wahnsinniger war er durch den Eingangsbereich des Hotels bis zum Treppenhaus gesprintet und dort die Treppen hochgeeilt bis ins 3. Obergeschoss, wo er sein Zimmer hatte. John war noch immer völlig außer Atem. Er wusste nicht, ob Enrique ihm gefolgt war. Seine Hoffnung war aber, dass er ihn in seinem Zimmer nicht finden würde oder noch besser, es erst gar nicht versuchen würde. John verharrte an die Tür gelehnt, bis sich seine Atmung langsam beruhigt hatte und sich nach und nach das Gefühl einstellte, dass Enrique ihm nicht gefolgt war. Er wartete noch ein paar Minuten, bis er schließlich zum Bett ging und sich setzte. Langsam wich die Anspannung der Erschöpfung. Die kurze Nacht und die Anstrengungen der letzten Minuten machten sich nun deutlich bemerkbar. In den vergangenen knapp 24 Stunden war viel passiert, begonnen beim Abendessen mit den Freunden. Dann war da diese bezaubernde Tänzerin, die noch immer vor seinem inneren Auge tanzte. Und dann kam diese Lücke in seiner Erinnerung, wo er nicht mehr wusste, was passiert war, unmittelbar bevor er dann plötzlich außerhalb Madrids in einem Park aufgewacht war. Neben diesem mulmigen Gefühl, dieser Ungewissheit über das, was in der Nacht passiert war, keimte die Hoffnung. Die Hoffnung darauf, dass er mit den Hinweisen von Montse bald wieder sein Raumschiff flugfähig würde machen können. Der freundliche Taxifahrer hatte ihm ein paar wertvolle Dinge über diese so beliebte Sportart der Spanier erzählt. Darüber hatte er sogar fast die Kopfschmerzen vergessen gehabt, die ihn den ganzen Tag über begleitet hatten. Und dann war da noch dieser komische Kerl, der ihm nun sogar schon auflauerte. Ziemlich beunruhigend. Wie ein wild gewordener Schwarm Bienen kreisten die Gedanken um die Ereignisse des Tages und Vorabends in seinem Kopf.

John zog seinen Notizblock aus der Tasche und begann zu schreiben. Morgen würde er sich vielleicht nicht mehr an alles erinnern können. An die vorige Nacht hatte er ja auch kaum mehr Erinnerungen. Seinen Chef würde er zunächst einmal noch nicht anrufen. Erst wollte er wieder Klarheit im Kopf haben und vor allem noch mehr Information von Montse hinsichtlich der Spezialflüssigkeit für den Raumschiffantrieb. Als John alle seine Gedanken zu Papier gebracht hatte, bemerkte er, dass er überhaupt nicht daran gedacht hatte, sich etwas zu essen oder zu trinken zu kaufen. Sofern dieser verrückte Bursche nicht schon im Hotel war und nach ihm suchte, war er bestimmt noch immer draußen und wartete. Auf ein Treffen mit ihm und auf unangenehme Fragen hatte John aber gar keine Lust, weswegen er entschied, sein Hotelzimmer an diesem Tag gar nicht mehr zu verlassen. Er schaute auf die Uhr. Es war erst kurz nach 6. Durch das Fenster drangen ein paar Sonnenstrahlen und John beobachtete eine Zeit lang die feinen Staubkörnchen, die im Licht in der Luft tanzten. Schwerelos bewegten sie sich in alle Richtungen und scheinbar fiel keines zu Boden. Mühelos hielten sie sich in der Luft. Elegant umkreisten sie einander. Sie drehten sich und ihre langen weißen Kleider schwebten über dem Boden. Im Hintergrund hörte John vertraute Musik. Die Musik wurde immer schneller. Die Drehungen wurden ebenfalls schneller. Immer schneller drehten sie sich um etwas, das John nicht sehen konnte. Die durch die Luft wirbelnden Kleider versperrten ihm die Sicht. Dann drängten Melodie und Rhythmus ihrem Höhepunkt entgegen. Der Kreis der weißen Kleider öffnete sich und ganz in Rot gekleidet, aus dem Mittelpunkt des Kreises inmitten der anderen Flamenco-Tänzerinnen lächelte ihn María freundlich an. Grazil und elegant verneigte sie sich vor John. Dann war sie plötzlich wieder verschwunden und mit ihr alle anderen Tänzerinnen. Vor seinen Augen tanzten nun wieder die Staubkörnchen im Abendlicht.

John stand auf und trank Wasser aus dem Wasserhahn. Er durchsuchte das Hotelzimmer nach Essen. Neben der Mini-Bar, in der er Bier und Wasser fand, entdeckte er einen Beutel mit trockenen Körnern. Das scheinbar einzig Essbare, was es hier gab. Er öffnete den Beutel und schob sich ein paar der schwarz-weißen

Körner in den Mund. Hart und salzig waren sie. Mit etwas Mühe konnte man sie zerkauen. John bemerkte, dass die Körner in sich noch einen Kern hatten. Wenn man die schwarz-weißen Schalen entfernte, so gelangte man an diesen Kern, der sehr viel besser schmeckte. Allerdings war dies mit einigem Aufwand verbunden. John stellte sich beim Öffnen der Körner nicht sehr geschickt an und so hatte er nach 10 Minuten das Gefühl, kaum etwas gegessen zu haben, obwohl der Teppichboden vor seinen Füßen mit den Schalen schwarz-weiß gesprenkelt war. Er seufzte leicht. Satt werden würde er somit nicht, nur durstiger durch das viele Salz. Statt zum Wasserhahn im Bad zu gehen, öffnete er den kleinen Kühlschrank und nahm sich eine Flasche Bier. Dazu aß er noch ein paar dieser Körner, ohne sich allerdings die Mühe zu machen, die Schalen zu entfernen. Teils schluckte er sie, teils spuckte er sie aus. Dazwischen einige Schluck kaltes Bier. Die Staubkörnchen tanzten noch immer in der Abendsonne, die durch sein Fenster schien.

Sein Blick wurde schummrig und John drohte langsam im Reich der Träume zu versinken. Die Grenze zwischen Wirklichkeit, Traum und Erinnerung begann zu verschwimmen. Vor sich erkannte John Wasser, viel Wasser. Ein See. Es war dunkel. Nur der Mond spendete etwas Licht. Alles um John herum war gräulichschwarz. Plötzlich vernahm er ein Plätschern im Wasser. Sanfte Wogen zogen sich durchs Wasser. Dann eine Stimme. „Wo bleibst du? Na komm schon rein, du Feigling!" John erkannte eine männliche Person im Wasser. Die weiße Haut des nackten Oberkörpers erstrahlte im faden Mondlicht. Die Handbewegung des Mannes signalisierte ihm zu kommen. Langsam zog John sich aus und stapelte die Kleidungsstücke neben sich. Nur noch mit der Unterhose bekleidet, schritt er auf die Person im Wasser zu. Immer tiefer und tiefer ins Wasser hinein, bis das Wasser seinen Hals erreicht hatte.

„Das war jetzt aber auch höchste Zeit", wurde er von dem Mann im Wasser empfangen.

„Schön erfrischend, oder?"

„Ja, herrlich", hörte sich John selbst sagen.

Ein paar Minuten lang vergnügten sich John und der Mann im Wasser, genossen die angenehme Kühle, unterhielten sich und lachten laut. Schlagartig verstummten sie, als John einen hellen Lichtkegel wahrnahm, der nur wenige Meter von ihnen entfernt, das Wasser hell erleuchtete. Die beiden sahen sich stumm an. Sie wagten es nicht, zu sprechen. Die andere Person gab John ein Zeichen ihr zu folgen und so bewegten sich beide, so geräuschlos wie möglich, in Richtung Ufer. Der Lichtkegel kam immer näher. Von seiner Quelle kam eine laute Stimme.

„Wer ist da? Kommen Sie sofort aus dem Wasser. Auf der Stelle."

Die Strenge in der Stimme und der scharfe Ton ließen John's Herz schneller schlagen. Gerade als der Schein der Taschenlampe die beiden Nachtbader erreicht hatte, griffen diese zu ihren Klamotten, packten sie unter die Arme und rannten davon. John hatte keine Ahnung wohin. Er folgte einfach nur dem jungen Mann. Barfuß und mit triefend nassen Unterhosen rannten sie über trockenes Gras, vorbei an Sträuchern und Gebüsch. Ein schmaler Pfad führte leicht bergauf und sie folgten ihm. Hinter ihnen erklang noch einige Sekunden lang das Schreien der Person mit Taschenlampe. Der Lichtstrahl hielt auf die beiden zu, aber er verfolgte sie nicht. Dennoch rannten sie weiter den Berg hinauf. Noch einige hundert Meter weiter und der Mann vor John hielt an.

„Ich glaube hier sind wir sicher. Mann, das war eine Aktion." Er lachte.

John war jedoch nicht zu Lachen zu Mute. Er fühlte sich nicht wohl. Beide zogen ihre Klamotten über die noch nassen Unterhosen.

„Bin gleich wieder da", meinte John's Begleiter und ließ ihn allein zurück. John ging einige Meter weiter bergauf. Seine Schritte waren wacklig und unsicher. Ein ungutes Gefühl in der Magengegend überkam ihn. In gebückter Haltung stand er zwischen ein paar Sträuchern und starrte auf den Boden. Er fing an zu taumeln. Seine Knie wurden weich und er kippte nach vorne. Das Bild vor seinen Augen wurde schummrig, dann verschwand es völlig.

John riss die Augen auf und blickte sich um. Er war im Hotelzimmer. Und das war das Letzte, was er noch erkannte, denn wenig später übermannte ihn die Müdigkeit. John war einfach nur nach hinten auf sein Bett gefallen, voll bekleidet. Selbst die Schuhe hatte er noch an den Füßen. Neben ihm lag die angebrochene Tüte mit den Sonnenblumenkernen, neben dem Bett stand die noch halbvolle Flasche Bier und die Sonnenstrahlen im Zimmer, in deren Licht noch immer die Staubkörnchen tanzten, wurden langsam weniger.

Mittwoch, 28. Mai – 21:49 Uhr

John schoss vom Bett hoch. Ein lautes Klopfen ließ ihn zusammenzucken. Er brauchte eine Weile, bis sich seine Augen im dämmrigen Licht orientiert hatten. Er war im Hotelzimmer und es klopfte an seine Tür.

„Dieser unsympathische Enrique hat mich doch gefunden" waren seine ersten Gedanken. John versuchte ruhig zu bleiben. Es klopfte erneut. Er überlegte, was er machen könnte, aber es fiel ihm nicht viel ein. Es gab kein Entkommen und sofern der Bettler nicht von alleine wieder ging, würde er keine Ruhe mehr bekommen. Wieder klopfte es. John würde wohl oder übel die Tür öffnen müssen und wenn er Glück hatte, konnte er ihn mit ein wenig Geld schnell wieder loswerden. Auf ein Gespräch hatte er nämlich noch immer gar keine Lust.

Das nächste Klopfen ertönte, diesmal gefolgt von einer bekannten Stimme.

„John. Bist du da? John?"

Es war nicht die Stimme Enriques, zum Glück. Das war eindeutig Pablo, der da an die Tür klopfte. Erleichtert stand John vom Bett auf und öffnete ihm.

„Ja, ich bin hier" sagte John und grinste. „Schön, dass du gekommen bist, auch wenn ich keinen Besuch mehr erwartet hatte heute."

„Hattest du schon geschlafen?" Pablo blickte in John's verträumtes Gesicht. „Sorry, Mann. Ich wollte dich wirklich nicht wecken, aber ich hatte mir schon Sorgen um dich gemacht. Schließlich haben wir gestern ja doch einiges getrunken und heute habe ich noch den ganzen Tag nichts von dir gehört. Alles in Ordnung?"

„Oh ja. Mittlerweile schon, aber der Tag heute war doch recht hart." John erzählte Pablo wie er in einem Park aufgewacht war und von dort aus erst wieder in die Stadt zurückfinden musste und vor allem, dass er keine Ahnung hatte, wie er überhaupt dorthin gekommen war. Er erzählte ihm auch von der Schwierigkeit eine geöffnete Apotheke in der Mittagszeit zu finden und wie er zu allem Übel auch noch am lauernden Bettler vorbeischleichen musste.

„Wow. Beeindruckend." Pablo lachte. „Kennst du den Film ‚Hangover'? Die Geschichte mit der Nacht im Park erinnert mich daran. Aber warst du wirklich so betrunken?"

„Betrunken?", fragte John. John wusste nicht, wovon Pablo sprach.

Für Pablo aber war diese kurze Gegenfrage wie eine Antwort und er lachte nun noch mehr.

„Sorry, dass wir einfach so gegangen sind ohne Bescheid zu sagen, aber du schienst dich sehr gut mit der schönen Tänzerin zu unterhalten und so wollten wir nicht stören. Wir sind dann weiter in die nächste Bar, um noch ein Absackerbier zu trinken und so war ich sogar schon um 2 Uhr zu Hause…Wohlgemerkt im eigenen Bett", fügte er grinsend hinzu.

„Ich schwöre, dass ich wirklich keine Ahnung habe, wie und warum ich überhaupt in den Park gegangen bin. Meine Erinnerungen sind nahezu komplett weg. Nachdem ich mich von María verabschiedet hatte, weiß ich nur noch, wie ich mich auf den Weg in Richtung Hotel machte. Das Nächste, an was ich mich dann wieder erinnere war der Moment, wie ich plötzlich im Park war, an einem See, mit einem anderen Kerl. Keine Ahnung, wer das war."

Dann erzählte er Pablo von der Nachtbadeaktion, der Flucht vor der Taschenlampe und wie plötzlich der andere Kerl weg war und John sich ab diesem Zeitpunkt auch an nichts mehr erinnern konnte.

Pablo hörte sehr interessiert zu.

„Vielleicht kommen ja auch die Erinnerungen wieder an den Zeitpunkt bevor Du dort in den See gesprungen bist. Lass es uns einmal versuchen."

Beide setzten sich nebeneinander aufs Bett und John kramte in seinem Gedächtnis nach Puzzlestücken der Erinnerung.

„Also, nachdem ich mich von der Tänzerin verabschiedet hatte, bin ich langsam in Richtung Hotel gegangen", begann John.

„Zu Fuß?", fragte Pablo.

„Ja. Allein und zu Fuß. Ich hatte das Gefühl, mich bewegen zu müssen und zudem war ich sicher, den Weg zum Hotel zu kennen. Also ging ich los. An viel erinnere ich mich nicht mehr, aber an einer Ecke hatte ich kurz haltgemacht. Warum weiß ich nicht. Jedenfalls hatte ich allerbeste Laune…"

„Na ja, nach einem Rendezvous mit dieser wunderbaren María…". Pablo lächelte.

„Jetzt fällt's mir wieder ein", unterbrach ihn John. „Ich wollte mein Foto anschauen."

„Welches Foto denn?" Pablo schaute John tief in die Augen.

Und dann bemerkte John, dass er sich verplappert hatte. Eigentlich hatte er über dieses Thema nicht sprechen wollen. Er erinnerte sich an die Szene in der Sprachschule, als ihm der Umschlag mit eben diesem Foto auf den Boden gefallen war und er schon Angst hatte, dass Pablo ihm dieses wegnehmen wollte. Pablo jedoch schien bereits begriffen zu haben, dass er ein unangenehmes Thema angeschnitten hatte.

„Meinst du etwa das Foto in dem Umschlag? Den Umschlag, den ich dir zurückgegeben habe, als du mich angefaucht hattest wie Gollum, dem jemand den Ring stehlen wollte?"

John wollte nicht tiefer ins Thema einsteigen und nickte nur verlegen.

„Ich hatte den Umschlag in der Hand und wollte also das Foto herausholen. Doch dazu kam ich gar nicht mehr."

Pablo sah ihn fragend an.

„Plötzlich kam jemand von hinten angerannt und bevor ich begriffen hatte, was da passierte, hatte dieser Kerl mir den Umschlag mitsamt Foto entrissen und war davongerannt. Ich war viel zu überrascht gewesen. Als mir endlich klar wurde, was da passiert war, war es zu spät. Ich konnte nicht mehr reagieren. Der Kerl war schon zu weit weg. Nachrennen hätte nicht mehr viel geholfen."

John erwähnte nicht, dass er in seinem Zustand dazu auch gar nicht mehr in der Lage gewesen wäre.

„Au, Mann. Das ist natürlich bitter. Aber klar, nachts, allein in Madrid und mit einem Umschlag in der Hand…Wahrscheinlich hatte dich jemand beobachtet und Geld in diesem Umschlag vermutet. Und schwupps. Weg war er."

John nickte. „Ja, das ging alles so schnell…"

„Hast du denn zumindest eine Kopie des Fotos, das im Umschlag war oder hast du es noch digital irgendwo?"

„Nein. Das hatte ich nur einmal." John guckte etwas bedröppelt drein.

„Zumindest hat der Dieb dein Geld nicht bekommen", versuchte ihn Pablo zu trösten.

„Ja", sagte John leise, wenngleich ihm das auch nicht so richtig weiterhalf. Aber woher sollte Pablo auch wissen, welche Bedeutung dieses Foto für ihn hatte. Sein Schatz, den er immer bei sich getragen hatte, der für ihn Antrieb und Motivation war.

„Und dann, was hast du danach gemacht, John?"

„So genau weiß ich das auch nicht mehr. Jedenfalls stand ich da erst einmal und wusste nicht, was ich tun sollte. Wie lange? Keine Ahnung. Und dann sprach mich eine Gruppe junger Leute an. 2 Frauen und 3 Männer. Offensichtlich hatten sie aus der Ferne beobachtet, wie ich beklaut worden war. Sie fragten mich, ob ich in Ordnung wäre. Sie fragten mich, was mir alles gestohlen worden war. Sie fragten mich eine Menge Dinge, aber irgendwie war ich blockiert und konnte gar nicht antworten. Sie waren sehr nett, wirklich sehr freundlich und hilfsbereit. Sie redeten mir gut zu, beschimpften den Dieb in Abwesenheit aufs Übelste und nahmen mich mit. Ich hatte ja gar keine Ahnung, wohin sie wollten. Andererseits war ich in dem Moment auch nicht in der Lage, klar zu denken, also folgte ich ihnen. Einfach so."

„Siehst Du, es gibt auch noch freundliche Menschen in Madrid", sagte Pablo „und sogar deutlich mehr als Diebe und Gauner."

John dachte nach. Als er sich jetzt langsam wieder die Ereignisse der vergangenen Nacht in Erinnerung rief, erkannte er nun plötzlich einen Zusammenhang zwischen diesem Teil der Geschichte und dem Teil mit dem fremden Mann und dem See. Dieser Kerl, mit dem er gebadet hatte und mit dem er halbnackt durch die Büsche gerannt war, war einer der jungen Männer aus der 5er Gruppe. John hatte jetzt plötzlich wieder die Gesichter klar vor Augen.

Er erzählte Pablo dieses wichtige Detail, aber trotz größter Anstrengung schaffte es John nicht, die Erinnerungslücke zu schließen. Er wusste einfach nicht mehr, was zwischen dem Aufeinandertreffen mit der Gruppe und der Szene im See passiert war.

Pablo bemerkte, dass John hier nicht weiterkam und wechselte deshalb das Thema.

„Hast du diese María denn wenigstens nach ihrer Telefonnummer gefragt?"

John antwortete zögerlich: „Naja, eigentlich hat sie sie mir einfach gegeben."

„Tatsächlich? Das ist ja genial. Schau mal, die scheint wirklich an dir interessiert zu sein. Hast du dich schon bei ihr gemeldet?"

„Ähm, nein."

„Hey John, das solltest du aber unbedingt machen. Schließlich bist du ja nur ein paar Tage oder Wochen hier und hast nichts zu verlieren. Und María gefällt dir doch, oder?"

John dachte nach. Er konnte nicht genau einschätzen, wie das Wort „gefallen" bei den Menschen zu verstehen war. Für ihn war es aber etwas Anderes, etwas Größeres, was er für die Tänzerin empfand. Er konnte es nicht in Worte fassen, aber schon allein der Gedanke an María veränderte etwas in ihm und es war, als ob etwas in ihm zu tanzen begann, so wie María gestern getanzt hatte. Oh ja, er würde sie wiedersehen wollen.

„John. Haaaalloooo. Bist du noch da?" Pablo blickte ihm tief in die Augen.

„Ja, du hast Recht. Ich sollte sie anrufen."

Pablo's Blick fiel auf die Sonnenblumenkernschalen auf dem Fußboden und die halbvolle Flasche Bier.

„Wolltest du hier etwa allein eine kleine Hotelzimmer-Party machen? Wie ein Spanier mit Pipas und Mahou-Bier." Pablo lächelte.

John hob die restliche Packung der Körner hoch und fragte: „Was ist das eigentlich für Zeug? Ich weiß nur, dass es verdammt mühsam ist, es zu essen, wenn man immer die blöden Hülsen wegmachen muss. Und mit Hülse muss man ewig darauf herumkauen."

„Wir nennen das Pipas, gesalzene Sonnenblumenkerne. Und eigentlich ist es gar nicht so schwierig, die zu essen."

John nahm einen Kern und trennte umständlich das Innere von den Schalen. Pablo beobachtete ihn mit Interesse.

„Sicher, wenn du das so machst, dann dauert's natürlich ewig. Schau."

Er steckte sich einen Kern in den Mund. Ein kleines Knack-Geräusch war zu hören, als er mit den Zähnen darauf biss. Wenig später kamen zwischen seinen Lippen die beiden Schalenhälften zum Vorschein und Pablo aß genüsslich das Innere. Er wiederholte diesen Vorgang noch ein paarmal und John schaute fasziniert zu. So sah das Ganze wirklich sehr einfach aus.

Pablo erklärte ihm genau, wie man am besten vorging. Wie man den Kern in den Mund schieben musste, wie man gezielt mit den Zähnen die Schale knackte und danach mit der Zunge das Innere von der Hülse trennte und dann die Schalen wieder durch die Lippen nach draußen beförderte. John versuchte es ihm gleich zu tun, aber er war nur bedingt erfolgreich. Deutlich schneller als zuvor, aber noch immer um ein Vielfaches langsamer als Pablo, der ihm erklärte, dass die Spanier dies natürlich auch von klein auf lernten und vor allem als Jugendliche dann zur Perfektion brachten.

Pablo fragte John, ob er noch ein Bier hätte und John deutete auf den Kühlschrank. Pablo öffnete sich eines und gemeinsam aßen sie Pipas und tranken Bier. Pablo machte den Fernseher an. Auch er schien müde und die beiden machten es sich auf John's Bett bequem.

Es liefen die letzten Minuten des Wetterberichts. Pablo schien das nicht zu interessieren. Klar, es gab ja auch nicht viel Neues. Auf einen Tag mit viel Sonne folgte ein Tag mit noch mehr Sonne und hohen Temperaturen im ganzen Land. Keine Überraschungen also. Wenn John nicht von Jim gewusst hätte, dass es auch noch anderes Wetter gibt, so wäre John wohl für immer in dem Irrglauben geblieben, dass auf der Erde nur heißes und trockenes Klima vorherrschte. Pablo zappte durch die Kanäle. Bei einem Programm machte er Halt. Ein paar Frauen unterhielten sich mit einem Mann. Dieser saß ganz entspannt mit einer Flasche Bier in der Hand, während die Damen auf unterschiedlichste Weise auf sich aufmerksam zu machen versuchten. Eine von ihnen redete immerzu, auch wenn es den braungebrannten Herrn nicht sonderlich zu interessieren schien. Viel eher schafften es da schon die gefärbte Blondine mit ihrem viel zu kurz geschnittenen Kleid, deren Beine nahezu endlos wirkten, und die Brünette, die ununterbrochen lachend und reichlich unkoordiniert um den Herrn herumtänzelte, wobei sie hin und wieder an ihrem Strohhalm nuckelte, der aus ihrem Cocktailglas ragte. John verfolgte das Ganze interessiert, aber er hatte nicht die geringste Ahnung, worum es ging.

„Verstehst du etwas von dem, was sie sagen?"

John schüttelte den Kopf. „Ehrlich gesagt nicht."

„Kein Wunder. Selbst für mich ist es nicht so einfach, diese Braunhaarige zu verstehen. Sie hat einen starken Dialekt und noch dazu ist sie sehr betrunken. In Wahrheit ist das hier ein ziemlich schwachsinniges Programm, aber viele Leute schauen es dennoch gern. Es nennt sich „Wer will meinen Sohn heiraten?" und geht darum, dass einige Mütter versuchen, ihre Söhne mit Frauen zu verkuppeln. Im Idealfall finden die Jungs dann am Ende der Staffel ihre ideale Partnerin, mit der auch ihre Mütter einverstanden sind."

„Aber was ist, wenn ihm keine dieser Damen gefällt?", unterbrach ihn John.

„Keine Ahnung. Du darfst das Programm sowieso nicht allzu ernst nehmen, da dort mit Sicherheit auch bezahlte Schauspieler mitmachen. Sie verkaufen es zwar als Reality, aber das kann ich mir nicht vorstellen."

Pablo wechselte den Kanal. Dort waren mehrere Leute in einer riesigen Küche zu sehen. Jeder stand an einem separaten Arbeitsplatz und alle waren eifrig dabei, etwas zu kochen. Immer wieder zeigte die Kamera in Nahaufnahme das Innere der Töpfe und Schüsseln der Köche. Mehr oder minder gestresst erklärten sie in ein paar Sätzen, was sie dort gerade zubereiteten. John verstand kaum etwas. Zu viele Wörter bezogen sich auf Lebensmittel oder waren Fachbegriffe aus dem Wortschatz der Köche.

„Habt ihr in den USA auch so viele Koch-Shows?"

John wusste nicht, was er sagen sollte. Er hatte ja noch nie im Leben amerikanisches Fernsehen gesehen.

„In letzter Zeit habe ich nicht viel ferngesehen. Von daher kann ich dir das gar nicht sagen."

John war stolz auf sich und seine Antwort. In den letzten paar Tagen hatte er sehr schnell gelernt, mit seiner Unerfahrenheit und seinem Nicht-Wissen umzugehen. Er schaffte es inzwischen sehr gut, nicht als Fremdling auf der Erde aufzufallen. Das jedenfalls glaubte er.

Pablo erklärte ihm das Prinzip der Show, dass jeder der Kandidaten jede Woche ein Gericht kochen musste, welches dann von einer Jury bewertet wurde. Der oder die jeweils Schlechteste schied aus, bis zum Schluss nur noch der Sieger übrig war, welcher eine stattliche Geldsumme als Prämie kassierte. Nach den ersten paar Urteilen der Jury zog es Pablo allerdings vor weiterzuschalten. Auf dem nächsten Sender lief eine Reportage. Pablo hörte den Menschen, die dort interviewt wurden, gespannt zu. John hatte Mühe, die Leute zu verstehen. Viele sprachen schnell und undeutlich. Außerdem fehlte ihm der Hintergrund zu diesem Thema. Es ging um Häuser und um Wohnungen und um viele traurige Menschen. Viele weinten vor der Kamera. Andere wirkten eher wütend. Sie schimpften über die Banken und die Politiker.

„Worum geht es denn?", blickte John fragend in Richtung Pablo.

„Um ein sehr trauriges Thema hier in Spanien: Zwangsräumungen. Vielleicht hast du mitbekommen, dass unsere Finanzkrise ja zum großen Teil von einer Immobilienkrise herrührt. Viele Menschen in Spanien haben zu den wirtschaftlichen Blütezeiten, also in den Jahren von 2000 bis vielleicht 2007 oder 2008 viel Geld investiert in eigene Immobilien. Leute, die eigentlich gar nicht so viel Geld hatten, hatten sich einfach Geld von den Banken geliehen und sich so ihre Wohnung oder ihr Haus finanziert. Viele haben sich damit stark verschuldet, was aber zunächst nicht sehr problematisch schien, da ja die Wirtschaft brummte. Kaum jemand hatte sich damals träumen lassen, dass die Häuserpreise viel zu schnell gestiegen waren und dass die Wirtschaft auf äußerst wackligen Beinen stand. Und dann kam es wie es kommen musste: die Krise schwappte von den USA nach Europa, die Immobilienblase platzte und somit stürzten die Häuserpreise ins Bodenlose. Die Raten der Kredite mussten aber natürlich dennoch in alter Höhe weiterbezahlt werden. Die Krise erreichte die Bauindustrie. Viele Leute verloren ihre Jobs und konnten deshalb auch ihre Kredite nicht mehr zurückbezahlen. Daraus resultierte dann die Bankenkrise und so weiter und so fort. Ein gefährlicher Teufelskreis."

„Ist es hier so wichtig ein Haus zu besitzen? Oder weshalb wollten alle Leute Häuser kaufen?"

„Gute Frage. Ich kann dir nicht sagen warum, aber in der Tat scheint uns Spaniern ein eigenes Haus sehr wichtig zu sein. In anderen Ländern wird viel mehr gemietet. Ich hatte einmal gelesen, dass in Deutschland beispielsweise nur 50% der Leute in ihrer eigenen Wohnung oder ihrem eigenen Haus wohnen. Der Rest wohnt zur Miete. In Spanien ist das Verhältnis vielleicht 90:10. Fast alle haben Eigentum. Das ist wirklich ein interessantes Phänomen, das ich allerdings nicht erklären kann."

„Vielleicht gefällt es den Leuten ja dort so gut, wo sie wohnen, dass sie sich gleich etwas kaufen möchten."

„Mag sein. Mit Sicherheit sind wir Spanier heimatverbundener als ihr Amerikaner. Viele meiner Landsleute würden am liebsten dort wohnen bleiben, wo sie aufwachsen. Aber das ist natürlich nicht immer möglich. Ich kann mir auch vorstellen, dass die Spanier deshalb lieber kaufen, weil sie denken, dass dies auf lange Sicht billiger ist, als zu mieten. Sie bezahlen dann lieber jeden Monat eine feste Rate ihres Kredits ab, als das Geld dem Vermieter in den Rachen zu werfen."

„Also glaubst du, dass die Leute einfach nur Geld sparen wollen und deshalb so viel Wohneigentum haben?"

„John, ich weiß es nicht. Diese Rechnung habe ich noch nie gemacht. Tatsache ist aber, dass das Ganze einen großen Nachteil hat, nämlich die fehlende Flexibilität. Und genau das ist derzeit das große Problem. Solange die Leute eine Arbeit haben, geht die Rechnung mit dem Eigenheim vermutlich wunderbar auf, aber sobald sie die Arbeit verlieren. Bumm!" Pablo klatschte laut in die Hände.

„Dann sind sie arbeitslos und finden vielleicht keine Arbeit mehr am selben Wohnort. Umziehen ist ohne weiteres aber auch nicht möglich, da die Menschen ja in ihrem eigenen Haus oder ihrer Wohnung leben und dort weiterhin die Hypothek abbezahlen müssen. Sie können also gar nicht so einfach in eine andere Stadt ziehen oder gar in ein anderes Land. Gut, sie könnten noch ihr Eigentum verkaufen, aber bei den derzeitigen Preisen wäre das bei vielen wohl ein Verlust von 30 Prozent und mehr. Das ist also für viele Leute daher keine Option."

John nickte zustimmend. Das Problem war ihm klargeworden.

Auf dem Bildschirm war eine verzweifelte Frau zu sehen. Sie hatte ein Baby im Arm, ein kleiner Junge stand neben ihr. Immer wieder zeigte sie auf ein Gebäude im Hintergrund, in dem sich offensichtlich ihre Wohnung befand. Ihr Mann hatte vor einem Jahr seinen Job verloren und inzwischen noch keinen neuen gefunden. Sie konnte wegen der Kinder nicht arbeiten gehen und somit war auch kein Geld mehr da, um die Hypothek für die eigene Wohnung abzubezahlen. Seit drei Monaten konnten sie die Raten des Kredits nicht mehr bedienen. Die Bank, bei der sie den Kredit aufgenommen hatten, hatte sie jetzt einfach kurzerhand auf die Straße gesetzt. Die Wohnung wurde zwangsgeräumt. Laut den Reportern kein Einzelfall. Viele Leute wurden gezwungen, ihre Wohnungen zu verlassen. Oftmals waren die Banken, die ja zu einem beträchtlichen Teil an der ganzen Misere Schuld hatten, gnadenlos. Wer nicht bezahlen konnte, der musste aus seiner Wohnung.

Mit Tränen in den Augen erklärte die Frau, dass die Familie glücklicherweise jetzt erstmal bei den Eltern ihres Mannes untergekommen war. Mit 6 Personen auf 60 Quadratmetern zu wohnen konnte aber kein Dauerzustand sein. Das Verhalten der Banken sei doch menschenverachtend. So könne man nicht mit den Leuten umgehen. Man würde sie schlimmer als Verbrecher behandeln.

Pablo schaute sich das Trauerspiel ein paar Minuten lang schweigend an, dann wandte er sich aufgebracht an John.

„Siehst du, wie sie mit den Leuten umgehen? Und das sind die eigentlichen Übeltäter der Immobilienkrise. Die Banken und deren überbezahlte Manager. Sicherlich haben viele Spanier einen Fehler gemacht, indem sie nahezu ohne Eigenkapital eine Wohnung oder ein Haus kauften. Die meisten sind zu blauäugig an dieses Thema herangegangen und haben geglaubt, dass der Aufschwung in Spanien für immer anhält und ihre Löhne für immer steigen. Aber die Banken haben den Menschen auch Kredite aufgeschwatzt, haben sie dazu ermutigt, einen noch größeren Kredit aufzunehmen. Sicherheiten? Fehlanzeige. Sie warfen mit Krediten um sich und stürzten damit erst das Land und die Hausbesitzer in die Krise. Und jetzt, was ist mit all denen? Möglicherweise haben einige von ihnen ihre Jobs verloren, aber gleichzeitig noch eine fette Abfindung erhalten. Kaum einer musste für das, was er an Fehlern gemacht hatte ins Gefängnis. Sie haben also jetzt ein wunderbares Leben, während viele Spanier wohl noch jahrelang an den Folgen dieser Immobilienkrise werden leiden müssen."

Pablo hatte sich in Rage geredet. Es war offensichtlich, dass er wütend war darauf, dass so wenige Schuldige der Krise zur Rechenschaft gezogen wurden. Er wechselte den Kanal. Auf jenem zeigten sie kurze Videos. Den Leuten in den kleinen Filmchen passierte so allerlei Lustiges und schnell hellte sich Pablo's Miene wieder auf.

„Hier zeigen sie immer die lustigsten Videos aus dem Internet. Nicht sehr anspruchsvoll, aber sehr unterhaltsam und einfach, vor allem wenn man müde und verkatert ist." Er zwinkerte in John's Richtung. Dieser nickte nur, auch wenn er weder Internet noch verkatert verstanden hatte. Das Wort Internet hatte er schon mehrfach gehört. Grob wusste er zwar, was es war, aber dieses Ding schien doch deutlich wichtiger für die Menschen, als er bisher gedacht hatte. Da wollte er unbedingt mehr darüber erfahren. Jim, von der letzten Mission, hatte ihm hierzu nichts erzählt. Es schien also etwas Neues zu sein, was für seinen Planeten durchaus interessant sein könnte.

Donnerstag, 29. Mai – 10:02 Uhr

„Soy americano." (ich bin Amerikaner) aber „estoy cansado" (ich bin müde). John saß mit einem Becher Kaffee in der Cafeteria der Sprachschule. Er fühlte sich prächtig, nachdem er eine lange Nacht mit viel Schlaf gehabt hatte. Pablo hatte sich zeitig verabschiedet und John war kurz darauf fest eingeschlafen. Jetzt schaute er angestrengt in sein Textbuch. Er versuchte den Unterschied der beiden Verben „ser" und „estar" zu verstehen. Im Englischen gab es dafür nur ein Wort: „sein". Ebenso in den wohl allermeisten anderen Sprachen; nur die Spanier, die brauchten dafür zwei verschiedene Wörter. Und natürlich konnte man die nicht einfach beliebig austauschen. Nein. Jedes Verb hatte seine feste Verwendung. Alles nicht so einfach. John's Sprachlehrer hatte sich ebenfalls einen Kaffee geholt und ging nun an seinem Tisch vorbei. Er schaute John über die Schultern und grinste.

„Jaja. Das Konzept mit ‚ser' und ‚estar', das verwirrt viele, die Spanisch lernen wollen. Aber schau, eigentlich ist es gar nicht so kompliziert."

Er setzte sich zu John und fing an zu erklären.

„Ganz grob gesagt verwendest du ‚ser', wenn etwas fest und länger anhaltend ist, wie zum Beispiel deine Religion, deine Nationalität, dein Beruf oder Angaben zu deinem Äußeren. Wenn du dagegen eher auf den momentanen Zustand von Personen oder Sachen eingehen willst, dann benutzt du ‚estar'. Also zum Beispiel, wenn du sagen willst, dass die Suppe heiß ist, dass deine Frau schwanger ist, dass du traurig bist oder dass deine Eltern gerade in Frankreich sind. Das alles ist normalerweise nicht dauerhaft. Verstehst du?"

„In diesem Fall klingt das recht einfach, aber es gibt da ja auch noch so einige komische Dinge. Wenn ich zum Beispiel sagen möchte, dass ich glücklich bin. Wie mache ich das?"

„In der Tat ist es hier nicht ganz so einfach. Du könntest beide Formen benutzen. Mit ‚ser' drückst du aus, dass du generell eine glückliche und zufriedene Person bist. Mit ‚estar' sagst du, dass du jetzt im Augenblick glücklich bist. Vielleicht weil du eine schöne Frau gesehen hast." John's Lehrer schmunzelte. John fragte:

„Und wie funktioniert das mit dem Adjektiv ‚rico'?"

„Auch ein interessanter Fall. Es gibt einige Wörter, die haben zwei verschiedene Bedeutungen, je nachdem ob du sie mit ‚ser' oder mit ‚estar' verwendest. ‚Rico' mit ‚ser' bedeutet dann, dass jemand reich ist. ‚Rico' mit ‚estar' bedeutet so viel wie ‚lecker', zum Beispiel das Essen ist lecker. Du hast Recht. Wahrscheinlich ist die Unterscheidung ‚ser' und ‚estar' für euch Ausländer doch nicht so einfach."

Der Lehrer nahm einen Schluck Kaffee, erhob sich und ging weiter in Richtung Klassenraum.

Am Nebentisch saß eine junge Frau mit zwei Männern. Diese hatten die Unterhaltung mitbekommen und sahen die fragenden Blicke von John. Die Frau meinte freundlich: „Manchmal kann Spanisch ganz schön kompliziert sein." Sie lächelte. „Aber du musst zugeben, dass Englisch auch nicht immer logisch ist, vor allem nicht, was die Aussprache angeht." John lächelte zurück.

„Stimmt."

Die Frau, vermutlich eine Studentin, fuhr fort:

„Bis man eine Sprache richtig kann, muss man sehr viel Gefühl für sie entwickeln. Und das braucht Zeit. Du wirst später noch lernen, dass wir im Spanischen sehr viele Wörter für Gefühle haben, für die es oft in anderen Sprachen gar keine Übersetzung gibt. Ihr sagt zum Beispiel einfach: ‚ich bin müde'. Im Spanischen hingegen gibt es hingegen die Möglichkeit zu unterscheiden, ob man jetzt eher körperlich müde ist oder eher geistig, vom Kopf her müde ist. Vermutlich lernt man solche Dinge nicht im Unterricht oder aus dem Wörterbuch. Dafür braucht es schon länger."

John lauschte interessiert und die junge Spanierin sprach weiter.

„Was du vermutlich schon beobachten konntest, sind so ein paar typische Verhaltensweisen von uns Spaniern beim Sprechen. Wir reden viel, wir sprechen ziemlich laut und oft auch durcheinander. Damit uns die anderen dann wahrnehmen, sprechen wir einfach noch lauter und so schaukelt sich das dann hoch. Zu alldem sprechen wir auch noch schnell, was es dann für viele Ausländer noch schwieriger macht, unseren Unterhaltungen zu folgen. Wenn du höflich wartest, bis andere ausgesprochen haben, um selbst zu Wort zu kommen, dann wartest du vermutlich ewig und kommst nie zum Zug. Eine Freundin aus Deutschland hatte mich einmal gefragt, ob wir uns gerade streiten würden, als wir uns in einer Gruppe mit Spaniern etwas lauter unterhielten und uns ständig ins Wort fielen. Dabei hatten wir uns nur über unseren letzten Urlaub unterhalten."

„Es gibt ja auch die Theorie, dass die Deutschen sich nur deshalb so geduldig und diszipliniert zuhören, weil bei denen das Verb oft am Ende des Satzes steht. Deshalb muss man abwarten bis zum Schluss, damit man überhaupt weiß, was der andere sagen will."

Die drei Studenten kicherten.

„Und neben all diesen Verhaltensweisen beim Sprechen gibt es natürlich diese große Anzahl an Sprichwörtern oder Redensarten", fügte der andere der beiden Studenten hinzu.

„Diese verwenden wir sehr häufig. Allerdings ist es für einen Nicht-Muttersprachler dann sehr, sehr schwierig, den Sinn zu verstehen, da eine einfache Übersetzung der Wörter keinen Sinn macht. Zum Beispiel, wenn einer sagt: ‚esto es pan comido' (wörtlich: das ist gegessenes Brot), meint er, dass etwas ein Kinderspiel war, also sehr einfach. Oder wenn jemand sagt: ‚no se pueden pedir peras al olmo' (wörtlich: man kann keine Birnen von der Ulme verlangen), ist gemeint, dass man nichts Unmögliches verlangen kann. Man hört auch oft, dass jemand hier sagt: ‚esta persona tiene mucho morro' (wörtlich: diese Person hat viel Schnauze/Lippe). Was damit gemeint ist, ist die Tatsache, dass diese Person frech oder gar unverschämt ist. Und so könnte ich hier noch lange weitermachen. Das Spanische hat sehr viele solcher Ausdrücke. Mit Sicherheit ist das eines der kompliziertesten Dinge in unserer Sprache."

„Das glaube ich auch" bestätigte der erste Student.

„Und um wirklich richtig Spanisch zu sprechen, brauchst du natürlich einen Schuss Derbheit. Oft drücken wir uns nicht sehr fein aus, sondern benutzen deftigere Wörter. Für Ausländer klingt das dann total hart oder feindselig, aber meistens meinen wir das nicht so und bei uns kommt das auch anders an.

Stell Dir einfach einmal vor, was ein Chef zu einem Mitarbeiter sagt, der gerade eine Arbeit erledigt hat, die, sagen wir mal, nicht zur Zufriedenheit erfüllt wurde.

‚Joder! Pero qué puta mierda has hecho? Eres tonto o qué demonios te pasa, coño!? Llevas toda tu puta vida aquí trabajando y nunca aprenderás!'

Wortwörtlich übersetzt heißt ‚puta' ja ‚Nutte' und ‚coño' bedeutet ‚Fotze'. Also das klingt schon echt hart. Im Zusammenhang wäre das in deiner Sprache dann ungefähr:

‚Scheiße! Was für eine verdammte Kacke hast du denn da gemacht? Fuck ey, bist du saudoof oder was zum Teufel ist los mit dir? Da arbeitest du dein ganzes verdammtes Leben hier und wirst es wohl nie lernen!' "

John blickte ihn mit versteinerter Miene an.

„Bei diesem Thema könnten wir dir jetzt noch viel erzählen. Du solltest unbedingt ein paar dieser ‚palabrotas', also Schimpfwörter, lernen. Davon haben wir reichlich und wie du siehst verwenden wir sie auch häufig." Die junge Frau lachte. „Bei den Wörtern, die wir da so haben, da wäre ‚Arschloch' fast noch als Lob zu verstehen."

Jetzt lachten auch die beiden Jungs. John ließ sich vom Lachen der drei anstecken.

Dann blickte er auf die Uhr, stand auf und verabschiedete sich von den dreien. Die Pause war schon seit 2 Minuten zu Ende und John beeilte sich, in seinen Unterrichtsraum zurückzukommen.

Das Lachen dieser Gruppe erinnerte John an eine andere Szene aus seiner Vergangenheit. Es war eine andere Gruppe gewesen, die dort über ihn oder mit ihm gelacht hatte. Er suchte in seinen Erinnerungen und langsam baute sich die Szene wieder vor seinen Augen zusammen. In jener Nacht, in der er María kennengelernt hatte und auf dem Nachhauseweg dann bestohlen worden war, da war noch mehr passiert. Die Gruppe junger Leute, bei denen auch der Kerl dabei war, der später mit ihm gebadet hatte, diese Gruppe hatte gelacht. Nachdem die Mädels und Jungs John getröstet hatten, nachdem dieser bestohlen worden war, wollten sie ihn etwas aufheitern.

„Auf geht's, mein Freund. Lass uns etwas trinken gehen, damit du das Ganze vergisst. Du hast zwar jetzt kein Geld mehr, aber wir schon und wir laden dich ein."

John wollte sich dagegen wehren. Eigentlich hatte er gar keine Kraft mehr, und Lust schon gar nicht, jetzt noch mit dieser Gruppe um die Häuser zu ziehen. Seine Gegenwehr war jedoch nur halbherzig und so hatte die Gruppe leichtes Spiel. Eine der jungen Frauen hatte ihren Arm um John's Schulter gelegt.

„Na komm schon. Ein wenig Ablenkung wird dir gut tun. Lass uns noch ein wenig Fiesta machen!"

Was dann kam, damit hatte keiner aus der Gruppe gerechnet. John auch nicht, aber er konnte sich jetzt wieder ganz genau daran erinnern. Dieser Arm um seine Schulter, diese Berührung eines menschlichen Körpers, hatte ihm Angst eingejagt. Würde sein Körper wieder überhitzen? Er hatte sich also befreit von diesem Arm und was dann folgte, hatte dieses Lachen der Gruppe erzeugt, an das sich John eben wieder erinnerte. Die Mischung aus Angst, Panik, Alkohol und Gedanken an die Flamenco-Show ließ John einen wilden Tanz vorführen. John selbst wusste nicht mehr, wie, geschweige denn, warum er das getan hatte. Aber er hatte es getan. Mitten auf der Straße, vor den Augen der 5 Freunde. John hatte getanzt. Er hatte wilde Bewegungen vollführt im Stehen, Sitzen und Liegen. Minutenlang hatte seine Vorführung gedauert und die jungen Leute hatten sich vor Lachen kaum mehr auf den Beinen halten können. Ohne Kenntnis der ganzen Vorgeschichte, mussten sie gedacht haben, dass allein das Wort ‚fiesta' in John all diese

Emotionen ausgelöst hatte. Sie amüsierten sich wunderbar und spendierten John daraufhin nicht nur 1 Bier, sondern gleich 3.

John konnte sich nicht mehr erinnern, wie lange er sich noch mit der Gruppe unterhalten hatte oder über was, aber an einem Punkt hatten sie sich dann voneinander verabschiedet. Von allen, außer eben diesem jungen Mann, der später mit John im See schwamm. Dieser wollte ihn zu sich nach Hause nehmen, da John sich nicht mehr an den Namen seines Hotels hatte erinnern können, und die 5 Freunde ihm auch nicht mehr zutrauten, allein dort hin zu finden.

Sie nahmen also ein Taxi. Der junge Mann gab dem Taxifahrer den Straßennamen und ergänzte noch die nächstgelegene Metro-Station, ‚Lago'. Daran konnte sich John jetzt wieder genau erinnern, denn nach seinen wilden Tänzen vor den Augen der Freunde war es John sehr warm geworden. Ein wenig Abkühlung würde ihm also gerade recht kommen und als dann das Wort ‚lago', also ‚See' fiel, da dachte John sofort an eine angenehme Erfrischung. Kaum hatte er seinem Begleiter diesen Vorschlag unterbreitet, war dieser auch schon vollauf begeistert. Er hatte ein paar Worte in Richtung Taxifahrer gemurmelt und kurz darauf hatte jener sie ganz in der Nähe eines Sees abgesetzt.

So also war John zu diesem See gelangt. Und was dann passierte und warum er morgens in einem Park aufgewacht war, das wusste er ja bereits.

Donnerstag, 29. Mai – 13:37 Uhr

Während der Pause im Sprachunterricht hatte sich bei John noch alles um das Thema ‚spanische Sprache' gedreht. Mit der Motivation, dieses Thema um die beiden Verben ‚ser' und ‚estar' ein für alle Mal zu verstehen, war er nach der Pause zurück in den Unterricht gegangen. Doch es hatte nicht lange gedauert und sein guter Vorsatz wurde jäh zunichte gemacht. In einer Übung war der Name María aufgetaucht und John hatte unweigerlich an die anmutige Tänzerin denken müssen. Von diesem Augenblick an war sie ihm nicht mehr aus dem Kopf gegangen. Er hatte versucht, sich auf den Lernstoff zu konzentrieren, doch María hatte in seinen Gedanken getanzt, sie hatte ihn freundlich angelächelt mit ihren großen Augen und sie hatte ihm zugewinkt. Je mehr John sich bemüht hatte, nicht an sie zu denken, umso stärker hatte sich María wieder in seinen Kopf zurückgekämpft.

Jetzt war John auf dem Weg zurück zum Hotel und die Gedanken an María ließen ihn nicht mehr los. Er kramte in seinen Taschen und zog einen kleinen Zettel hervor. 9 Ziffern standen darauf und darunter die Worte ‚María' und ‚Flamenco'. Daneben war ein ☺ abgebildet. John wollte sie unbedingt wieder sehen. Sie würde ihm vielleicht nie wieder aus dem Kopf gehen. Er malte sich aus, wie er mit dem reparierten Raumschiff wieder auf seinen Planeten zurückflog und dabei immerfort an dieses hübsche Wesen denken musste. Er musste sie noch einmal treffen, bevor er wieder nach Hause fliegen würde. Aber wie sollte er sie anrufen? Dieses merkwürdige Gerät, mit dem sich hier alle unterhielten, hatte er ja nicht. Und mit seiner Kugel konnte er allenfalls Leute von seinem Planeten anrufen. Er musste sich also irgendwie so ein Handy, wie es die Menschen nannten, besorgen. Fast alle hier hatten so ein Gerät. Er beobachtete die Leute auf der Straße. Viele liefen mit diesem Ding am Ohr herum und sprachen hinein. Bei anderen gingen Kabel von dem Handy zu den Ohren und sie redeten einfach so vor sich hin, als ob sie sich mit niemanden, außer sich selbst, unterhalten würden. Wieder andere hatten das Gerät vor sich und tippten darauf herum, ohne zu sprechen. Sie saßen einfach nur da und schauten auf das Display. John hatte keine Ahnung, was sie da machten. Offensichtlich diente das Gerät nicht nur dazu, mit anderen zu sprechen.

Auch hatte er schon Gruppen gesehen, in denen mehrere Leute gemütlich zusammensaßen, vor sich ein Glas Bier oder Wein, und jeder für sich drückte auf seinem Handy herum. Für seine Mission bei der Erforschung des technologischen Fortschritts der Menschen könnte ihm ein solches Gerät mit Sicherheit weiterhelfen. Und natürlich auch dabei, mit María Kontakt aufzunehmen.

John hatte ein großes Verlangen danach, so schnell wie möglich mit María zu sprechen. Er brauchte dieses Handy also dringend. Ein paar Meter vor sich beobachtete er eine Frau, die gerade telefoniert hatte und nun dabei war, ihr Mobiltelefon in ihrer Handtasche zu verstauen, die ihr über die Schulter hing. John ging ein wenig rascher, um ihr näher zu kommen. Meter für Meter kam er näher an sie heran. Die Frau schien es eilig zu haben, denn sie nahm sich nicht die Zeit, ihre Tasche wieder zu verschließen. Stattdessen lief sie rasch, den Blick nach vorne gerichtet, auf die nächste Straßenkreuzung zu. John lief hinter ihr, leicht nach rechts versetzt, wo die Frau ihre Handtasche trug. Mittlerweile hatte er sich ihr bis auf 5 Meter genähert. John blickte sich um. Direkt hinter ihm waren keine Leute. Erst in größerem Abstand folgte eine Gruppe grauhaariger Herren in feinen Anzügen, die offensichtlich auf dem Weg zum Mittagessen waren. Er schaute wieder nach vorne. Sie kamen jetzt der Kreuzung immer näher. John hatte den Abstand zwischen sich und der Frau noch einmal halbiert. Inzwischen hatte er sogar Einblick in die Tasche und konnte sehen, dass das Handy ganz oben lag, gebettet auf einer Reihe kleinerer Utensilien, die John nicht genau erkennen konnte. John war völlig ruhig. Noch 20 Meter bis zur Kreuzung. Die Fußgängerampel schaltete auf Rot. Der Frau entwich ein Wort. Vermutlich eines dieser vielen Schimpfwörter, das die Spanier in ihrem Wortschatz hatten, dachte John. Die Autos fuhren an und der Verkehr floss über die Kreuzung. Die Frau vor ihm drosselte etwas ihr Tempo, bis sie schließlich an der Ampel angekommen war und anhielt. John stand jetzt eine Armlänge entfernt schräg hinter ihr. Er streckte seine linke Hand aus. Genau in diesem Moment jedoch drehte die Frau ihren Kopf nach rechts. John wusste nicht, ob sie seinen ausgestreckten Arm gesehen hatte oder ob sie rein zufällig nach rechts schaute. Tatsache war, dass sie dabei im Augenwinkel auch eine Bewegung John's gesehen haben musste. Natürlich hatte John seinen Arm sofort wieder zurückgezogen, aber etwas hatte die Frau bemerkt. Sie schaute ihm durch ihre dunkle Sonnenbrille in die Augen. Zwar konnte er ihre Augen nicht sehen, aber er spürte sie. Dann wanderte ihr Blick auf ihre Tasche. Mit einer schnellen Bewegung schloss sie den Reißverschluss der Tasche und zog sie vor sich an den Bauch. John's Herzschlag war nun etwas schneller. Noch einmal drehte sich die Frau zu ihm um. Dann schaltete die Ampel auf Grün und sie eilte mit großen Schritten über die Straße. John atmete erleichtert auf und überquerte die Kreuzung ebenfalls. Nun aber deutlich langsamer. Sein Plan war gescheitert. Der Gedanke an María jedoch hielt ihn davon ab, jetzt sofort aufzugeben. John hielt Ausschau nach weiteren Leuten mit einem Handy, was nicht schwer war. Viel schwerer war es schon, Menschen auszumachen, die ein Handy hatten und unaufmerksam waren. Ein Mädchen, sie schien noch keine 15 Jahre alt zu sein, ging an ihm vorbei und tippte eifrig auf ihrem Handy herum. John überlegte einen Augenblick, ob er nicht einfach ihr das Handy entreißen sollte und sich damit auf und davon machen sollte. Er selbst war sportlich und hatte in seiner Ausbildung viel trainiert. Das Mädchen würde ihn nicht einholen können und außerdem wäre sie im ersten Augenblick wahrscheinlich erst einmal zu erschrocken, um reagieren und ihm nachrennen zu können. Diesen Plan verwarf John aber schnell wieder. Zum einen schien ihm das Mädchen zu jung und zu unschuldig, als dass er ihm Angst einjagen wollte. Vielleicht war auch ihr Name María und vielleicht würde ja auch sie irgendwann so toll tanzen wie die erwachsene María. Zum anderen hatte er auch schlichtweg keine Lust, schon wieder rennend durch die Straßen Madrids zu hetzen wie an seinem ersten Tag.

Er ging weiter. Auf einem Bänkchen im Schatten saßen zwei ältere Damen und unterhielten sich. Die eine hatte ihre Handtasche auf ihrem Schoß und hielt sie mit beiden Händen fest. Die andere jedoch hatte ihre Tasche neben sich auf dem Bänkchen abgestellt. Das Bänkchen war mit Blickrichtung zum Gehweg ausgerichtet, mit dem Rücken zur Straße. Allerdings war zwischen Bank und Straße noch gut ein Meter Platz. Mehr als genügend also, um hinter der Bank vorbeigehen zu können. Und genau das machte John. Ein kurzer prüfender Blick zeigte, dass ihn niemand beobachtete. Er war jetzt auf Höhe der Tasche. Direkt hinter dem Rücken der beiden Damen, die ihn aufgrund ihrer angeregten Unterhaltung anscheinend gar nicht bemerkten. Ein rascher Griff genügte, um die Tasche der Dame unbemerkt an sich zu nehmen. Dann lief John flink bis zur Kreuzung und bog um die Ecke. Zur Sicherheit schaute er sich nochmals um, bevor er die Tasche öffnete. Er kramte in der Tasche, doch zu seinem Ärger fand er nichts. Das heißt, er fand schon so allerlei, aber eben kein Handy. War das die einzige Person in Madrid, die ohne Handy unterwegs war? Neben Papiertaschentüchern, einem Schlüsselbund und einer Geldbörse fand er auch einen kleinen Regenschirm. Warum zum Teufel trug diese Dame einen Regenschirm mit sich herum, wo hier doch immer die Sonne schien? John schüttelte verwirrt den Kopf. Die Tasche aber, mitsamt komplettem Inhalt, stellte er an der nächsten Hauswand ab. Er wollte nur ein Handy. Der Rest interessierte ihn nicht. Wieder kein Erfolg.

Auf der Terrasse einer Bar auf der anderen Straßenseite war Hochbetrieb. Es war Mittagessenszeit und das im Vergleich zu den letzten Tagen eher kühlere Wetter lockte die Menschen nach draußen. Vielleicht konnte John dort ein Handy ausfindig machen. Er ging hinüber und scannte die Situation Tisch für Tisch. An einem der hinteren Tische am Rand saß ein Herr, das schwarze Haar streng nach hinten gekämmt. Er trug einen dunklen Anzug, dazu ein weißes Hemd und eine blaue Krawatte. Seine Brille war groß mit dicken schwarzen Rändern. Der Mann saß allein am Tisch und las Zeitung. Möglicherweise war er einer dieser Banker, von denen Pablo ihm am Vorabend so viel Schlechtes berichtet hatte im Zusammenhang mit den Zwangsräumungen der Wohnungen. Plötzlich nahm er die Zeitung zur Seite und griff nach einem Gegenstand, der auf dem Tisch lag. Er warf einen Blick darauf, tippte mit einem Finger darauf und führte den Gegenstand dann zum Ohr. Jetzt erst erkannte John, dass es sich um ein Handy handelte. Der Mann telefonierte einige Sekunden lang. Dann legte er sein Telefon wieder zurück auf den Tisch, wo ebenfalls seine Geldbörse lag. Er griff wieder zur Zeitung und schien nun wieder voll darin vertieft zu sein. Das war John's Chance. Er näherte sich dem Tisch des Mannes. Als er näher kam, öffnete er seinen Rucksack einen Spalt weit, griff mit einer Hand hinein und tastete nach etwas. Er brauchte einen Augenblick, doch dann hatte er gefunden, was er gesucht hatte. Genau in diesem Moment jedoch hatte der Mann sich erneut sein Handy geschnappt. Er tippte ein paarmal auf dem Display herum. John hielt inne, die eine Hand immer noch im Rucksack versteckt haltend. Der Mann am Tisch legte sein Handy wieder zurück auf den Tisch. Wie zuvor las er jetzt wieder in der Zeitung. Mit ein paar Schritten näherte sich John rasch von der Seite her dem Tisch des Geschäftsmannes. Der jedoch nahm ihn nicht wahr. Er war zu sehr auf das Lesen konzentriert. Kurz bevor John den Tisch erreicht hatte, zog er die Hand aus seinem Rucksack. Hervor kam eine kleine Spraydose. Beim Passieren des Tisches sprühte er ein- zweimal gezielt auf Handy und Geldbörse des Mannes. Das Geräusch, das er dabei verursachte war so leise, dass der Mann nichts davon bemerkt hatte. John war inzwischen schon beim nächsten Tisch, aber ein Blick zurück zeigte ihm, dass beide Gegenstände vom Tisch des ahnungslosen Zeitungslesers verschwunden waren. Auch von den Gästen im Umfeld hatte keiner etwas bemerkt. Zu sehr waren sie in ihre Gespräche vertieft. John hatte die Spraydose sofort wieder im Rucksack verschwinden lassen und hatte die Terrasse des Restaurants wieder verlassen. Er hatte sich zurückgezogen und wartete nun in einiger Entfernung, was passieren würde.

Tatsächlich musste er nicht lange warten und der Geschäftsmann legte die Zeitung wieder beiseite, um nach seinem Handy zu greifen. Und dann bemerkte er, dass da auf dem Tisch vor ihm kein Handy lag. Er schaute einen Augenblick verdutzt drein und griff sich mit der Hand an Hosen- und Jackettasche. Dann schaute er noch einmal auf den Tisch und stieß einen lauten Fluch aus. Er stand vom Tisch auf, blickte in alle Richtungen, konnte aber nichts Auffälliges entdecken. Ein paar der anderen Gäste an den umliegenden Tischen schauten ihn an.

„Verflucht. Man hat mich beklaut.", schrie der Mann aufgebracht. „Was für eine Scheiße!"

Er war nun sehr wütend, schnappte seine Zeitung und ging durch die Tischreihen auf den nächsten Kellner zu. Immerzu kamen neue Schimpfwörter über seine Lippen. Viele der Restaurantgäste blickten ihm nach und tuschelten an ihren Tischen. John aber nutzte diesen Moment, in dem die ganze Aufmerksamkeit dem Geschäftsmann galt. Zügig näherte er sich dem leeren Tisch. Mit der einen Hand griff er nach der Speisekarte, so als ob er sich einfach nur über die Auswahl des Essens und über die Preise informieren wollte. Mit der anderen Hand jedoch, die in seinem Spezialhandschuh steckte, griff er an die Stelle, an der vorher Handy und Geldbörse gelegen hatten. Blitzschnell ließ er beide Gegenstände in seiner Hosentasche verschwinden. Dann legte er die Speisekarte wieder zurück und verließ die Terrasse.

Rund 50 Meter weiter weg holte John das Handy aus der Tasche. Zu groß war sein Bedürfnis jetzt, endlich die Stimme von María zu hören. Das Display des Telefons leuchtete noch. Da war Text zu sehen, eine Nachricht, wahrscheinlich der Grund, warum der Mann zuvor so eifrig getippt hatte. John hatte noch nie ein Handy bedient, aber nach ein paar Sekunden hatte er es irgendwie geschafft, dass ein Zahlenfeld auf dem Display auftauchte. John gab die neunstellige Telefonnummer von María ein, die er inzwischen schon auswendig kannte, da er den Zettel bereits so viele Male angeschaut hatte.

Ein Freizeichen erklang und dann meldete sich eine Stimme: „Hola."

Allein dieses eine Wort genügte, um bei John ein Lächeln auf die Lippen zu zaubern. Vor seinem geistigen Auge stand sie direkt vor ihm, die schöne Flamenco-Tänzerin María.

„Hola. Wer ist dran?" María's Stimme klang hell und freundlich mit einer Spur Neugierde.

„Ähm, ich bin's, John. Du weißt schon, der Amerikaner. Wir …" Weiter kam er nicht, denn María unterbrach ihn.

„Hey John. Schön, dass du dich meldest. Wie geht's?"

Sie hatte ihn offensichtlich noch nicht vergessen. Zudem hatte John nicht das Gefühl, dass sein Anruf bei ihr ganz unerwartet kam.

„Alles in Ordnung. Hatte gestern einen etwas anstrengenden Tag. Deswegen habe ich mich nicht gemeldet."

„Das macht doch nichts. Du hast dich ja jetzt gemeldet. Bist du vorgestern noch gut nach Hause gekommen?"

„Nach Hause? Ja, klar. Sicher doch", log John. Er wollte ihr auf keinen Fall die Wahrheit erzählen, jedenfalls jetzt nicht am Telefon.

„Naja, frag ja nur. Du hattest ja doch ganz schön was getrunken." Sie lachte leise.

Vor John tauchten jetzt wieder ein paar Erinnerungen auf vom Treffen mit ihr, wie sie beide mit ihren Cocktails dasaßen, sich amüsierten und sich über Gott und die Welt unterhielten. Er konnte nicht länger warten und er wollte auch nicht. Es brach förmlich aus ihm heraus.

„María, können wir uns nochmals sehen? Morgen vielleicht?"

María schien einen Augenblick irritiert von der Frage, doch dann kam ihre Antwort.

„Ja, klar. Ich fand's sehr nett vorgestern. Es war ein sehr schöner Abend. Morgen bin ich allerdings schon mit ein paar Freunden verabredet, aber wenn du Lust hast, können wir uns heute sehen, falls das nicht zu kurzfristig ist. Heute habe ich nämlich meinen freien Abend. Was meinst du? Um 20 Uhr an der Puerta del Sol?"

Ohne lange zu überlegen, stimmte John sofort zu. Er war sehr erleichtert, denn nun wusste er, dass er sie zumindest noch einmal vor seiner Abreise sehen würde.

Sie verabschiedeten sich voneinander und als María aufgelegt hatte war John bester Laune. Er konnte sein Glück noch gar nicht richtig fassen. Jedoch sollte sich seine Stimmung in kürzester Zeit verändern, denn unweit von ihm braute sich Unheil zusammen.

8. Wenn es einmal schief läuft

Donnerstag, 29. Mai – 14:05 Uhr

Enrique verließ den kleinen Kiosk, der sich in einem Block Entfernung vom Hotel des Amerikaners befand. In seinen Händen hatte er eine Flasche Cola, ein kleines Baguette und eine Packung Käse. Das war sein Mittagessen. Immerhin hatte er im Laufe des Vormittags genügend Geld dafür zusammengesammelt. Außerdem hatte er ja noch ein paar Euro von diesem Amerikaner in der Tasche, die er für Notfälle bei sich trug. Mit den Händen riss er das Baguette auf und begann es mit dem Käse aus der Packung zu belegen. Was war nur mit diesem seltsamen Amerikaner? Am Anfang schien er ihm völlig normal, der typische Tourist mit Geld eben. Dann aber war dieser immer merkwürdiger geworden. Er lief vor ihm weg bis zur Erschöpfung. Als er ihm dann half, da zeigte er kaum eine Spur von Dankbarkeit.

Im Gegenteil, er wich ihm sogar noch mehr aus. Er ging ihm aus dem Weg, so wie gestern vor dem Hoteleingang. Enrique hatte sich nur bei ihm erkundigen wollen, ob wieder alles in Ordnung war mit seinem Kreislauf. Gut zwei Stunden hatte er vor dem Hotel auf John gewartet und plötzlich hatte er ihn dann aus dem Augenwinkel gesehen, wie er zur Eingangstür gerannt und darin verschwunden war. Und er musste ihn gesehen haben. Da war sich Enrique ganz sicher. Er hatte ihm einen Augenblick lang direkt in die Augen geschaut. Was hatte dieser Kerl zu verbergen?

Am Anfang hatte sich Enrique in der Tat nur des Geldes wegen für John interessiert. Er hatte in ihm einen spendablen Touristen gesehen. In den letzten Tagen jedoch hatte sich dies verändert. Jetzt wollte er verstehen, was dieser Amerikaner in Madrid machte. Enrique hatte schon viele Touristen erlebt, darunter auch viele sehr merkwürdige mit teilweise sehr interessanten Verhaltensweisen, aber so jemanden wie John hatte er noch nie gesehen.

Dazu dieses Gespräch mit der leuchtenden Kugel, das Enrique aufgezeichnet hatte. Da ihn interessierte, um welche Sprache es sich dabei handelte, hatte er diese Tonaufzeichnung einer Bekannten geschickt, die an einem Sprachinstitut arbeitete. Diese wollte ihm dabei helfen, die Sprache zu identifizieren. Heute Vormittag jedoch hatte sie Enrique geschrieben, dass es ihr und ihren Kollegen leider nicht gelungen war, herauszufinden, um welche Sprache es sich handelte. Vieles konnte ausgeschlossen werden. Die Vermutung der Experten war deshalb, dass es sich um eine eigene Sprache einer Minderheit oder eines abgelegenen Volksstammes handelte. Gerne würden sie daran weiterforschen und andere Institute miteinbeziehen.

Ein Amerikaner, der sich in einer unbekannten Sprache unterhielt, mit einem unbekannten Gerät, das war doch sehr dubios.

Enrique hielt Ausschau nach einem geeigneten Platz, um in Ruhe sein Baguette zu essen. Nicht weit entfernt sah er ein paar Treppenstufen, direkt am Gehweg. Für seine Zwecke ein ausreichend komfortabler Ort, um sich zu stärken. Er nahm einen großen Bissen von seinem Baguette und spülte ihn mit einem Schluck Cola hinunter. Währenddessen beobachtete er das Treiben vor sich auf dem Gehweg und der Straße. Sein Blick folgte einem Sportwagen, der durch sein lautes Röhren Aufmerksamkeit erzeugte. Direkt hinter dem vorbeifahrenden Sportwagen ging eine Person auf dem Gehweg auf der anderen Seite der Straße. Kein Zweifel. Es handelte sich um den Amerikaner. Wahrscheinlich war er auf dem Weg zu seinem Hotel, das ja ganz in der Nähe lag. Enrique beobachtete ihn genau und vergaß dabei sogar das Baguette in seiner Hand. Interessiert beäugte er jede Bewegung dieses seltsamen Touristen. Dieser schien auf der Suche nach einem freien Tisch zu sein, denn er spazierte an mehreren Tischen eines Straßencafés vorbei. Für einen Augenblick hatte Enrique das Gefühl gehabt, dass dieser John etwas am Tisch eines einzelnen Geschäftsmannes gemacht hatte, als ob er dort für einen Sekundenbruchteil angehalten hatte. Allerdings war Enrique zu weit weg, um genaueres erkennen zu können. Jetzt erhob sich der Geschäftsmann und blickte in alle Richtungen. Enrique konnte erahnen, dass er sehr aufgebracht war, jedoch hörte er von hier aus nicht, was er sagte. Etwas musste passiert sein und sehr wahrscheinlich hatte es mit diesem Amerikaner zu tun. Enrique stand auf und packte sein angebissenes Brot zurück in die Tüte. Er ging zum nächstgelegenen Fußgängerüberweg, ohne jedoch das Geschehen auf der anderen Seite aus dem Auge zu verlieren. Ein Bus fuhr auf der Straße vorbei und verdeckte ihm kurz die Sicht. Als er wieder freie Sicht hatte, stand der Amerikaner am Tisch des Geschäftsmannes, den dieser inzwischen verlassen hatte. Er griff nach etwas auf dem Tisch, was Enrique aber nicht erkennen konnte und steckte es rasch in seine Tasche. Dann zog der Tourist schnell von dannen. Enrique hatte inzwischen die Straße überquert. Er sah, wie der Geschäftsmann mit dem Kellner sprach und dieser immer wieder nur die Schultern hochzog. Der Amerikaner hingegen hatte sich einige Meter entfernt und telefonierte jetzt.

Enrique beschloss zum Geschäftsmann hinzugehen, um ihn direkt zu fragen, was sich da eben abgespielt hatte.

Höflich mischte er sich ins Gespräch zwischen Geschäftsmann und Kellner ein und fragte den aufgebrachten Mann nach dem Grund seiner Wut. Dieser aber entgegnete ihm unfreundlich:

„Was willst du denn hier, Bursche? Lass mich in Ruhe. Man hat mir gerade mein Handy und meine Geldbörse geklaut. Wahrscheinlich warst es zuletzt noch du."

Der Geschäftsmann musterte ihn von oben bis unten und es blieb Enrique nicht verborgen mit welcher Abscheu dieser ihn betrachtete. Dennoch ließ sich Enrique von solchen Worten nicht zurückweisen.

„Schauen Sie. Wenn Sie mir erzählen, wann und wo das passiert ist, dann kann ich Ihnen möglicherweise helfen."

Die Miene des Geschäftsmannes hellte sich etwas auf.

„Willst du damit sagen, dass du etwas gesehen hast?"

„Wie gesagt, möglicherweise. Dazu müssten Sie mir aber noch ein wenig Information geben."

Der Geschäftsmann schien überzeugt und erzählt in wenigen Sätzen, was soeben passiert war. Wie er zunächst noch telefoniert hatte, dann noch eine Nachricht mit dem Handy verschickt hatte, wie er das Handy wieder auf den Tisch gelegt hatte neben die Geldbörse und wie beides dann plötzlich weg gewesen war. Freilich hätte ihm die Zeitung den direkten Blick auf Handy und Geldbörse verdeckt, aber dennoch würde er es ja merken, wenn plötzlich jemand etwas von seinem Tisch klauen würde.

Enrique sagte nichts, dachte aber bei sich, dass in Madrid wohl kein vorsichtiger Mensch jemals sein Hab und Gut an einem öffentlichen Ort einfach so rumliegen lassen würde. Selbst dann nicht, wenn er sich direkt daneben befand. Die Diebe heutzutage waren einfach zu schnell und zu geschickt. Ein, zwei Sekunden Unachtsamkeit wurden sofort bitter bestraft. Stattdessen sagte Enrique:

„Vorher habe ich beobachtet, wie ein Mann an ihrem Tisch vorbeilief. Haben Sie diesen bemerkt?"

„Hmm. Ich habe aus dem Blickwinkel gesehen, dass jemand vorbeigegangen ist. Das schon. Jedoch habe ich nichts Ungewöhnliches wahrgenommen. Hat der mich etwa bestohlen?"

„Nun. Mit Sicherheit kann ich das nicht sagen, da ich weit weg war und dadurch nicht alles so genau sehen konnte. Wenn dieser Herr jedoch die einzige Person war, die in den letzten paar Minuten an Ihrem Tisch vorbeigegangen ist, dann ist die Wahrscheinlichkeit schon sehr hoch, dass er es war, oder?"

Der Geschäftsmann stimmte ihm zu.

„Hast du gesehen, wo der Dieb hingegangen ist?"

„In der Tat." An dieser Stelle zögerte Enrique kurz. Er wurde sich bewusst, dass er nun diesen Amerikaner verdächtigte und das, obwohl er nicht ganz sicher sagen konnte, dass dieser tatsächlich der Dieb war. Was, wenn dieser völlig unschuldig war? Andererseits war ihm der Amerikaner ja zuletzt immer unsympathischer geworden. Wenn er nicht der Dieb war, dann würde er sich ja schon zu verteidigen wissen. Außerdem zog Enrique auch die Möglichkeit in Betracht, dass der Geschäftsmann ihn für seine Hilfe mit etwas Geld belohnen könnte.

„Ja und? Wo ist er hingegangen? Wie sieht er aus? Sag schon."

Enrique zeigte in die Richtung, in die John gegangen war, nachdem er vom Tisch des Geschäftsmanns weggelaufen war. Dort, keine 100 Meter entfernt stand der Amerikaner und telefonierte.

„Sehen Sie den Mann dort vorne? Der mit dem Rucksack, der gerade telefoniert. Ich bin mir ziemlich sicher, dass der Ihre Sachen hat. Vielleicht telefoniert er ja sogar in diesem Augenblick mit Ihrem Handy."

Der Geschäftsmann wirkte irritiert.

„Danke für den Hinweis. Eines verstehe ich allerdings nicht. Wenn er wirklich meine Sachen hat, warum befindet er sich dann immer noch in der Nähe? Eigentlich würde man vermuten, dass er sich schnellstmöglich aus dem Staub macht, oder nicht?"

Enrique zuckte mit den Achseln. Natürlich hatte der Geschäftsmann damit Recht. Ein professioneller Dieb würde den Tatort wohl so schnell wie möglich wieder verlassen, aber dieser Tourist war seltsam. In jeglicher Hinsicht, in seinem ganzen Handeln. Enrique war fest davon überzeugt, dass John die beiden Gegenstände geklaut hatte. Er bemerkte jedoch auch, dass der Geschäftsmann seine Zweifel hatte. Schließlich machte John nicht den Eindruck, ein gemeiner Dieb zu sein.

Langsam und zögerlich ging der Geschäftsmann auf John zu. Enrique folgte ihm mit ein paar Schritten Abstand. Der Geschäftsmann versuchte anscheinend zu erkennen, ob das Handy, mit dem der Amerikaner telefonierte, seines war. Enrique hörte, wie sich John von seinem Gesprächspartner verabschiedete. Dieser nahm das Handy vom Ohr und blickte einen Moment fragend auf das Display. Der Geschäftsmann hatte freien Blick und erkannte am Aufkleber auf der Schutzhülle sofort sein Mobiltelefon in John's Händen.

„Gib mir meine Sachen zurück, du mieser Gauner!", brüllte der Geschäftsmann lautstark, während er seinen Gang beschleunigte und sich rasch John näherte.

John sah den Geschäftsmann an. Er erkannte ihn sofort. Unmittelbar hinter dem Geschäftsmann entdeckte er Enrique. Der Schreck war ihm anzusehen. Dennoch schien er sich schnell gefasst zu haben, denn bevor der Geschäftsmann bei ihm war, hatte sich John umgedreht und war losgerannt. Der Geschäftsmann hingegen hatte ganz offensichtlich nicht mit dieser Reaktion gerechnet, denn er brauchte einen Augenblick, um zu reagieren. Dann allerdings warf er seine Zeitung auf den Boden und nahm die Verfolgung auf.

Donnerstag, 29. Mai – 14:41 Uhr

John rannte so schnell seine Beine ihn trugen. Die schönen Gedanken an María und deren süßliche Stimme, die er vor wenigen

Minuten gehört hatte, waren rasch dem Schock beim Anblick der beiden Männer gewichen.

Der Geschäftsmann schien gar nicht gut gelaunt und obwohl ihn der Anzug eigentlich beim Rennen stören musste, blieb er John dicht auf den Fersen. Ein paar Menschen auf dem Gehsteig drehten sich nach den beiden Läufern um. Von hinten brüllte der Geschäftsmann Drohungen hinterher:

„Bleib stehen, du Hurensohn!...Wenn ich dich erwische, dann bring ich dich um."

John dachte aber natürlich keinen Augenblick daran, stehenzubleiben. Er rannte nur und hoffte, dass sein Verfolger irgendwann aufgeben würde. Dieser aber schien gut trainiert zu sein und zudem keineswegs gewillt, sein Handy und seine Geldbörse so einfach aufzugeben. Vielleicht hätte John ihn loswerden können, indem er einfach beide Gegenstände hinter sich auf den Gehweg geworfen hätte. Dann hätte sich der Geschäftsmann wahrscheinlich zuerst um diese bemüht und hätte möglicherweise von ihm abgelassen. John aber kam gar nicht auf diese Idee. Der Fluchtinstinkt war das einzige, was ihn antrieb. Wie bei einer Gazelle, die von einem Gepard verfolgt wird. Wenn sie es schaffte, ihn lang genug auf Distanz zu halten, so musste er irgendwann aufgeben, um nicht all seine Kraft unnötig zu verschwenden. John umkurvte Passanten auf dem Gehweg und überquerte Straßen bei Rot. Doch der Verfolger ließ sich nicht abschütteln. John war kein schlechter Läufer und er war gut trainiert, aber er wusste, dass auch ihm irgendwann die Kraft ausgehen würde. Der Geschäftsmann schien ein sehr guter Läufer zu sein und um ihn loszuwerden musste sich John wahrscheinlich etwas anderes einfallen lassen. Die Verfolgungsjagd ging weiter.

John erinnerte sich daran, wie er an einem der letzten Tage ein paar Jugendliche dabei beobachtet hatte, wie sie ein paar waghalsige Sprünge gemacht hatten. Zunächst waren sie nur von einem Mäuerchen auf ein anderes gesprungen. Sie hatten dann aber die Schwierigkeit gesteigert. Von der Mauer sprangen sie auf ein Geländer, wo sie die Balance wieder finden mussten. Später waren sie auf eine gut 2 Meter hohe Wand losgerannt und hatten sich dann akrobatisch geschickt daran hinaufgekämpft. Danach waren sie in vollem Lauf wieder die mehr als 2 Meter heruntergesprungen und hatten sich am Boden geschickt abgerollt. John hatte das eine ganze Zeit lang beobachtet. Diese Beschäftigung schien sich bei den Jugendlichen hier großer Beliebtheit zu erfreuen. Wieder und wieder hatten sie dieselben Sprünge geübt, um sie noch besser, noch eleganter durchzuführen.

Vor John verdichtete sich der Gehweg. John suchte eine Lücke, doch dann sah er, wie eine Gruppe Fußgänger ihm entgegenkam. John schlug den Weg nach rechts in Richtung Straße ein. Einen Mülleimer, der auf dem Gehweg befestigt war und ihm den Weg versperrte, übersprang er. Sein Verfolger war nicht so mutig und musste kurz anhalten, um sich durch die Menschenmenge zu kämpfen. Mit etwas mehr Rückstand nun, nahm der Geschäftsmann die Verfolgung wieder auf. John lief jetzt ein Stück auf der Straße, um schneller voranzukommen. Autos hupten. Fahrer hinter ihren Lenkrädern machten wilde Gesten. Linkerhand war ein Zaun, dahinter lag einige Meter tiefer eine Art Park. Die Straße vor ihm verlief leicht nach unten. Der Gehweg verjüngte sich zunehmend und er war jetzt auch wieder leerer. Weiter vorne erkannte John, wie die Straße noch stärker abfiel und in einen Tunnel führte. Keinesfalls wollte er dahin. Kurzerhand sprang er zurück auf den Gehweg, den er mit 2 Schritten rasch überquert hatte und sprang, sich mit einer Hand auf dem hüfthohen Geländer abstützend, über die Brüstung in die Tiefe. Eine gefühlte Ewigkeit stand er in der Luft und erst viel später als er es vermutet hatte, kam er am Boden an. Durch den Aufprall und den Schwung nach vorne, machte er unwillkürlich das, was er Tage zuvor bei den Jugendlichen gesehen hatte. Eine Art Rolle. Jedoch sah John's Abrollen weder gekonnt noch elegant aus und so schlug er ziemlich heftig auf dem Boden auf. Zu seinem Glück war er auf Rasen gelandet, was seinen harten Aufprall zumindest ein wenig abfederte. Ein stechender Schmerz fuhr ihm in den linken Arm. John jedoch stand rasch wieder auf und schaute nach hinten. Oben an der Brüstung stand der Geschäftsmann und fluchte. Er wagte offenbar nicht, es John gleichzutun und ebenfalls zu springen. Zugleich wusste er aber sehr wohl, dass er damit seine Wertsachen ein für alle Mal aufgeben müsste. Zwar hätte er noch auf anderem Wege zu John hinuntergelangen können, aber dabei hätte er einen weiten Weg auf sich nehmen müssen und John hätte sich in der Zwischenzeit problemlos aus dem Staub machen können. Während der Geschäftsmann fluchte und vor Wut mit der flachen Hand auf das Geländer der Brüstung schlug, trabte John davon. Erleichtert zwar, aber nicht sorglos, denn sein linker Arm schmerzte nun erheblich. Er würde Pablo anrufen, um ihn zu fragen, was er jetzt am besten tun sollte. Vielleicht gab es ja in der Apotheke auch Pillen, die ihm den Schmerz im Arm wegmachten.

John zog das Handy aus seiner Tasche und drückte aufs Display. Es erschien ein Eingabefeld und darunter ein Zahlenfeld. Vorher hatte das noch anders ausgesehen. John drückte ein paar Zahlen, dann nochmals und nochmals. Danach erschien eine Meldung, die John nicht verstand und das Display wurde schwarz. Nichts ging mehr. So sehr John auch auf dem Gerät herumtippte. Es passierte absolut nichts mehr. John wurde wütend und schmetterte das nun nutzlose Handy an den nächsten Baum.

Donnerstag, 29. Mai – 15:24 Uhr

John saß am Straßenrand und hielt sich mit schmerzverzerrtem Gesicht den linken Arm. Francisco, der freundliche Taxifahrer, würde gleich vorbeikommen. Vielleicht konnte der ihm helfen.

Nachdem er das geklaute Handy gegen einen Baum geworfen hatte, hatte er kurz überlegt, sich noch einmal ein Handy zu besorgen. Jedoch hatte er kein Interesse an einer weiteren Verfolgungsjagd, zumal mit schmerzendem Arm, und so entschied er, es auf die höfliche Art zu versuchen. Und er hatte auf Anhieb Erfolg gehabt. Eine Gruppe Jugendlicher, die sich in der Nähe befanden, fragte er, ob er kurz telefonieren dürfte. Zunächst hatte niemand reagiert. Als er dann aber 20 Euro aus der Geldbörse des Geschäftsmannes gezogen hatte und erneut fragte, war ihm ein junger Bursche entgegengetreten, hatte sein Handy entsperrt und es ihm hingehalten. Bevor er es John dann wirklich gegeben hatte, hatte er auf Englisch noch hinzugefügt:

„Aber nicht zu lange. Und nur innerhalb von Spanien."

John hatte auch gar nicht vorgehabt lange zu sprechen. Als Pablo nicht abnahm, hatte er kurz überlegt. María wollte er nicht mit dieser Geschichte belästigen. Montse war bei der Arbeit. Schließlich hatte er sich für Francisco entschieden. Mit seinem Taxi konnte er überall schnell hinkommen. John hatte Glück gehabt, denn Francisco hatte gerade Mittagspause gemacht. Als John ihm dann von seinem schmerzenden Arm erzählt hatte, hatte Francisco keinen Augenblick gezögert, hatte John nach seinem Standort befragt und hatte ihm versprochen in gut 10 Minuten bei ihm zu sein.

Als Francisco bei John eintraf, fragte er ihn als erstes nach seinem Arm und wie es dazu gekommen war. John ließ den ersten Teil der Geschichte weg und erzählte nur, dass er gestürzt war. Francisco vergewisserte sich, dass der Schmerz nicht von dem Unfall des vergangenen Sonntags kam und als John verneinte, schien er sehr erleichtert.

„Du musst in ein Krankenhaus. Vielleicht ist dein Arm gebrochen. Wenn du Glück hast nur verstaucht. Aber du solltest ihn auf jeden Fall röntgen lassen."

John hatte nicht wirklich viel verstanden von dem, was Francisco ihm erzählt hatte, was zum einen wohl an der Sprache lag, zum anderen aber auch damit zusammenhing, dass er den Teil der Ausbildung, in der es um den menschlichen Körper ging, mit eher mäßiger Aufmerksamkeit verfolgt hatte. Was sollte er also jetzt anderes machen, als Francisco zuzustimmen, der bestimmt viel besser wusste, was zu tun war.

„Hast du eine Krankenversichertenkarte?", fragte ihn Francisco.

„Ich glaube nicht" antwortete John unsicher.

„Hmm. Keine Ahnung, wie das bei euch Amerikanern funktioniert. Aber bei uns braucht man unbedingt diese Karte. Sie ist das Zeichen, dass man Mitglied des nationalen Gesundheitssystems ist und damit ist diese Karte der Zugang zu allen medizinischen Diensten. Eventuell musst du etwas bezahlen oder aber sie helfen dir auch so, da es ja ein Notfall ist. Zumindest sollte der Service dort ganz in Ordnung sein. Noch. Jedenfalls sind die Leute, trotz der jüngsten Kürzungen im öffentlichen Gesundheitssystem, immer noch recht zufrieden. Dennoch steigt die Zahl derer, die jetzt auch in private Kliniken gehen. Da bin ich echt einmal gespannt, wie sich das weiterentwickeln wird in den nächsten Jahren. Ich hoffe nur, dass die Qualität nicht darunter leidet."

„So, wir sind da."

Francisco hielt vor einem großen, etwas älter aussehenden Gebäude.

„Hier im Krankenhaus werden sie dich schon durchchecken und schauen, was deinem Arm fehlt. Ich geh noch schnell mit dir hinein."

Auch von innen schien das Gebäude schon seine besten Zeiten hinter sich zu haben. Die Decken waren hoch und an manchen Stellen an den Wänden bröckelte bereits der Putz ab. In einem riesigen Wartebereich saßen viele Menschen, teils allein, teils zu zweit oder sogar in Gruppen zusammen.

„Uff. Sehr viel los heute" raunte Francisco John zu. „Nimm schon mal Platz. Ich erkundige mich."

John setzte sich auf einen der freien Plätze und warf einen Blick auf die in der Nähe sitzenden Menschen. Dann sah er, wie Francisco vorne an einem Schalter mit einer Dame sprach. Hin und wieder zeigte er auf John und die Dame blickte in seine Richtung. Nach ein paar Minuten wandte sich Francisco ab, zog aus einem Apparat neben dem Schalter ein Zettelchen und kam zurück zu John.

„Hier John, das ist deine Nummer. Wenn diese dort oben auf der Anzeige erscheint, dann geh zu der Frau. Sie wird dir dann sagen, wohin du musst. Sie werden dich auf jeden Fall behandeln. Ich habe der Frau klargemacht, dass es sich um einen Notfall handelt. Hast du Geld dabei? Möglicherweise musst du bar bezahlen und später kannst du dir das Geld wieder von deiner Versicherung holen. Die Frau dort wusste allerdings auch nicht genau, wie das funktioniert. Aber Hauptsache sie sehen sich deinen Arm an. Ich geh dann mal wieder los, muss noch ein wenig arbeiten. Viel Glück."

John bedankte sich bei Francisco. Dieser Taxifahrer war wirklich sehr freundlich. John streckte ihm einen 20 Euro Schein hin.

„Hier. Nimm. Für die Fahrt und deine Hilfe."

Zunächst wollte Francisco nicht, aber John bestand darauf und schließlich akzeptierte er.

„In Ordnung. Damit ist aber die Rückfahrt enthalten. Ruf mich einfach an, wenn du hier fertig bist. Ich hoffe jedenfalls, dass du nichts gebrochen hast. Adiós."

Donnerstag, 29. Mai – 16:45 Uhr

John blickte nervös auf die Uhr, die im Wartesaal des Krankenhauses hing. Viertel vor fünf bereits. Er hatte jetzt schon mehr als 1 Stunde hier gewartet und noch immer lagen 10 Nummern zwischen der, die gerade angezeigt wurde und der seinen. Und um 20 Uhr wollte er sich ja mit María treffen. Wenn das noch lange dauern würde, dann würde er vermutlich mit schmerzendem Arm wieder gehen. Keinesfalls wollte er das Treffen mit María verpassen.

Ein Mann, der neben ihm saß, hatte bemerkt, dass John nervös auf die Uhr und seine Nummer geschaut hatte. Auf Englisch sprach er John an:

„Wissen Sie, Sir. Wenn man in Spanien in ein Krankenhaus kommt, dann muss man viel Zeit und Geduld mitbringen, vor allem wenn man keinen Termin hat."

„Nein. Das wusste ich noch nicht. Ich war ja noch nie in einem Krankenhaus…Also hier in Spanien meine ich."

„Ist wohl auch besser so. Wenn man es vermeiden kann, sollte man besser gesund bleiben. Obwohl man sagen muss, dass trotz Krise und trotz aller Einsparungen, das Gesundheitssystem hier, bisher jedenfalls noch, recht gut ist. Ärzte, Krankenschwestern und Krankenpfleger sind wirklich sehr gut ausgebildet im Vergleich zu vielen anderen Ländern der Welt. Die Organisation und Verwaltung des ganzen Systems hingegen, nun darüber kann man sicher streiten."

„Sie meinen jetzt wegen der langen Wartezeiten, oder?"

„Zum Beispiel, aber auch das Kostenbewusstsein. So richtig gut geplant wirkt die ganze Sache jetzt nicht auf mich. Ich zum Beispiel habe einen Termin, allerdings warte ich jetzt auch schon knapp eine Stunde. Da frage ich mich natürlich schon, ob das Ganze wirklich effizient ist oder ob man das vielleicht besser organisieren könnte. In letzter Zeit kam hier in Spanien die Frage öfter auf, ob die öffentlichen Krankenhäuser privatisiert werden sollen. Vor allem versprechen sich die Befürworter davon eine kosteneffizientere Verwaltung."

„Und was meinen die Experten dazu? Glauben die, dass das Sinn macht?"

„Hmm, Sir. Sehr gute Frage. Ich habe einen Freund, der Arzt ist und den stört vor allem, dass die Politik sich so sehr in das Gesundheitssystem einmischt. Dadurch hängt das Gesundheitswesen letztlich sehr stark von der gerade regierenden Partei ab und die Planung ist eher kurzfristig, was natürlich nicht ideal ist. Jedoch glaube ich schon, dass die Mehrheit der Spanier auch weiterhin ein gerechtes und öffentliches Gesundheitssystem einem privaten vorzieht. Dann müssten die öffentlichen Krankenhäuser eben lernen, ihre Verwaltung zu verbessern. Sie müssten lernen, ihre Ausgaben besser zu kontrollieren."

„Und wenn die Krankenhäuser von privaten Betreibern verwaltet werden würden? Was würde denn dann passieren?"

„Vermutlich würden dann Krankenhäuser künftig wie Unternehmen geführt werden. Ausschließlich am wirtschaftlichen Nutzen ausgerichtet. Gerade bei der Gesundheit ist das aber ein zweifelhafter Schritt. In manchen Kommunen und Regionen in Spanien haben die Politiker teilweise Krankenhäuser schon an private Verwaltungen übertragen, um Kosten einzusparen. Daneben haben sie eine Reihe von Reformen aufgesetzt. Allerdings beklagen die Mediziner, dass sie dazu oftmals gar nicht befragt wurden. Klingt nicht sehr gut, wenn Politiker glauben, das Gesundheitswesen quasi im Alleingang reformieren zu können, oder?"

John nickte zustimmend.

Die Nummer 338 erschien auf der Anzeige.

„Das bin ich", meinte John's Gesprächspartner. „Endlich. War aber sehr nett, sich mit Ihnen zu unterhalten. Viel Glück mit Ihrem Arm. Hoffen wir, dass es nichts Schlimmeres ist. Und eine schöne Zeit noch in Madrid. Adiós."

John verabschiedete sich ebenfalls höflich von dem freundlichen Herrn. Die Zeit im Gespräch mit ihm war wirklich rasch vergangen. In der Tat war es ein sehr interessantes und kurzweiliges Gespräch gewesen. Ihm begann die Art der Spanier zu gefallen. Man konnte sich mit Ihnen über alles Mögliche unterhalten. Mit den verschiedensten Leuten hatte er sehr vielfältige Themen auf dem Tisch gehabt. Und sie erzählten alle sehr gerne, wenn man ihnen mit Interesse zuhörte. John erinnerte sich noch an ein längeres

Gespräch, das er mit Jim geführt hatte während seiner Ausbildung für seine Mission.

Dieser hatte in New York damals auch viele Leute kennengelernt, aber laut den Schilderungen von Jim waren diese oftmals ganz anders gewesen. Jim hatte die Menschen, die er kennengelernt hatte, eher als gehetzt, gestresst, unter Zeitdruck und immer ruhelos beschrieben. Sehr höflich und freundlich waren sie laut Jim, und auch immer sehr hilfsbereit. Aber so wie John das jetzt wahrnahm, gab es dennoch Unterschiede. Jim hatte ihm den Tipp gegeben, sich vor allem seinen fiktiven Job gut zu merken und sich dazu ein paar Geschichten zurechtzulegen. Danach würde man häufig gefragt werden: nach der Arbeit. John stellte fest, dass ihn bisher noch niemand nach seiner Arbeit gefragt hatte. Die Menschen hier schienen sich mehr für andere Dinge zu interessieren oder jedenfalls war die Arbeit nicht unter den wichtigsten Themen für die Spanier, warum auch immer. Diese Erkenntnis war zwar nicht Teil seiner Mission, wäre aber sicherlich ein interessanter Punkt für seinen Chef, vor allem auch im Hinblick auf zukünftige Missionen. Hier und jetzt allerdings konnte er nicht mit ihm sprechen. Zu viele Leute. Wenn er noch Zeit hatte, so würde er ihn hinterher anrufen.

Auf der Anzeige blinkte die 341. Er war dran. Die Dame vom Schalter beschrieb ihm den Weg zum Zimmer des Arztes, der ihn untersuchen würde. Dort jedoch musste er nochmals Platz nehmen. „Nur einen Augenblick". Dieser entpuppte sich als 10 Minuten lang. Dann aber durfte er endlich ins Arztzimmer.

Höflich gab ihm der Arzt die Hand und bat ihn, sich zu setzen. Sein Englisch war gut, aber er sprach mit starkem Akzent. John erzählte, dass er gestürzt und dabei auf seinen linken Arm gefallen war. Der Arzt trat zu ihm und fing an seinen Arm zu betasten. John wurde nervös. Schon wieder jemand, der ihn anfasste, zunächst am Unterarm. John versuchte vorsichtig seinen Arm wegzuziehen. Der Arzt blickte ihn an.

„Haben Sie Schmerzen? Keine Angst. Ich werde Ihnen nicht wehtun."

Dann tastete er den Arm weiter ab. Der Arzt hatte offensichtlich viel Zeit, denn er nahm sich John's Arm Zentimeter für Zentimeter vor. Schon bald begann John's Uhr zu piepen. Seine Körpertemperatur war wieder angestiegen. Kein Wunder bei so viel Körperkontakt mit dem Arzt.

„Haben Sie vielleicht ein Glas Wasser für mich?"

Der Arzt schien überrascht durch diese Frage, was zur Folge hatte, dass er John's Arm erst einmal losließ und sich dann erhob, um diesen Wunsch seiner Assistentin im Nebenzimmer weiterzugeben. Genug Zeit für John's Körper, um sich wieder etwas abzukühlen. Obwohl er ihn jetzt schon 2 Mal von Hand bis Schulter abgetastet hatte, begann er nun noch ein 3. Mal seine Finger über den linken Arm von John wandern zu lassen. Der Arzt schüttelte den Kopf.

John hatte nun genug und zog seinen Arm endgültig weg, denn er merkte, wie sich sein Körper erneut erwärmte.

„Nun, Sir. Was ist los mit meinem Arm?"

Der Arzt schüttelte noch immer den Kopf.

„So etwas habe ich noch nie erlebt. Ich habe schon viele Arme abgetastet, aber so etwas habe ich noch nie ertastet. Ihr Unterarm scheint aus 4 Knochen zu bestehen. Ihr Ellbogen hat ebenfalls eine merkwürdige Struktur und ihr Oberarm besteht gefühlt aus gleich 3 Knochen. Gebrochen fühlt sich allerdings nichts an…Aber die Anzahl Ihrer Knochen…also ich weiß nicht. Lassen Sie mich doch bitte einmal Ihren rechten Arm sehen."

John wusste nicht wirklich, was der Arzt damit sagen wollte, aber er hatte absolut keine Lust auf weitere Berührungen von Seiten des Arztes. Er hatte auch kein Problem damit, dieses dem Arzt ganz direkt mitzuteilen:

„Gibt es denn keine andere Möglichkeit, als mich noch länger zu betasten?"

Er wirkte frustriert und lustlos. Tatsächlich aber schien er den Arzt in seinem Tatendrang mit dem Abtasten gebremst zu haben.

„In Ordnung. Dann machen wir ein paar Röntgenaufnahmen. Das sollte Klarheit über Ihre Verletzung bringen. Die Kollegin nimmt sie mit. Wir sehen uns dann gleich wieder mit Ihren Aufnahmen."

John nickte und folgte der Assistentin, die ihn zu einer Kollegin führte. Diese machte 2 Röntgenaufnahmen von seinem linken Arm und kurz darauf stand sie mit beiden Aufnahmen im Flur und unterhielt sich angeregt mit ihrer Kollegin. Immer wieder schauten sie die Aufnahmen an. Ein Arzt lief zufällig vorbei und auch diesem zeigten sie die Aufnahmen. Interessiert begutachtete auch der die Bilder. Kopfschütteln.

John beobachtete das Ganze. Der Arzt schaute zu ihm herüber, wechselte noch ein paar Worte mit den beiden Frauen und ging dann zügig weiter.

John verstand langsam, was hier los war. Sein Arm hatte sehr viel Aufmerksamkeit erregt, sehr wahrscheinlich, weil die Struktur seines Körpers, also sein Knochenbau nicht dem der Menschen entsprach. Er wusste nicht, ob sein Chef und die Wissenschaftler seines Planeten das nicht gewusst hatten oder aber nicht an einen solchen Fall gedacht hatten, als sie die menschliche Körperhülle entworfen hatten. Würde ihn der Arzt jetzt als Außerirdischen entlarven können? Und falls ja, was würde er dann machen? John überlegte bereits, wie er sich am besten aus dem Staub machen konnte. Doch dann stand die Arzthelferin vor ihm und gab ihm ein Zeichen, ihr zu folgen. Zurück im Sprechzimmer des Arztes, legte sie diesem die Aufnahmen vor. Der Arzt kratzte sich am Kopf während er die Aufnahme in der anderen Hand immer wieder drehte, näher an sein Gesicht hielt und wieder entfernte.

„Gebrochen ist nichts. Wahrscheinlich nur eine Stauchung" ließ er John wissen.

Dann feuerte er rasch zwei Sätze in Richtung Arzthelferin und verschwand durch die Tür.

Die Krankenschwester begann daraufhin, ihm einen stabilen Verband mit einer Schiene am Arm anzulegen. Als sie fertig war, entschuldigte sie sich kurz und verließ ebenfalls den Raum.

Das war die Gelegenheit. John stand auf, nahm die beiden Röntgenaufnahmen, die noch auf dem Schreibtisch lagen und trat aus dem Raum. Ein kurzer Blick nach rechts und links. Nichts zu sehen von Arzt und Krankenschwester. Er eilte in Richtung Ausgang und verließ das Krankenhaus ohne viele Blicke auf sich zu ziehen.

Donnerstag, 29. Mai – 18:34 Uhr

John klopfte mit den Fingerspitzen seiner rechten Hand auf seinen geschienten linken Arm. Nichts zu spüren. Auch kein Schmerz im Moment. Insofern hatte sich die Aktion zumindest gelohnt. Allerdings hing sein linker Arm jetzt recht unbrauchbar an der Schulter. Vielleicht könnte er ja schon morgen den Verband wieder abnehmen.

Bis zum Treffen mit María hatte er noch ein wenig Zeit, weswegen er sich dagegen entschieden hatte, Francisco anzurufen. Er würde zu Fuß gehen. Dann konnte er auch unterwegs noch seinen Chef sprechen, ohne dass jemand mithörte. Seine Gedanken kreisten im Moment jedoch nur um die schöne María. Ursprünglich hatte er noch mit Pablo sprechen wollen, um sich ein paar Tipps zu holen, was den Umgang mit Spanierinnen anging. Na ja, eigentlich, was den Umgang mit Frauen im Allgemeinen anging. John hatte ja keinerlei Erfahrung. Wie sollte er sich verhalten? Was sollte er sagen und was nicht? Was erwartete María von ihm? Eine Menge offener Fragen, auf die Pablo und seine Freunde sicherlich eine Fülle an guten Antworten gehabt hätten. Aber dies half John jetzt nicht.

Durch dieses Missgeschick mit der Verfolgungsjagd und dem blöden Handy, das nicht funktionierte, hatte er nun keine Möglichkeit mehr, vorher mit den Jungs zu sprechen. Er musste alleine sehen, wie er zurechtkam.

John bog in eine etwas kleinere, fast menschenleere Seitenstraße ein. Der ideale Ort, um seinen Chef anzurufen. Er aktivierte die Kommunikationskugel und alsbald meldete sich sein Chef am anderen Ende.

„John. Na endlich! Wir dachten schon du meldest dich gar nicht mehr."

„Entschuldigung Sir, aber ich hatte mit ein paar Schwierigkeiten zu kämpfen hier. Alles nicht so einfach."

„Kannst du frei sprechen?"

„Ja. Hier ist niemand." John blickte sich um. Er fühlte sich unbeobachtet.

„Wie läuft es bei dir? Was hast du gemacht die letzten Tage? Und vor allem, was macht das Raumschiff?"

John zögerte einen Moment. Viel war passiert in der Zeit seit er das letzte Mal mit seinem Chef gesprochen hatte. Vieles davon jedoch würde ihm wohl nicht sehr gut gefallen und es wäre besser, gewisse Dinge nicht zu erzählen. Er wollte seinen Chef und seine Leute nicht unnötig beunruhigen oder gar mit seinen persönlichen Erlebnissen behelligen. Auf keinen Fall würde er ihm von der schönen María erzählen. Auch die Verfolgungsjagd nach dem Handyklau und dem anschließenden Sturz, sowie den Besuch im Krankenhaus würde er lieber für sich behalten. Also fing er an, eine Reihe ganz neutraler Beobachtungen zu schildern, die er sich im Notizbüchlein aufgeschrieben hatte. John erzählte ihm vom landestypischen Essen und Trinken, vom Fußball, von der Sprache, die wieder ganz anders war als in den USA. Er erwähnte auch die zahlreichen Unterschiede, die es offensichtlich gab zwischen den Menschen in Spanien und den USA. Vor allem aber interessierte sich sein Chef für die neue Technik der Menschen. Die Handys, die offensichtlich weit verbreitet waren und das Internet, über das die Menschen weltweit Daten und Informationen austauschen und abrufen konnten. Diese Technologie nutzten die Menschen augenscheinlich in vielen ihrer Geräte des Alltags. John's Chef zeigte sich durchaus etwas beunruhigt darüber, inwiefern die Menschen mit ihren modernen Kommunikationsformen vielleicht auch irgendwann auf die Bewohner von John's Planeten stoßen könnten. Es schien nur noch eine Frage der Zeit und vermutlich würde der Chef seinen Landsleuten eine höhere Frequenz an Erd-Missionen vorschlagen, um noch aktueller über die Fortschritte der Menschen informiert zu sein. Zunächst aber mussten sie erst einmal John wieder sicher zurückbringen.

„Wie kommst du mit der Reparatur des Raumschiffes voran? Hast du Hilfe finden können?"

Dieses Thema war John ein wenig unangenehm. Natürlich hatte er sich bemüht, bei der Reparatur voranzukommen, aber wenn er ehrlich war, nicht mit voller Kraft. Die Sprachkurse, die Treffen mit Pablo und allen voran María hatten ihn doch etwas von diesem Kernproblem abgelenkt.

„Sir. Ich bin derzeit intensiv damit beschäftigt, diese Spezialflüssigkeit aufzutreiben. Wie es scheint, gibt es hier auf der Erde diese Flüssigkeit nicht. Und falls doch, so habe ich keine Ahnung, wie ich sie finden sollte. Allein mit dem Namen ‚Spezi' komme ich hier nicht weiter."

„Hast du schon versucht Hilfe zu bekommen von den Menschen? Ich meine natürlich unauffällig."

John erinnerte sich an das Mittagessen vor ein paar Tagen mit Montse. Er hatte total vergessen, sie nach dem Stand ihrer Nachforschungen zu fragen. Vielleicht hatte sie ja bereits etwas erreicht.

„Ja, Sir. Bin im Kontakt mit einer sehr schlauen Ingenieurin und ich bin sicher, dass sie mir helfen wird. Aber wie gesagt ist das Ganze nicht so einfach und wird wohl noch ein paar Tage in Anspruch nehmen."

Sofort nach dem Gespräch, und zwar noch vor seinem Date, würde er Montse eine Email schicken. Zwar hatte er keine Ahnung, wie so etwas ging, aber er wusste, dass er sich auf das freundliche Hotelpersonal verlassen konnte.

„Gute Arbeit John. Nur immer vorsichtig sein und aufpassen, dass keiner mitbekommt, wofür du diese Flüssigkeit brauchst. Diskretion ist das oberste Gebot, du weißt schon. Lieber brauchst du dafür noch ein paar Tage länger."

Wahrscheinlich würde sein Chef ihm jetzt gleich wieder die üblichen Ratschläge geben, sowie die Warnung vor dem warmen Wetter, gefolgt von einem aktuellen Wetterbericht. Doch keine Worte dazu. Stattdessen wurde der Ton seines Chefs eine Spur ernster.

„John. Eine Sache noch. Wir haben in den letzten Tagen nochmals eine ganz genaue Analyse deines Absturzes vorgenommen. Noch immer ist uns völlig unklar, wie es zum Verlust der Spezialflüssigkeit kommen konnte. Der Behälter und all Teile waren komplett neu und mehrfach überprüft worden. Noch viel besorgniserregender aber ist eine ganz andere Tatsache."

Sein Chef schwieg einen Augenblick. Dieser Moment der Stille war unangenehm. In John wuchs eine innere Anspannung. Sein eingeschienter Arm fing leicht zu zittern an. Seine Kehle war trocken. John war stehengeblieben und rührte sich nicht. Erst eine gefühlte Ewigkeit später fuhr sein Chef fort.

„Die Flugroute. Wir haben die Flugroute nochmals genau angeschaut. Du bist in Spanien notgelandet. Aber Spanien lag gar nicht auf deiner geplanten Flugroute."

John schluckte leise. Wieder ein paar Sekunden Stille.

„Wir können uns das einfach nicht erklären. Wie konnte es passieren, dass dein Raumschiff mehrere Tausend Kilometer von der geplanten Flugroute abwich, ohne dass wir es gemerkt haben. Hattest du nichts bemerkt gehabt, John?"

John atmete tief durch.

„Sir. Ich bin sprachlos. Ich kann mir das genauso wenig erklären wie Sie. Wie konnte das passieren?"

„Wie gesagt, John. Noch haben wir keine Ahnung. Arbeite weiterhin an der Reparatur des Raumschiffs und melde dich in ein bis zwei Tagen nochmals, um uns auf dem Laufenden zu halten. Das mit der Route werden wir weiter untersuchen. Tatsache ist, dass du nach der ursprünglichen Routenplanung gar nie hättest über Spanien fliegen dürfen!"

9. Neue Energie

Donnerstag, 29. Mai – 20:03 Uhr

María ging zügig die Treppen zum Ausgang der Metro hinauf. Sie war etwas aufgeregt. In den letzten Monaten hatte sie nicht viele Dates mit Männern gehabt. Die Trennung von ihrem Ex-Freund hatte sie noch immer nicht ganz verarbeitet und zudem waren ihr fast immer nur Idioten über den Weg gelaufen, die entweder nur das schnelle Abenteuer suchten, oder aber solche, die glaubten mit Macho-Gehabe María erobern zu können. Diesen Amerikaner aber fand sie ganz nett. Er wirkte auf sie so unerfahren, ja fast unschuldig und ein bisschen naiv. Er war wirklich sehr freundlich gewesen und zurückhaltend und sie hatten sich gut unterhalten. María war klar, dass John nicht der Mann fürs Leben war. Zudem war er ja nur auf Urlaubsreise und würde bald wieder zurück in die USA gehen. Jedoch verspürte María Lust, mehr Zeit mit diesem geheimnisvollen Mann zu verbringen. Außerdem würde es ihr ja auch nicht schaden, wieder einmal mit einem Mann ein Date zu haben. Date war wahrscheinlich sogar zu viel gesagt. Für María war es eher wie ein Treffen mit einem sympathischen Herrn.

Sie schaute sich auf der Puerta del Sol um, doch sie konnte John nicht sehen. Hatte dieser Amerikaner etwa schon die spanischen Gewohnheiten angenommen und kam zu spät? Doch ihre Sorgen waren umsonst. Sie erkannte John, wie er von der anderen Seite des Platzes auf sie zukam. Sie war überrascht. John trug einen schwarzen Anzug, perfekt geputzte Schuhe, ein weißes Hemd und dazu eine rote Krawatte. María lächelte. Das hatte sie nicht erwartet. Was hatte John vor? Warum kam er so elegant angezogen? Sie war nun noch aufgeregter. Dieses Gefühl, mit einem nahezu unbekannten Mann einen Abend zu verbringen, ohne zu wissen, was alles noch geschehen würde, das hatte sie schon lange nicht mehr gehabt. Es gefiel ihr. Als John vor ihr stand, reichte er ihr eine rote Rose.

„Hallo María. Schön, dass es geklappt hat mit unserem Treffen."

María bedankte sich für die Rose und gab John die Begrüßungsküsschen auf die Wangen. John schien irritiert.

„Stimmt. Bei euch macht man das ja nicht." Sie lächelte verlegen. „Schau. In Spanien geben sich Männer und Frauen zur Begrüßung eigentlich immer ein Küsschen. Frauen untereinander auch. Es ist nicht wirklich ein Kuss. Vielmehr ist es ein angedeuteter Kuss auf die Wange. Rechte Wange an rechte Wange, dann linke Wange an linke Wange. Falls du einmal nach Italien kommen solltest, pass auf. Dort kommt zuerst die linke Wange dran und dann die rechte. Es könnte ansonsten interessant werden, wenn du eine Italienerin begrüßen möchtest. Du weißt schon."

María grinste und auch John lächelte jetzt.

„Sehr schön dein Anzug. Der steht dir wirklich gut. Leider habe ich nicht damit gerechnet, dass wir so elegant weggehen. Tut mir leid."

Sie schaute an sich hinunter. Sie trug eine dieser modischen Hot Pants in Jeans Stoff, dazu ein ärmelloses, weißes Top. Damit wirkte ihre Haut noch etwas brauner und südländischer. Ihr kastanienfarbenes Haar trug sie offen. Ihre Füße steckten in Sandalen und ihre Zehennägel waren hellrosa lackiert.

John hatte sie ebenfalls genau angeschaut.

„Also ich finde dein Outfit sehr hübsch."

„Danke." Sie lächelte ihn an. So ein Satz tat immer gut.

„Komm, lass uns etwas trinken gehen. Ich kenne da eine gute Bar." Sie führte ihn durch ein paar Gassen in der Innenstadt. Es war beachtlich, wie gut John doch schon Spanisch sprach nach nur ein paar Tagen Spanisch-Kurs. Zwar sprach sie mit ihm langsam und bemühte sich, keine komplizierten Worte zu verwenden, aber ansonsten war es eine normale Unterhaltung auf Spanisch und John konnte augenscheinlich gut folgen. Sie unterhielten sich darüber, was sie in den letzten Tagen gemacht hatten. Ab und zu fehlten John die Worte und er umschrieb Dinge oder ließ hier und da ein englisches Wort einfließen. María war beeindruckt. Ein Tourist, der so bemüht war die spanische Sprache zu lernen und sogar Sprachunterricht nahm; das war wohl nicht selbstverständlich.

María und John hatten einen freien Tisch gefunden in einer etwas ruhigeren Straße, abseits vom Trubel der Menschenmassen. John beobachtete ein Pärchen am Nebentisch, das gerade dabei war aufzubrechen. Der Mann nahm die Rechnung, legte das Geld auf den Tisch und erhob sich dann, um der Frau in ihre leichte Sommerjacke zu helfen.

„Siehst du. Ein echter spanischer Gentleman. So gefällt uns Frauen das", bemerkte María.

„Machen das alle Männer hier so?"

„Leider nicht. Wie vermutlich überall gibt es solche und solche. Du hast bestimmt auch schon gehört, dass es bei den Südländern sehr viele Machos gibt, oder?"

„Was genau meinst du damit?", fragte John etwas unsicher.

„Nun, es gibt hier viele Männer, die sehr selbstsicher auftreten und die zeigen wollen, dass sie die Alphatiere sind, das starke Geschlecht. Zu viele Gefühle und Emotionen sieht man bei denen nicht. Sie sprechen Frauen meist ohne Angst an, auch wenn sie zum Teil die doofsten Sprüche verwenden."

„Und das passiert dir auch?"

„Nun. In letzter Zeit weniger, da ich nicht mehr so oft in Clubs und Diskotheken gehe, aber früher war das so. Da kam es schon einmal vor, dass ich mit einer Freundin in einen Club ging und 5 Minuten später standen 10 Typen um uns herum und versuchten mit uns zu flirten. Das kann schon ganz schön nerven, wenn man eigentlich nur mal einen schönen Abend mit der Freundin haben möchte."

„Zumindest lernt man dann als Frau viele Leute kennen an einem solchen Abend", stellte John fest. María lachte.

„Das stimmt. So lange man jung ist, ist das auch toll. Allerdings kommt irgendwann der Punkt, an dem man auch einmal den richtigen Mann finden möchte. Einen Mann, mit dem man sich eine Zukunft vorstellen kann."

„Du meinst heiraten, oder?"

„Ja, klar. Heiraten, eine Familie gründen und später dann auch Kinder bekommen. Ich habe einmal gelesen, dass in Amerika die Leute im Schnitt deutlich jünger heiraten, als hier in Spanien. Oftmals sind die Spanier schon weit über 30 wenn sie endlich heiraten. Ich habe keine Ahnung, woran das liegt. Vielleicht, weil wir so lange noch zu Hause wohnen oder die Karriere wichtiger ist. Ich weiß es nicht."

„Vielleicht ist das ja aber auch ein Vorteil. Dann hat man mehr Erfahrung. Man ist älter und reifer…"

„Könnte man denken. Jedoch glaube ich nicht, dass die Scheidungsraten hier wirklich niedriger sind als in anderen Ländern, wo früher geheiratet wird. Da spielen vermutlich viele andere Faktoren auch noch eine Rolle."

„Aber Familie hat hier in Spanien auf alle Fälle eine hohe Bedeutung. Diesen Eindruck habe ich schon. Man lebt lange bei den Eltern. Man hat viel Kontakt mit ihnen, oder?"

„Absolut. Die Familie in Spanien ist sehr wichtig. Spanische Eltern können glaube ich nie so richtig loslassen. Sie werden ihre Kinder, egal wie alt sie sind, immer als Kinder betrachten. Den 13-jährigen Teenager, genauso wie den 25-jährigen Studenten oder den 37-jährigen Berufstätigen, der vielleicht selbst schon Familie hat. Vor allem die spanischen Mütter hängen sehr an ihren Kindern. Meine Mutter würde am liebsten jeden Tag mit mir telefonieren. Einerseits ist das schon gut zu wissen, dass man geliebt und unterstützt wird, aber andererseits ist es damit viel schwieriger, sich von den Eltern unabhängig zu machen, wenn sie einem ständig helfen und sich ins Leben der Kinder einmischen. In Amerika läuft das bestimmt anders, nicht wahr?"

„Ja. Also das ist so." John räusperte sich, so als müsste er nachdenken.

Dann erzählte er, dass Amerikaner ja oftmals schon sehr jung das Haus der Eltern verließen, um teilweise weit weg das Studium aufzunehmen. Freunde spielten dann die ganz wichtige Rolle, aber an Thanksgiving und Weihnachten stand dann natürlich wieder die Familie im Mittelpunkt.

Sie unterhielten sich noch eine ganze Weile über die Bedeutung der Familie, über das Thema Männer und Frauen. Sie stellten fest, dass es bei den Hochzeitsfeiern in beiden Ländern doch recht viele Gemeinsamkeiten gab. María erzählte, wie selbst bei einer Hochzeit die Familie ganz klar im Vordergrund stand. Die Eltern, und nicht die Brautleute, luden in aller Regel zur Hochzeit ihrer Kinder ein. Dabei wurde dann die komplette Verwandtschaft berücksichtigt. Cousinen und Cousins, ersten und zweiten Grades, Onkel,

Tanten, Freunde und Bekannte. Auch viele Leute, die einfach nur aus einer alten Verpflichtung heraus eingeladen wurden. Die Hochzeit als Familienfest. Natürlich fing diese in Andalusien meist erst um 18 Uhr oder noch später an aufgrund der Hitze. Dann wurde Essen ohne Ende aufgefahren und getanzt und getrunken bis in die frühen Morgenstunden.

María erzählte mit großer Begeisterung und Leidenschaft, und John unterbrach sie nur hin und wieder mit einer kurzen Frage, wenn er etwas nicht verstanden hatte oder genauer wissen wollte. María fühlte sich wohl in Gegenwart dieses Amerikaners. Er hatte nicht den Drang von sich zu erzählen oder sich in den Vordergrund zu spielen. Stattdessen hörte er aufmerksam zu. John war ein sehr guter Zuhörer und er gab ihr das Gefühl, jemand besonderer zu sein. Viele Männer schafften das nicht. Schade, dass er kein Spanier war oder zumindest länger hier verweilte. John war zwar nicht besonders attraktiv, aber seine Art gefiel ihr sehr gut.

Sie bestellte nochmals 2 Cola und dazu ein paar Tapas. María wollte diesen Abend einfach genießen. Anfangs hatte sie erwartet, dass es nur ein Treffen unter Freunden werden würde. Freunde, die sich kaum kannten, die nicht dieselbe Sprache sprechen und sich daher nur über Themen oberflächlich unterhielten. Aber je länger sie sich unterhielten, umso persönlicher wurde es. María erzählte von ihrer Familie und vom Leben in ihrer Jugend in Andalusien. Ein wenig kam nun dieses Kribbeln im Bauch, das sie immer dann bekam, wenn sie sich mit einem Mann traf, der ihr gefiel. Ein Kribbeln, das eine gewisse Nervosität anzeigte, gleichzeitig aber auch ein Zeichen dafür war, dass der Augenblick ein sehr schöner war und es ein wenig Unsicherheit darüber gab, wie es denn nun weitergehen sollte.

„Du warst hier in Spanien noch nicht am Strand, oder?"

„Nein. Bisher habe ich nur Madrid gesehen."

„Du solltest unbedingt noch hinfahren, bevor du zurückfliegst. Schließlich kommen die meisten Touristen nur wegen der Strände hierher. Spanien hat so viele und so schöne Strände. Aber klar, wenn du mich fragst, die schönsten findest du natürlich in Andalusien." María lächelte John an.

„Als ich klein war, da sind wir immer mit der ganzen Familie an den Strand gefahren. Und mit Familie meine ich hier Großfamilie.

Onkel, Tanten, Omas, Opas, du weißt schon. Direkt nach dem Frühstück sind wir dann losgefahren und haben schon morgens am Strand unseren Pavillon aufgebaut, unsere Stühle und Handtücher ausgebreitet. Und dann haben wir den ganzen Tag, bis abends um neun am Strand verbracht: mit Spielen, Schwimmen, Lesen und vor allem Essen. Wir hatten alles dabei. Vom Mittagessen über belegte Brote, Chips, Obst und sonstige Leckereien. Ach, es war immer wunderbar."

María lebte so richtig auf in ihren Erinnerungen an ihre Kindheit und Jugend. John hing an ihren Lippen. Auch nach 3 Stunden Unterhaltung wirkte er immer noch so frisch und interessiert wie zu Beginn. Als es etwas kühler wurde, schlug María vor, den Abend noch in einer Bar fortzusetzen. Sie winkte den Kellner herbei, um zu bezahlen, doch John bestand darauf die Rechnung zu übernehmen, ganz wie zuvor der spanische Gentleman am Nebentisch. Er stellte sich an Marías Seite und bot ihr seinen Arm zum Einhaken. Diese Geste zauberte ein Lächeln auf Marías Gesicht. Sie hakte sich bei John ein und Arm in Arm spazierten sie durch die milde Spätfrühlingsnacht Madrids.

Freitag, 30. Mai – 6:49 Uhr

John wachte auf. Er sah sich um. Er befand sich in seinem Hotelzimmer. Zum Glück. Nachdem er beim letzten Mal in freier Natur aufgewacht war, war dies auf jeden Fall eine gute Erkenntnis. Obwohl es noch sehr früh war und er erst sehr spät ins Bett gekommen war, fühlte er sich unglaublich fit und voller Tatendrang. Dafür gab es nur eine Erklärung: María. Bei der Vorbereitung seiner Mission hatten sie ihn auf vieles vorbereitet. Wahrscheinlich auf nahezu alles, was unter irgendwelchen Umständen auf der Erde passieren konnte, aber nicht auf so etwas.

Natürlich hatten sie ihn über die gesamte Palette an menschlichen Gefühlen aufgeklärt. Was die Gefühle bedeuteten, wie man sie teilweise von den Gesichtern der Menschen ablesen konnte und wie man sie selbst vortäuschen konnte. Dennoch war alles nur blanke Theorie geblieben. Wie sich wirkliche Gefühle anfühlten, das konnten sie in den Kursen zur Vorbereitung der Mission nicht vermitteln. Gestern aber hatte John zum ersten Mal selbst ein Gefühl erlebt: das Verliebtsein. Wie ein Magnet fühlte er sich zu dieser sympathischen Spanierin hingezogen. Am liebsten würde er ihr stundenlang zuhören, wie sie von ihrer Heimat und ihrer Familie erzählte, würde sich über ihr Lächeln freuen, das sich auf ihrem wunderschönen Gesicht zeigte und würde ihre Stimme in sich aufsaugen, die weich und temperamentvoll zugleich war.

Wenn dieses Gefühl, diese Zuneigung, die er María gegenüber empfand so stark war, warum war es nicht möglich, mit diesem Gefühl alle Menschen in Spanien glücklich zu machen? Was konnte so ein Gefühl bei vielen Menschen gleichzeitig ausrichten? Konnte dieses Gefühl der Liebe und Zuneigung gar die ganze Last der Wirtschaftskrise beseitigen? War es denkbar, dass ein solches Gefühl stärker war als all die negativen Folgen, die die lahmende Wirtschaft, für die Spanier gebracht hatte? John hatte in seinen paar Tagen in Spanien bereits viele Gefühle miterlebt. Die Menschen hier scheuten sich offenbar nicht, Emotionen offen zu zeigen. Erst mit den Tagen war John klar geworden, dass sich diese Emotionalität und Herzlichkeit schon in kleinen Dingen zeigte: der Nähe zum Gesprächspartner beispielsweise. Die Spanier standen fast immer sehr eng zusammen, wenn sie sich miteinander unterhielten. Sie berührten sich dann am Arm oder der Schulter. Sie suchten die Nähe und Nähe zu anderen Menschen wurde nicht als unangenehm empfunden. Diese Berührungen, dieses am Arm Anfassen oder das auf die Schulter Klopfen, was John so hasste, gehörten bei den Spaniern ebenso dazu wie die obligatorischen Begrüßungsküsschen. Diese geballte Ladung an Körperkontakt hatte John zu Beginn überrascht. Dies war eine Erfahrung, die sein Vorgänger in den USA offensichtlich nicht gemacht hatte. Eine Tatsache, die seine Körpertemperatur regelmäßig ansteigen ließ. Seltsamerweise hatte seine Uhr gestern gar nicht Alarm gemeldet, als er mit María Arm in Arm durch die Innenstadt geschlendert war.

In seinem Spanischkurs hatten sie ebenfalls einmal über Gefühle gesprochen und auch darüber, dass die spanische Sprache ein riesiges Repertoire an Wörtern für Emotionen bereithielt. Nahezu jede kleine Nuance eines Gefühls konnte man mit einem gezielten Wort zum Ausdruck bringen. Für John, der sich in dieser Welt der Gefühle nicht auskannte, war dies eine völlig neue Situation. Wörter und Sätze von einer Sprache in eine andere zu übersetzen schien ihm schon kompliziert. Doch wie viel schwieriger war es noch, die eigenen Gefühle mit Hilfe von Wörtern allen anderen zugänglich zu machen. Man musste die Gefühle in Worte fassen und beim Empfänger mussten diese Worte wieder in bekannte Gefühle übersetzt werden.

Zum Glück musste er in diesem Moment ja niemandem seine Gefühle beschreiben. Er wusste nur, dass er sich gut fühlte, sehr gut sogar. Und das Allerbeste dabei war, dass er María in ein paar Stunden schon wieder sehen würde. Sie hatten sich für den Abend verabredet, um gemeinsam essen zu gehen. Er strotzte nur so vor Kraft, Energie und Tatendrang und da es noch viel zu früh war, um sich auf den Weg zum Sprachkurs zu machen, entschied er, Sport zu machen. Er zog leichte Kleidung an, schlüpfte in seine Sneakers und nahm noch einmal einen großen Schluck Wasser vom Wasserhahn, bevor er sein Zimmer und das Hotel verließ und munter lostrabte.

Freitag, 30. Mai – 7:15 Uhr

Nachdem er paar Straßenzüge hinter sich gelassen hatte, erreichte John den Retiro, den im Zentrum Madrids gelegenen Park. Für viele Madrilenen war er die grüne Oase schlechthin, vor allem an den Sommerabenden und an den Wochenenden. Doch so früh am Morgen war noch nicht viel los. Immer wieder kamen ihm andere Jogger entgegen, die die frühen Morgenstunden nutzten, um Sport zu machen, weil diese noch am meisten Kühle versprachen. Später würde die Sonne dann rasch die Luft erwärmen und an Sport im Freien war bis in die späten Abendstunden nicht zu denken, jedenfalls nicht für normale Leute.

Die zahlreichen Kioske im Park, die Eis und Getränke verkauften, waren noch geschlossen. Hier und da lagen ein paar Leute auf der Wiese, vermutlich Menschen wie dieser Enrique, die entweder kein Zuhause hatten, oder aber kein Zuhause mehr wollten, weil sie es vorzogen auf der Straße zu leben. John fragte sich, ob sie wohl immer dort schliefen. Schließlich hatte er erfahren, dass es im Winter in Madrid recht kühl werden konnte. Was machten sie dann?

Wo konnten sie denn dann schlafen, um nicht zu frieren? Seine Gedanken drehten sich um das Leben dieser Menschen, denen es aus Gründen, die er nicht kannte, schlechter ging als anderen. Dies bedeutete ja keineswegs, dass sie schlechtere Menschen waren. Und dass sie in dieser Welt, wo man mit Geld anscheinend fast alles regeln konnte, auch ein wenig davon haben wollten, schien John nun logischer als zuvor. Er hatte ein schlechtes Gewissen Enrique gegenüber. Wahrscheinlich war er in Wirklichkeit sehr nett. John nahm sich fest vor, ihm beim nächsten Aufeinandertreffen ein paar Euro zu geben und ihm Mut zu machen für die Zukunft...

Ein Jogger überholte ihn. Er hatte sein Handy am Ohr und telefonierte, während er in gleichmäßigem Tempo weiterlief. Dieses Bild genügte, um bei John Assoziationen zu wecken. Er dachte an seinen Chef und an das Gespräch, das er am Vortag mit ihm gehabt hatte. Bisher war ihm noch gar nicht so bewusst geworden, dass sein Chef eine gewisse Skepsis an den Tag gelegt hatte. Er war außergewöhnlich zurückhaltend und distanziert gewesen. Aufgrund seiner Euphorie vor dem Treffen mit María hatte John das gar nicht wahrgenommen. Jetzt aber, wo er in Ruhe noch einmal darüber nachdachte, erkannte er es deutlich. Und der Grund für dieses eher untypische Verhalten war schnell ausgemacht: die Flugroute. Als sein Chef diese ungeplante Flugroute erwähnt hatte, da war auch ein deutlicher Vorwurf John gegenüber mitgeschwungen. Hätte John das nicht bemerken müssen? Hätte er dann nicht frühzeitig ihn, seinen Chef, den Missionsleiter, informieren müssen? Hatte John einen Fehler gemacht? Hatte John durch diesen Fehler den Absturz mit verursacht und damit die gesamte Mission in Gefahr gebracht? Diese Fragen waren es vermutlich, die momentan seinen Chef umtrieben.

John war sich nicht sicher, ob ihm sein Chef seine Antwort, seine angebliche Ahnungslosigkeit abgekauft hatte. Er musste aber davon ausgehen, dass in diesem Moment eine ganze Abteilung auf seinem Heimatplaneten mit Hochdruck daran arbeitete, die möglichen Ursachen der geänderten Flugroute zu analysieren. Und es war ihm auch klar, dass sein Chef eine Menge Spezialisten in der Hinterhand hatte, um diese Frage zu klären.

Ein paar Menschen, wahrscheinlich in der Nähe des Parks lebend, führten ihre Hunde Gassi. Zum größten Teil wirkten sie noch sehr verschlafen, während die Hunde deutlich munterer vorwegmarschierten, um an jedem Busch und Baum zu schnüffeln. An manchen Orten schnüffelten sie dann länger und nicht selten hoben sie dann ein Hinterbein, um sich zu erleichtern und ihre Duftmarken zu hinterlassen. Auch John verspürte plötzlich ebenfalls große Lust, Druck abzulassen. Vielleicht hatte er heute Morgen zu viel Wasser getrunken. Er bog auf einen etwas schmaleren Pfad ab in Richtung Parkmitte. Als er dann einen größeren Baum fand, sah er die große Chance, sich Erleichterung zu verschaffen.

Freitag, 30. Mai – 7:52 Uhr

John war gerade fertig und wollte nun erleichtert und mit frischem Schwung seine Runde beenden. Doch als er sich umdrehte in Richtung Parkweg, um weiterzulaufen, standen zwei uniformierte Herren neben ihm. In gebrochenem Englisch fragte ihn der eine:

„Entschuldigung, Mister, was machen Sie hier?"

„Ich wollte gerade weiterjoggen", antwortete John ihm etwas überrascht, aber auf Spanisch mit seinem ihm eigenen Akzent. Der uniformierte Herr ergriff diese Gelegenheit und führte das Gespräch nun seinerseits auf Spanisch fort.

„Das ist möglich. Aber gerade haben Sie noch etwas anderes gemacht."

John wusste nicht wirklich, wie er darauf reagieren sollte.

„Sie haben an diesen Baum gepinkelt."

John nickte. Was sollte er auch sonst machen. Es war ja offensichtlich. Am Baum war noch klar seine Markierung zu sehen und sie tröpfelte langsam an der Baumrinde herab.

„Ich hoffe, dass Sie wissen, dass dies hier illegal ist."

John sah ihn nur fragend an. Er war zu überrascht, um reagieren zu können.

„Sie können hier nicht einfach in der Öffentlichkeit pinkeln. Stellen Sie sich doch mal vor, das würden alle so machen oder stellen Sie sich einmal vor, dass Kinder das sehen."

John sah sich um. In der Nähe war kein Mensch zu sehen. Schon gar kein Kind. Wo also lag das Problem? Er hatte sich ja extra eine Stelle gesucht, wo er nicht so leicht gesehen werden konnte. Aber ganz offensichtlich war die Stelle nicht gut genug gewesen, denn die Polizisten, die mit ihrem Wagen durch den Park fuhren, hatten ihn ja gesehen.

„Aber hier ist doch weit und breit niemand. Kinder sind auch nicht in der Nähe…Und was machen Sie eigentlich, wenn ein Hund hier im Park pinkelt? Ist das auch verboten?"

Der Polizist war sprachlos. Er blickte seinen Kollegen an und sie unterhielten sich kurz. Dann wandte er sich wieder an John.

„Sie sind ja kein Hund, oder? Sie haben hier im Park unerlaubterweise gepinkelt und damit haben Sie sich strafbar gemacht."

John nahm seinen ganzen Mut zusammen. „Was soll das heißen: strafbar gemacht?"

„Sie haben gegen ein Gesetz verstoßen. Ich weiß zwar nicht, wo Sie herkommen und es ist mir auch völlig egal. Es spielt keine Rolle, welche Sitten und Gebräuche es bei Ihnen gibt. Es ist mir auch egal, wenn man in Ihrem Land mit heruntergelassenen Hosen pinkelt, so dass alle Welt Ihren strahlendweißen Hintern sehen kann. Dort, wo Sie herkommen, können Sie das alles so handhaben, wie es Ihnen beliebt. Aber solange Sie hier sind, gelten die Regeln dieses Landes. Also, wenn Sie pinkeln müssen, dann sollten Sie eine Toilette aufsuchen und nicht einfach hinter den nächsten Baum gehen. Das kostet Sie jetzt 150 Euro Strafe."

„Wie bitte?"

„Money. Money. Sie müssen bezahlen dafür, dass Sie das getan haben."

„Das geht nicht. Ich habe gar nicht so viel Geld." John wirkte nun eingeschüchtert und ratlos.

„Das ist Ihr Problem. Wenn Sie uns das Geld nicht geben, dann werden wir sie wohl oder übel mit auf die Wache nehmen müssen."

Der Polizist gab seinem Kollegen ein Zeichen, woraufhin dieser ein Paar Handschellen von seinem Gürtel löste. Er machte zwei Schritte auf John zu und packte ihn kräftig am Arm. Der Schreck stand John deutlich ins Gesicht geschrieben. Damit hatte er nicht gerechnet. Ängstlich schaute er die beiden Polizisten an. Diese jedoch schienen absolut entschlossen zu sein, ihn festzunehmen.

„Entschuldigung, aber ich habe wirklich nicht so viel Geld dabei."

Seine Stimme klang zittrig. Mit der freien Hand kramte er in seinen Hosentaschen und beförderte schließlich zwei zerknüllte 20 Euro Scheine hervor. Mehr konnte er nicht finden.

Der Polizist bedeutete ihm nochmals genau nachzuschauen. Nervös durchwühlte er erneut alle seine Taschen, doch da war nichts mehr. Er streckte dem Polizisten mit den Handschellen die 40 Euro ängstlich hin. Dieser nahm sie entgegen und besprach sich kurz mit seinem Kollegen.

„Das sind noch lange nicht 150 Euro", sagte der Polizist, der Englisch sprach. Seine Stimme klang hart und unfreundlich.

John machte ihm mit einer Geste klar, dass er nicht mehr Geld bei sich trug.

Ein kurzer Blickkontakt zwischen den beiden Polizisten. Dann befahl der eine John trocken:

„In Ordnung, du kannst weiterlaufen. Dieses Mal lassen wir es noch dabei bewenden, aber mach so etwas hier nie wieder. Nächstes Mal bist du dran!"

John nickte eifrig und lief eilig davon, bevor es sich die beiden Herren vielleicht noch einmal anders überlegten. Es dauerte einige Minuten, bis die Anspannung wieder aus John's Körper gewichen war. Die Energie, mit der er heute morgen aufgestanden war, war wie weggeblasen. Der María-Effekt war einer Angst gewichen, der Angst, von den Erdenbürgern als Fremdling entlarvt zu werden. Immer wieder schien er sich falsch zu verhalten und wenn die Polizei schon bei solchen Kleinigkeiten so unfreundlich war, um wieviel unfreundlicher würden sie dann erst sein, wenn sie herausfanden, dass er gar kein Mensch war.

Hier hatte er zwar gerade den Kürzeren gezogen gegen diese beiden unangenehmen Kerle, aber das würde er sich merken. Auf diese Art durfte niemand mit ihm umgehen.

10. Bingo!

Freitag, 30. Mai – 11:10 Uhr

Ein paar Blocks vom Retiro Park entfernt war Enrique gerade dabei, das Kleingeld zu zählen, das er bis dahin eingenommen hatte. Der Tag hatte richtig gut angefangen. Freitage schienen die besten Tage zu sein. Vielleicht waren die Menschen großzügiger vor dem Wochenende. Vielleicht waren sie einfach besser gelaunt und warfen ihm daher mehr Münzen in seine Mütze. Warum auch immer, es war ihm gelungen in gut 3 Stunden fast 17 Euro zu erbetteln. Für ihn waren 17 Euro viel Geld. Mehr als ausreichend, um damit über die Runden zu kommen. Natürlich konnte er nun weiter dasitzen und hoffen, dass noch ein paar Euro mehr zusammenkamen, um für das Wochenende gewappnet zu sein. Er entschied sich dagegen. Mit zu viel Geld in der Tasche bestand das Risiko, nachts von anderen Landstreichern beklaut zu werden und zudem beschäftigte ihn der Gedanke an diesen merkwürden Amerikaner zu sehr, als dass er hier hätte ruhig sitzen können, um zuzusehen, wie mühsam Cent für Cent in seine Mütze fiel.

Enrique's Verhältnis zum Geld hatte sich spürbar verändert in den letzten paar Jahren. Nicht dass er zuvor verschwenderisch gelebt hätte, aber er hatte eben doch einen Lebensstil gepflegt, wie viele andere Spanier auch, bei dem Geld relativ freizügig eingesetzt wurde. Man ging häufig abends mit Freunden essen und danach noch in die Bar, man gönnte sich den ein oder anderen Urlaub im Jahr und man leistete sich ein Auto, selbst wenn es in der Stadt nicht unbedingt nötig war. Kurzum, das Geld war zum Ausgeben da. Warum auch nicht? Der Wirtschaft war es damals prächtig gegangen und fast alle hatten geglaubt, dass es immer so weitergehen würde. Im Zweifel würde man ja in der Zukunft eher mehr als weniger verdienen und daher auch mehr Geld zur Verfügung haben. In größerem Maße Geld zu sparen für schlechtere Zeiten schien nicht unbedingt im Einklang mit der spanischen Kultur zu stehen. Die Zeit seit der Krise hatte hier jedoch ein Umdenken eingeleitet, zumindest bei Enrique. Er musste sich jetzt bei jedem Euro, den er ausgab, mehr Gedanken machen. Zu viel mehr als zum Essen und Trinken reichte es normalerweise allerdings nicht.

Essen und Trinken waren ja aber auch nun mal die Grundbedürfnisse. Es war interessant zu sehen, dass die Spanier im Schnitt genau hier viel mehr Geld ausgaben, zumindest im Verhältnis, als andere Länder, beispielsweise in Mittel- oder Nordeuropa. Gemessen am Einkommen investierten die Spanier einen beträchtlichen Teil an Lebensmitteln, Bar- oder Restaurantbesuchen. Mit Sicherheit kam in diesen Statistiken auch die südländische Kultur in Verbindung mit dem besseren Wetter zum Ausdruck. Man war gerne in Gesellschaft mit anderen und wo immer möglich traf man sich dann draußen, außerhalb der eigenen vier Wände, um gemeinsam einen Aperitif, einen Wein oder ein Bier zu trinken. Der ein oder andere Rentner brauchte dann auch schon einmal länger, um die Zeitung am Kiosk um die Ecke zu kaufen, da er unterwegs vielleicht noch ein Schwätzchen einlegte oder sich in irgendeiner Bar auf dem Weg einen schnellen Kaffee gönnte.

Wieder klimperten ein paar Münzen in seiner Mütze. Enrique fühlte sich prächtig.

Seit er sein letztes Vorstellungsgespräch gehabt hatte, was nun fast schon 4 Jahre her war, hatte er nicht mehr diese Zielstrebigkeit verspürt, etwas unbedingt erreichen zu wollen. Damals war er nach seinem frühen Jobverlust am Boden gewesen, hatte sich dann aber schnell wieder motiviert und voller Zuversicht Bewerbungen geschrieben und Gespräche geführt. Doch mit jedem Schreiben und mit jeder Absage war ein Stück seines Antriebs geschwunden. Wie eine Batterie, die sich langsam entleert, aber von niemandem mehr aufgeladen wird. Auf einmal, und er konnte es sich selbst nicht erklären, war sein Akku wieder voll. Er verspürte große Lust herauszufinden, was es mit John auf sich hatte. Enrique war sich sicher, dass John ein Geheimnis bewahrte und er, der einfache Bettler, würde es lüften. Enrique packte seine Sachen zusammen, steckte das Geld in die Tasche und machte sich auf den Weg in Richtung Hotel, wo er hoffte, John vorzufinden.

Freitag, 30. Mai – 11:10 Uhr

Zur selben Zeit las John die Nachricht von Montse. Als er nach seiner aufregenden Joggingrunde mit Polizeikontakt zum Hotel zurückgekommen war, hatte ihn die Dame von der Rezeption zu sich gerufen. John war nur zögerlich zu ihr gegangen, da er schon das nächste Problem gewittert hatte. Doch seine Sorge war zum Glück umsonst gewesen. Die Hotelangestellte hatte ihn lediglich gefragt, ob er der John aus Kalifornien sei. John hatte genickt, woraufhin sie ihm einen Zettel gereicht hatte.

„Sir, wir haben hier eine Nachricht für Sie von einer gewissen Montse. Ich nehme an, Sie kennen die Dame. Sie hatte uns eine Email geschickt und uns gebeten, diese für Sie auszudrucken und Ihnen zu geben."

John hatte sich bei der freundlichen Dame bedankt und war mit dem Zettel auf sein Zimmer zurückgekehrt, war dann aber zunächst ins Bad gegangen, um sich eine ausgiebige Dusche zu gönnen und seine Gedanken wieder zu sortieren.

Die Nachricht für John war komplett auf Englisch verfasst und war fast 1 ½ Seiten lang. Im Betreff stand „Gute Neuigkeiten von meinem Freund".

Nach ein paar Höflichkeitsfloskeln zu Beginn, kam Montse schnell zum Punkt. Sie hatte mit ihrem Bekannten gesprochen bezüglich der Spezialflüssigkeit, welche John suchte. Allein mit den paar Tropfen der Probe, welche John Montse mitgegeben hatte, war es nahezu unmöglich gewesen, die exakte chemische Substanz der Flüssigkeit zu bestimmen. Außerdem waren da einige Stoffe enthalten, die nicht identifiziert werden konnten. Dennoch hatte Montse's Bekannter eine sehr umfangreiche Analyse dieser Flüssigkeit durchführen können und er wollte das Ergebnis sehr gerne John erklären. Montse bot John an, sich mit ihm zu treffen, um ihm die Ergebnisse der Analyse zu erklären, die natürlich allesamt auf Spanisch waren und viele chemische Formeln enthielten. Sie schlug 13 Uhr bei sich auf Arbeit als Treffpunkt vor. Sie plante sowieso, früher Schluss zu machen, um das Wochenende in Barcelona bei Freunden zu verbringen. In der Email nannte sie ihm die exakte Adresse ihrer Firma in der Calle Orense und drückte ihre Hoffnung aus, dass er diese Nachricht noch rechtzeitig vorher erhielt, da sie ja danach dann in Richtung Barcelona aufbrechen würde.

John las die gesamte Nachricht nochmals. Seine Laune verbesserte sich mit jedem Wort. Diese Montse war einfach klasse. Sie schien die richtigen Leute zu kennen, um Probleme rasch und effizient lösen zu können. Obendrein war sie immer freundlich. Ganz das Gegenteil dieser unfreundlichen Polizeibeamten von zuvor. Sie hatte fantastische Arbeit geleistet und mit hoher Wahrscheinlichkeit würde er schon heute Nachmittag wissen, welche Flüssigkeit er benötigte, um den Rückflug zu seinem Planeten antreten zu können. Die Spanier, das musste er schon sagen, waren sehr hilfsbereite Menschen. Vielleicht hatte das damit zu tun, dass es ein herzliches Volk war. Sie standen sich wahrscheinlich näher, im wahrsten Sinne des Wortes: die Begrüßungen, der Abstand bei Gesprächen und der Körperkontakt. Zudem waren viele Spanier gut vernetzt, hatten vielfach einen weitreichenden Bekannten- und Freundeskreis, den sie mit regelmäßigen Treffen auch pflegten. Konnte man damit die Hilfsbereitschaft erklären? Alle hatten sie ihm geholfen. Pablo, der Student, der ihn über die spanische Kultur aufklärte und ihm half, sich in Spanien zurechtzufinden. Der Taxifahrer Francisco, der ihm über alles Auskunft gab, und ihn überall in der Stadt hinfuhr. María war sowieso ein Schatz und selbst dieser komische Enrique wollte ihm im Grunde genommen nichts Böses. Zumindest hatte er ihm ja Wasser geholt, als es ihm wegen der Hitze gar nicht gut gegangen war. Und jetzt Montse, die ihm bei seinem Antriebsproblem weiterhalf. Es war schon merkwürdig, dass ihm bisher alle Personen, die er näher kennengelernt hatte hier, zumindest schon einmal in irgendeiner Situation weitergeholfen hatten. Natürlich auch das Hotelpersonal, obwohl die selbstverständlich dafür bezahlt wurden. Deren Hilfe würde er allerdings später gleich nochmals in Anspruch nehmen, wenn es darum ging wie er am besten zum Arbeitsort von Montse kommen könnte.

Noch hatte er jedoch Zeit bis zum Treffen. Seine Zeit in Spanien insgesamt aber neigte sich dem Ende zu. Sollte er tatsächlich das Problem mit der Spezialflüssigkeit für den Antrieb des Raumschiffs lösen können, so wären seine Tage hier gezählt. Die Reparatur des Schlauchs und die Besorgung wären vermutlich ein Kinderspiel und er könnte noch am Wochenende seinen Rückflug antreten. Doch vorher würde er sich noch um etwas fundamental Wichtiges kümmern, etwas, was ihn schon länger beschäftigte. Er setzte sich an den Schreibtisch in seinem Hotelzimmer, nahm sich ein großes Blatt Papier und einen Stift. Er schloss kurz die Augen und vor ihm tauchte das Foto auf, das er vor ein paar Tagen in dieser wilden Nacht mit Pablo und dessen Freunden verloren hatte. Glasklar erschien es vor ihm. Das Foto dieses Gegenstandes hatte sich bei ihm eingebrannt, so häufig hatte er es zuvor angeschaut. Er griff zum Stift und zeichnete den Gegenstand in die Mitte seines Blattes. Er kritzelte ein paar Zahlen auf das Papier, machte ein paar Skizzen und schrieb einige Namen auf das Blatt.

Gut eine halbe Stunde später legte er den Stift beiseite. Der Plan stand. Allerdings fehlte noch ein ganz bedeutendes Puzzleteil darin. Ohne das würde er nicht funktionieren.

Freitag, 30. Mai – 12:53 Uhr

Montse's Telefon klingelte. Es war die Dame vom Empfang, die ihr mitteilte, dass ein gewisser John eingetroffen sei. Montse blickte auf die Uhr. John war überpünktlich. Im Normalfall hätte sie auch ein paar Minuten früher Mittagspause machen können, doch heute, direkt vor dem Wochenende, klappte es nicht. Sie musste noch dringend etwas fertigmachen.

„Sag John bitte, dass es leider noch ein paar Minuten dauern wird. Vielleicht kannst du ihm ja etwas zu trinken anbieten. Sobald ich hier fertig bin, hole ich ihn ab. Danke."

Montse war mit der Empfangsdame gut befreundet. Insofern wusste sie John in guten Händen. Ein ehemaliger Kollege hatte ihr einmal den Rat gegeben, vor allem zum Personal am Empfang, sowie zu den Assistenten und Assistentinnen der Chefs einen guten Draht zu haben. Dies würde vieles erleichtern. Und er hatte Recht. Wie oft schon hatte sie noch das Glück gehabt, kurzfristig einen Termin beim Geschäftsführer zu bekommen, obwohl seine Agenda angeblich ja so voll war. Und dies nur dank des hervorragenden Verhältnisses zu seiner Assistentin.

Vitamin B, gute Beziehungen zu den entscheidenden Leuten, das war nun mal verdammt wichtig. In Spanien vermutlich noch viel mehr als in anderen Ländern. Montse hatte es schon mehrfach selbst erlebt und auch von Bekannten erfahren, wie in manchen spanischen Unternehmen die wichtigen Posten besetzt wurden. Da spielte oft die persönliche Beziehung, die der Kandidat zum Entscheider hatte, eine weit gewichtigere Rolle als seine Leistung. Nicht selten gab es Unternehmen, wo sich Geschwister, Cousins oder Schwager gegenseitig die guten Stellen zuschanzten. Und momentan, in wirtschaftlich schwierigen Zeiten, kam dies noch viel häufiger vor. Viele Spanier sprachen nicht so gerne über dieses Thema, wohl weil sie selbst schon einmal von Beziehungen profitiert hatten oder aber weil sie Leute kannten, die aufgrund von Beziehungen einen guten Job ergattern konnten. Nachdem Spanien jetzt schon mehrere Jahre in der Krise steckte, gerieten viele Aspekte des spanischen Arbeitsmarktes in die öffentliche Diskussion.

Zahlreiche Experten verfassten Artikel darüber, was man verändern müsste, um in Spanien mehr Arbeit zu schaffen oder produktiver zu werden. Manche schlugen vor, die Arbeitszeiten zu ändern und denen in Mittel- und Nordeuropa anzupassen, sprich die Leute sollten etwas früher anfangen morgens, dafür dann schon um 12 Uhr oder 13 Uhr Mittagspause machen, maximal 1 Stunde und nicht 1,5 bis 2 Stunden wie vielfach der Fall, und dann zwischen 17 und 18 Uhr Feierabend machen. Es gab nicht wenige, die vor allem die Nachmittagsarbeit in Spanien für unproduktiv hielten. Nach einer langen und späten Mittagspause kamen viele Leute erst wieder um 16 Uhr ins Büro um nochmals 3 Stunden zu arbeiten. Nicht wirklich effizient und zudem schlecht für die Familie, da man dann natürlich auch erst spät nach Hause kam. Verschiedene Studien bewiesen, dass die Spanier im europäischen Vergleich ganz weit oben standen, was die Arbeitszeiten pro Tag anging, aber die Studien besagten auch, dass sie deshalb nicht produktiver waren im Durchschnitt als andere Nationen wie beispielsweise Deutschland.

Ein weiterer Kritikpunkt war das fehlende duale System der Ausbildung. Salopp gesagt gab es in Spanien nur schwarz oder weiß. Entweder man hatte ein Studium und damit eine gute Ausgangsposition für die spätere Karriere oder aber man hatte keines und fing dann oft nur als Hilfsarbeiter an. Eine fundierte Ausbildung, die sowohl den schulischen, also theoretischen, als auch fachlichen Aspekt miteinander verband, so wie dies beispielsweise in Deutschland der Fall war, gab es in Spanien nicht. Und später klagten dann viele über das mangelnde theoretische Wissen der Facharbeiter. Natürlich kritisierten die Experten auch immer die relativ schlechten Fremdsprachenkenntnisse der Spanier. Auch dies führte zu Nachteilen des spanischen Marktes gegenüber der Konkurrenz.

Montse konnte alle diese Punkte nachvollziehen. Mit Sicherheit waren dies alles valide Argumente, die gegen den spanischen Arbeitsmarkt sprachen. Was jedoch keine Studie oder noch kein Experte genannt hatte, jedenfalls nicht, dass sie es wüsste, war das Thema der spanischen Chefs. Noch allgemeiner formuliert, das Thema Führung und das Verständnis von Führung. Diesbezüglich musste es doch unglaublich viel Studienmaterial geben. Viele von Montse's Freunden und Bekannten konnten ähnliche Geschichten über Chefs in ihren Firmen erzählen. Nicht, dass alles negativ wäre, was spanische Vorgesetzte anbelangte, aber es gab doch ein paar Eigenschaften, die sie von Chefs in anderen Ländern unterschied.

Spanische Unternehmen waren im Allgemeinen eher hierarchisch aufgebaut. Dies bedeutete, dass die Chefs oft mit reichlich Macht ausgestattet waren und die Mitarbeiter sehr viel Respekt vor ihnen hatten. Daher kam es auch eher selten vor, dass Mitarbeiter ihren Vorgesetzten widersprachen, um ihre eigene Meinung durchzusetzen. In der Regel waren die Rollen klar verteilt: die Chefs gaben die Richtung vor und die Mitarbeiter folgten. Bei Geschäftsreisen in andere Länder hatte Montse häufig beobachten können, dass dies ein typisch spanisches Verhalten war. In anderen Ländern wurde Mitarbeitern meist viel mehr Verantwortung und Mitbestimmung übertragen. Man gab das Ziel vor, aber nicht den Weg. Hier hatte sie oft das Gefühl, dass Mitarbeiter nur noch kopflose Befehlsempfänger waren.

Die spanischen Chefs delegierten ungern Verantwortung. Sie liebten es, selbst alles unter Kontrolle zu haben, auch wenn sie dadurch mehr Arbeit hatten. Montse wusste nicht, ob dies am mangelnden Vertrauen der Vorgesetzten zu ihren Mitarbeitern lag, oder ob es andere Gründe gab.

Besonders motivierend für die Leute war dies natürlich nicht und so verloren auch nicht Wenige bald die Lust, tatsächlich ihr

Bestes zu geben. Dies wurde noch zusätzlich befeuert, indem spanische Vorgesetzte fast ausschließlich ihren eigenen Vorteil und ihr eigenes Vorankommen im Blick hatten. Mitarbeiter waren dementsprechend in vielen Fällen nur Mittel zum Zweck, um die eigenen Ziele zu erreichen. Bedürfnisse des Mitarbeiters waren dann nur zweit- oder drittrangig. In Zeiten hoher Arbeitslosigkeit und damit des Überangebots an billigen Arbeitskräften war dies noch viel schlimmer geworden. Viele ihrer Freunde mussten sich sehr viel von ihren Vorgesetzten gefallen lassen. Da musste einmal auf Geheiß des Chefs kurzfristig am Samstag gearbeitet werden, womit die gesamte Wochenendplanung hinfällig war. Da wurde der eingeplante Urlaub einfach mal durch den Chef um ein paar Tage verkürzt. Da wurde ein Mitarbeiter vor versammelter Mannschaft wegen eines Fehlers niedergemacht. Montse bezeichnete das als Management durch Bestrafung. Es war eigentlich offensichtlich, dass solche Aktionen nicht zu einer Motivationssteigerung der Belegschaft beitrugen. Letztlich versuchte jeder nur, nicht negativ aufzufallen, um sich nicht angreifbar zu machen.

Auf der anderen Seite nahmen sich die Vorgesetzten dann aber ihre eigenen Freiheiten. Von Vorbildfunktion für die Mitarbeiter war in vielen Unternehmen nichts zu spüren. Der Chef als kleiner König, unantastbar, immer im Recht und jederzeit zu respektieren.

Woher kam dieses Verständnis von Führung in Spanien? War dies noch zeitgemäß?

Und war es möglich, die Auswirkungen dieser Art der Führung im Vergleich zu anderen Arten der Führung, wie sie beispielsweise in England oder in den USA praktiziert wurden, zu messen?

Dazu hatte Montse jedenfalls noch keine Studien gesehen. Das wäre einmal interessant, diesen Aspekt des spanischen Arbeitsmarktes zu untersuchen.

Montse schrieb noch ihren Wochenbericht für ihren Chef fertig. Dort wollte dieser immer nochmals die wichtigsten Ergebnisse der Woche zusammengefasst haben. Auch nur ein Instrument zur besseren Kontrolle durch den Chef? Sie wusste es nicht, aber es war ihr in diesem Augenblick auch egal. Gleich würde sie ins Wochenende starten und dann die Arbeit für zweieinhalb Tage ausblenden. Jetzt noch schnell den Bericht abschicken und den Rechner ausschalten. Und dann geschah genau das, was sie hatte vermeiden wollen: ihr Chef kam an ihrem Arbeitsplatz vorbei. Heute Morgen hatte sie ihm extra noch mitgeteilt, dass sie pünktlich um 13 Uhr aus dem Büro musste. Und nun das. Eine Frage nach der anderen zum Stand des Projekts. Montse packte nebenher ihre Sachen zusammen, doch ihr Chef verstand nicht, oder wollte nicht verstehen. Er fuhr munter fort mit seiner Fragestunde. Dabei war dies zu diesem Zeitpunkt weder wichtig noch dringend.

Eine Viertelstunde später schaffte es Montse schließlich sich loszueisen. Sie wünschte ihm ein schönes Wochenende und verließ das Büro. Im Empfangsbereich saß John mit einem Glas Wasser vor sich und blätterte scheinbar lustlos in einer Zeitschrift. Montse begrüßte John und entschuldigte sich fürs Zuspätkommen. Nach etwas Smalltalk begann Montse dann schließlich, John von ihren Recherchen zur Spezialflüssigkeit zu erzählen.

Freitag, 30. Mai – 15:17 Uhr

John verließ aufgeregt den Fanshop von Real Madrid. In seinem Kopf arbeitete es.

Er hatte soeben die Stadiontour gemacht, die ihm Francisco empfohlen hatte. Hier und da hatte er ein Foto gemacht von den Tribünen, der Trainerbank und dem Rasen. Für drei Engländer, die immer ein paar Meter vor ihm gegangen waren, war vor allem der Besuch der Gästekabine ein Highlight gewesen. Hier konnte man endlich mal sehen, was die Spieler sahen. Man konnte versuchen nachzuempfinden, wie es wohl war, vor einem Spiel von der Kabine ins Stadion einzulaufen und nach dem Spiel wieder dorthin zurückzukehren, um zu duschen und sich frisch zu machen und danach dann wieder die Rückreise anzutreten.

John fand das nicht schlecht, allerdings fand er das, was danach kam, viel interessanter: die Trophäensammlung. Sämtliche Pokale und andere Trophäen, die Real Madrid in seiner Historie gewonnen hatte, standen dort.

Bilder von einzelnen Spielern oder der ganzen Mannschaft aus dem jeweiligen Jahr erzählten eine Geschichte des Triumphs. Hinter jedem einzelnen Titel verbarg sich eine ganz eigene Geschichte.

Hin und wieder schaute sich John ein paar Bilder genauer an und las den dazugehörigen Artikel. Meist aber stand er einfach nur dort und erfreute sich an den Trophäen. Es gab große und kleine, silberne und goldene in allen denkbaren Formen. Obwohl er noch nie Fußball gespielt hatte, konnte er sich sehr gut vorstellen, dass die Aussicht, einmal solch eine Trophäe gewinnen zu können, eine unglaubliche Motivation bei den Spielern auslösen musste. Gerne hätte John auch einmal einen solchen Pokal angefasst und in die Höhe gehalten, aber das war ja leider nicht möglich. Scheinbar nahm die ganze Sammlung gar kein Ende. Wenn der Verein so weitermachte, dann mussten sie bald noch anbauen, um sämtliche Trophäen unterzubringen. Als er dann nach der Sammlung in den Fanshop gelangte, stellte John fest, dass es schon weit nach 15 Uhr war. Um halb 4 war er mit Pablo verabredet, vor dem Stadion.

Er ging einmal um das Stadion herum bis zum Vorplatz, wo Pablo jeden Augenblick aufkreuzen würde. Der Verkehr war jetzt wieder dichter geworden auf der Castellana, der breiten Einfahrtsstraße von Madrid. John beobachtete, wie aus den Bürotürmen auf der gegenüberliegenden Straßenseite die Leute strömten. Und dann stand plötzlich Pablo neben ihm, der offensichtlich aus einem der umliegenden U-Bahn Schächte gekommen war.

„Alles ok bei dir, John?", fragte er lächelnd. Er gab John die Hand. John war in Gedanken immer noch bei der Stadiontour, seine Augen hingen am Verkehr und den vielen Menschen, während seine Ohren ihm signalisierten, dass da jemand etwas von ihm wollte.

„Viel los heute…", murmelte er gedankenversunken vor sich hin.

„Klar. Es ist Freitag und es ist nach 15 Uhr. In den meisten Firmen heißt es dann Feierabend und Wochenendbeginn. Das wird ‚jornada intensiva' genannt, was so viel heißt wie Intensiv-Arbeitstag. Normalerweise fangen die Leute dann um 8 Uhr morgens an und arbeiten ohne Mittagspause bis 15 Uhr durch und ab ins Wochenende."

John war inzwischen auch wieder geistig anwesend.

„Nicht schlecht. Auf diese Art fühlt sich das Wochenende länger an, oder?"

„Genau. Und da man keine Pause macht, sind es im Endeffekt immerhin noch 7 Arbeitsstunden. Keine schlechte Sache. Wie war dein Tag? Hast etwas Interessantes gemacht?"

„In der Tat. Ich habe die Stadiontour gemacht." John zeigt mit dem Finger auf das Santiago Bernabéu hinter ihm.

„War wirklich sehr toll, das Ganze einmal aus der Nähe zu sehen."

„Wow. Ein Amerikaner in einem Fußballstadion. Vielleicht lernt ihr bald doch noch den richtigen Fußball schätzen." Pablo grinste, dann fuhr er fort:

„Aber im Ernst. Freut mich, dass du so an Fußball interessiert bist. Das wusste ich gar nicht. Schau, das trifft sich ganz gut. Habe vorher kurz mit meinen Eltern telefoniert. Mein Vater ist ja 2-facher Dauerkartenbesitzer und Mitglied bei Real Madrid. Morgen ist dort irgendein Freundschaftsspiel zwischen aktuellen und ehemaligen Stars von Madrid. Normalerweise gehen wir immer gemeinsam zu allen Spielen, mein Vater und ich. Morgen aber wird mein Vater nicht gehen. Also wenn du Lust hast, bist du herzlich eingeladen. Dann kannst du einmal ein Spiel live sehen. Was meinst du?"

John schaute ihn mit großen Augen an. Er wusste nicht, bis zu welchem Grad ihn Fußball wirklich interessierte. Aber dies war die Gelegenheit, um noch mehr über die Spanier zu erfahren und vor allem erhoffte er sich dadurch neue Erkenntnisse für seinen Plan. Der ließ ihn nicht mehr los. Wie eine Klette hing er an ihm.

„Sehr gerne komme ich mit. Fantastisch! Wann geht das Spiel denn los?"

„Soweit ich weiß um 18 Uhr. Zuvor aber bin ich bei meinen Eltern beim Essen. Weißt du was, ich rufe sie kurz an und frage sie, ob du nicht mit uns essen kannst. So kannst du hinterher deinen Freunden in den USA erzählen, dass du bei einer spanischen Familie gegessen hast."

Bevor John überhaupt etwas sagen konnte, hatte Pablo bereits das Handy am Ohr. Während er sich anscheinend mit seiner Mutter oder seinem Vater unterhielt, signalisierte er mit dem Daumen nach oben, dass alles in Ordnung ging. Wenig später legte er auf.

„Alles geklärt. Morgen Nachmittag, 15 Uhr, Mittagessen in der Casa Garcia. Du bist herzlich eingeladen."

Er notierte die Adresse und auch die nächstgelegene Metrostation und reichte John den Zettel.

„Jetzt lass aber mal raus, warum du dich heute unbedingt so dringend noch mit mir treffen wolltest. Scheint ja wirklich wichtig zu sein." Pablo blickte John neugierig an, doch dieser zögerte noch etwas.

„Wenn du willst, suchen wir uns zuerst einmal einen Ort, wo wir essen können und dann erzählst du mir alles in Ruhe, einverstanden?"

„Klingt großartig", antwortete John, der sichtlich erleichtert war, dass er noch ein paar Minuten Aufschub erhalten hatte, bevor er mit seinem Thema herausrücken musste.

Sie überquerten die Castellana und noch immer fluteten Leute in Geschäftskleidung die Gehsteige. Die allermeisten von ihnen waren bestens gelaunt und freuten sich auf das anstehende Wochenende. Manche telefonierten, andere unterhielten sich mit Kollegen oder verabschiedeten sich gerade von denen, natürlich nicht, ohne sich vorher noch ein schönes Wochenende zu wünschen. Wie in den letzten Tagen war es auch heute wieder ein sonniger Spätfrühlingstag mit Temperaturen nahe der 30 Grad Marke. Dennoch liefen hier fast alle mit Anzug und Krawatte herum. Auch bei solchen Temperaturen wurde die Form gewahrt. Eleganz und Stil machten nicht vor heißem Wetter halt.

Vor einem größeren Gebäude hielt John plötzlich an und betrachtete es genauer.

„Ist das ein Kasino?", fragte er Pablo schließlich.

„Yep. Hier kannst du vor allem Bingo spielen."

John musste sofort wieder an die Geschichten von Jim und Las Vegas denken. Und auch daran, wie er selbst vor ein paar Tagen im Stadtzentrum mit dem Becherspiel sein erstes Geld verdient hatte. Vielleicht war dies hier die Gelegenheit, seine Kasse etwas aufzubessern. John's Geld neigte sich dem Ende zu und noch würden ein paar Ausgaben auf ihn zukommen.

„Was genau ist das denn für ein Spiel?"

„Du kennst Bingo nicht? Das ist in Spanien fast schon Nationalsport. Also schau, für ein paar Euro kannst du dir dort einen Spielschein kaufen. Auf dem sind dann 15 Zahlen abgebildet. Zahlen zwischen 1 und 90. Nacheinander werden dann Zahlen gezogen aus einer Trommel, in der Kugeln mit allen 90 Zahlen drin sind. Wenn du die gezogene Zahl auf deinem Schein findest, streichst du sie durch. Wer als erster im Saal alle seine Zahlen durchgestrichen hat, der ruft laut „Bingo" und gewinnt dann die Runde und die jeweilige Siegprämie."

„Sehr interessant. Und kann man dort viel Geld gewinnen?"

„Kommt darauf an. In manchen Runden schon mal deutlich über 1000 Euro. Wenn wenig Leute da sind, vielleicht aber auch nur 50 oder 100 Euro."

John geriet ins Grübeln. Er malte sich schon aus, wie er hier mit einem Bündel Scheine herausspazieren würde und sich damit über seine letzten Tage hier auf der Erde keine Sorgen mehr zu machen brauchte.

„Du willst da rein, oder?" Pablo hatte ihn durchschaut.

„John, ich sehe es dir an, dass du Lust hast, da drin jetzt eine Runde Bingo zu spielen."

John lächelte.

„Kann man dort auch was essen?", fragte er dann.

„Auch das ist möglich. Soweit ich weiß ist das Essen dort sogar recht gut und gar nicht mal so teuer."

Ein paar Minuten später hatten sie an einem freien Tisch Platz genommen und bereits das Tagesmenü bestellt. Es war nicht wirklich viel los. Ein paar Geschäftsleute und vor allem aber ältere Herrschaften, die neben dem Mittagessen immer wieder mal ein Kreuzchen auf ihren Karten machten. Am Nebentisch spielte eine ältere Dame offensichtlich gleich mit 3 Spielscheinen gleichzeitig. John sah sich fasziniert um. Fast im Sekundentakt wurde eine neue Zahl durchgesagt und auf den zahlreichen Bildschirmen angezeigt. Pablo flüsterte ihm zu.

„Siehst du jetzt wie's funktioniert? Die Zahl wird durchgesagt und wenn du sie hast, einfach durchstreichen. Wenn du eine Linie fertig hast, laut ‚Zeile' schreien und wenn du ganz fertig bist, schrei ‚Bingo', verstanden?".

John nickte.

„Wenn es für dich ok ist, dann teilen wir den Gewinn, falls wir etwas gewinnen sollten."

„Absolut."

Bei der nächsten Gelegenheit kauften sie sich je einen Spielschein und spielten mit. Bei jeder Zahl, die durchgesagt wurde und die er auf seinem Spielschein wiederfand, freute sich John wie ein kleines Kind. Und tatsächlich hatte er schon 12 Zahlen durchgestrichen, als ‚Bingo' ausgerufen wurde. Natürlich, die Dame am Nebentisch mit ihren 3 Spielscheinen. Sie freute sich noch nicht einmal darüber, dass sie gewonnen hatte, sondern nahm das Ganze sehr gelassen zur Kenntnis.

Dann kam das Essen und Pablo und John machten eine Spielpause, während um sie herum nach wie vor die Zahlen nur so herniederprasselten. Das Essen war in der Tat sehr lecker. Jedoch war das für John nur Nebensache. Er wollte hier Nummern durchstreichen und den Gewinn mitnehmen. Doch die nächsten beiden Runden waren eher ernüchternd. Gerade einmal 5 Zahlen hatte John geschafft, als das ‚Bingo' ausgerufen wurde.

„Aber nun sag mal John, warum wolltest du dich denn mit mir treffen? Vermutlich nicht, um Bingo zu spielen, oder?" Pablo sprach sehr leise, um die Leute an den Nebentischen nicht vom Spiel abzulenken.

„Nein, natürlich nicht. Ich wollte dich treffen, weil ich deinen Rat brauche…in einer wichtigen Angelegenheit."

„Jetzt machst du mich aber neugierig."

„Pablo, du kannst dich doch bestimmt noch an María, die Flamenco-Tänzerin erinnern, oder?"

„Aber selbstverständlich. Wie könnte man diese bildhübsche Frau nur vergessen?"

„Nun, heute Abend habe ich ein Date mit ihr. Leider habe ich keine Ahnung, was spanische Frauen da erwarten und ich hatte gehofft, dass du mir vielleicht helfen kannst."

In Wahrheit hatte John natürlich keinerlei Erfahrung hinsichtlich Dates mit Frauen, ganz egal aus welchem Land sie kamen. Aber das wusste ja Pablo nicht. Hauptsache er konnte ihm ein paar Tipps geben, wie er sich später zu verhalten hatte, um diese wunderbare María nicht zu enttäuschen.

Pablo grinste. „Und da denkst du tatsächlich, dass ich dir helfen kann? Sieh mich an. Ich hab ja derzeit auch keine Freundin. Also vielleicht bin ich nicht der beste Ansprechpartner in dieser Angelegenheit."

„Ich bin überzeugt davon, dass du mir einen guten Rat geben kannst", erwiderte John.

In diesem Augenblick wurde wieder ein ‚Bingo' ausgerufen. John schlug leise mit der Faust auf den Tisch. Wieder war er weit davon entfernt gewesen, seine Zahlen alle durchzustreichen.

„Sollen wir noch eine letzte Runde spielen oder gehen wir?", fragte ihn Pablo.

„Ich hasse dieses Scheiß-Spiel. Es kommen ja doch nie die Zahlen, die ich brauche."

„Pech im Spiel, Glück in der Liebe."

„Hmm. Na gut, lass uns noch eine letzte Runde spielen."

Sie kauften noch je einen Spielschein.

„Also John, wegen des Dates mit María heute Abend, mach dir am besten nicht so viele Gedanken. Sie machte wirklich einen sehr netten Eindruck und bestimmt erwartet sie nichts Besonderes."

„Was meinst du damit?", fragte John.

Er strich die 24 auf seinem Zettel durch, die eben genannt worden war.

„Nun, es ist ein erstes Date und ich denke, dass sie einfach nur einen schönen Abend mit dir verbringen möchte. Also wenn du ihr eine Freude machen willst, dann kauf ihr doch eine Kleinigkeit: ein paar Blumen oder ein kleines Geschenk. Das kommt natürlich auch bei spanischen Frauen immer gut an."

John strich 2 weitere Zahlen durch, die vor ihm auf dem Bildschirm erschienen.

„Das klingt gut. Eine kleine Überraschung sozusagen."

„Ja genau. Und ich weiß ja nicht wohin ihr gehen wollt, aber wenn du sie auf ein Getränk einlädst, kannst du meist auch Pluspunkte sammeln."

„Verstehe", meinte John knapp, der mit seiner Aufmerksamkeit eher beim Bingo-Zahlendurchsager war, als bei Pablo. Und wieder kam eine Zahl, die er auf seinem Zettel hatte.

Pablo fuhr fort. „Aber wie gesagt, genieß einfach den Abend, sei nett und freundlich, dann"

„BINGO! Biiiiiingooooo!" John sprang von seinem Stuhl auf, nachdem er die letzte noch offene Zahl durchgestrichen hatte. Er schrie wie ein Verrückter und Pablo blickte ihn kurz erschrocken an. Dann jubelte er mit John.

„Genial, John. Sehr gut gemacht." Dann schaute er schnell auf die Anzeigentafel, wo die Jackpothöhe angezeigt wurde. Pablo brauchte ein paar Sekunden, um zu verstehen, dass eben eine Sonderrunde gespielt worden war und John somit knapp 1300 Euro gewonnen hatte.

Ein Kasinoangestellter überprüfte die Richtigkeit des Spielscheins und des ‚Bingos' und der Sprecher bestätigte dies schließlich.

Pablo fiel John in die Arme.

Kurz darauf ließen sie sich an der Kasse den Gewinn auszahlen und teilten diesen auf, wie zuvor vereinbart.

„Wenn sich das mal nicht gelohnt hat, John. Und außerdem kannst du María jetzt tatsächlich ein richtig tolles Geschenk machen. Das ist dein Tag heute."

Freitag, 30. Mai – 15:56 Uhr

Enrique betrat die Eintrittshalle des Hotels. Er hatte extra eine seiner besseren Jeans angezogen, dazu ein paar Turnschuhe. Zuvor hatte er kurz bei seinen Eltern vorbeigeschaut. Die Begeisterung hatte sich in Grenzen gehalten. Er war zwar immer zu Hause willkommen, aber das Verhältnis zwischen ihm und seinen Eltern hatte in den letzten Jahren doch beträchtlich gelitten. Die schwierige Situation machte allen zu schaffen und es waren Worte und Dinge vorgefallen, die sich auch so schnell nicht wieder in Ordnung bringen ließen.

Das wussten seine Eltern und das wusste er. In der Regel schaute er einmal pro Woche zu Hause vorbei, um ordentlich zu essen, sich gründlich zu duschen und zu waschen, ein paar Sätze mit seinen Eltern zu wechseln und ein wenig fern zu sehen. Fast immer drückten sie ihm beim Abschied dann noch 10 oder 20 Euro in die Hand, obwohl er das Geld gar nicht wollte. Für Notfälle, wie sie dann zu sagen pflegten. Und in der Tat gab es Tage, an denen er auf dieses Geld zurückgreifen musste, weil ihm die Leute auf der Straße nicht genügend Münzen zugesteckt hatten.

Enrique sah sich ein paar Sekunden lang um, bevor er langsamen Schrittes zur Rezeption ging. Dort lächelte ihn eine junge

Angestellte an, höchstens 20 schien sie zu sein, und fragte ihn, wie sie ihm helfen könne.

„Guten Tag. Ich habe eine kleine Bitte. Es ist etwas ungewöhnlich, aber es ist wirklich wichtig. Mein amerikanischer Freund wohnt hier im Hotel und es gibt ein kleines Problem."

Enrique legte eine Pause ein.

„Entschuldigung, ich verstehe nicht ganz", antwortete die Frau an der Rezeption.

„Nun. Er hatte einen kleinen Unfall auf der Straße. Nichts Bedeutendes, aber zur Sicherheit wurde er ins Krankenhaus gebracht."

„Oh, mein Gott. Was ist passiert?"

„Wie gesagt, nichts Großes. Vermutlich der Kreislauf. Er wird noch untersucht. Da er aber vielleicht die Nacht dort verbringen muss, hat er mich gebeten, ein paar Sachen für ihn aus seinem Zimmer abzuholen. Deswegen bin ich hier."

„OK. Verstehe. Wie heißt dein Freund denn?"

„Goblet. John Goblet. Er kommt aus Kalifornien."

Die Hotelangestellte tippte ein wenig auf der Tastatur ihres Rechners.

„Hier habe ich ihn. John Goblet. Er wohnt in Zimmer Nummer..."

Plötzlich brach sie den Satz abrupt ab, so als hätte sie etwas Verbotenes gesagt.

„Entschuldigung, aber es verstößt gegen die Hotel-Richtlinien, Informationen über unsere Gäste herauszugeben."

„Aber ich benötige doch gar keine Information. Ich kenne John ja schon gut genug." Enrique lächelte. „Er ist ja schließlich mein Freund. Was ich brauche, ist lediglich kurz Zugang zu seinem Zimmer, damit ich ihm ein paar Dinge ins Krankenhaus bringen kann. Ein wenig Unterwäsche, frische Kleidung und seinen Wäschebeutel."

„Ich weiß nicht." Die junge Frau zögerte. Sie war sichtlich verunsichert darüber, was sie nun machen sollte. Es war auch kein Kollege da, der ihr helfen konnte. In der Mittagszeit war die Rezeption immer nur minimal besetzt, da in der Regel nicht viel los war.

„Ich könnte kurz meinen Chef anrufen und ihn fragen, ob ich dich ins Zimmer lassen darf", meinte sie.

„Natürlich wäre das eine Möglichkeit. Dein Chef wird aber vermutlich gerade Siesta machen und ich kann mir nicht vorstellen, dass er sich freut, wenn er wegen einer solchen Kleinigkeit gestört wird. Schau mal. Ich möchte John nur helfen und ihm ein paar Sachen bringen. Wenn du Angst hast, dass ich ihn beklaue, so komm doch einfach mit. Du machst das Zimmer auf, ich hole kurz seine Sachen und in 5 Minuten bin ich wieder weg."

Dieser Vorschlag schien der Angestellten zu gefallen. Sie willigte ein, stellte ein Schild auf den Tresen der Rezeption, das ihre sofortige Rückkehr ankündigte und bat Enrique ihr zu folgen.

Sie öffnete die Zimmertür mit einer Magnetkarte und ließ Enrique den Vortritt. Dann folgte sie ihm ins Zimmer und blieb an der Tür stehen. Enrique verschaffte sich einen schnellen Überblick. Er wusste nicht genau, wo er mit seiner Suche beginnen sollte. Enrique ging zum Schreibtisch. Dort fand er außer einem Stadtplan von Madrid und ein paar Werbebroschüren jedoch nicht viel. Er ging weiter zum Nachttisch. Nur die Fernbedienung lag dort, sonst nichts. Enrique öffnete die Schublade. Darin lag eine Brille. Ziemlich ungewöhnliche Form und ohne Markenname.

„Die wird mein Freund bestimmt brauchen im Krankenhaus, falls er dort etwas lesen möchte", sagte John in Richtung der Hotelangestellten und hob die Brille hoch. Dann steckte er sie in eine Tasche, die er mitgebracht hatte. Im Bad nahm er ein wenig Shampoo und Duschgel des Hotels mit. Merkwürdigerweise besaß dieser Amerikaner gar keinen Beutel mit den üblichen Badutensilien. Noch nicht einmal eine Zahnbürste konnte Enrique entdecken. Sehr komisch. Jetzt fehlte nur noch der Schrank. In der kleinen Garderobe neben der Zimmertür stand lediglich ein Paar Halbschuhe. Sehr elegant und neu sahen sie aus. Dann öffnete Enrique den Kleiderschrank. Auf den ersten Blick war nichts Besonderes zu entdecken. Er fand Unterwäsche und Socken, in einem anderen Fach lagen einige T-Shirts und ein Pullover sorgfältig zusammengefaltet. An den Bügeln hingen zwei Oberhemden und eine relativ altmodisch anmutende Jeans. Zudem hing dort auch ein nagelneuer dunkler Anzug. Anscheinend war dieser John doch nicht nur als Tourist hier im Lande. Wozu würde ein Tourist einen Anzug dabeihaben? Auf dem Label entdeckte er eine spanische Marke. Also hatte er ihn wahrscheinlich hier in Madrid erst gekauft. Waren die Anzüge hier etwa günstiger oder besser als in den USA?

Die junge Dame des Hotels verfolgte Enrique's Untersuchungen mit großer Aufmerksamkeit. Gleichzeitig aber blickte sie hin und wieder unruhig auf ihre Armbanduhr. Die Rezeption war jetzt schon seit mindestens 5 Minuten nicht besetzt. So langsam würde sie wieder zurückkehren müssen. Sie räusperte sich und Enrique nickte zustimmend.

„Ja, ja, ich weiß. Gleich haben wir das."

Er packte je ein T-Shirt und einen Pullover, sowie die Jeans und steckte alles sorgfältig in die Tasche neben sich. Er nahm 2 Paar Socken. Dann griff er zu einer Unterhose. Darunter kam ein Stück Papier zum Vorschein. Enrique wurde neugierig. Offenbar bewahrte der Amerikaner hier etwas Wichtiges auf. Er zog das Papier hervor und bemerkte, dass daran noch weitere Papiere hingen, nur mit einer Büroklammer befestigt. Auf dem ersten Blatt, das offensichtlich das Hauptdokument war, befanden sich mehrere Skizzen, dazu eine Menge Zahlen und Text in einer Sprache, die Enrique weder verstehen noch einordnen konnte. Was war das denn? Der Amerikaner, sofern er denn wirklich Amerikaner war, hatte etwas in einer unverständlichen Sprache gekritzelt, versehen mit Zeichnungen und Zahlen. Für Enrique ergab das alles keinen Sinn. Er schaute sich das erste angeheftete Blatt an: ein Stadtplan von Madrid. Der gleiche Plan, wie er auf dem Schreibtisch lag. Anscheinend die Version des Stadtplans, die das Hotel an seine Gäste verteilte. Auf dem Plan war der Standort des Hotels markiert. Außerdem weiter nördlich der Parque de Berlin, ein kleiner Park unweit des Bernabéu Stadions. Das nächste Papier war offensichtlich einer Zeitung entnommen. Enrique nahm das zusammengefaltete Papier und öffnete es. Tatsächlich handelte es sich dabei um die ausgerissene Seite aus einer Tageszeitung mit dem Datum von vorgestern, also sehr aktuell. Auf der einen Seite befanden sich die Wirtschaftsnachrichten, sowie ein paar Aktienkurse. Auf der anderen Seite ein ausführlicher Bericht zur anstehenden Fußball-Weltmeisterschaft in Brasilien mit drei riesigen Bildern des Weltmeisters von 2010, als Spanien im Finale in Südafrika gegen Holland den Titel holte. Die Bilder zeigten die Szene der Entstehung des entscheidenden Tores, die feiernde Mannschaft mit dem Pokal, sowie jubelnde Menschenmassen auf den Straßen Madrids. Enrique drehte das Blatt nochmals um. Weder auf der Vorder- noch auf der Rückseite gab es Markierungen. Er verstand nicht, was so besonders war an dieser Seite.

„Entschuldige bitte. Könntest du vielleicht noch die restlichen Sachen für deinen Freund einpacken und dann gehen wir hier. Ich bin nämlich eigentlich schon viel zu lange von meinem Platz weg."

Die junge Frau schaute ihn nervös an.

„Ja, natürlich", antwortete Enrique. Er steckte die ganzen Zettel in seine Tasche und packte noch eine weitere Unterhose dazu. Dann warf er noch einen letzten prüfenden Blick in den Schrank, nur um sicherzugehen, dass er auch nichts übersehen hatte, was ihm helfen könnte, das Rätsel dieses seltsamen Amerikaners zu lösen. Er nahm seine Tasche und ging zur Tür.

„Vielen lieben Dank für deine Hilfe. Auch im Namen meines Freundes."

Sie gingen noch gemeinsam zum Fahrstuhl und fuhren zurück ins Erdgeschoss, wo sich Enrique verabschiedete und eilig das Hotel verließ.

11. Gefühle

Freitag, 30. Mai – 17:16 Uhr

Pablo hatte sich vor ein paar Minuten von John verabschiedet. Sie hatten sich noch ein paar Minuten über den großartigen Bingo-Gewinn unterhalten und darüber, wie sie das Glück schließlich erzwungen hatten durch die Hartnäckigkeit Johns. Morgen würden sie ordentlich darauf anstoßen bei einem guten Mittagessen im Hause von Pablo's Eltern.

Mit gut 600 Euro mehr in seiner Tasche hatte sich John zudem aller Probleme entledigt. Damit würde er die letzten Hotel-Übernachtungen, Essen, Trinken und alles, was sonst noch anfiel, locker bezahlen können. Außerdem, wie Pablo gesagt hatte, konnte er der schönen María nun ein angemessenes Geschenk besorgen. Das würde er jetzt gleich erledigen. Danach hätte er dann noch ein wenig Zeit für sich im Hotelzimmer, bevor er sich mit María traf. John stieg in ein Taxi und ließ sich ins Stadtzentrum fahren.

Die Frage war nur, was er ihr kaufen sollte. Blumen hatte Pablo vorgeschlagen. Das klang gar nicht so verkehrt, auch wenn sich John natürlich überhaupt nicht mit Blumen auskannte. Er wusste aber, dass es davon reichlich Auswahl gab. Mit etwas Glück würde er ein paar Blumen finden, die die Schönheit Marías, ihre Eleganz, ihr sanftes Wesen, aber gleichzeitig auch ihre Leidenschaft und ihren Stolz zum Ausdruck bringen konnten. John dachte an den ersten Abend mit María zurück, als sie ihm, kurz nachdem sie sich kennengelernt hatten, von ihrer Heimat erzählt hatte. Damals schon hatte John in jedem ihrer Worte, in ihren Gesten und in ihrer Mimik dieses Feuer in ihr entdeckt. Er hatte ihr angemerkt mit welcher Freude und Begeisterung sie von Andalusien und Spanien erzählte. Sie war stolz auf ihre Herkunft, ihre Familie und die Tradition der Leute, die im Süden lebten. Sie hatte ihm auch von den umstrittenen Stierkämpfen erzählt, die ein Teil dieser Tradition waren.

Im Detail hatte sie John erklärt, wie der Ablauf einer solchen corrida de toros war und dass dort normalerweise 3 Toreros antraten und nacheinander gegen 6 Stiere kämpften. Somit hatte also jeder Torero 2 Auftritte. María hatte ihm erzählt, dass zunächst der große Einmarsch stattfand, bei dem sich alle Akteure präsentierten. Danach betrat dann der erste Torero die Arena und sein erster Stier wurde hereingelassen. Mit einem gelb-rosafarbenen Tuch ließ er den Stier dann mehrmals anrennen, um herauszufinden, wie dieser reagierte und um den Charakter des Stieres kennenzulernen. Gleichzeitig traten dann die Picadores, die Lanzenreiter auf Pferden auf, die dem Stier mit den Lanzen zusetzten, um ihn zu reizen und zugleich zu schwächen. Im 2. Teil des Kampfes kamen dann die Banderilleros, die dem Stier je 2 kleine Spieße mit bunten Bändern in die Nackenmuskulatur rammten. Dabei mussten sie dem Stier, der in vollem Lauf ankam, im richtigen Moment ausweichen und ihn gleichzeitig mit den Spießen markieren. Danach kam dann erst wieder der Torero mit dem bekannten roten Tuch, um den finalen Kampf mit dem Stier zu beginnen. Dabei lockte er ihn durch die Bewegungen des roten Tuches an und ließ ihn dann geschickt ins Leere laufen, bis der Stier irgendwann so erschöpft war, dass ihn der Torero im Idealfall mit einem gezielten Stoß mit dem Degen tötete.

María hatte durchaus berichtet, dass dies ein eher grausam anmutendes Schauspiel war. Sie hatte auch nicht versucht, dies zu beschönigen oder zu verteidigen. Für sie war es ein Teil einer Tradition, Teil der Kultur, mit der sie großgeworden war. Nicht mehr und nicht weniger.

John hatte sofort mehr in María gesehen, als nur die wunderschöne junge Frau, die sie war. Er hatte diesen bezaubernden Kern in ihr entdeckt, der die Menschen um María herum ansteckte. Er hatte aber auch bemerkt, dass María bei all ihrer Stärke und ihrem Stolz, in Wahrheit ein zerbrechliches Wesen war. John wusste nicht, was es war, aber er war sich sicher, dass sie etwas tief in sich trug, von dem nur wenige wussten. In manchen Augenblicken, vielleicht nur eine Zehntelsekunde lang, hatte er eine Spur von Traurigkeit und von Angst in ihren Augen erkannt. Auf der einen Seite verspürte John große Neugier, dieses Geheimnis María's zu ergründen. Nur zu gerne hätte er gewusst, was diesen Blick bei ihr hervorrief. Andererseits hatte er Hemmungen sie direkt danach zu fragen, denn er konnte ja nicht die Folgen abschätzen, die eine solche Frage hervorrufen könnte.

Überhaupt gab es so viel, was er María gerne noch fragen würde. Noch viel mehr aber wog dieses seltsame Begehren, María berühren zu wollen. Warum hatte er dieses Gefühl bei ihr und bei anderen nicht? Bei anderen Menschen hatte er sogar Angst vor Berührungen. Sie konnten seinen Körper drastisch erwärmen und ihn damit in Gefahr bringen. Aber wenn er an María dachte, so verschwendete er keinen Gedanken an die Konsequenzen, die eine Berührung haben könnte. Was war nur mit ihm los?

Er legte die letzten paar Meter bis zum Hotel zurück, grüßte freundlich den Herrn, der am Empfang saß und ging auf sein Zimmer. In dem Moment, als er das Zimmer betrat, merkte er, dass etwas nicht stimmte. Jemand war dort gewesen.

Freitag, 30. Mai – 19:50 Uhr

María stand vor dem Spiegel und bemalte sich die Lippen in einem zarten Rosa. Dann noch ein wenig Wimperntusche und ein bisschen Lidschatten. Alles sehr dezent. Sie mochte es nicht zu stark geschminkt, aber sie ging auch nicht gerne ganz ohne Make-Up aus dem Haus.

Sie warf einen prüfenden Blick in den Spiegel. Sie war mit dem Ergebnis zufrieden. Zuvor hatte sie noch ihre Haare gewaschen und zurechtgemacht. Das machte sie vor jedem Date. Sie schüttelte etwas ungläubig den Kopf. Wieso eigentlich traf sie sich mit diesem Amerikaner? Es war klar, dass sich daraus nichts ergeben würde. Es ging gar nicht. Schließlich war er nur als Tourist da. Eine gemeinsame Zukunft war also von vorneherein undenkbar. Doch musste man immer nur an die Zukunft denken? War es nicht in Ordnung, auch mal im Hier und Jetzt zu leben und einfach nur den Augenblick zu genießen?

María fühlte sich zu diesem Mann hingezogen. Sie konnte es sich selbst nicht wirklich erklären, aber er war so anders als alle Männer, die sie bisher kennengelernt hatte. Sie freute sich einfach, mit ihm einen romantischen Abend verbringen zu können. Ein gutes Abendessen, das ein oder andere Gläschen Wein, interessante Gespräche und wer weiß, vielleicht sogar eine gemeinsame Nacht. Sie würde einfach alles auf sich zukommen lassen. Schon lange nicht mehr war sie so entspannt gewesen und das lag zum Großteil an John, der die Dinge ruhig angehen ließ, der sich Zeit nahm und keinen Druck aufbaute.

Heute würde sie sich sehr vornehm anziehen. Jetzt wusste sie ja, dass John in dieser Hinsicht sehr förmlich und elegant war. Sie schaute ein paar Augenblicke in ihren Kleiderschrank und brachte schließlich ein türkisblaues Kleid zum Vorschein. Sie zog es an und betrachtete sich im Spiegel. Das Kleid betonte ihre Brüste und ihre Taille, von wo der Stoff sanft nach unten fiel bis zu ihren Knöcheln. Sie liebte dieses Kleid. Es roch nach Sommer. Es erinnerte sie an lange und laue Sommernächte in Andalusien mit ihren Freunden. Das Kleid versprühte Fröhlichkeit und Urlaubsstimmung. Bestens gelaunt zog María ein dazu passendes Paar Schuhe an, griff die Handtasche, die sie auf dem Tisch liegen hatte und verließ die Wohnung.

Wenig später traf sie John vor dem Restaurant, wo sie zu Abend essen wollten, unweit der Plaza Santa Ana. Für spanische Verhältnisse war es noch ungewöhnlich früh für das Abendessen, aber da María nur ein Sandwich zu Mittag gegessen hatte, kam ihr diese Uhrzeit gar nicht so ungelegen. Im Restaurant war dementsprechend wenig los. Es waren lediglich ein paar Touristen da, die aßen und ein paar Spanier, die sich bei einem Bier oder Glas Wein unterhielten und dazu Oliven und Kartoffelchips verzehrten.

María versuchte mit einer Mischung aus Englisch, Spanisch und Zeichensprache John die Speisekarte zu erklären. Beide hatten ihren Spaß dabei. Als María versuchte, die verschiedenen Fleischsorten zu erklären, indem sie das entsprechende Tier nachahmte, gab es für John kein Halten mehr. Er musste so heftig lachen, dass María fast schon Angst hatte, er würde sich dabei wehtun. Nach weiteren Minuten des munteren Übersetzens kam zufällig der Kellner vorbei und fragte, ob er vielleicht eine Karte auf Englisch bringen solle.

María und John sahen sich lachend an und John meinte:

„Nein danke. Wir schaffen das auch so."

Verwundert zog der Kellner wieder von dannen.

„Warum bestellst du nicht einfach, was Dir schmeckt? Ich habe vollstes Vertrauen in dich."

María rief kurz darauf den Kellner zu sich und bestellte.

Dieser servierte wenig später Wasser und Wein. Dazu brachte er einen gemischten Salat mit Thunfisch und Ei, sowie einen kleinen Teller feinstes Carpaccio. Nach der Vorspeise brachte der Kellner Fisch, Merluza mit Reis. Auf dem zweiten Teller befand sich ein Rinderfilet mit gebratenen Kartoffeln.

María erklärte John die Teller und fragte ihn ob er eine Präferenz hätte oder ob es ok wäre, wenn sie sich beide Teller teilen würden. John, der ohnehin Lust hatte, neue Dinge zu probieren, war sofort damit einverstanden.

John schnitt das rund 3 cm dicke Filet an und war ziemlich überrascht, als sich im Teller daraufhin eine rote Pfütze bildete. Er sah María unsicher an.

„Entschuldigung. Magst Du das Fleisch so nicht? Es ist sehr wenig gebraten."

Sie zeigte ihm das Innere, das noch rot war und nach außen hin sich in ein hellrosa und hellbraun verwandelte.

„Hier lieben viele Menschen das Fleisch fast roh. Dann erkennt man seine Qualität viel besser. Ein gutes Stück Fleisch muss vor dem Verzehr nicht viel behandelt werden. Nicht viel anbraten, keine unnötigen Soßen, die den Geschmack verändern. So sehen wir das. Ich muss jedoch zugeben, dass ich es doch etwas stärker angebraten bevorzuge."

John nickte. María winkte den Kellner heran, flüsterte ihm ein paar Worte zu und dieser verschwand mit dem Fleisch. Wenig später brachte er es deutlich schärfer angebraten wieder zurück. Das saftige Rot hatte nun eine zartblasse rosa Farbe, der vormals rosafarbene Teil war nun leicht bräunlich und das helle Braun von zuvor war einem deutlich dunkleren Braun gewichen. María hob den Daumen in Richtung Kellner.

John und María teilten sich je den Fisch und das Rinderfilet und tranken dazu Wasser und Wein. Als John sein Brot aufgegessen hatte, brachte ihm der Kellner ein neues Stück. John wollte zunächst ablehnen, aber María erklärte ihm, dass Brot in Spanien immer zum Essen dazugehörte. Brot und natürlich Wasser. Egal wo, ein typisches spanisches Menü enthielt fast immer dieselben Komponenten: ein Stück Brot, ein erster Gang als Vorspeise, ein zweiter Gang als Hauptspeise, danach wahlweise Nachtisch oder einen Kaffee und dazu ein Getränk.

María und John unterhielten sich über Lebensmittel, diverse Gerichte und natürlich die spanische Küche. María klärte ihn über die Paella aus Valencia auf, genauso wie über das typische Madrider Gericht Cocido. Sie erklärte ihm, dass man im Sommer in Andalusien sehr viel Gazpacho und Salmorejo aß, dass Galizien für den leckersten Tintenfisch bekannt war und Asturien für den schmackhaften Apfelmost, der natürlich erst dann richtig lecker schmeckte, wenn man ihn eigenhändig, die Flasche mindestens 1 Meter über dem Glas haltend, eingoss. María erzählte vom exzellenten Ruf der baskischen Küche und dass viele der spanischen Spitzenköche von dort kamen. Überhaupt hatte Spanien eine recht hohe Anzahl an internationalen Spitzenköchen. Nicht zuletzt natürlich den König der experimentellen Kochkunst, Ferran Adrià, der früher an der katalonischen Küste sein Restaurant betrieben hatte, für welches Wartezeiten von 2 Jahren keine Seltenheit waren. María fehlten die Worte, um John zu erklären, was genau dieser Kochgott auf die Teller zauberte. Dieses kreative Genie versuchte sich immer wieder an neuen Aggregatszuständen, brachte Essen in ganz neuer und ungewohnter Form auf die Teller, servierte feste Nahrungsmittel als Gelee oder Schaum und benutzte küchenfremde Werkzeuge, wie zum Beispiel Bügeleisen, an seinem Arbeitsplatz, um Speisen zuzubereiten.

John bemerkte mit einem Lächeln, dass dagegen die amerikanische Küche mit ihrem Fast Food nicht ankam. Als María anmerkte, dass es wahrscheinlich auch dort hochklassige Köche und Restaurants gab, zuckte John nur mit der Schulter.

Als Nachtisch bestellten sie Flan, den typischen Eierpudding, sowie Natillas, eine Art Vanillecreme, auf der ein aufgeweichter Keks thronte. María erkannte jedoch schnell, dass John anscheinend kein Fan von Süßspeisen war und bestellte deshalb noch 2 Kaffee.

Im Restaurant war mittlerweile deutlich mehr los. Es war kurz vor 10 und somit Abendessenszeit. Die freien Tische füllten sich rasch und die Luft war voll von Stimmengewirr und Tellergeklirr. Zwangsweise steckten María und John die Köpfe enger zusammen, um sich besser verstehen zu können. Die Geräuschkulisse machte die Unterhaltung etwas anstrengender. John schlürfte seinen Kaffee und als er die Tasse absetzte, legte María ihre Hand auf die seine. John zuckte kurz zusammen, blickte María überrascht an und lächelte dann aber. María lächelte zurück.

„Nun John, jetzt haben wir schon so viel über Essen, über Spanien und über mich geredet. Willst du nicht einmal etwas über dich erzählen?"

John schien zu überlegen, wie er am besten auf diese Frage antworten sollte. Vielleicht wusste er auch nur nicht, wie oder wo er bei seiner Geschichte anfangen sollte.

„Natürlich", sagte er endlich. „Aber wenn es Dich langweilt, dann unterbrich mich bitte und wir reden über etwas anderes."

„Einverstanden", erwiderte María.

„Und noch etwas. Würde es dir etwas ausmachen, wenn wir woanders hingehen? Hier ist doch sehr viel los und laut ist es auch." John sah María fragend an. Diese überlegte kurz.

„Na klar doch. Ich weiß auch schon, wo wir hingehen können und wo vermutlich nicht viel los sein wird."

Nachdem sie bezahlt hatten, führte María ihn durch einige Straßen und Gassen der Innenstadt bis zu einem Café, wo gerade einmal drei Tische auf der Terrasse belegt waren. Sie entschied sich für einen Tisch in der Nähe des Eingangs. Sie nahmen Platz und dann erklärte sie John, dass es sich bei diesem Café um eines der bekanntesten Cafés von Madrid handelte, wo Churros mit heißer Schokolade angeboten wurde. María bestellte eine Portion für beide zusammen und 2 Gläser kaltes Wasser.

„Eigentlich ist es verrückt, Churros mit heißer Schokolade zu essen bei diesen Temperaturen. Aber als Tourist solltest du das zumindest einmal probiert haben."

Dann servierte der Kellner das heiße Spritzgebäck und sie zeigte John, wie man es in die heiße Schokolade eintauchte. Der machte es nach, jedoch nicht besonders geschickt und als er zum zweiten Mal versuchte, das schokoladengetränkte Stück Churros in seinen

Mund zu führen, landete ein dicker Tropfen der dunkelbraunen Schokolade auf seinem weißen Hemd. John blickte entsetzt auf den großen Fleck, während María leise schmunzelte. Diese Tollpatschigkeit machte John in ihren Augen nur noch sympathischer. Sie zog eine Serviette aus dem Spender, beugte sich über den Tisch und wischte ihm die Schokolade vom Hemd. John war noch immer untätig und schaute etwas unbeholfen drein, als María eine zweite Serviette nahm, in ihr Wasserglas tauchte und dann versuchte, den großen braunen Fleck auf John's Hemd auszulöschen. Natürlich gelang ihr das nicht, aber zumindest konnte sie die Farbwirkung etwas abschwächen. Für Außenstehende musste es erscheinen, wie wenn eine Mutter die Kleidung ihres Kindes säuberte, das sich beim Essen des Öfteren mal selbst bekleckerte.

„Siehst Du, schon viel besser", flüsterte sie John zu.

Dieser blickte noch immer auf die jetzt feuchte Stelle mit dem blassbraunen Fleck. Dann verwandelte sich sein besorgtes Gesicht in ein Lächeln.

„Vielen Dank fürs Saubermachen. Ist ja schon wieder fast wie neu."

„Und wenn wir Glück haben, dann wird das vielleicht bald zur neuen Mode. Ein bisschen Farbe auf weißem Hemd. Picasso oder Dalí würden das bestimmt toll finden."

Dieser Vorfall lockerte die Stimmung zwischen den beiden weiter auf und vor allem John schien nun viel entspannter. Sie redeten eine Weile über Kunst, über die großen spanischen Maler und die Kunstmuseen, die Madrid zu bieten hatte; für die John allerdings leider keine Zeit mehr hatte.

Er begann zu erzählen, dass er ja nur für gut eine Woche nach Madrid gekommen war.

„Willst du denn noch andere Länder besuchen?", fragte ihn María.

„Nein. Dieses Mal nur Spanien." Er hielt einen Moment inne. „Ich glaube, dass ich hier finde, was ich gesucht habe."

„Wie meinst du das? Was hast du denn gesucht?"

Wieder zögerte John mit einer Antwort. Es war, als wollte er etwas sagen, konnte aber nicht.

„Nun. Ich meine, dass ich hier in Spanien wohl das finden werde, was ich gesucht habe."

María verstand nicht.

„Ja schon, aber hast du Kunst gesucht? Oder gutes Essen? Oder schönes Wetter? Was sucht ein amerikanischer Tourist hier?"

„Naja, ich muss dir etwas gestehen, María."

María schaute ihn erwartungsvoll an. John verzögerte seine Antwort noch um ein paar Sekunden.

„In Wirklichkeit bin ich gar kein Tourist."

Wieder schaute er in die Augen Marías, die ihn fragend ansahen.

„In Wirklichkeit bin ich geschäftlich hier in Spanien."

María lachte.

„Aber das ist doch nichts Schlimmes. Ich hatte jetzt schon Angst, dass du sagst, dass du gar nicht aus Amerika kommst und nur hier bist, um junge Spanierinnen zu ermorden oder eine Bank auszurauben."

John lächelte gequält.

„Na los. Sag schon. Warum bist du hier? Mach's nicht so spannend."

Sie gab ihm einen leichten Klaps auf die Schulter.

„Das kann ich dir leider nicht sagen, María. Das ist ein Geheimnis."

„Wow, ist das spannend. Du bist geschäftlich unterwegs, suchst etwas und darfst es niemandem erzählen. Ist das etwa ein geheimer Auftrag?"

„Hmm. Ja. Kann man so sagen. Eine Art Auftrag. Eine Mission. Alles strengstens geheim. Ich darf nichts preisgeben."

„Also bist du hier, um die Spanier auszuspionieren? Oder sogar mich? Hörst du etwa mein Handy ab?"

María schaute ihn jetzt etwas skeptisch an.

„Natürlich nicht. Oder habe ich dir etwa zu viele Fragen gestellt?"

María dachte kurz nach und kam dann zu dem Ergebnis, dass John nicht den Eindruck eines Spions hinterließ. Dennoch fühlte sie sich etwas unwohl. In letzter Zeit waren immer häufiger Nachrichten von Personenüberwachungen und Datenskandalen in die Öffentlichkeit gelangt.

María hatte zwar nichts zu verbergen, aber beim Gedanken daran, dass sie zur gläsernen Person werden könnte für andere, wurde ihr doch mulmig.

„Schau María, ich würde dir sehr gerne mehr erzählen, aber es geht wirklich nicht. Ich bin hier, weil ich etwas Wichtiges zu erledigen habe. Lange Zeit war ich auf der Suche danach und jetzt stehe ich ganz kurz davor, es zu finden. Ich weiß, dass ich auf einer ganz heißen Spur bin und ich weiß auch, dass ich es schaffen kann, wenn ich mich konzentriere und keine Fehler mache."

María nickte. Sie hätte nur zu gerne gewusst, was dieser Amerikaner tatsächlich suchte oder vorhatte. Allerdings war ihr auch klar, dass er es ihr nicht verraten würde. Wahrscheinlich würde er es niemandem verraten. Bei einer anderen Person wäre sie wohl inzwischen so misstrauisch geworden, dass sie gegangen wäre. John jedoch schien viel zu gutmütig und liebenswert für eine schlimme Sache. Dieses Geheimnis, das er bei sich trug, machte ihn in ihren Augen sogar noch interessanter.

„Und wenn du diese Sache erledigt hast oder dieses Ding gefunden hast, was wirst du dann tun?"

John schaute ihr tief und lang in die Augen, so als würden ihm erst jetzt die Konsequenzen seiner geplanten Handlungen bewusst werden.

„Dann werde ich wieder zurückfliegen nach Hause."

In den Worten „nach Hause" klang so viel Sehnsucht, aber auch Traurigkeit mit, dass María es nicht wagte, noch weiter nachzufragen.

Sie tunkte ein Stück Spritzgebäck in die warme Schokolade und führte es in ihren Mund. John beobachtete sie gedankenverloren. Auch ohne Worte war beiden klar, dass sie sich hier und heute vermutlich zum letzten Mal sahen.

„Na los, John. Mach kein solches Gesicht. Die Nacht ist noch jung. Also lass uns feiern gehen."

María schwang sich von ihrem Stuhl auf, legte Geld auf den Tisch, schnappte sich John's Hand und zog ihn mit sich.

Samstag, 31. Mai – 13:20 Uhr

Ein lautes Piepen weckte ihn auf.

John schoss von seinem Bett hoch und schaute auf seine Temperatur-Uhr. Alles im grünen Bereich. Das Piepen ging weiter. John brauchte einige Augenblicke, um zu realisieren, dass das Geräusch von einem Wecker kam, den er sich vorsichtshalber gestellt hatte. Die Nacht mit María war lang geworden und er war erst um 7 Uhr morgens ins Bett gekrochen. Dann hatte er jedoch noch fast 1 Stunde lang wach gelegen, weil ihn die Gedanken an María nicht einschlafen ließen. Wieder und wieder war sie vor seinem geistigen Auge aufgetaucht. Und auch jetzt spielten sich Teile des Abends wie kurze Filmausschnitte noch einmal ab. Wie sie gemeinsam im Restaurant aßen. Wie sie später in dem menschenleeren Café saßen und Churros mit heißer Schokolade als Nachtisch zu sich nahmen. Wie John dabei sein Hemd beschmutzte und María es versuchte wieder sauber zu bekommen. Wie sie danach auf der Terrasse einer Bar saßen, wo das Leben pulsierte und wo John den Mut fand, María das Geschenk zu überreichen. Letztlich hatte er sich gegen die Blumen entschieden. Nicht, weil sie ihm etwa nicht gefallen hätten, sondern weil er sich vorgenommen hatte, eine bestimmte Summe Geld auszugeben für das Geschenk. Nach dem Bingo-Gewinn war Geld schließlich nicht mehr sein Problem. Für sein Budget hätte er allerdings einen Strauß von 100 oder noch mehr Rosen kaufen können, was ihm dann doch etwas zu auffällig, zu groß und unpraktisch erschien angesichts der Tatsache, dass die beiden sich ja in der Innenstadt verabredet hatten.

Also hatte er beim Juwelier eine silberne Halskette ausgesucht. Die Kette an sich war eher schlicht. Das Besondere an ihr war der Anhänger: eine elegante Flamenco-Tänzerin, die eine Hand am Kleid, die andere in der Luft. John hatte ziemlich lange suchen müssen, um diese zu finden. Aber in dieser kleinen Figur spiegelte sich für ihn das Wesen Marías wieder, diese Figur rief in ihm alle Erinnerungen an die Tanzdarbietung Marías vom ersten Abend zurück. Deshalb hatte John auch zwei dieser Anhänger gekauft. Den zweiten für sich. Diesen würde er wie einen Schatz aufbewahren, um sich immer wieder an die bezaubernde María erinnern zu können.

María hatte sich sehr gefreut über das Geschenk. Gleichzeitig hatte sie aber immer wieder betont, dass es doch viel zu teuer sei und sie es deshalb nicht annehmen könne. John aber hatte darauf bestanden, dass sie es annahm und ihr die Kette sofort um den Hals gelegt, wo sie dann auch bis zum Ende des Abends geblieben war. Später waren sie in eine Diskothek gegangen. Dort hatten sie getanzt bis in die frühen Morgenstunden. María hatte sich amüsiert über die doch eher ungelenken Bewegungen Johns beim Tanzen. Doch woher sollte er dies auch können. Es war für ihn schon anstrengend genug gewesen, die alltäglichen Bewegungen des menschlichen Körpers so gut zu erlernen, dass er nicht auffiel unter Menschen. Beim Tanzen jedoch zeigte sich sein komplettes Unvermögen, die ungewohnte Hülle halbwegs elegant im Takt zu bewegen. Da er damit jedoch María glücklich machen konnte, hatte er nicht aufgegeben und immer wieder versucht, ihren Tanzstil zu kopieren. Natürlich vergeblich. Aber entscheidend war gewesen, dass sie beide viel Spaß gehabt hatten. Sie hatten viel gelacht und getanzt. María hatte ihn öfter an den Händen genommen, hatte versucht, ihn im Rhythmus der Musik zu führen. Ihre Körper waren sich nahe gekommen. Mehrfach hatten sie sich berührt. Doch John hatte dies nicht als unangenehm empfunden, so wie bei anderen Menschen, die ihn anfassten. Im Gegenteil, es gefiel ihm sogar und rief in ihm eine Empfindung hervor, die mit keinem der Gefühle, die er in seinem Vorbereitungskurs auf die Mission gelernt hatte, übereinstimmte. Offensichtlich ein Gefühl, das sein Vorgänger nicht empfunden oder dokumentiert hatte. In diesem Moment hatte er noch nicht einmal bemerkt, dass seine Körpertemperatur auf gefährliche 30 Grad angestiegen war, 5 Grad über den kritischen Wert. Dies hatte er erst gesehen, als er sich kurz zur Erfrischung in die Toilette zurückgezogen hatte, wo er mit Hilfe von kaltem Wasser wieder Normaltemperatur erreicht hatte.

Am Merkwürdigsten allerdings war der Moment des Abschieds gewesen. Als sie fast als letzte Gäste die Diskothek verlassen hatten, war es draußen schon hell gewesen. Gemeinsam hatten sie eine Weile schweigend nebeneinander gestanden und hatten beobachtet, wie sich die Sonne Stück für Stück ihren Weg nach oben bahnte und immer mehr Licht auf die Stadt warf. María hatte ein wenig gezittert in ihrem leichten Sommerkleid ob der morgendlichen

Kühle. John hatte ihr seine Anzugjacke über die Schultern gelegt und sie hatten noch ein paar Minuten länger den Sonnenaufgang verfolgt.

„Vermutlich ist das die leiseste Tageszeit in Madrid. Zumindest am Wochenende", hatte sie ihm zugeflüstert. In der Tat waren kaum Geräusche zu vernehmen gewesen. Ein paar Autos waren vorbeigefahren, vorwiegend Taxis. Einige Jugendliche waren auf dem Weg nach Hause gewesen, ansonsten aber schien die Stadt zu schlafen.

„Wir sollten auch nach Hause gehen und ein wenig schlafen, John. Was meinst Du?"

Er hatte darauf nur stumm genickt. Es war ihm klar geworden, dass der Zeitpunkt des Abschieds von María näher rückte. Sie hatten ein Taxi gerufen und gemeinsam waren sie bis zu ihrer Wohnung gefahren.

„Es war ein wirklich schöner Abend mit dir. Vielen Dank auch nochmals für die Halskette. Die wird mich immer an dich erinnern."

Dann hatte sie sich zu ihm hinübergebeugt und ihm einen Kuss auf den Mund gegeben.

„Leb wohl, John. Es war toll, dich kennengelernt zu haben."

John selbst war unfähig gewesen, ihr zu antworten. Er hatte mit einem erzwungenen Lächeln geantwortet. Dann war sie ausgestiegen und in diesem Augenblick war ihm eine dicke Träne über die Wange gelaufen. Sie hatte sich noch einmal zu ihm umgedreht und ihm mit einem Augenzwinkern zugeflüstert:

„Und viel Erfolg bei deiner geheimen Mission."

Dann war die Autotür zugefallen und der Taxifahrer war losgefahren, um John ins Hotel zu bringen. Langsam hatte sich das Taxi von María entfernt, während John eine zweite Träne aus seinem Gesicht gewischt hatte.

Samstag, 31. Mai – 14:20 Uhr

Nachdem er sich zurechtgemacht und gefrühstückt hatte, machte sich John auf den Weg zum Haus von Pablo's Eltern. Mittlerweile kannte er sich mit dem Metro-System schon ziemlich gut aus. Er wusste, welche Stationen in der Nähe seines Hotels lagen. Er wusste, welche Linien von wo losfuhren und er kannte auch die großen Knotenpunkte, wo er für gewöhnlich umsteigen musste. Zuvor hatte er auf einem Stadtplan geschaut, wo genau Pablo wohnte: recht weit im Norden der Stadt, bei den vier großen Türmen. Nach rund 40 Minuten Fahrzeit stieg John aus, orientierte sich kurz und ging dann los. Er war noch zu früh und daher ging er langsamen Schrittes, sog die Umgebung in sich auf, richtete immer wieder den Blick auf die beeindruckenden vier Bauwerke, die er jeden Tag von weitem gesehen hatte, denen er aber noch nie so nahe gekommen war. Würde er jemals wieder an diesen Ort zurückkommen? Würde er jemals wieder die Erde betreten?

Plötzlich leuchtete seine Gesprächskugel auf. Ein Anruf des Chefs, als ob dieser die Gedanken John's hätte lesen können.

„Kannst du reden, John?", fragte dieser trocken und ohne jegliche Begrüßung.

John blickte sich um. Die Straßen waren weitestgehend leer.

„Ja, Sir. Niemand in der Nähe."

„John, du hast dich schon ewig nicht mehr gemeldet und wir hatten keinerlei Information von dir. Zeitweise war sogar komplett die Verbindung weg und wir haben uns schon Sorgen gemacht, dass dir etwas passiert sein könnte. Was zum Teufel war los?"

John, der die Kugel absichtlich eine Zeit lang deaktiviert hatte, um nicht ständig von seinem Boss genervt zu werden, antwortete gelassen.

„Bei mir alles gut, Sir. Die Sache mit der Verbindung verstehe ich auch nicht, aber vielleicht liegt es ja daran, dass auch die Menschen untereinander kommunizieren mit ihren kleinen Geräten, die sie sich ans Ohr halten und damit möglicherweise unsere Kommunikationswege stören. Wenn Sie erlauben, kann ich das gerne noch untersuchen."

„Bist du verrückt! John, du weißt genau, dass wir eine exakt durchgeplante Mission für dich vorbereitet hatten. Dazu gehörten eine Menge Untersuchungen, von der Technik der Menschen, über Alltagsgegenstände bis hin zu deren Verhalten. Doch verdammt nochmal, diese Mission war geplant für die USA und nicht für Spanien. Du bist überhaupt nicht vorbereitet für dieses merkwürdige Land dort. Wir beherrschen weder die Sprache der Bewohner dort, noch kennen wir deren Verhaltensmuster und zudem noch scheint dort ein Klima vorzuherrschen, für welches dein Körper nicht gemacht wurde. John, die Sicherheit geht vor. Das Wichtigste ist, dass du unerkannt bleibst. Dass keiner, wirklich keiner herausfindet, dass du in Wirklichkeit gar kein Erdenbürger bist. All die möglichen neuen Erkenntnisse, die wir über die Menschen gewinnen können sind nichts wert, wenn am Ende die Menschen herausfinden, dass wir existieren. Verstehst du?"

„Natürlich, Sir. Es ist nur so, dass …"

„Na also. Dann reparier doch endlich dieses verfluchte Raumschiff und komm so bald wie möglich wieder zurück. Deine Mission ist schon lange zu Ende und das weißt du."

„Ja. Das weiß ich. In den letzten Tagen bin ich auch gut vorangekommen mit der Reparatur. Wenn alles gut läuft, so kann ich vielleicht schon morgen oder übermorgen wieder von hier wegkommen."

„Hoffentlich! Du bist schon viel zu lange dort…" John's Boss hielt kurz inne, so als müsste er überlegen, was er sagen wollte.

„…und hast dort nichts verloren. Wir wissen noch nicht genau wie du überhaupt auf diese Flugroute über Spanien kommen konntest. Aber du kannst dir sicher sein, dass wir das noch herausfinden werden, John. Ich erwarte auf jeden Fall nochmals eine Meldung von dir, bevor du losfliegst, damit wir deinen Flug mitverfolgen können, hörst du?"

„Alles klar, Sir."

„Dann mach dich wieder an die Arbeit und bring das Ding zum Fliegen!"

„Jawohl, Sir. Bis bald."

John's Chef war sauer, richtig sauer und das zu Recht. Wieder hatte John seinem Vorgesetzten nicht die Wahrheit erzählt. Im Grunde genommen verstieß er gegen sämtliche Regeln der Mission und missachtete die Anweisungen seines Chefs. John konnte nur hoffen, dass nie jemand die Wahrheit herausfinden würde. Er hatte keine Ahnung, welche Konsequenzen das für ihn haben könnte.

Zumindest konnte er sicher sein, dass sein Flugobjekt wieder voll einsatzfähig war. Heute, ganz früh am Morgen, nachdem er sich von María verabschiedet hatte, hatte er dem Taxifahrer die

Anweisung gegeben zum Parque de Berlin zu fahren, dorthin, wo er sein unsichtbares Raumschiff versteckt hielt. Um diese Uhrzeit war noch niemand im Park unterwegs gewesen und so hatte er unbemerkt sein Raumschiff betreten können. Er hatte je eine große Flasche Cola und Fanta Orange bei sich gehabt, die er kurz zuvor an einem Kiosk gekauft hatte. Alles also, um diese geheime Flüssigkeit „Spezi" selbst herstellen zu können.

Das zumindest hatten die Recherchen von Montse's Bekanntem ergeben. Eine unglaublich seltsame Geschichte. Zunächst hatte Montse's Bekannter die Probeflüssigkeit, die er von John erhalten hatte sorgfältig chemisch überprüft. Damit hatte er schon eine Menge der Inhaltsstoffe bestimmen können, vor allem Wasser und Zucker. Dennoch waren einige Komponenten enthalten, die er nicht hatte ermitteln können. Daraufhin hatte er im Internet nachgeforscht. Zunächst hatte er sich darauf fokussiert, die fehlenden Inhaltsstoffe zu ermitteln, in dem er nach Flüssigkeiten suchte, die weitestgehend der Probflüssigkeit entsprachen. Dabei war Montse's Bekannter jedoch nicht weitergekommen. Später hatte er dann plötzlich den Einfall, es mit der einfachen Suche des Wortes „Spezi" zu versuchen. Daraufhin war er auf einer deutschen Webseite fündig geworden. Mit Hilfe des Übersetzers hatte er dort herausgefunden, dass es sich bei Spezi lediglich um ein Mischgetränk aus Cola und Fanta Orange handelte. Erfunden wurde dieses Getränk wohl Anfang der 70er Jahre in irgendeiner Brauerei in Bayern. Zunächst hatte er nur an einen Scherz geglaubt, dann aber schnell bemerkt, dass dies die Lösung sein könnte. Wasser, Zucker und unbekannte Komponenten, vielleicht die geheimen Zutaten der großen Brausehersteller. Er hatte sich daraufhin je eine Flasche Cola und Fanta Orange besorgt und beides gemischt. Dabei hatte er herausgefunden, dass diese Mischung, mit der Probeflüssigkeit von John zu 99,99% identisch war. Ein Volltreffer also!

Sogleich hatte sich John dann daran gemacht, das Raumschiff wieder zu reparieren. Als er den kaputten Schlauch gesehen hatte, waren sofort wieder sämtliche Erinnerungen an jene Nacht vor einer Woche geweckt worden, als sein Raumschiff über Madrid geschwebt war. Nicht von ungefähr war es damals dahin gekommen. Es war kein Fehler in der Routenplanung gewesen, der sein Flugobjekt von der eigentlichen Flugbahn abgebracht und über Spanien gelenkt hatte. John war es gewesen. Er hatte das Raumschiff auf Kurs in Richtung Spanien gebracht und es gleichzeitig geschafft, die Koordinaten des Raumschiffs gefälscht an die Zentrale seines Heimatplaneten weiterzuleiten, so dass diese ihn immer noch auf Kurs wähnten. Als er Spanien unter sich wusste, hatte sich ihm das nächste Problem gestellt. Wie konnte er dort landen, ohne dass ihm später sein Chef und die Leute aus dem Kontrollzentrum eine absichtliche Landung auf unbekanntem Terrain unterstellen konnten. Laut gefälschter Flugkoordinaten befand er sich schließlich irgendwo über Island. Wie hätte er das den Leuten erklären sollen, dass er dort freiwillig landen wollte. Also hatte er die Landung erzwingen müssen. Dazu hatte er mit einem Messer einen der zahlreichen Schläuche angeschnitten, in dem Moment, als glaubte, dass er in der Nähe von Madrid war. Dieser Schnitt hatte seine Wirkung nicht verfehlt und rasch war viel Flüssigkeit ausgetreten. Was John damals nicht hatte vorhersehen können, war die Tatsache, wie schnell sein Raumschiff daraufhin sinken würde und wie wenig es sich noch von ihm kontrollieren ließ. Wenn er sich das jetzt so überlegte, so war es eine unglaubliche Leichtsinnstat gewesen, die gut und gerne auch hätte zum Absturz führen können und damit wohl zur Entdeckung seines Raumschiffs. Die Entdeckung seines Volkes und Planeten wäre dann vermutlich nur noch eine Frage der Zeit gewesen. Glücklicherweise hatte sein Sturzflug damals aber noch ein fröhliches Ende genommen und obendrein war sein Täuschungsmanöver mit dem gespielten Absturz erfolgreich gewesen. Einzig die Tatsache, dass er sich in Spanien befand und nicht in Island, wie es die ursprüngliche Flugbahn vorsah, hatte seinen Boss misstrauisch gemacht und John musste davon ausgehen, dass die Leute im Labor diesen Umstand gründlichst untersuchten.

Den defekten Schlauch musste er unbedingt verschwinden lassen. Wenn dieser in die Hände seines Chefs gelangen würde, so würden sie früher oder später herausfinden, dass die absichtliche Beschädigung des Schlauchs zum Absturz geführt hatte. John hatte ihn ausgebaut und in seine Tasche gesteckt, um ihn im nächstbesten Mülleimer zu entsorgen. Dann hatte er einen neuen Schlauch eingebaut. Danach hatte er dann die Spezialflüssigkeit nachgefüllt. Spezi, einfach nur die Mischung aus Cola und Fanta. Das Problem war nur gewesen, dass er das genaue Mischverhältnis nicht kannte. Also hatte er schlichtweg je eine Flasche von beidem in den Behälter gekippt. Zu seiner großen Freude hatte er daraufhin festgestellt, dass die Aktion erfolgreich gewesen war und alles wieder funktionierte. Eine kurze Überprüfung der Bordelektronik hatte gezeigt, dass die flugrelevanten Komponenten und Flüssigkeitsanzeiger in einwandfreiem Zustand waren. John war ein Stein vom Herzen gefallen. Er würde also abheben können, wann immer er wollte.

Inzwischen hatte John das Gebäude, in dem Pablo Garcia mit seinen Eltern wohnte, ausfindig gemacht. Er klingelte und wurde herzlich empfangen. Pablo's Vater bat ihn, auf dem Sofa Platz zu nehmen. Pablo selbst brachte Bier, Cola und Wasser und John hatte die Qual der Wahl. Pablo's Eltern sprachen in recht gutem Englisch. Sie fragten John die üblichen Dinge, die man einen Touristen zu fragen pflegte: nach seiner Herkunft, warum er in Spanien war, wie es ihm gefiel, wie lange er schon im Land war und noch zu bleiben gedachte. Pablo's Mutter entschuldigte sich dann, da sie noch das Essen vorbereiten musste. Pablo erklärte John, dass sein Vater und er meist für die Abendessen unter der Woche zuständig waren, da seine Mutter als Beraterin oft länger arbeitete. Dafür kümmerte sie sich dann um die Mittagessen an den Wochenenden.

John blickte sich in der Wohnung um. Alles war hier so schön eingerichtet, so viel anders als in seinem Hotelzimmer. Sein Blick blieb am Couchtisch hängen, auf dem eine aufgeschlagene Zeitung lag.

„Ach ja, da habe ich gerade über unsere Politiker gelesen", meinte Pablo's Vater beiläufig.

„Jeden Tag kann man hier neue Schlagzeilen lesen über diesen Zirkusverein. Man weiß ja gar nicht, wem man noch trauen kann. Mittlerweile tauchen so viele Fälle von Korruption und Bestechung auf, das ist wirklich unglaublich. Und mit Sicherheit gibt es noch viele Fälle, die nie aufgedeckt werden."

„Bekommt ihr das in den USA auch mit, was hier so an merkwürdigen Infrastrukturprojekten gelaufen ist?", fragte Pablo.

„Was meinst du?", antwortete der ahnungslose John mit einer Gegenfrage.

Jetzt ergriff wieder Pablo's Vater das Wort.

„Du hast ja bestimmt mitbekommen, dass wir hier mitten in einer Krise stecken, ausgelöst durch den Immobilien-Boom. In den letzten Jahren hat sich das ein wenig verlagert in den öffentlichen Sektor. Viele Regional- und Kommunalpolitiker wollten das schnelle Geld verdienen und haben krumme Dinge gedreht mit diversen Bauunternehmen. Sie haben große Autobahnen bauen lassen in fast menschenleeren Gegenden, sie haben neue Trassen für Schnellzüge errichten lassen mit Halt in Kleinstädten und sie haben Flughäfen bauen lassen ohne Sinn und Verstand. Daran haben die Bauunternehmen natürlich prächtig verdient und die vielen Politiker haben kräftig abkassiert. Die Zeche zahlt letztlich der Steuerzahler und nicht zuletzt durch eine Vielzahl solcher Geschichten steht das Land jetzt, wo es eben steht. Voll in der Krise. Die Politiker haben sich dort Denkmäler errichtet, die jeglicher Vernunft widersprechen. Nun haben wir mindestens eine Handvoll regionaler Flughäfen, die nicht oder kaum mehr in Betrieb sind und die Millionen gekostet haben. Da ist schon so einiges falsch gelaufen in den letzten Jahren. Ich hoffe nur, dass die Übeltäter und Profiteure dieser dunklen Geschäfte dafür noch zur Rechenschaft gezogen werden. Von alleine treten unsere Politiker ja in der Regel sowieso nicht zurück. Sie lügen und betrügen und schaffen es dennoch, sich an der Macht zu halten. Wenn das in anderen Ländern passiert, so haben viele dort immerhin noch den Anstand, von sich aus zurückzutreten."

„Tja und häufig hat ja noch die ganze Verwandtschaft und Bekanntschaft mitverdient. Da haben Politiker dann die Aufträge an das Bauunternehmen des Bruders, Cousins, Schwagers oder Freundes vergeben, obwohl dieses nicht das billigste Angebot abgegeben hatte. Man kennt sich und man spielt sich die Aufträge und das Geld zu", echauffierte sich Pablo.

„Ganz genau. So versuchen hier einige Leute, sich ihre persönlichen Vorteile zu verschaffen", sagte Pablo's Vater. „Ich glaube wirklich, dass wir hier in Spanien sehr tolerant mit dem Thema der Korruption umgehen. Sie wird von sehr vielen einfach geduldet. Du glaubst gar nicht, wie häufig mich schon Leute versucht haben zu beeinflussen. Als Universitätsprofessor bekomme ich regelmäßig Anrufe von einflussreichen Leuten, die möchten, dass ich deren Kinder bestehen lasse oder ihnen eine bessere Note gebe. Letztlich ist das nichts anderes, als ein Versuch der Korruption, nicht über Geld, sondern über Einfluss. Und alle diese Menschen sehen das als völlig normal und menschlich an. Muss ich mich letztlich als Professor dafür rechtfertigen, wenn ich dann zu meiner Meinung stehe und eine schlechte Note verteile?"

Pablo und sein Vater schauten John an. Dieser saß schweigend da.

„Nun, John. Wir wollten dir hier keinen schlechten Eindruck von Spanien vermitteln, aber wenn es um solche Dinge geht, dann muss man sich einfach aufregen.", sagte Pablo.

Sein Vater grinste.

„Aber jetzt sag schon John, freust du dich aufs Spiel nachher?"

„Natürlich. Zum ersten Mal werde ich mir dann ein Fußball-Spiel ansehen. Und vielen Dank auch noch dafür, dass Sie mir die Eintrittskarte überlassen."

„Sehr gerne. Es handelt sich ja nur um ein Freundschaftsspiel. Du darfst mir glauben John, wenn dies ein gutes Ligaspiel wäre oder ein Länderspiel, dann würde ich schon selbst gehen." Wieder lächelte Pablo's Vater.

„So richtig interessant im Fußball wird es ja dann erst wieder in ein paar Wochen, wenn die Fußball WM in Brasilien anfängt. Dann hoffen wir natürlich, dass unsere Mannschaft, la Roja, ihren Titel verteidigt und zum 2. Mal diesen goldenen Pokal holt."

John zuckte leicht zusammen, doch Pablo's Vater hatte nichts bemerkt und fuhr fort.

„Das war schon schön vor 4 Jahren, als wir in Südafrika unseren ersten Weltmeistertitel geholt haben. Einfach unvergesslich. Spanien im Ausnahmezustand."

„Und so hat also Spanien diesen Pokal bekommen?"

Pablo und sein Vater schauten verdutzt drein. Jetzt war es Pablo der zuerst das Wort ergriff.

„Im Ernst, John? Hast du das nicht mitbekommen? Das sollten doch selbst die Amis wissen, wer der aktuelle Fußball-Weltmeister ist. Natürlich sind wir das. Der Pokal gehört uns."

„Wen meinst du mit uns?", fragte John völlig unbekümmert.

Pablo's Vater runzelte die Stirn.

„Also gewonnen hat den Pokal die spanische Fußball-Nationalmannschaft, aber als Spanier sind wir natürlich so stolz darauf, dass wir sagen, dass wir, als ganze Nation, diese Trophäe gewonnen haben. Und jetzt steht sie, so wie sich das gehört, im Museum des spanischen Fußballverbandes in Las Rozas."

„Ah, Las Rozas...", murmelte John.

„Ganz genau. Las Rozas, nur ein paar Autominuten entfernt im Nordwesten von Madrid."

Pablo's Mutter betrat das Wohnzimmer und bat die Herren zum Mittagessen. John schaute auf die Uhr. Es war schon kurz nach drei. Sie hatten sich fast eine Stunde lang unterhalten und John hatte sehr viel über Land und Leute gelernt. Pablo's Mutter goss allen Wasser und Wein an, dann begann sie die Paella aus der riesigen Pfanne auf die Teller zu verteilen.

„Wie eine typische spanische Mutter", merkte Pablo an.

Alle lachten und machten sich über die herrlich duftende Paella her.

12. Abgezockt

Samstag, 31. Mai – 17:27 Uhr

John und Pablo hatten gerade das Haus verlassen, als Pablo's Telefon klingelte. Es war sein Kumpel Jesús, der anfragte, wie Pablo's Abendgestaltung aussah. Pablo erklärte, dass er von 18 bis 20 Uhr das Spiel im Bernabéu anschauen wollte gemeinsam mit John, dass er aber danach noch nichts vorhatte. Sie vereinbarten einen Treffpunkt, nicht weit vom Stadion entfernt, wo sie ab 21 Uhr gemeinsam ein paar Bierchen trinken wollten. Jesús wollte auch noch Sergio und zwei weitere gemeinsame Freunde benachrichtigen. Pablo seinerseits meinte, dass wohl auch John mitkommen würde und einem lustigen Abend somit nichts mehr im Wege stünde.

Pablo und John waren auf dem Weg zur Metro, um zum Stadion zu fahren. John hielt sich den Bauch. Ganz offensichtlich hatte er zuvor zu viel gegessen und nicht nur Pablo, sondern auch seine Eltern hatten sich gewundert, wie viel Paella dieser Amerikaner verschlingen konnte. Und auch beim Fleisch beim 2. Gang hatte er ordentlich zugelangt.

„Ein bisschen Sport tut uns jetzt glaube ich ganz gut, oder was meinst du?", fragte ihn Pablo.

„Wahrscheinlich. So viel habe ich vermutlich noch nie auf einmal gegessen, aber es war einfach so lecker, dass ich nicht aufhören konnte."

Pablo lächelte. „Und dann wundern sich die spanischen Mütter, wenn ihre Kinder plötzlich dick werden."

„Na ja. So viele dicke Leute gibt es in Spanien ja in Wirklichkeit gar nicht. Offensichtlich machen die Menschen hier also Sport, oder?"

„Im Vergleich zu euch in Amerika sind wir glaube ich schon recht schlank. Und es gibt schon viele hier, die Sport auch nicht nur im Fernsehen ansehen, sondern auch tatsächlich selbst betreiben."

„Was treibt ihr denn für Sport? Außer Fußball natürlich, was ganz offensichtlich ja die wichtigste Sportart ist."

„Ja, genau. Fußball ist die Nummer eins, aber auch Basketball ist ganz weit vorne. Es gibt in Spanien zudem eine Reihe von Mannschaften, die auch beim Handball oder Wasserball sehr erfolgreich sind, wenngleich das eher keine Massensportarten sind.

Und dann sind natürlich auch alle Freiluftsportarten sehr beliebt hier, wie zum Beispiel Tennis, Radfahren, Laufen, Schwimmen und natürlich Padel."

„Padel? Was ist das denn?"

„Padel ist eine Sportart, die aus Argentinien stammt. Im Prinzip kannst du dir Padel wie Tennis vorstellen, aber kleiner und mit einem ganz entscheidenden Unterschied: das Spielfeld ist von Kunststoffglas oder Mauern umgeben, so dass der Ball ständig im Spiel bleibt."

„Und was passiert wenn der Ball die Wand berührt?"

„Nun. Die Regeln sind eigentlich wie beim Tennis. Spielen tun in offiziellen Spielen immer zwei Leute pro Seite, also wie beim Doppel im Tennis. Es gibt ein Aufschlagfeld, wo der Ball zu Beginn hineingeschlagen werden muss. Allerdings darf der Aufschlag nur von unten erfolgen, nicht von oben. Der Ball kann dann ganz normal wie auch beim Tennis zurückgespielt werden, entweder Volley oder nach einer Bodenberührung. Interessant wird es erst, wenn der Ball vom Boden an die Wand springt, ohne dass ein Spieler ihn zurückgespielt hat. In diesem Fall darf der Ball auch nach der Wandberührung noch zurückgespielt werden, allerdings ohne vorher den Boden zu berühren. Berührt er den Boden oder kann er nicht mehr zurückgespielt werden, so ist es ein Punkt für das andere Team."

„Aber ist das nicht schwierig, den Ball nach einer Wandberührung ins andere Feld zu spielen?", fragte John.

„Das ist Übungssache. Einfach ist es nicht, vor allem nicht am Anfang, wenn man Tennis gewohnt ist und immer dem Ball hinterherrennen will. Besser ist es zu warten, bis der Ball zurückprallt von der Wand, um ihn danach zurückzuspielen. Schwirig wird es vor allem dann, wenn er in einer Ecke an die Rückwand springt und von dort an die Seitenwand. Das macht das Spiel dann erst so richtig interessant."

„Hört sich wirklich spannend an, aber auch ein wenig kompliziert."

„Nein, gar nicht. Ehrlich nicht, John. Padel ist so einfach, dass es eigentlich jeder spielen kann. Vom Supersportler über den total Unsportlichen, bis hin zum Kind. Und das Gute daran ist, dass die Schläger aus Hartplastik sind und somit viel leichter sind als beim Tennis. Auch das Schlagen wird damit deutlich einfacher und selbst Ungeübte schaffen es, sich einfache Bälle zuzuspielen. Jetzt bist du ja leider nicht mehr lange hier, ansonsten hättest du das einfach einmal ausprobieren können."

„Und wo kann man das spielen?"

„Mittlerweile fast überall. Es gibt massenhaft Anlagen. Selbst bei neuen Mehrfamilienhäusern wird häufig ein Padelfeld im Garten gebaut. Die Sportart hat sich unglaublich schnell hier ausgebreitet und ist mittlerweile sehr beliebt. Seltsamerweise breitet sie sich kaum aus in Europa. Jedenfalls habe ich noch keine Padelfelder gesehen in anderen Ländern. Also, falls es sie gibt, viele werden es wohl nicht sein."

„Es wollen halt nicht alle anderen eure komischen Sportart-Erfindungen", bemerkte John grinsend.

„Padel haben wir ja nicht erfunden. Aber du hast schon recht. Teilweise gibt es hier sehr interessante Sportarten, von denen ich selbst nicht weiß, wo sie erfunden wurden oder ob sie anderswo so professionell betrieben werden wie hier. Da gibt es beispielsweise Hallenfußball, Hallenhockey auf Rollschuhen und Beach-Fußball. Neulich hatte ich auch einmal Beach-Handball gesehen, wo irgendwelche komischen Drehungen vor dem Torschuss gemacht werden. Und dann gibt es natürlich noch Pelota, ein typisch baskisches Ballspiel. Dort spielen ebenfalls 2 gegen 2. Gespielt wird auf einem riesigen rechteckigen Beton-Feld, welches auf 2 Seiten mit Mauern begrenzt ist. Und dann wird der Ball, der ungefähr Tennisballgröße hat, aber deutlich härter und schwerer ist, mit der bloßen Hand gegen die Wand der Längsseite gedroschen, immer abwechselnd zwischen den beiden Teams, bis ein Fehler gemacht wird und es damit einen Punkt fürs andere Team gibt. Diese Jungs, die dort spielen, sind echt verrückt. Das muss höllisch wehtun. Mit der nackten Hand gegen den harten Ball. Die Hände der Profispieler sind oftmals so groß wie Bratpfannen."

John tippte mit dem Zeigefinger gegen die Schläfe und meinte nur „Loco, loco".

Beide mussten lachen.

„Eins musst du jedenfalls wissen John. Wir Spanier lieben den Sport, vor allem aber lieben wir die Geselligkeit. Das Bier nach dem gemeinsamen Spiel gehört deshalb genauso dazu, wie das Spiel selbst. Egal, ob du dich mit Freunden zum Padel triffst oder Fußball spielst. Danach gehen alle gemeinsam etwas trinken."

Inzwischen hatten sie das Stadion betreten und waren dabei, die Treppenstufen hinaufzusteigen, um zu den Plätzen der Dauerkarten von Pablo zu gelangen. Die Plätze boten eine hervorragende Sicht auf das Spielfeld. Noch war das Stadion kaum gefüllt, was aber auch kein Wunder war. Zum einen handelte es sich um ein Benefizspiel und zum anderen gab es genügend Spanier, die erst in den letzten Minuten vor dem Spiel ins Stadion kamen. Pablo sog die Atmosphäre des Stadions in sich auf. John schien etwas aufgeregt und blickte neugierig in Richtung Rasen, wo er jeden Moment die Spieler erwartete. Doch noch war dort niemand zu sehen. Pablo klärte ihn über die verschiedenen Blöcke im Stadion auf, wo die teuersten Plätze waren, wo die Presse saß und wo der Gästeblock lag. Dann plötzlich brandete Applaus im ganzen Stadion auf. Cristiano Ronaldo hatte das Spielfeld betreten und winkte den Zuschauern zu, während er von der einen Spielfeldseite locker zur anderen Seite trabte. Kurz darauf kamen auch nach und nach die anderen Spieler auf den Rasen. Mit großem Interesse verfolgte John das Aufwärmprogramm der beiden Mannschaften und Pablo zeigte ihm die bekanntesten Spieler von Madrid. Das Stadion füllte sich langsam und wenig später wurde das Spiel angepfiffen.

Neugierig und euphorisch schaute sich John die ersten paar Minuten der Partie an und tatsächlich fiel schon sehr früh das 1:0 für Real Madrid gegen das All-Stars Team. Die Menge, die vor allem aus Familien bestand, johlte und feierte das Tor. Danach jedoch passierte zunächst nicht viel auf dem Spielfeld und John verlor scheinbar schnell das Interesse für das Spiel. Pablo entging dies nicht und er versuchte ihn mit Anekdoten aus der Real Madrid Historie bei Laune zu halten. Dennoch musste er bald einsehen, dass John wohl nie zum Fußballfan werden würde. Ein typischer Amerikaner eben, der mit Soccer nicht viel anzufangen wusste. Die

Halbzeitpause vertrieben sie sich mit teurer Stadioncola, zu der John einlud. Der Bingo-Gewinn war also gut investiert. Es fielen zwar noch reichlich Tore im Spiel, das letztlich mit 5:2 endete, aber zur Begeisterung von John für den Fußball trugen diese nicht bei. Auf Pablo's Nachfrage, ob ihm das Spiel gefallen habe, antwortete er zwar höflich mit ja, aber die Enttäuschung war ihm klar anzumerken. Offensichtlich hatte er sich das spannender vorgestellt.

Als die beiden Mannschaften nach dem Schlusspfiff vom Rasen gingen, fragte er Pablo verwundert, wo denn nun der Pokal bliebe.

„Für dieses Spiel gibt es keinen Pokal, John. Das ist ja nur eine Art Freundschaftsspiel. Deswegen war auch das Spiel weniger interessant und das Publikum etwas ruhiger. Pokale und Trophäen gibt es erst in der nächsten Saison wieder."

John nickte stumm. Dann verließen sie im Sog der anderen Zuschauer das mächtige Bernabéu und machten sich auf den Weg zu Pablo's Freunden.

Samstag, 31. Mai – 20:31 Uhr

Pablo stellte zwei große Bier auf den Tisch.

„Wie gesagt, John. Nach dem Sport kommt die Geselligkeit. Zum Wohl!"

Sie prosteten sich zu und nahmen einen großen Schluck aus ihren Gläsern.

John gefiel dieser Brauch der Spanier und schon war das Fußballspiel aus seiner Sicht etwas besser geworden. Vielleicht waren auch einfach nur seine Erwartungen zu hoch gewesen. Spannend hatte er es jedenfalls nicht gefunden. Vielleicht musste man diese Sportart aber auch erst begreifen lernen oder von Kindesbeinen an verfolgen, um sie interessant zu finden.

Dennoch bereute er es nicht, dabei gewesen zu sein. Schließlich war dieses Spiel ein weiteres Teil in seinem Puzzle gewesen, das ihn den Fußball und auch die Leute dieses Landes besser verstehen ließ.

Als John sich auf den Weg zu Pablo's Haus gemacht hatte, war er noch sehr ruhig gewesen. Doch mit zunehmender Dauer wurde er jetzt nervöser. Das Fußballspiel hatte ihn sofort an seinen Plan denken lassen und seitdem ratterte es unaufhörlich in seinem Kopf. Die Gedanken drehten sich um verschiedene Details des Plans und vermischten sich mit den Eindrücken aus dem Gespräch mit Pablo und seinen Eltern. Zudem musste John auch immerzu an den Einbruch vom Vortag denken. Wer war in seinem Zimmer gewesen? Wer hatte seine ganzen Pläne entwendet? Auch seine Spezialbrille hatten sie geklaut. Jetzt konnte John nur hoffen, dass die Diebe nicht alle Funktionen dieser Brille herausfanden und dass sie nicht zufällig sein Raumschiff entdeckten. Der Druck auf John, seine Mission morgen zu Ende zu bringen, um damit zu verhindern, dass jemand anders vorher seine Pläne durchkreuzte, war damit erheblich gewachsen.

Die Informationen prasselten wie kleine Pfeile aus verschiedensten Richtungen auf ihn ein und John war unfähig, sich auf das Gespräch mit Pablo zu konzentrieren. Das letzte Mal, als er sich so gefühlt hatte, war kurz vor der Entscheidung gewesen, wer für die Erdmission ausgewählt werden sollte. Damals jedoch hatte er sich damit beruhigen können, dass das Ergebnis nicht mehr von ihm beeinflusst werden konnte. Es hatte in den Händen des Komitees gelegen. Diesmal jedoch spürte John, dass der Druck seines ganzen Vorhabens allein auf ihm lastete. Er selbst war der Verantwortliche und somit seines Glückes und Erfolges Schmied. Mehrfach in den vergangenen Tagen, vor allem aber in den Wochen und Monaten zuvor, hatte er sich schon die Frage gestellt, ob das, was es für ihn zu gewinnen gab, den ganzen Aufwand und das ganze Risiko wert war. Er hatte diese Frage immer mit einem klaren Ja beantworten können. Und obwohl er in den letzten Tagen gemerkt hatte, dass die Erlebnisse auf der Erde mit den Menschen schon für sich genommen ein persönlicher Erfolg waren, so hielt sich jener Gedanke an die ganz besondere Belohnung so hartnäckig, dass er seinen Plan nun um jeden Preis umzusetzen gedachte.

John hatte sehr viel gelernt in den letzten Tagen. Dabei hatte er realisiert, dass das ganze theoretische Wissen, das er sich während der Vorbereitung der Mission angeeignet hatte, zwar wertvoll war, dass aber erst die Praxis dieses Wissen veredelte und wertvoll machte.

„Sag mal Pablo, wie lernen eigentlich die Leute hier?"

Pablo wirkte etwas überrascht.
„Du meinst, wie unser Bildungssystem funktioniert?"
John nickte.
„Nun, zunächst einmal, wie in vielen anderen Ländern, gehen die Kinder in den Kindergarten bevor sie dann mit 6 Jahren in die Schule kommen. Dort gibt es dann einen Zyklus mit 6 Jahren, die Educación Primaria. Daran schließen sich dann nochmals 4 Jahre in der Educación Secundaria an, wo die Schüler dann bei Abschluss 16 Jahre alt sind. Und dann trennen sich die Wege. Je nachdem, ob man eher eine Ausbildung machen möchte oder studieren will, natürlich auch abhängig von den Noten.

In den Zeiten vor der Krise gab es viele junge Leute, die direkt den Berufseinstieg gewählt hatten. Sie sind dann beispielsweise in die Bauindustrie, die damals hervorragende Gehälter zahlte. Nicht selten sogar mehr als 2000 € pro Monat. Ein fantastisches Gehalt für einen Schulabgänger. Teilweise haben manche ja sogar die Schule abgebrochen, weil sie lieber arbeiten und Geld verdienen wollten. Seitdem hat sich jedoch viel geändert. Inzwischen bleibt die Mehrheit der jungen Leute zwischen 15 und 24 an der Schule oder Universität, sicherlich auch wegen der hohen Arbeitslosigkeit. Anderseits haben wir in Europa jedoch auch eine der höchsten Quoten an Jugendlichen, die weder studieren, noch arbeiten. Ohne Studium ist es hier inzwischen noch sehr viel schwieriger geworden, überhaupt eine Arbeit zu finden. Deshalb achten viele Eltern mittlerweile darauf, dass ihre Kinder einen ordentlichen Abschluss machen, damit sie hinterher studieren können. In Spanien haben wir daher eine relativ hohe Quote an jungen Leuten, die studieren und hinterher einen Universitätsabschluss haben, soweit ich weiß knapp 40%. Damit stehen wir im europäischen Vergleich sehr gut da. Jedoch ist ein abgeschlossenes Studium schon lange keine Garantie mehr für einen Job. Schon gar nicht sind die Arbeiten im Land viel hochwertiger geworden in den letzten Jahren. Daher kommt es nicht selten vor, dass gut ausgebildete Ingenieure in der Tourismus-Branche für einen Hungerlohn arbeiten. Und selbst wenn Hochschulabsolventen in ihrem Bereich einen Job finden, dann werden oft nicht mehr als 1000 € im Monat bezahlt. Wirklich lächerlich im Vergleich zu anderen Ländern in Europa.

Aber was sind die Alternativen zu einem Job in der freien Wirtschaft? Sich selbstständig machen? Das ist nicht gerade billig. Egal wie viel du verdienst, jeden Monat hast du eine feste Abgabe zu leisten, die derzeit glaube ich bei 300 € liegt. Wenn du also 2 oder 3 schlechte Monate hast, in denen du kaum etwas verdienst, musst du diese Abgabe dennoch bezahlen. So etwas lädt nicht gerade zur Selbstständigkeit ein.

Ein eigenes Unternehmen gründen? Mit dem Mut der Verzweiflung machen das natürlich einige. Jedoch braucht man dafür Geld, Mut und viel Geduld. Die Bürokratie, die man hier bewältigen muss, ist nicht unerheblich. Da kann es schon vorkommen, dass es ein halbes Jahr dauert, bis man endlich die Genehmigung erhält.

Also bleibt noch die Beamtenlaufbahn als Karrierepfad. Und tatsächlich ist diese bei vielen Leuten sehr beliebt. Nicht erst seit der Krise. Das Gehalt als Beamter ist zwar nicht herausragend, aber immerhin solide. Zudem ist das ein sicherer Job. Im Prinzip bis zur Rente. Die Arbeitszeiten sind gut. Man beginnt um 8 Uhr morgens und hat um 15 Uhr Feierabend. Wenn man keine allzu großen Ambitionen hat und sehr sicherheitsbewusst ist der perfekte Job also." Pablo hielt kurz inne. „Na ja, wenn alles gut läuft werde ich ja auch Beamter. Jedoch muss ich zugeben, dass meine Motivation eine andere ist. Ich würde gerne ein paar Euro mehr verdienen und dafür mehr arbeiten. Außerdem wäre ich auch dafür, dass es alle paar Jahre auch bei Beamten eine Leistungsprüfung gibt, gerne auch mit leistungsbezogenem Gehalt. Somit könnte man immerhin verhindern, dass sich unmotivierte Leute auf ihren Beamtenjobs ausruhen."

Pablo fuhr noch eine Weile fort, John über die Bildung in Spanien aufzuklären.

Ein knappes Bier später gesellten sich drei Freunde von Pablo zu den beiden. Jesús und Sergio kannte John schon. Der Neue stellte sich als Gonzalo vor. Sofort entbrannte ein munteres Gespräch zwischen den vier Freunden, natürlich auf Spanisch, und John hörte fasziniert zu. Vielleicht war es das, was er jetzt brauchte: eine Unterhaltung auf Spanisch, um sich ganz auf das Gespräch konzentrieren zu müssen und überhaupt nicht an das Vorhaben des kommenden Tages denken zu können. Und so überzeugte er Pablo davon, dass sie sich gerne weiterhin auf Spanisch unterhalten sollten, wenngleich auch etwas langsamer, um ihm die Möglichkeit zu geben, dem Gespräch mehr oder minder zu folgen. Es stellte sich heraus, dass Gonzalo ein wahrer Unterhaltungskünstler war und es mit Leichtigkeit schaffte, John und die drei Freunde in seinen Bann zu ziehen. Eine lustige Geschichte folgte der nächsten. Gerade war er dabei, von seiner Jugend zu erzählen, genauer gesagt, von einem Camping-Urlaub, den er mit 15 Jahren mit einer Gruppe unternommen hatte. 2 Wochen im August hatte er damals auf jenem Campingplatz im Norden Spaniens, unweit vom Strand, verbracht.

„Jungs, damals, das war echt lustig. An einem Abend sind Javi und ich mit 2 Mädels an den Strand gegangen. Die beiden waren echt süß. Naja, ihr wisst schon. Wir fanden die toll. Zunächst saßen wir eine Zeit lang im Sand und haben uns unterhalten. Als dann die Dämmerung einsetzte und es schon fast dunkel war, hatte Javi die Idee, noch eine Runde zu baden. Natürlich hatte keiner von uns Badehose oder Bikini dabei. Also zog sich Javi rasch aus und sprang nackt ins Wasser. Kurz darauf machte ich dasselbe. Die beiden Mädels standen draußen und zögerten. Doch Javi und ich ermunterten sie, doch auch zu kommen. Wir beschimpften sie als Feiglinge, als Langweiler und Spielverderber. So lange, bis sie es sich schließlich doch anders überlegten, sich auch auszogen und zu uns ins Wasser kamen. Dort tollten wir eine Weile herum, bis Javi diesen fiesen Plan hatte. Wir beide stürmten plötzlich ohne Vorwarnung aus dem Wasser, schnappten uns sämtliche Klamotten, unsere eigenen und die der Mädels und machten uns davon. Natürlich zogen wir unsere kurz darauf an. Die beiden Mädels jedoch brauchten eine Weile, bis sie verstanden hatten, was da eben passiert war. Sie blieben noch im Wasser und schrien uns nach, dass wir ihnen doch ihre Kleidung wieder zurückgeben sollten. Das taten wir aber natürlich nicht. ‚Die könnt ihr dann später in unserem Zelt wieder abholen', riefen wir ihnen zu und machten uns davon. Au Backe, die beiden waren richtig böse. Aus einiger Entfernung beobachteten wir dann, was geschah. Schließlich kamen sie aus dem Wasser und bedeckten jeweils mit der einen Hand ihren Intimbereich und mit dem anderen Arm ihre Brüste und machten sich so dann auf dem Weg zum Campingplatz." Dabei machte Gonzalo genau vor, wie sie sich bewegt hatten und die 3 Spanier und John lachten sich bei dem Anblick kaputt.

„So schlichen die beiden Mädels also in Richtung Campingplatz. Und fast wären sie dort auch unentdeckt angekommen. Fast. Doch plötzlich tauchte vor ihnen ein älteres Ehepaar auf. Der Mann schaute sie mit großen Augen an, die Frau dagegen reagierte entsetzt. Was ihnen denn einfallen würde, einfach nackt in der Öffentlichkeit herumzulaufen. Dies sei schließlich keine FKK-Zone. Dies sei Erregung öffentlichen Ärgernisses. Die Frau schimpfte weiter und die armen Mädels versuchten zu erklären, dass sie beklaut wurden. Während das die Frau gar nicht beeindruckte, stand der Mann immer noch mit weit geöffneten Augen daneben und starrte die nackten Mädels an. Seine Frau bemerkte das dann irgendwann, gab ihm einen heftigen Stoß mit dem Ellbogen und wies ihn an, die Mädels nicht mehr anzustarren. Und so gingen sie dann weiter, während die Mädels schließlich beim Campingplatz ankamen, wo Javi und ich sie lachend erwarteten."

Gonzalo schmunzelte während er die Geschichte zum Besten gab. Dann fuhr er fort.

„An einem anderen Abend saßen wir in der ganzen Gruppe zusammen. Unsere Betreuer hatten viele leckere Dinge eingekauft und wir aßen gemeinsam am Lagerfeuer. Lediglich die Kekse, die die Betreuer eingekauft hatten, kamen bei uns gar nicht an. Die schmeckten fürchterlich. Einer der Betreuer wollte daraufhin herausfinden, warum die Kekse nicht schmeckten. Er las von der Zutatenliste auf der Rückseite der Packung vor: ‚Mehl, Eier, Haselnüsse, ….' Dann ergänzte er noch ‚können Spuren von Alkohol enthalten…' und meinte dann, dass sie wohl deshalb nicht schmeckten. Plötzlich wurden einige von uns hellhörig. ‚Alkohol in den Keksen?' Ich muss dazu sagen, dass Alkohol offiziell natürlich nicht erlaubt war für uns im Camp. Die ersten fingen daraufhin an ein paar Kekse zu essen. Und plötzlich schmeckten sie irgendwie besser. Immer mehr wollten nun die Kekse probieren. Die waren auf einmal der Renner. Bis dann einer von uns endlich so schlau war und nochmals nachfragte: ‚Jetzt aber mal ernsthaft, da ist doch nicht wirklich Alkohol drin, oder?' Unser Betreuer grinste schelmisch und da war klar, dass er uns nur hereingelegt hatte."

Und so erzählte Gonzalo noch die ein oder andere Geschichte von jenem Camping-Urlaub und die Jungs amüsierten sich köstlich.

Im Laufe des Abends entspannte sich John immer mehr. Er selbst konnte zwar nicht mehr genau sagen, ob dies daran lag, dass die Unterhaltung in einer anderen Sprache geführt wurde oder aber daran, dass sie nach den anfänglichen Bieren, nun den sehr süffigen ‚tinto de verano' tranken. Nicht mehr lange und sie würden wie an jenem Flamenco-Abend, an den sich John kaum mehr erinnern konnte, zum Rum oder Gin übergehen. Hauptsache Ablenkung. John fühlte sich mehr denn je als anerkanntes Mitglied dieser Gruppe und anstatt an die ungewisse Zukunft zu denken, lebte er voll im Hier und Jetzt.

Samstag, 31. Mai – 21:23 Uhr

Zeitgleich, ein paar Kilometer weiter südlich, analysierte Enrique zum wiederholten Male die Dinge, die er aus dem Hotelzimmer von John entwendet hatte. Die Jeans und das Hemd würde er selbst gut gebrauchen können. Die waren ihm zwar etwas zu groß, aber auf solche Details legte er keinen Wert mehr, seit er auf der Straße lebte.

Enrique drehte und wendete John's Brille in seinen Händen. Auf den ersten Blick schien sie eine ganz normale Brille zu sein, doch je länger und je öfter er sie sich anschaute, umso überzeugter war er davon, dass dies keine gewöhnliche Brille zur Verbesserung der Sicht war. Enrique setzte sich die Brille auf, nahm sie wieder herunter und setzte sie sich wieder auf. So genau er auch hinschaute, er konnte beim besten Willen keinen Unterschied feststellen. Weder wurde das Bild schärfer, noch verschwommener. Konnte es sein, dass es eventuell nur so eine minimale Verbesserung der Sehstärke war, dass Enrique selbst es gar nicht mit bloßem Auge erkennen konnte? Vielleicht. Das Gestell der Brille jedoch machte ihn stutzig. Es war etwas dicker, als man es von einer Designerbrille erwarten würde. Zudem hatte John an den Innenseiten der Bügel, etwa dort, wo die Bügel den Knochen oberhalb des Ohrs berührten, eine leicht veränderte Oberfläche bemerkt. Etwa ein halber Zentimeter fühlte sich dort minimal rauer an als der Rest und auch farblich wichen diese beiden Stellen leicht vom allgemeinen Farbton der Brille ab. Mehrmals fuhr er mit seinem Zeigefinger über diese Stelle.

Allerdings hatte Enrique keine Erklärung, wofür diese leicht angeraute Fläche dienen könnte. Enrique war sich ziemlich sicher, dass diese Brille noch eine andere Funktion hatte, als einfach nur durch ihre Gläser zu schauen und besser sehen zu können. Er ging fest davon aus, dass dies irgendeine High-Tech Brille war, vermutlich in den USA entwickelt, die bestimmt ein paar Sonderfunktionen hatte. Diese Vermutung würde auch sehr gut zur Person passen. Dieser Amerikaner, oder was auch immer er war, machte den Eindruck eines Spions. Seit Enrique ihn belauscht hatte, als John auf seine leuchtende Kugel eingeredet hatte in einer Sprache, die Enrique bis dahin noch nie gehört hatte, war für Enrique klar gewesen, dass die „ich bin ein Tourist aus den USA" Geschichte nur eine Tarnung war und in Wirklichkeit etwas ganz anderes vor sich ging. Allzu gerne hätte er die Brille auseinandergebaut. Dabei bestand aber die Gefahr, dass er etwas kaputt machte und sie danach nicht mehr funktionierte. Dieses Risiko wollte er nicht eingehen. Daher bestand seine einzige Möglichkeit darin, die Brille für einige Tage zu tragen, um herauszufinden, ob etwas passierte. Er setzte sie auf und blickte in alle Richtungen, doch nichts geschah.

Dann nahm Enrique die Papiere zur Hand, die er in John's Schrank, inmitten dessen Kleidung, gefunden hatte. Er breitete alles vor sich aus: den Stadtplan von Madrid, die herausgerissene Zeitungsseite, dazu ein kleiner Zettel, auf dem lediglich „Francisco" stand mit einer Telefonnummer darunter und noch ein weißes Din-A4 Blatt, auf dem John sich offensichtlich Notizen gemacht hatte.

Zunächst betrachtete Enrique den Stadtplan. Das Hotel war dort gekennzeichnet, was nicht wirklich überraschend war. Unweit vom Hotel, ebenfalls noch im Zentrumsbereich von Madrid, war ein Punkt markiert. Keinerlei Sehenswürdigkeiten in der Nähe, nichts Besonderes. Vielleicht wohnte dort dieser „Francisco", von dem John die Telefonnummer auf einem separaten Zettel notiert hatte. Etwas seltsam war die Markierung beim Parque de Berlin. Ein kleiner Park im Norden Madrids, nicht weit vom Stadion von Real

Madrid. Als besondere Sehenswürdigkeit Madrids kam dieser Park nicht in Frage. Enrique schüttelte den Kopf. Bisher ergab das alles nicht viel Sinn. Die letzte Markierung, die John im Plan gemacht hatte, war direkt beim Stadion oder sogar das Stadion selbst. Einen dicken Punkt hatte er dort gesetzt. Was sollte Enrique daraus schließen?

Enrique merkte, dass er völlig im Dunkeln tappte. Um mehr herauszufinden, müsste er vermutlich im Internet suchen, was genau John in der Nähe des Parks markiert hatte und was die Markierung in der Nähe von John's Hotel bedeutete. Er legte den Stadtplan beiseite und nahm sich den Zeitungsartikel vor. Tatsächlich handelte es sich dabei um die ausgerissene Seite aus einer Tageszeitung mit dem Datum von vorvorgestern, also sehr aktuell. Auf der einen Seite befanden sich die Wirtschaftsnachrichten, sowie ein paar Aktienkurse. Auf der anderen Seite ein ausführlicher Bericht zur anstehenden Fußball-Weltmeisterschaft in Brasilien mit drei riesigen Bildern des Weltmeisters von 2010, als Spanien im Finale in Südafrika gegen Holland den Titel holte. Die Bilder zeigten die Szene der Entstehung des entscheidenden Tores, die feiernde Mannschaft mit dem Pokal, sowie jubelnde Menschenmassen auf den Straßen Madrids. Enrique drehte das Blatt nochmals um. Weder auf der Vorder- noch auf der Rückseite gab es Markierungen. Er verstand nicht, was so besonders war an dieser Seite. Weshalb hatte John genau diese Seite herausgerissen und warum war sie für ihn anscheinend so wichtig? Ging es ihm um die Wirtschaftsnachrichten oder aber um den Fußballartikel? Der Bericht über die Fußball-WM würde immerhin thematisch zur Markierung des Stadions im Stadtplan passen, sofern es eine Markierung war. Und der Wirtschaftsartikel? Enrique dachte eine Weile nach. Auch der könnte Sinn ergeben. Erst vor ein paar Tagen ja hatte John einem Geschäftsmann dessen Handy gestohlen und war damit auf und davon gerannt. Diese Aktion würde auch sehr gut zur Theorie des Spions passen: John als Mitarbeiter in der Wirtschaftsspionage. Enrique las sich sämtliche Artikel auf der Wirtschaftsseite des herausgerissenen Zeitungsblatts durch. Meist ging es nur um kleinere Unternehmensmeldungen oder Gewinnwarnungen. Nichts wirklich Brisantes. Außerdem hätte John doch dann wahrscheinlich den entscheidenden Artikel irgendwie markiert, oder? Enrique drehte die

Seite um. Fußball WM 2014 – ein Ausblick. Und gleichzeitig ein Rückblick ins Jahr 2010 als Spanien zum ersten Mal in seiner Geschichte Fußball Weltmeister wurde. Zwar war die Mannschaft nun etwas älter und vielleicht etwas gesättigt nach den drei Titeln in Folge, aber dennoch zählte sie zu den besten fünf Mannschaften der Welt. Die Titelverteidigung war also möglich, auch wenn Spanien eine schwierige Gruppe erwischt hatte. Enrique entdeckte auch hier nichts, was er mit John in Verbindung bringen konnte. Weder im Text, noch bei den Bildern fand er irgendwelche Markierungen. Dennoch musste dieses Zeitungsblatt eine Bedeutung haben, denn ansonsten hätte John dieses nicht so gut versteckt.

Ratlos legte er das Blatt zur Seite und griff nach den handschriftlichen Notizen, die John gemacht hatte. Doch auch diese waren nicht viel aufschlussreicher. Ganz im Gegenteil. Mitten auf dem Papier war etwas skizziert, das wie eine Keule aussah oder ein zu dick und zu kurz geratener Baseballschläger. Die Notizen selbst waren in einer Sprache verfasst, die Enrique nicht verstand, geschweige denn lesen konnte. Er dachte zurück an jenes Telefonat von John, als dieser mit seiner Kugel gesprochen hatte. Nichts davon hatte er verstehen können. Wären die Schriftzeichen kyrillisch, arabisch oder chinesisch gewesen, so hätte er wenigstens versuchen können, diese übersetzen zu lassen, aber so? Die Zuordnung zu irgendeiner Sprache, von der Enrique schon einmal gehört hatte, dass sie existierte, gelang ihm nicht.

Die einzigen Wörter, die mit normalen Buchstaben geschrieben standen, waren: „Sonntag", „Fußball", „Pablo" und „Santiago-Bernabéu".

Enrique kam sich vor wie beim Bilderraten, von denen man nur einige Teile sehen konnte. Andere dagegen fehlten völlig. Vor ihm bauten sich zwei mögliche Szenarien auf. Das eine war das Bild von John als Wirtschaftsspion oder aber Wirtschaftsjournalist, der versuchte hinter ein Geheimnis in der spanischen Wirtschaft oder bei einem spanischen Unternehmen zu kommen und der mit einer Art Geheimsprache arbeitete. Vielleicht arbeitete er ja bei einer geheimen Behörde und hinter den Fußball-Notizen steckte nur die Vereinbarung eines Treffens.

In der Fußball-Interpretation des tatsächlichen John, war dieser ein Spieler-Agent aus einem reichen arabischen oder osteuropäischen Land, mit seltsamer Sprache, und versuchte in Madrid oder innerhalb der Nationalmannschaft auf Spielersuche zu gehen, um einen Transfer-Coup zu landen.

Bei längerem Nachdenken kamen Enrique jedoch beide Ideen sehr abwegig vor. Es gab zu viele Details, die einfach nicht passten. Würde eine solche Person tatsächlich am hell-lichten Tag ein Handy in einem Restaurant zu klauen? Würde ein solche Person nicht eher in einem 5 Sterne Luxushotel übernachten, als in einem ganz normalen Standardhotel? Vielleicht war dieser John einfach nur ein schlichter Dieb, der sich auf Technologie spezialisiert hatte. So oder so, eines war klar: John führte etwas im Schilde, was sehr wahrscheinlich nicht legal war und Enrique hatte das Gefühl, dass John nicht mehr lange mit seinen Aktionen warten würde. Enrique musste handeln.

Samstag, 31. Mai – 23:33 Uhr

Die Zeit verging wie im Fluge wenn man mit Freunden zusammen war und gemütlich ein paar Bierchen trinken konnte. Selbst John wirkte jetzt entspannter als noch im Stadion. Zwar hatte er mittlerweile schon 3 Mal gesagt, dass er gerne zurück in sein Hotel gehen wollte, da er müde sei. Jedes Mal aber hatten ihn die 3 Freunde dazu überreden können, noch zu bleiben und sie hatten ihm ein neues Getränk besorgt. So lief das in Spanien: man ging gemeinsam weg, man amüsierte sich gemeinsam, man genoss die Geselligkeit und keiner konnte sich so leicht ausklinken. Wenn doch jemand weg musste oder gehen wollte, so wurde dieser Abgang nahezu verhandelt. Die Gruppe sorgte schon dafür, dass alle zusammenblieben.

Dann wurde ausgemacht, dass derjenige zumindest noch auf ein Bier länger dablieb. Manchmal wurden daraus dann auch zwei oder drei und manchmal war derjenige, der eigentlich als einer der ersten gehen wollte, dann bei den letzten, die den Nachhauseweg antraten.

Nachdem sie noch in der ersten Bar eine Kleinigkeit gegessen hatten, waren sie in eine andere Kneipe gegangen, in der auch Musik aufgelegt wurde und wo daher mehr Disko-Stimmung aufkam.

Pablo stand am Tresen und versuchte bei der Barkeeperin eine weitere Runde Bier zu bestellen. Diese jedoch war schwer beschäftigt und musste zunächst eine größere Gruppe mit Tequila-Shots versorgen. Da die junge Dame hinter der Theke jedoch alles andere als hässlich war, machte es Pablo nichts aus, dass er ein paar Minuten länger auf seine Biere warten musste. Vielleicht sollte sein Kumpel Jesús die nächste Runde holen. Schließlich würde die attraktive Barfrau auch sehr gut in sein Beuteschema passen. Andererseits hatte dieser sich zuvor schon wieder einen Korb eingefangen, als er versucht hatte mit zwei Studentinnen ins Gespräch zu kommen, und Pablo wusste nicht, wie viele negative Erlebnisse sein Freund an einem Abend ertragen konnte.

Mit einem Lächeln schob Pablo der Barkeeperin das Geld für die Biere zu und machte sich auf den Weg zurück zu seinen Freunden. Zunächst entdeckte er nur Sergio, der neugierig in Richtung Mini-Tanzfläche schaute, wo Jesús gerade dabei war, sich tanzend mit 2 Frauen zu unterhalten, die allem Anschein nach doch einige Jahre älter waren als er selbst. Pablo und Sergio amüsierten sich beim Zuschauen und verfolgten die Tanzbewegungen von Jesús interessiert, bis dieser sie bemerkte und nach einem kurzen Wortwechsel mit den beiden Frauen auf seine Freunde zukam.

„Wo ist eigentlich John?", fragte Jesús. „Seinetwegen rede ich mit zwei Frauen. Auf diese Art könnte er ja vor seiner Abreise doch noch zu einem kleinen Abenteuer mit einer Spanierin kommen."

„Ja, gute Frage. Wo steckt er denn?", fragte jetzt auch Pablo.

Sergio zog die Schultern hoch. „Keine Ahnung. Er wollte eigentlich vorher nur kurz auf die Toilette. Das ist jetzt aber auch schon wieder einige Minuten her."

„Dann hat er entweder was Größeres vor oder aber er ist unterwegs hängengeblieben. Ich muss sowieso mal dorthin. Dann werde ich ihn schon finden.", meinte Jesús.

Doch nach ein paar Minuten kam er kopfschüttelnd wieder alleine zurück.

„Also dort ist er jedenfalls nicht."

Während sich die drei Freunde ratlos anschauten, kam ein junger Kerl an und fragte:

„Wer von euch ist Pablo?"

Pablo meldete sich.

„Hier habe ich eine Nachricht für dich." Er reichte ihm einen Zettel. „Von einem gewissen John. Mehr hat er mir nicht gesagt."

„Danke.", antwortete Pablo. Sogleich öffnete er den zusammengefalteten Zettel. Dort stand:

„Lieber Pablo, vielen Dank für alles. Muss leider sehr dringend weg. Sorry. Würde dir das gerne alles erklären, aber es geht nicht. Zu kompliziert. Lebe wohl mein Freund. Viele Grüße, John."

Pablo war sprachlos.

„Soll das heißen, dass er einfach so abgehauen ist, ohne sich zu verabschieden?", fragte Sergio. „Einfach ein Zettel und das war's?"

„Tja, scheint so, Leute.", sagte Pablo enttäuscht. „Und dabei habe ich noch nicht einmal seine Email-Adresse oder Telefonnummer. Nichts."

„Ziemlich undankbar, dieser Kerl, wenn du mich fragst.", meinte Sergio. „Dabei wirkte er immer so nett und freundlich. Und dann so ein Abgang. In einem Augenblick trinkt man noch gemeinsam ein Bier mit ihm und schon im nächsten ist er wie vom Erdboden verschluckt weg ohne ein Wort zu sagen. Finde ich nicht in Ordnung, so etwas."

„Keine Ahnung, was mit John los ist. So jedenfalls hatte ich ihn nicht eingeschätzt. Nach allem, was ich auch für ihn getan habe. Er war zum Mittagessen eingeladen, wir waren gemeinsam im Stadion, ich hatte ihm mit seinem Sprachkurs geholfen, wir waren gemeinsam mit ihm in der Flamenco-Bar ...Und dann das. Weg. Einfach so. Nur ein Zettel zum Abschied und das war alles. Ich bin ehrlich gesagt gerade sehr enttäuscht von ihm. Aber heute wirkte er schon den ganzen Tag angespannt. Er war irgendwie anders als sonst."

Pablo schüttelte ungläubig den Kopf.

Sie unterhielten sich noch eine ganze Weile über John und dessen undankbares Verhalten, dessen unrühmlichen Abgang ohne ein Wort des Abschieds. Zurück blieb ein bitter enttäuschter Pablo, der das Gefühl nicht loswurde, von John nur ausgenutzt worden zu sein.

13. Ein großartiger Abgang

Sonntag, 01. Juni – 8:09 Uhr

Vor 5 Uhr war er zum ersten Mal aufgewacht, dann um 7 Uhr zum zweiten Mal und es war John schwer gefallen wieder einzuschlafen. Immerzu musste er an den bevorstehenden Tag denken. Unzählige Fragen schossen ihm durch den Kopf. Was wäre, wenn der Zielort, den er sich in seinem neuen Plan eingezeichnet hatte, gar nicht der richtige war? Was, wenn dort riesige Menschenmengen waren? Was, wenn er dort gar nicht das finden würde, wofür er die gesamte Mission aufs Spiel gesetzt hatte, wofür er sein Raumschiff manipuliert hatte? Dazwischen schossen Gedanken an Pablo und dessen Freunde. Es war nicht die feine Art gewesen, wie er gestern einfach so abgehauen war, ohne sich zu verabschieden, vor allem Pablo gegenüber. Nach allem was dieser für ihn getan hatte und wobei dieser ihn unterstützt hatte, war das nicht fair. Was für ein Bild musste er nun von John haben?

Aber was wäre die Alternative gewesen? Ihm zu sagen: ‚Sorry, aber ich muss nun ins Bett. Es ist schon spät'. Pablo und seine Freunde hätten ihn ausgelacht und hätten ihn wohl nicht gehen lassen. Sie waren Meister darin, Leute zum Bleiben zu überreden. John hätte ja auch sagen können, dass sein Flug sehr früh am Morgen ging. Wohl auch kein Argument für diese Jungs. Oder er hätte sagen können: ‚Sorry Jungs. Jetzt muss ich aber wirklich ins Bett, damit ich morgen fit bin. Da habe ich einen etwas komplizierteren Diebstahl geplant.'

Zudem wäre die Frage aufgekommen, wie sie in Kontakt bleiben könnten. So gerne John dies auch tun würde, es gab keine Möglichkeit dazu. Weder technisch, noch wäre es erlaubt auf seinem Planeten, mit den Menschen so engen Kontakt zu pflegen.

So hart diese Aktion gestern auch gewesen war, John fand dazu keine bessere Alternative, was ihn zumindest teilweise beruhigte. Dennoch konnte er nicht mehr einschlafen, als er kurz vor 8 Uhr zum dritten Mal aufwachte. Er begann damit, einige seiner Kleidungsstücke in eine große Plastiktüte zu packen. Einen Koffer besaß er nicht. Außerdem wollte er mit so wenig Gepäck wie möglich reisen. Daher musste er auch ein paar der Klamotten hier lassen, was ihm nicht ganz leicht fiel. Danach nahm er sich den Rucksack vor. Er holte den gesamten Inhalt heraus, um ihn sorgfältig, Stück für Stück, zu überprüfen und wieder hineinzupacken. In diesem Augenblick bedauerte er den Verlust der Spezialbrille sehr. Ohne die würde sein Vorhaben ein ganzes Stück komplizierter werden. Dennoch wollte er seinen Plan durchziehen. Das Spray, das Dinge unsichtbar machen konnte und die Handschuhe packte er ganz nach oben. Diese musste er schnell griffbereit haben. Den neuen Plan hatte er sich gestern noch, als er in sein Zimmer gekommen war, angefertigt: die wichtigen Koordinaten fein säuberlich in den Stadtplan von Madrid eingezeichnet. Pablo und sein Vater hatten ihm dazu ja, ohne es zu wissen, reichlich Informationen geliefert.

John schaute auf die Uhr. Es war noch nicht einmal 9. Viel zu früh, um auszuchecken und sich auf den Weg zu machen. Noch einmal ging er den kompletten Inhalt seines Rucksacks einzeln durch. Dann nochmals seine Liste. Aufgeregt ging er im Zimmer auf und ab, wie ein eingesperrter Löwe, der nur darauf wartete, herausgelassen zu werden. Er ging ans Fenster, von wo aus er die Straße vor dem Hotel und den Eingangsbereich einsehen konnte. Nicht viel los um diese Uhrzeit.

John blickte einem Auto nach, welches am Hotel vorbeifuhr. Auf der anderen Straßenseite ging ein älterer Herr langsamen Schrittes. Unter dem Arm hatte er ein Stangenbrot und eine Zeitung. Stellenweise kam die Sonne durch die etwas dickere Wolkendecke. Augenscheinlich würde der Tag heute nicht ganz so heiß werden wie die letzten, an denen keine Wolken am Himmel gestanden hatten. John richtete den Blick wieder auf den älteren Herrn, der sich auf den Rand des Blickfeldes von John zubewegte. Dann sah er, wie der Mann kurz stehenblieb und in Richtung Straße schaute. John presste sein Gesicht ganz nahe an die Fensterscheibe, um erkennen zu können, weswegen der Mann stehengeblieben war. Nun erkannte John eine Bank, auf der ein anderer Mann zusammengekauert saß, den Blick nach unten gerichtet. Erst jetzt schien er den älteren Herrn bemerkt zu haben und schaute kurz zu ihm hinüber. Dann schweifte der Blick auf die andere Straßenseite in Richtung Hotel.

John zuckte zusammen. Es gab keinen Zweifel, wer da unten auf der Bank saß: Enrique, der Stadtstreicher. Mal wieder schien er ihm aufzulauern. Gerade heute und jetzt war es das Letzte, was John brauchte. Er hielt ein paar Augenblicke inne und beobachtete Enrique. Dann entfernte er sich vom Fenster und setzte sich in den großen Sessel vor dem Fernseher und dachte nach. In seinem Plan kam Enrique nicht vor. Den hatte er nicht auf der Rechnung gehabt. Er musste jetzt also eine Lösung finden, um ihm irgendwie zu entgehen.

Nach ein paar Minuten stand John auf, ging zum Kleiderschrank und packte sämtliche sich noch darin befindlichen Klamotten in eine zweite Plastiktüte. Dann setzte er sich an den Schreibtisch und begann ein paar Zeilen zu schreiben.

„Lieber Enrique, ich weiß, dass ich nicht immer sehr freundlich zu Dir war. Vielleicht hat mir Deine sehr direkte Art etwas Angst gemacht. Jedoch habe ich nicht vergessen, dass Du mir an jenem heißen Tag letzte Woche geholfen hast, als ich ohnmächtig wurde. Dafür möchte ich mich ganz aufrichtig bei Dir bedanken. Der Inhalt der Tüte ist für Dich. Ich hoffe Du kannst etwas davon gebrauchen. Für die Zukunft alles Gute. Pass auf Dich auf, John"

An das Papier heftete John mit einer Büroklammer 100 Euro. Von seinem Bingo-Gewinn hatte er immer noch Geld übrig, selbst nach Abzug der zu erwartenden Hotel- und Taxikosten. Dann faltete er das Papier so, dass man das Geld nicht sehen konnte und legte es oben auf die zweite Tüte. Er warf einen prüfenden Blick durchs Zimmer, bevor er sich seinen Rucksack aufsetzte, die beiden Plastiktüten schnappte und das Zimmer verließ. An der Rezeption checkte er aus und bezahlte die noch ausstehenden Übernachtungen. Nachdem dies erledigt war, bedeutete er der Rezeptionistin, sich ihm anzunähern. Sie beugte sich nach vorne und John ebenfalls. Dann flüsterte er ihr zu:

„Könnten Sie mir bitte bei drei Dingen helfen?", fragte er sie.

„Ich werde mein Bestes versuchen.", kam ihre Antwort prompt und mit einem Lächeln auf dem Gesicht.

„Schauen Sie. Draußen vor dem Hotel wartet ein Freund von mir. Leider redet er immer so viel und ich habe es relativ eilig.

Daher möchte ich ihm jetzt möglichst nicht über den Weg laufen. Dennoch will ich nicht unhöflich sein und so habe ich ein kleines Geschenk für ihn vorbereitet, zusammen mit einer kleinen Botschaft."

John stellte die Plastiktüte mit dem Brief auf den Tresen der Rezeption.

„Hier drin habe ich ein paar Sachen für ihn. Meine erste Bitte wäre nun, dass Sie ihm diese Sachen bringen."

Die Frau schaute etwas verunsichert und John schob ihr währenddessen 50 Euro zu mit den Worten:

„Sie müssen das auch nicht umsonst machen."

Verlegen schaute sie zu ihrem Kollegen, der allerdings mit dem Check-out eines anderen Kunden beschäftigt war und deshalb nichts mitbekommen hatte.

„Natürlich. Das werde ich höchstpersönlich für Sie erledigen."

Sie nahm die Tüte und stellte sie neben sich auf den Fußboden.

„Meine zweite Bitte", fuhr John fort, „ist, dass Sie mich zu einem Seiten- oder Hinterausgang des Hotels bringen, damit mich mein Freund nicht sieht. Sie wissen schon. Er redet und redet und redet…"

Die Dame dachte kurz nach, dann sagte sie:

„Auch das ist kein Problem. Ich kann Sie beim Personaleingang hinauslassen. Der liegt hinter dem Haus bei den Parkplätzen."

„Wunderbar. Dann noch ein letzter Wunsch. Könnten Sie für mich bitte folgende Person anrufen." John reichte ihr einen Zettel mit Francisco's Telefonnummer.

„Der Mann ist Taxifahrer und ich hätte gerne, dass er mich abholt. Bitte sagen Sie ihm, dass John ihn grüßen lässt und dass er mich bitte so bald wie möglich hinter dem Hotel abholen möchte."

Die Dame am Empfang nahm den Zettel, wählte die Nummer und wartete auf den Ton. Wenig später sprach sie bereits mit Francisco. Sie legte auf und teilte John mit, dass Francisco in 15 Minuten da sein könnte, wie gewünscht hinter dem Haus. John nickte zufrieden, bedankte sich bei der Hotelangestellten und nahm in einer Sitzecke Platz, um darauf zu warten, dass ihn die Dame zum Hintereingang des Hotels brachte.

Sonntag, 01. Juni – 10:05 Uhr

John wartete hinter dem Hotel. Die Angestellte hatte ihn wie versprochen durch den Hintereingang hinaus gebracht. Francisco war jedoch noch nicht da. John war dennoch ruhig. Die Zeit spielte in seinem Plan keine große Rolle. Dafür war er zu ungenau und besaß zu viele Unsicherheitsfaktoren. Dennoch vertraute John ganz auf seine Fähigkeiten und darauf, dass er auch spontan Lösungen für unvorhergesehene Probleme entwickeln konnte.

Wenig später fuhr Francisco mit seinem Taxi vor und John stieg ein. Sie begrüßten sich kurz und schüttelten die Hände. In den wenigen Tagen hatte sich so etwas wie eine Freundschaft zwischen ihnen entwickelt. Was zunächst mit einem kleinen Unfall begonnen hatte und sich durch das schlechte Gewissen Francisco's weiterentwickelt hatte, war inzwischen eine richtig gute Beziehung geworden. So hatte Francisco auch keinen Moment gezögert, als ihn das Hotel angerufen hatte und ihn gebeten hatte, einen gewissen John abzuholen.

„Wohin soll es denn gehen?", fragte er John mit Interesse.

„Las Rozas", antwortete John.

„Las Rozas? Ganz schön weit weg vom Zentrum. Was hast du denn dort vor?"

„Keine Sorge Francisco, ich bezahle dich extra dafür. Muss dort nur kurz etwas erledigen. Und dann würde ich auch schon wieder zurückfahren."

„Du bist der Kunde John. Ich fahre dich auch noch weiter, wenn du das willst."

„Eine Sache habe ich in der Tat vorher noch zu erledigen. Könntest Du mich bitte zuerst dorthin bringen?"

John reichte Francisco ein Stück Papier, auf dem eine Adresse notiert war.

„Kein Problem. Das ist ja nicht weit weg von hier."

Francisco ließ den Wagen an und fuhr los. Kurz darauf hielt er vor einem Apartment Gebäude und zeigte darauf.

„Da sind wir. Ich nehme an, dass ich hier warten soll, oder?"

„Ganz genau. Es wird nicht lange dauern."

John stieg aus und ging zur Eingangstür des Gebäudes. Er musste eine ganze Weile die Klingelschilder durchsuchen, bis er endlich die richtige Nummer fand: 4B. Er drückte die Klingel und wartete. 5 Sekunden. 10 Sekunden. Keine Antwort. Er klingelte nochmals. Wieder wartete er gut 10 Sekunden. Als er schon gehen wollte, drang eine zarte Stimme über die Telefonsprechanlage.

„Jaaaa. Wer ist da?"

Es war María's Stimme. Sie klang sehr müde. Dennoch ließ ihn diese Stimme erstarren. Wie ein Stein stand er da, während es ihm heiß und kalt wurde in seinem menschlichen Körper.

„Halloooo?"

Die Tonlage driftete jetzt ab in Richtung leicht genervt. John löste sich aus seiner Starre, machte ein paar Schritte hin zur Sprechanlage und sagte:

„Ich bin's, John. Hallo María. Sorry, dass ich dich störe, aber ich wollte dich einfach nochmals sehen, bevor ich abreise."

„Ach du bist es." María's Stimme klang jetzt wieder freundlich und einladend wie immer.

„Kein Problem. Allerdings war ich bis eben noch im Bett. Aber komm ruhig hoch. 4. Etage."

Sie betätigte den Türöffner und John trat ein. Mit dem Fahrstuhl fuhr er nach oben, wo ihn María bereits an ihrer Wohnungstür in Empfang nahm, barfuß und gähnend. Ihr Haar war etwas zerzaust, ihre Augen waren noch nicht auf Tagesgröße angewachsen und sie trug einen hellblauen Morgenmantel. Doch selbst so war sie das schönste Geschöpf, das John je gesehen hatte.

„Entschuldige bitte die frühe Störung…"

Viel weiter kam John nicht, denn María unterbrach ihn.

„Ach komm. Macht nichts. Ich freue mich, dass du hier bist. Habe nur etwas wenig geschlafen, aber das geht schon. Komm rein."

„Eigentlich wollte ich nur kurz ‚Lebe Wohl' sagen."

„Na komm schon. Jetzt hast du mich extra aufgeweckt. Dann solltest du auch wenigstens einen Kaffee mit mir trinken."

John konnte dieses Angebot nicht ausschlagen und so setzte er sich an den Küchentisch, während María Kaffee kochte und ein paar Kekse aus dem Schrank holte.

„Bist du schon auf dem Weg zum Flughafen?", fragte sie ihn.

„Äh. Noch nicht ganz, aber fast. Sozusagen. Ich muss gleich noch etwas Wichtiges erledigen und dann geht's nach Hause."

„Tja, so ist das. Meistens geht der Urlaub viel zu schnell zu Ende."

Sie tauchte einen Keks in ihren Kaffee und ließ ihn dann in ihrem Mund verschwinden.

John nickte zustimmend. Er schlürfte seinen Kaffee. Dann musterte er María von oben bis unten.

„Ja, ich weiß. Besonders sexy sehe ich so nicht aus, mit dem wilden Haar und dem Morgenmantel." Sie lachte.

„Das kommt davon, wenn man unangemeldet um eine solche Uhrzeit eine Frau besucht."

Doch John war das egal. Im Gegenteil. Diese María gefiel ihm mindestens genauso gut wie die elegant gekleidete María.

„Ich versuche mir nur gerade ein Bild von dir zu machen, damit ich dich in Gedanken immer bei mir habe.", murmelte John.

Beide schauten sich einen Augenblick lang tief in die Augen. Nach einer Weile des Schweigens, meinte María:

„Ich hatte kurz überlegt, ob wir über Facebook den Kontakt halten sollten, aber mir ist gerade klar geworden, dass es für uns beide wertvoller ist, diese Woche so in Erinnerung zu behalten wie sie war: spannend, ungewöhnlich und aufregend. Du hast Recht. Lass uns ein paar Bilder in Gedanken voneinander machen, denn diese leben in unserer Fantasie, in unseren Erinnerungen und halten viel länger als die täglich neuen Fotos, die Millionen von Menschen auf Facebook veröffentlichen."

John war dankbar dafür, dass er jetzt keine Notlüge erfinden musste, warum er kein Facebook hatte, geschweige denn wusste, was es war.

María formte mit Daumen und Zeigefinger beider Hände ein Rechteck und schoss so eine Reihe imaginärer Fotos von John. John lächelte ihr sanft zu.

„Und wer weiß", sagte María leise „vielleicht laufen wir uns eines Tages in den USA über den Weg... wenn ich dort Urlaub mache oder aber dorthin auswandere, weil es in Spanien keine Arbeit mehr für mich gibt. Ich wäre nicht die Erste, die diesen Schritt gehen muss..." Sie starrte in ihre Kaffeetasse.

„María, ich muss jetzt wirklich los. Es war schön, dass ich dich noch einmal sehen konnte."

John erhob sich von seinem Stuhl und auch María stand auf.

„María, du bist eine faszinierende Person und durch dich habe ich nun eine ganz andere Vorstellung von den Menschen...Also von den Menschen hier.", fügte John noch schnell hinzu. Er ging auf sie zu und ohne groß darüber nachzudenken, küsste er sie auf den Mund.

„Leb wohl, du spanischer Engel."

Dann ging er Richtung Wohnungstür. Er öffnete die Tür. Dann drehte er sich noch einmal zu María um und sah gerade noch, wie sie sich eine Träne aus dem Gesicht wischte. John trat hinaus und zog die Tür hinter sich zu.

Sonntag, 01. Juni – 10:29 Uhr

Als John zum Wagen kam, las Francisco die Sonntagsausgabe der „El País".

„Hat wohl doch etwas länger gedauert", sagte er grinsend, während er seine Zeitung zusammenfaltete und auf die Rückbank legte. John hatte neben ihm Platz genommen.

„Ja", antwortete John kurz und signalisierte damit, dass er keine große Lust hatte, darüber zu sprechen.

Das Taxi setzte sich in Bewegung und sie fuhren durch die noch nahezu auto- und menschenleere Stadt. Vor genau einer Woche war John hier angekommen, als er seine ersten Eindrücke von Land und Leuten gesammelt hatte. Die Zeit war wie im Fluge vergangen. Es war, als ob hier auf der Erde die Zeit an ihm vorbeirauschte. Unaufhaltsam. Jede Minute gefüllt mit etwas Unbekanntem. Jeder Tag bot seine Überraschung. Er hatte in dieser Woche mehr erlebt, als viele andere Bewohner seines Planeten in einem ganzen Leben. Natürlich freute er sich auch schon ein wenig darauf, alte Bekannte wieder zu sehen und in seinen Alltagsrhythmus zurückzukehren. Andererseits schlich sich Traurigkeit in seine Seele beim Gedanken daran, all das, was er hier erlebt hatte, all die Menschen, die er hier kennengelernt hatte, hinter sich zu lassen und nie wieder zurückkehren zu können. Ganz besonders schmerzte ihn die Tatsache, dass er María wohl nie mehr wiedersehen würde. Ab sofort lebte sie nur noch in seinen Erinnerungen, in den Bildern, die sich in seinem Kopf eingebrannt hatten. Sie dagegen lebte im Glauben, dass John in den USA lebte. Zu gerne hätte er ihr erzählt, woher er wirklich kam, aber selbst wenn er ihr die Wahrheit gesagt hätte, geglaubt hätte sie ihm vermutlich nicht.

John blickte aus dem Fenster. Die Häuser flogen daran vorbei. Sie hatten inzwischen das Zentrum verlassen und fuhren gen Norden. John hatte in dieser Woche nur diese Stadt gesehen, und auch davon nur einen kleinen Teil. Wie gerne hätte er noch mehr vom Land erforscht. Wie gerne wäre er mit María nach Andalusien gefahren. Wie gerne hätte er einmal das Meer gesehen, die Strände, die Dörfer im Landesinnern oder die Berge im Norden. Er schloss die Augen. Dann malte er sich all dies in Gedanken aus und vervollständigte so sein Bild, das er von Spanien hatte. Und erst jetzt wurde ihm klar, welche Wehmut in der Aussage lag, als María zuvor erwähnt hatte, dass sie vielleicht eines Tages gezwungen sein könnte, aus diesem Land, aus ihrer Heimat auszuwandern, falls sie dort keine Arbeit mehr finden würde. Wenn selbst ihm, der nur eine Woche hier gewesen war, der Abschied so schwer fiel, um wie viel schwerer würde der Abschied dann einer Person fallen, die ihr ganzes Leben in Spanien verbracht hatte.

Francisco beschleunigte den Wagen und fuhr auf die Autobahn auf. John wusste nicht, ob sie Madrid bereits verlassen hatten oder ob die Häuser, die er in der Ferne sah, noch zur Stadt gehörten. Francisco machte das Radio an, wo gerade der neueste Song von Enrique Iglesias lief. Francisco trommelte mit seinen Fingern auf dem Lenkrad zum Takt. John starrte durch die Scheibe nach vorne, wo seine persönliche Mission lag. Sein letzter großer Auftritt bevor er sich mit seinem Raumschiff auf und davon machen würde.

Sonntag, 01. Juni – 11:04 Uhr

Francisco senkte die Lautstärke des Radios.
„Wir sind jetzt gleich in Las Rozas. Wo genau soll ich dich hinfahren?"

Den Blick immer noch streng nach vorne gerichtet, antwortete John mechanisch:
„Calle Tracia"
„Alles klar. Dann lass ich dich dort heraus."

Francisco tippte die Adresse in sein Navigationssystem ein, während er die Abfahrt ‚Las Rozas' nahm. Die Stimme des Navigationssystems kündigte die nächste Abbiegung an, während John unruhig auf seinem Sitz hin und her rutschte. Er wurde nervös. Mit jedem Meter, den sie dem Ziel näher kamen, wurde er aufgeregter. John blickte auf das Navi. Dort war bereits die schwarz-weiß karierte Zielflagge zu sehen. Drei Abbiegungen später fuhr Francisco rechts ran und hielt an.

„Bitte sehr der Herr. Calle Tracia. Hier sind wir." Francisco sah John an, der bleich und teilnahmslos in seinem Sitz saß.

„Vielen Dank, Francisco." John öffnete die Wagentür und stieg aus.

„Soll ich hier warten oder wo soll ich dich abholen?"

John steckte den Kopf ins Wageninnere.

„Hatte ich fast vergessen. Wir treffen uns nachher auf der anderen Straßenseite. Wahrscheinlich in gut einer halben Stunde. Bis dann."

„OK. Hasta luego", konnte Francisco gerade noch sagen, bevor John die Wagentür zuknallte und sich den Rucksack aufsetzte.

Ohne zurückzuschauen ging John ein Stück die Calle Tracia entlang, bevor er rechts abbog und somit aus dem Sichtfeld Francisco's verschwand. Zielstrebig legte er Meter um Meter zurück, als ob er sich perfekt auskennen würde. In Wahrheit jedoch hatte er sich nur die Strecke gut eingeprägt, die er sich zuvor im Internet herausgesucht hatte. Sein fotografisches Gedächtnis war hervorragend und so hatte er in keinem Moment Zweifel darüber, wie er gehen musste. Nach gut 5 Minuten sah er die halbkreisförmige Straße vor sich, die er sich eingeprägt hatte. Auf dem Straßenschild las er ‚Plaza del Fútbol'. Er grinste. Dann sah er es vor sich: das Gebäude, das er gesucht hatte. Ein grauer Betonklotz. ‚Ciudad del Fútbol' stand dort groß geschrieben. In diesem Gebäude befand sich das Ziel seiner Träume, denn dieses Gebäude beheimatete das Museum der spanischen Fußball-Nationalmannschaft.

John blieb ein paar Minuten stehen. Er beobachtete den Eingangsbereich des Museums, schaute auf den Platz vor dem Museum; auch die Straßen, die zum Museum und davon wegführten nahm er genau in Augenschein. Es war fast genau so, wie er sich das nach seinen Internet-Recherchen vorgestellt hatte. Vor dem eigentlichen Gebäude befand sich ein kleines, braunes Häuschen, das scheinbar den einzigen Zugang zum Gelände ermöglichte. Überall sonst umgab ein gut 2 Meter hoher weißer Zaun das Heiligtum des spanischen Fußballs. Ein paar weitläufige Stufen führten hinunter zu diesem kleinen Häuschen. John prägte sich alles genauestens ein. Die Landkarte hatte er vor seinem inneren Auge vor sich. Das alles würde kein Problem sein. Vielmehr lag der Teufel im Detail. John hatte sehr viel über diese Aktion nachgedacht. Er hatte nahezu alles perfekt vorbereitet. Sämtliche Hindernisse auf dem Weg zum Erfolg seiner ganz persönlichen Mission hatte er beseitigt. Vor knapp vier Jahren hatte dieser eine Gedanke Besitz von ihm ergriffen. Damals war es nur Zufall gewesen. Im Rahmen der Vorbereitung für die Mission hatte er eine Schulung in Sachen menschliche Datentransfers bekommen. Kurz zuvor war es Wissenschaftlern seines Planeten zum ersten Mal gelungen, Datenquellen der Menschen aus der Ferne anzuzapfen und zu entschlüsseln. Dennoch war es ein unglaublich mühsames Unterfangen. Nichtsdestotrotz sollten sich alle potentiellen Kandidaten der Mission ein wenig damit auskennen, bevor sie losgeschickt würden auf die Erde. Natürlich war die Verbindung äußerst schlecht gewesen und häufig funktionierte die Übertragung bis zu John's Heimatplaneten nur miserabel oder aber gar nicht. Bei einer dieser Schulungen hatte John zufällig an einem Rechner gesessen, an dem ein Zeitungsartikel einer großen amerikanischen Tageszeitung geöffnet war. Der Inhalt des Artikels: ein Bericht über den damaligen aktuellen Fußball-Weltmeister Spanien. Ohne besonderes Interesse hatte John sich durch den Artikel gescrollt, bis er auf das Bild gestoßen war, das ihm seitdem keine Ruhe mehr ließ. Das Bild einer Menge fröhlicher Männer mit einem goldenen Pokal in der Mitte. Dieser Pokal war es, der John in seinen Bann zog. Noch nie hatte er bis zu jenem Zeitpunkt etwas so Schönes gesehen wie diese Trophäe. Massiv und stabil, zugleich aber auch grazil und elegant mit diesem unglaublichen goldenen Glanz. Ab jenem Tag war John so oft wie möglich in den Schulungsraum gegangen, um sich diesen Artikel mit dem Bild des WM-Pokals anzuschauen. Alsbald hatte er herausgefunden, dass der Pokal sich nun wohl in Spanien befinden musste, da die Spanier ihn gewonnen hatten. John hatte sich ein Foto vom Bild des Pokals gemacht und hatte es seit jener Zeit wie einen kleinen Schatz immer bei sich getragen, jedenfalls bis zu jenem Abend in Madrid, als ihm das Foto geklaut wurde.

Zunächst hatte er das Foto nur morgens und abends angeschaut, doch dann war das Ganze zu einer Sucht verkommen. Mehrmals täglich hatte John das dringende Bedürfnis überkommen, das Foto des Pokals herauszuholen und zu betrachten. Das Foto war sein ständiger Begleiter gewesen und John hatte es gehütet wie einen Schatz. Er hatte daraufhin noch fleißiger gelernt und noch härter trainiert, um für die Mission ausgewählt zu werden.

Und schließlich, als er dieses Ziel erreicht hatte, hatte für ihn der Entschluss festgestanden, dass er nicht in den USA, sondern in Spanien landen würde. Er würde sich den echten Pokal holen. Er würde den Pokal auf dem Bild zur Wirklichkeit werden lassen.

Dann hatte er angefangen ein wenig Spanisch zu lernen. Er hatte sich wochenlang überlegt, wie er es anstellen könnte, in Spanien statt in den USA zu landen, ohne dass es geplant aussah. Es musste wie ein Unfall aussehen. So, als ob er zum Opfer der Technik werden würde. Diesen Teil hatte John hervorragend hinbekommen. Durch die gezielte Beschädigung des Schlauchs der Spezialflüssigkeit, war es ihm gelungen, das Raumschiff zur Notlandung zu zwingen. Zwar heftiger als geplant, aber egal. Die Manipulation war zunächst auch scheinbar gar nicht aufgefallen. Die ersten Zweifel bei seinem Chef und bei der technischen Crew waren erst gekommen, als sie festgestellt hatten, dass Spanien gar nicht auf der Flugroute lag. Aber auch da war noch kein Verdacht auf John gefallen, da die Steuerung nicht in seinen Händen, sondern automatisch anhand von GPS Koordinaten erfolgte. Was keiner wusste war die Tatsache, dass sich John 2 Tage vor Beginn der Mission in die Technikzentrale eingeschleust hatte und dort sowohl die Flugroute, als auch deren tatsächliche Anzeige auf den Monitoren manipuliert hatte. Somit hatte er alle im Glauben gelassen, dass sich sein Raumschiff auf dem ursprünglich ausgerechneten Kurs befand, obwohl er in Wahrheit einen Abstecher über Spanien machte.

Bei anderen Teilen seines Plans war John nicht so sorgfältig vorgegangen. Er hatte sich beispielsweise überhaupt nicht mit den klimatischen Bedingungen Spaniens befasst, ebenso wenig wie mit den Menschen dort. Auch hatte er keine Gedanken an Geld, Unterkunft, örtliche Gegebenheiten oder Nahrung verschwendet. All dies hatte er aber ja irgendwie gemeistert. Kleinere Fehler, die er aus Unwissenheit begangen hatte, hatte er unter der Rubrik ‚neue Erfahrungen' verbuchen können und diese waren ihm glücklicherweise nicht zum Verhängnis geworden. Jetzt aber stand er an einem Punkt, an dem er keine Fehler mehr machen durfte. Und unglücklicherweise genau an der vielleicht schwierigsten Stelle seiner Mission: dem Diebstahl des goldenen WM-Pokals aus dem Museum des spanischen Fußballbundes. Die Schwierigkeit dabei war, dass er nichts wusste über das Museum. Absolut gar nichts. John war völlig ahnungslos, was ihn hinter dem Eingang erwarten würde. Er kannte weder die Räumlichkeiten, noch den genauen Aufenthaltsort seines Zielobjekts. Daher gab es ab dem Zeitpunkt des Betretens bis zum Zeitpunkt des Verlassens des Gebäudes auch keinen Plan. Eine ziemlich große Lücke an entscheidender Stelle. Dennoch wollte John das Risiko eingehen und seine Mission vollenden. Für ihn gab es kein Zurück mehr.

Um das Museum herum war nicht viel los. Es schien nur wenige Leute zu geben, die tatsächlich ins Museum gingen. Das war eine hilfreiche Erkenntnis, die für John nur vorteilhaft sein konnte. Wenig Leute im Museum sollten ihm den Diebstahl etwas erleichtern. Vor dem Museum hätte er jedoch lieber ein paar Menschen mehr gehabt. So wäre ein Untertauchen in der Menge einfacher möglich gewesen. Doch das Leben war kein Wunschkonzert und so musste er mit den tatsächlichen Gegebenheiten zurechtkommen. Er atmete tief durch. Sein Blick ging in Richtung Museum. Er war bereit. Der letzte Teil seines Abenteuers konnte beginnen. John überquerte die Straße und schritt die breiten Stufen in Richtung Eingang hinunter.

Sonntag, 01. Juni – 11:48 Uhr

John betrat das kleine Häuschen, in dem ihn ein Sicherheitsmann freundlich begrüßte. John blickte ihn fragend an und stammelte dann das Wort ‚museo'. Der Mann deutete ihm den Weg und

John verließ das kleine Gebäude durch den Hinterausgang. Offensichtlich befand er sich nun auf dem Trainingsgelände der spanischen Fußballnationalmannschaft. Ein überdachter Weg führt ihn an einem Fußballplatz entlang. Zu seiner Rechten hatte er nun das Hauptgebäude und alsbald wies ihn ein Schild zum Eingang dieses Gebäudes, in dem sich das Museum befand. John blickte sich um. Der Eingangsbereich war sehr großzügig gestaltet und ganz offensichtlich beherbergte das Gebäude nicht nur das Museum. Linker Hand, ein paar Treppenstufen tiefer, machte er in einiger Entfernung den Eingang zum Museum aus. Langsamen Schrittes bewegte sich John darauf zu.

An der Kasse vor John stand ein Vater mit seinem Sohn. 7, 8 oder vielleicht 9 Jahre alt. Der Vater bezahlte die Eintrittskarten und tätschelte seinem Jungen liebevoll den Kopf.

„So mein Junge. Heute wirst du endlich die ganzen Pokale sehen, die wir zuletzt gewonnen haben. Lange Zeit hatten wir nur gute Mannschaften und haben keine Titel geholt, aber dann in den letzten Jahren. Ja, da lief es prächtig."

Dann verschwanden die beiden im Eingangsbereich. John schaute Vater und Sohn nachdenklich hinterher. Die Dame an der Kasse holte ihn aus seinen Gedanken zurück.

„Wie kann ich Ihnen helfen, Sir?"

John, noch etwas gedankenverloren, schaute sie ungläubig an.

Die Dame wiederholte ihre Frage auf Englisch.

John fragte nach einer Eintrittskarte.

„6 Euros, please", sagte die Frau freundlich und schob John eine Eintrittskarte zu. John streckte ihr einen 20-Euro Schein hin und steckte danach das Wechselgeld ein. Mit einem freundlichen Lächeln verabschiedete er sich von der Dame und betrat das Museum, während bereits die nächsten Besucher ihre Eintrittskarten lösten.

In freudiger Erregung blickte John nach links und rechts, in der Hoffnung nun endlich das wohlersehnte Glück live und mit eigenen Augen zu sehen. Doch die Enttäuschung war groß, als er nur riesige Henkelpötte, alte Trikots, abgenutzte Schuhe, lederne Bälle und Dokumente von längst vergangenen Zeiten sah. Bilder und Berichte über die erste Fußball Weltmeisterschaft im Jahre 1930 in Uruguay. Große Schautafeln an der Wand dokumentierten die Entstehungsgeschichte der spanischen Fußball-Nationalmannschaft.

Lustlos ließ John seinen Blick über diese Tafeln schweifen und auch die Vitrinen mit den jahrzehntealten Utensilien interessierten ihn nicht sonderlich. Währenddessen bewunderten Vater und Sohn, die an der Kasse vor ihm gestanden hatten, all die antiken Gegenstände, die mit der aktuellen Fußballausrüstung nicht mehr viel gemein hatten.

„Und die Fußbälle sahen damals wirklich so aus?"

Der Junge zeigte auf eine braune Lederkugel und blickte seinen Vater neugierig an.

„In der Tat. Diese neuen Bälle, so schön leicht und bunt gibt es noch gar nicht so lange."

Er lachte und tätschelte dem Jungen den Rücken.

John war inzwischen schon weitergegangen und war ein paar Treppenstufen hinaufgestiegen in das obere Geschoss des Museums. Er hatte nur eine Sache im Kopf und die hatte er bisher noch nicht gefunden. Stattdessen war dort einer der Hauptakteure bei der ersten WM-Teilnahme Spaniens, im Jahre 1934 in Italien, als Plastikfigur ausgestellt. Dann schlenderte John vorbei an der Wandtafel, die den Gewinn der ersten wichtigen Trophäe dokumentierte: Spanien als Europameister 1964 im eigenen Land. Aber auch diesen Teil des Museums würdigte er nur eines kurzen Blickes. Dann führte ihn sein Weg vorbei an einer Galerie mit unzähligen Portraits von ehemaligen Spielern und Trainern des Nationalteams. Auch die Designs der Trikots im Laufe der Zeit konnte der geneigte Besucher hier betrachten, ebenso wie eine Ausstellungsecke, die von der Heim-WM im Jahr 1982 mit dem Maskottchen ‚Naranjito', erzählte. Lustlos und mit gesenktem Kopf ging John an all den bunten Shirts, Hosen, Bällen und Wimpeln vorbei. Laute Musik drang nun an sein Ohr. Er spürte, wie sich die Härchen an seinem Körper aufstellten. Er folgte der Musik und diese wurde nun immer lauter. Rechts von ihm tat sich nun ein neuer Saal auf. Am hinteren Ende liefen Szenen verschiedener Fußballspiele auf einer riesigen Leinwand. Vorsichtig betrat er den halbrunden Raum.

Dann blieb er plötzlich wie angewurzelt stehen. Seine Augen füllten sich mit einem Leuchten. John neigte seinen Kopf ein wenig nach links, dann nach rechts. Er genoss den Augenblick und den Glanz, der vom Objekt seiner Begierde ausging. Da stand er, nur ein paar Schritte entfernt, rechts von ihm, in einer eher schlichten

Vitrine mit weißem Unterbau. Dort thronte er, der goldene WM-Pokal. Links und rechts davon, in jeweils baugleichen Vitrinen, befanden sich die beiden silbernen Pokale, die EM-Trophäen, die die Spanier 2008 und 2012 gewonnen hatten. Ganz langsam näherte sich John der Vitrine in der Mitte und ging einmal um sie herum. So konnte er den Pokal aus verschiedenen Blickwinkeln betrachten. Viele Male hatte er sich diesen Moment ausgemalt, in dem er diese wundervolle Trophäe zum ersten Mal in echt sehen würde. Aber in der Wirklichkeit war der Augenblick noch viel schöner. Dieser golden glänzende Farbton. Dieser Kontrast mit den beiden Streifen in dunklem Grün am Sockel. Diese elegant geschwungenen Figuren, die die Weltkugel in ihrer Mitte hochhielten. John war tief bewegt. Endlich war er am Ziel seiner Träume angelangt. Der Gegenstand, der ihn über so viele Monate und Jahre angetrieben und motiviert hatte, war nun in greifbarer Nähe. Nur eine Glasscheibe trennte den Pokal und ihn vor der lang ersehnten Vereinigung. Er ging mit dem Gesicht ganz nah an die Scheibe, so als könnte er dadurch die Trophäe mit allen seinen Sinnen aufsaugen. Er verharrte einige Augenblicke in dieser Position, bevor er erschrocken zusammenfuhr.

In seinem Rücken hatte ein junges Pärchen den Raum betreten und John in seiner Einsamkeit mit dem Pokal gestört. Sie unterhielten sich lautstark und scherzten, während sie sich rasch der Vitrine näherten. John trat zwei Schritte zurück, doch die beiden schienen ihn gar nicht zu beachten. Sie hatten bereits ihre Handys gezückt und machten mehrere Fotos aus unterschiedlichen Perspektiven. Dann fotografierten sie sich gegenseitig mit dem edlen Stück, auch wenn die Glasscheibe der Vitrine sie dabei scheinbar störte.

Ein leichter Anflug von Zorn stieg in John auf. Gedankenlos machten diese jungen Leute dort Fotos in allen möglichen Posen und Fratzen, ohne jeglichen Respekt ‚seinem' goldenen Pokal gegenüber. Zudem verdeckten sie ihm die Sicht. Als er schon glaubte, dass sie genug hatten, fingen sie an Fotos von sich selbst zu machen, wahlweise den Pokal zwischen sich oder auf einer Seite. Dabei amüsierten sie sich sichtlich prächtig über die Ergebnisse. Eine knappe Minute später waren sie hinter der großen Leinwand verschwunden, um ihren Rundgang fortzusetzen. John war nun wieder allein im Raum. Scheinbar war ein sonniger Frühlingssonntag, so kurz vor dem Mittagessen, nicht der typische Tag, um in ein Museum zu gehen. Diese Tatsache spielte John in die Karten. Angestrengt dachte er darüber nach, wie er nun möglichst einfach und ohne großes Aufsehen zu erregen an den Pokal kommen konnte. Er tippte mit den Fingern gegen die Glasscheibe. Diese zu zerbrechen würde wohl sehr viel Lärm machen. Die ganze Vitrine war bei weitem zu groß und zu schwer, um sie mitnehmen zu können. Also musste er sich etwas anderes einfallen lassen. Nur was? Unruhig schaute er sich um und überlegte konzentriert. Und dann kam John eine Idee…

Natürlich hatte John von Anfang an den Einfall gehabt, seinen Unsichtbarmach-Spray einzusetzen. Jedoch ergaben sich hierbei gleich zwei Probleme. Zum einen fehlte John ein wichtiges Teil in seinem Equipment: nämlich die Brille, die ihm im Hotelzimmer geklaut worden war. Diese war natürlich nötig, um die unsichtbar gemachten Gegenstände sehen zu können. Das noch viel größere Problem jedoch war die Frage, wie er den Pokal aus der Vitrine bekommen sollte. Mit dem Spray konnte er nur die Vitrine besprühen, die dann komplett unsichtbar und materielos werden würde. Dasselbe galt aber damit auch für alles, was sich in der Vitrine befand. Vergebens würde er also durch das nicht mehr vorhandene Glas hindurchfassen, da ja damit auch die Materie des Pokals verschwunden wäre. Um Materie wieder entstehen und sichtbar werden zu lassen, brauchte er seine Spezialhandschuhe. Sobald diese einen Gegenstand, der zuvor vom Spray unsichtbar gemacht worden war, berührten, so war der Gegenstand wieder für alle sichtbar. In dieser konkreten Situation musste er also irgendwie den Pokal sichtbar machen, ohne dabei aber die Materie der Vitrine und des Glases wieder entstehen zu lassen. Ansonsten würde das Glas kaputt gehen und im besten Fall einen Höllenlärm verursachen, im schlechtesten Fall würde eine Alarmanlage losgehen und es gäbe kein Entkommen mehr.
Er öffnete seinen Rucksack und kramte nach einer Weile das Spray und einen Handschuh heraus. Wenig später brachte er zudem noch eine Plastiktüte zum Vorschein. Er würde jetzt schnell und konzentriert arbeiten müssen, da jederzeit weitere Besucher in den Raum kommen konnten. John steckte den Handschuh in die Plas-

tiktüte und nahm diese in die linke Hand. Seine Augen fixierten nun einige Sekunden lang die exakte Position des Pokals, da er diesen gleich nicht mehr sehen würde. Mit der rechten Hand besprühte er dann Vitrine, die Sekunden später unsichtbar wurde. Dann griff er mit beiden Händen dorthin, wo zuvor noch das Innere der Vitrine gewesen war. Seine rechte Hand griff in die Plastiktüte, um sich den Handschuh überzuziehen. Nun begann der komplizierte Teil. Er musste die Hand mit dem Handschuh wieder aus der Plastiktüte ziehen. Dabei durfte er auf keinen Fall mit dem Handschuh die Vitrine berühren. So stand John in der Mitte des leeren Museumsraums und bewegte seine Hände in Zeitlupentempo. Als er seine rechte Hand vollständig aus der Plastiktüte gezogen hatte, griff er dorthin, wo kurz zuvor noch der Pokal gestanden hatte und tatsächlich wurde dieser schlagartig wieder sichtbar. Ein äußerst kurioses Bild ergab sich so von John, der jetzt den Pokal in seiner rechten Hand mit dem Handschuh hielt und in der linken Hand die Plastiktüte hatte. John war von diesem Anblick scheinbar so überwältigt, dass er ein paar Augenblicke verharrte und die goldene Trophäe anstarrte. Dann wurde ihm offensichtlich bewusst, dass er es ja noch nicht ganz geschafft hatte. Ganz ruhig hielt er den Pokal, während er mit der anderen Hand jetzt die Plastiktüte über Pokal und Handschuh stülpte. Erst jetzt konnte er es wagen, seine rechte Hand wieder zu bewegen und zu sich zurückzuziehen.

John's Herz schlug wie verrückt. Er zitterte am ganzen Körper vor Nervosität, aber beim Anblick des Pokals in seiner Hand zog sich ein sanftes Lächeln auf sein Gesicht. Dann ließ er ihn samt Plastiktüte rasch in seinem Rucksack verschwinden und machte den Reißverschluss zu. Jetzt musste er nur noch mit dem Handschuh die Vitrine berühren, um sie wieder sichtbar zu machen. Genau in diesem Augenblick betrat der Vater mit seinem Sohn den Raum. John ging langsam von der Vitrine weg und tat so, als würde er sich für die Fußballszenen auf der großen Leinwand interessieren. Nur wenig später hörte er, wie der Sohn seinen Vater fragte, warum denn dort eine leere Vitrine stehe und ob dort nicht eigentlich der WM-Pokal drin sein sollte. Der Vater wirkte ratlos.

„Ja, mein Sohn. Eigentlich sollte der hier ausgestellt sein. Vielleicht reinigen sie ihn gerade oder haben ihn kurzfristig entnommen, warum auch immer."

Der Sohn schaute seinen Vater traurig an. Er war den Tränen nahe.

„Aber Papa, das können die doch nicht einfach machen. Deswegen sind wir doch hier. Ich wollte doch endlich einmal diesen Pokal sehen."

Mitleidsvoll streichelte der Vater seinem Sohn über den Kopf.

„Ich weiß, mein Junge. Komm, wir fragen einmal beim Museum nach, was hier los ist."

In der Zwischenzeit war John weitergegangen. Hinter der riesigen Leinwand befand sich eine Treppe, die nach unten in den Museumsshop führte. Dahinter lag der Ausgang. John ging scheinbar ruhig und cool. Unauffällig schritt er die Treppenstufen hinunter. Er hatte jetzt keine Augen mehr für die Ausstellungsstücke und die Dinge, die im Shop zum Verkauf standen. Er wollte nur noch hinaus. In mäßigem Tempo ging er an der Kasse vorbei in Richtung Ausgang des Gebäudes. Noch war er nicht sicher. Er hatte noch das kleine Häuschen zu passieren, in dem sich der Sicherheitsmann befand. Was, wenn dieser nun seinen Rucksack inspizieren würde?

John's Sorgen waren umsonst. Der Sicherheitsmann unterhielt sich gerade mit einem Besucher und würdigte John nur eines kurzen Blickes. Somit befand sich John tatsächlich wenig später wieder auf der Straße, vor dem Eingangsbereich. Er musste kurz die Augen zusammenkneifen, da ihn die Mittagssonne blendete. Er warf einen letzten Blick auf die Tür zurück. Alles war ruhig. Dann machte sich John schnellen Schrittes auf in Richtung des mit Francisco vereinbarten Treffpunkts.

14. Was bleibt

Sonntag, 01. Juni – 13:03 Uhr

Pablo setzte sich aufs Sofa. Seine Kaffeetasse und seine Müslischüssel stellte er vor sich auf den Couchtisch. Er war gerade erst aufgestanden. Nach der Aufregung um das plötzliche Verschwinden von John und dessen unkameradschaftliches Verhalten, hatten die drei Freunde noch ein paar Stunden länger gefeiert. Pablo war dann kurz vor 6 Uhr morgens zu Hause gewesen.

Jetzt schaltete er den Fernseher ein, während er sich einen Schluck Kaffee gönnte. Sein Vater saß neben ihm und las Zeitung. Seine Mutter saß ihm Sessel und surfte mit ihrem Tablet im Internet.

„Iss nicht so viel, sonst hast du hinterher keinen Hunger mehr", ermahnte ihn seine Mutter, die kurz aufgeschaut hatte. Immer dasselbe mit den Müttern, dachte sich Pablo. Für sie werde ich wohl immer der kleine Junge sein, für den sie mitdenken muss. Sein Vater grinste.

Pablo wechselte den Kanal. Im Grunde genommen suchte er nichts Bestimmtes. Es war nur eine schlechte Angewohnheit, dass er sich mit dem Essen vor den Fernseher setzte und dort aß. Zumindest machte er das, wenn er allein essen musste. Bei den festen Mahlzeiten mit seinen Eltern saßen sie natürlich gemeinsam in der Küche und aßen dort. Jetzt zappte sich Pablo durch die Programme, darauf hoffend, dass irgendwo etwas Interessantes lief. Er nahm einen großen Schluck Kaffee und stocherte mit dem Löffel in seinem Müsli. Im Fernsehen berichteten sie über die jüngsten Geschehnisse in Madrid. In Vallecas wurde am frühen Morgen ein Baby neben einer Mülltonne gefunden, das dort offensichtlich ausgesetzt worden war. Von der Mutter fehlte jede Spur. Im Norden der Stadt hatte ein vermutlich stark alkoholisierter Fahrer mehrere geparkte Autos beschädigt und Fahrerflucht begangen. Zu sehen waren Amateurfilmaufnahmen einer Handy-Kamera, die jemand von der Schlingerfahrt des Betrunkenen gemacht hatte. Pablo schüttelte den Kopf. Wie betrunken musste dieser Typ eigentlich gewesen sein? Danach kündigte die Sprecherin eine brandaktuelle Nachricht an.

Im Museum des spanischen Fußballbundes in Las Rozas wurde vor wenigen Minuten die Replik des WM-Pokals gestohlen, den die spanische Nationalmannschaft 2010 in Südafrika gewonnen hatte. Grundsätzlich steht das Original immer bei der FIFA in der Schweiz und wird nur bei der Pokalübergabe im Endspiel der WM an den Gewinner überreicht. Kurz danach geht das Original an die FIFA zurück und die Gewinnermannschaft reist mit einer Kopie in ihr Land zurück. Umso unverständlicher ist daher ein Diebstahl einer solchen Kopie, die im Vergleich zum Original, das zum Großteil aus massivem Gold besteht, relativ wertlos ist.

Pablo's Vater blickte von seiner Zeitung hoch und schaute auf den Fernseher, wo eine Archivaufnahme des WM-Pokals im Museum gezeigt wurde.

„Das scheint aber nicht das beste Omen zu sein für die bevorstehende WM, oder?", meinte Pablo's Vater.

„Ganz im Gegenteil. Dann holen wir uns halt in Brasilien den Pokal nochmals. Ich frage mich nur welcher Idiot so etwas macht und warum?"

Bei dem mutmaßlichen Täter handelt es sich aller Wahrscheinlichkeit nach um einen Ausländer, der Spanisch mit einem starken Akzent spricht. Vom Täter fehlt derzeit noch jede Spur, jedoch wurde er von einer Überwachungskamera erfasst.

Das eingeblendete schwarz-weiß Bild des Täters war zwar von eher schlechter Qualität, dennoch brauchten Pablo und sein Vater nur wenige Augenblicke, um ihn zu erkennen. Pablo saß mit weit aufgerissenem Mund da, die Kaffeetasse in der Hand.

„Ist das nicht? ...Also ist das nicht dein Bekannter John, der gestern bei uns war?"

Pablo nickte wortlos. Jetzt blickte auch Pablo's Mutter von ihrem Tablet auf, um einen Blick auf den Fernseher zu werfen.

„Na klar!", rief sie aus. „Das ist John! Das ist doch unglaublich. Der soll unseren WM-Pokal geklaut haben? Ich fass es nicht."

Das Motiv des Täters, sowie die Frage, wie es der Täter geschafft hatte, bei laufendem Museumsbetrieb den Pokal unbemerkt zu entwenden, stellen die Polizei vor ein Rätsel. Für sachdienliche

Hinweise zum Täter oder dessen Aufenthaltsort, wenden Sie sich bitte direkt an die Kriminalpolizei. Die Nummer sehen sie unten eingeblendet.

Pablo stellte die Tasse auf den Tisch.

„Deswegen wollte er so viel über Fußball wissen und deswegen war der gestern auch so komisch drauf. Jetzt wird mir so einiges klar", bemerkte Pablo.

„Und ich habe ihm auch noch erzählt, wo der Pokal überhaupt steht. Aber wie konnte ich ahnen, dass dieser Verrückte direkt nach Las Rozas fährt, um den Pokal zu stehlen.", fügte sein Vater hinzu. Pablo's Mutter meinte nur:

„Aber der war doch so freundlich. Wie kann es sein, dass er plötzlich so hinterhältig ist und uns unsere Trophäe klaut. Dieser Gemeinling!"

Die drei unterhielten sich noch lange über John, als schon längst die nächsten Nachrichten liefen. Sie spekulierten über dessen Motive, den Tathergang und was er wohl als nächstes vorhatte. Sie fragten sich aber auch, wie sie sich in ihm so sehr hatten täuschen können, wie es möglich gewesen war, dass er sie so sehr ausgenutzt hatte. Besonders Pablo nahm diese Straftat John's sehr persönlich. Als Angriff gegen sich selbst, seine Familie und ganz Spanien bezeichnete er diese Aktion. Wenn jemand in ein anderes Land reist, so sollte man diesem Land gegenüber Respekt und Achtung zollen. John schien sich so wohl zu fühlen in Spanien, er schien seinen Aufenthalt in Madrid zu genießen und dann ‚dankte' er es dem ganzen Land mit dem Diebstahl der wichtigsten Fußball-Trophäe, die die Nation je gewonnen hatte. Sie waren sich einig darin, dass er nicht ungestraft davonkommen sollte und so rief Pablo bei der Kriminalpolizei ein. Denen erzählte er alles, was er über John wusste. Er teilte ihnen auch mit, dass er für heute den Rückflug in die USA geplant hatte, sofern sich John das nicht nur ausgedacht hatte. Die Polizei dankte Pablo für die Auskunft und plante unverzüglich ein paar Streifenwagen nach Madrid Barajas an den Flughafen zu schicken, sowie verschärfte Gepäckkontrollen für die Flüge in die USA anzuordnen.

Pablo aber blieb untröstlich. Er verfluchte diesen John, während sein Vater schon wieder darüber schmunzeln konnte.

„Soll er sie doch haben, diese wertlose Kopie. Dann haben die Amis endlich auch einmal einen WM-Pokal....Wenigstens hat er nichts aus unserer Wohnung mitgehen lassen. Das würde mich deutlich mehr ärgern. Aber eine Sache interessiert mich dennoch brennend: wie hat dieser Kerl das gemacht, tagsüber, während der Öffnungszeiten, wo doch ständig Leute um ihn herum gestanden haben mussten?"

Enrique machte sich auf den Weg zu seinem chinesischen Freund, der ein paar Straßen weiter einen kleinen Kiosk betrieb. Dort wollte er sich etwas zu essen holen. Er hatte schon Hunger, obwohl es noch nicht einmal 14 Uhr war.

Allerdings war er heute auch schon früh aufgestanden und das Frühstück war eher spärlich gewesen. Nachdem er die Dokumente, die er aus John's Hotelzimmer entwendet hatte, mehrfach analysiert hatte, hatte er noch immer nicht einschätzen können, wer dieser John war oder was er vorhatte. Worin er sich jedoch sicher gewesen war, war die Tatsache, dass John kein normaler amerikanischer Tourist war, sondern ein Mann, der ganz bewusst nach Madrid gekommen war mit einem klaren Auftrag. Da Enrique eine Vorahnung gehabt hatte, dass John schon bald sein Vorhaben, worin es auch immer bestand, durchführen würde, hatte er beschlossen, ihn zu beschatten, wie er das auch schon ganz zu Beginn getan hatte. Enrique war um 6 Uhr morgens aufgestanden, um sich auf den Weg zu John's Hotel zu machen, wo er ihm auflauern wollte. Doch er hatte lange gewartet und John hatte das Hotel nicht verlassen. Enrique hatte dann angefangen zu zweifeln, ob John überhaupt im Hotel übernachtet hatte. Vielleicht hatte er ja schon in der Nacht zugeschlagen. Oder vielleicht täuschte sich Enrique und John schlief noch seelenruhig in seinem Bett. Während Enrique noch überlegt hatte, ob er es wagen konnte, erneut in der Rezeption nach John zu fragen, wo John doch sehr wahrscheinlich den Verlust der Habseligkeiten gemeldet hatte, die Enrique aus dem Zimmer geholt hatte, wurde ihm die Entscheidung abgenommen. Eine Hotelangestellte war schnurstracks auf ihn zugelaufen gekommen. Kurz hatte er noch überlegt, ob er abhauen sollte. Er hatte jedoch schnell erkannt, dass es nicht dieselbe Dame vom letzten Mal war und so hatte er angespannt gewartet, bis die Dame vor ihm gestanden hatte. Sie hatte ihn etwas verwundert angeschaut, in der einen Hand eine Plastiktüte, in der anderen einen Briefumschlag, auf dem ‚Enrique' stand.

„Bist Du Enrique?", hatte sie ihn gefragt. Und als er genickt hatte, hatte sie weiter gefragt:

„Und bist Du der Freund von John?"

Enrique hatte daraufhin kurz gezögert. ‚Freund?' So hätte er das Verhältnis wohl eher nicht bezeichnet. Aber auch auf diese Frage hatte er genickt. Schließlich war dies die perfekte Vorlage gewesen, sich nach John zu erkundigen.

„Dann ist das hier für dich." Sie hatte ihm Brief und Plastiktüte hingestreckt.

„Mit freundlichen Grüßen von John. Leider hatte er keine Zeit mehr, dir die Sachen persönlich zu überreichen. Einen schönen Tag noch."

Dann hatte sie sich umgedreht und hatte sich auf den Weg zurück zum Hotel machen wollen.

„Vielen Dank. Wohin ist John denn gegangen und wann?"

„Er hat vor circa einer halben Stunde ausgecheckt. Wohin er gegangen ist, das weiß ich allerdings nicht. Danach fragen wir unsere Gäste auch nicht. Hat er dir das etwa nicht gesagt?" Die Hotelangestellte hatte ihn etwas ungläubig angeschaut. Verständlich. Wenn Enrique wirklich ein Freund von John war, wieso hatte er dann keine Ahnung davon, wohin John vorhatte zu gehen.

Danach hatte Enrique dann den Inhalt der Tüte durchsucht und den Brief gelesen. Als er das Geld gesehen hatte und den Brief ein zweites Mal durchgelesen hatte, war er zu Tränen gerührt gewesen. Er hatte vieles erwartet, aber so etwas nicht. Hatte er sich so sehr in John getäuscht? Kopfschüttelnd hatte er das Geld eingesteckt und war mit der Tüte zurück in sein Viertel geschlendert.

Heute würde er sich eines der besseren Sandwiches kaufen. Und dazu würde er sich zur Feier des Tages und aus Anlass über das unerwartete Sonntags-Taschengeld eine Cola gönnen. Vorher würde er aber noch einem Freund, der ebenfalls auf der Straße lebte, etwas von seinem Geld abtreten. Man half sich gegenseitig. Wenn der eine einmal einen schlechten Tag hatte, so bekam er was vom anderen und umgekehrt. Sein Kumpel saß auf dem Boden, an eine

Häuserwand gelehnt. Neben sich ein uraltes Radio, in dem leise Musik lief. Auf der anderen Seite döste sein Hund auf einem Pappkarton. Die beiden Männer unterhielten sich eine Weile, als Enrique plötzlich inne hielt und näher an das Radio trat. Die Sendung war unterbrochen worden für eine aktuelle Nachricht. Jemand hatte den WM-Pokal aus dem Museum in Las Rozas gestohlen. Es folgten zwei Interviews mit einem Museumsangestellten und einem Besucher samt Sohn, die vergeblich die Kopie des 2010er WM-Pokals im Museum gesucht hatten. Für Enrique war sofort klar: das konnte nur John gewesen sein. Jetzt ergab alles Sinn. Deshalb also der Zeitungsartikel mit dem Bericht über die WM 2010. Deshalb war im Stadtplan das Stadion markiert gewesen, in dem John wohl zuerst das gute Stück vermutet hatte. Das Rätsel war gelöst. Nun war klar, was John die ganze Zeit über vorgehabt hatte. Enrique lächelte. Er sagte leise vor sich hin: „Nicht schlecht John, du Teufelskerl. Viel Spaß mit dem Pokal. Den kannst du gerne haben. Vom WM-Titel werde ich nicht satt, von deinem Geld dagegen schon. Adiós."

Dann gab er seinem Kumpel 20 Euro und trottete gemütlich in Richtung Kiosk.

Sonntag, 01. Juni – 12:44 Uhr

Francisco zuckte zusammen. Neben ihm hatte jemand an die Scheibe geklopft und ihn jäh aus seinen Tagträumen geholt. Es war John, der wild gestikulierte, dass ihm Francisco doch die Tür öffnen möge. Sicherheitshalber schloss Francisco des Öfteren sein Taxi ab, wenn er wusste, dass er irgendwo länger stehen würde. Nachdem er John zuvor abgesetzt hatte, hatte er sich in der Nähe einen Parkplatz gesucht und ein wenig in der Zeitung gelesen. Dann hatte ihn die Müdigkeit eingeholt.

Nun also war John zurück und hatte es offensichtlich eilig. Francisco öffnete ihm die Tür und John nahm rasch auf der Rückbank Platz. Noch bevor ihn Francisco fragen konnte, ob alles in Ordnung war und wohin er nun zu fahren gedachte, sagte John:

„Nach Madrid. Zurück in die Stadt."

Seine Stimme war lauter als gewöhnlich. Die Worte klangen wie ein Befehl und Francisco wagte es nicht zu sprechen. Er nickte stumm und fuhr los. Schweigend fuhren sie durch die Straßen von Las Rozas, den Schildern in Richtung Autobahn nach Madrid folgend. Ein paarmal blickte Francisco in den Rückspiegel. Er wollte das Gesicht John's sehen. Dieser wirkte so unruhig, so nervös, so anders als sonst. Den Rucksack auf seinem Schoß, mit beiden Armen fest umklammert, sah John aus dem Fenster. Sein Blick schien nachdenklich. Sein Atem ging nun wieder ruhiger. Francisco fuhr auf die Autobahn auf. Mit jedem Kilometer hellte sich John's Miene mehr auf. Jetzt wagte es Francisco ihn anzusprechen:

„Wohin soll es denn gehen? Zurück zum Hotel?"

Francisco war sich zwar ziemlich sicher, dass John ausgecheckt hatte, aber auf diese Weise könnte er eine Antwort provozieren.

„Nein. Diesmal nicht. Fahr mich doch bitte zum Parque de Berlin, Ecke Concha Espina."

„Sehr gerne. Alles in Ordnung mit dir?"

„Ja. Ich habe nur gerade an zu Hause gedacht."

„Verstehe. Wer denkt nicht gerne an seine Heimat? Was gibt es Schöneres als nach einem Urlaub wieder zurückzukehren nach Hause?"

„Hmm."

„Wenn die Leute wieder Englisch mit dir sprechen statt Spanisch?"

John nickte.

„Wenn im Fernsehen wieder American Football läuft statt Fußball? Wenn es wieder Hamburger zu essen gibt statt Paella und Tapas? Und wenn wieder große Pick-Ups auf der Straße fahren statt Seat und Mopeds?"

Francisco grinste. John dagegen wirkte nachdenklich. Gedanklich abwesend starrte er aus dem Fenster. Francisco schwieg.

Erst ein paar Minuten später antwortete John.

„Weißt du was, Francisco? In Wahrheit ist es genau umgekehrt. Ich habe gar keine Lust darauf, nach Hause zurückzukehren. Am liebsten würde ich hier bleiben. Sicherlich gibt es Dinge, die ich vermisse, die mir hier fehlen, aber das macht nichts. In dieser Woche habe ich so viel Schönes gesehen, so viele tolle Dinge erlebt und so viele wunderbare Leute kennengelernt, dass ich Spanien nicht verlassen möchte. Ach...wie herrlich wäre es, wenn ich noch länger bleiben könnte..."

Francisco war überrascht. Ihm war nicht klar gewesen, dass John Spanien so sehr in sein Herz geschlossen hatte.

„Dann bleib doch einfach noch ein paar Tage...Klar, falls du noch Urlaub hast."

John überlegte.

„Vielleicht hast du Recht. Vielleicht sollte ich einfach noch bleiben, aber ..."

„Aber was?", fragte ihn Francisco.

„Ach nichts."

Francisco steuerte den Wagen durch den Verkehr. Es lief flüssig um diese Uhrzeit, die Problemzeit war erst der Abend, wenn die ganzen Madrilenen wieder von ihren Wochenendausflügen zurückkamen. Dann kam es fast immer und aus nahezu allen Richtungen zu Staus und stockendem Verkehr, weil viele die Zeit des Wochenendes, so gut es ging, ausquetschen wollten, ohne jedoch zu spät zu Hause zu sein. Dann konnten diese paar Kilometer in die Stadt hinein schon einmal eine Stunde in Anspruch nehmen. Jetzt aber hatte Francisco freie Fahrt. Er würde John noch an sein Ziel bringen und dann Feierabend machen. So könnte er mit seiner Familie Mittagessen und danach mit ihr den Nachmittag verbringen.

„Darf ich dich noch eine Sache fragen, John?", unterbrach Francisco das Schweigen.

„Na klar."

„Wie viel Spanisch konntest du schon, als du vor einer Woche hergekommen bist?"

„Nun. Ein paar Wörter, ein bisschen Grammatik und ein paar Sätze."

„Und den Rest hast du hier gelernt?"

„Ich denke schon", meinte John. „Ich hatte ja ein paar Unterrichtsstunden und Leute zum Üben."

„Nicht schlecht. Einfach unglaublich wie viel du gelernt hast und wie sehr du dich verbessert hast seit letzter Woche. Ich wünschte, ich würde nur halb so gut Englisch sprechen wie du Spanisch. Und unser Präsident wäre wahrscheinlich schon mit einem Viertel zufrieden." Francisco lachte vor sich hin. John schaute ihn fragend an.

„Wusstest du das nicht? Hast du noch nicht bemerkt, dass wir hier keine Englisch Sprachgenies sind? Soweit ich weiß spricht der Herr Präsident kein Englisch und die Frau Bürgermeisterin spricht so schlecht, dass sie Madrid der Lächerlichkeit ausgesetzt hat bei der Olympia-Bewerbung vor einem Jahr. Du kannst dir gar nicht vorstellen wie viele Witze damals über sie gemacht wurden, auch wenn die Bewerbung sicherlich nicht nur an ihrer hundsmiserablen Aussprache gescheitert ist."

„Aber ganz fair ist das ja nicht, oder? Wenn sich die Leute, die selbst nicht so gut Englisch können über andere lustig machen, die es auch nicht richtig können."

Francisco drehte den Kopf nach hinten und schaute John mit ernster Miene an.

„Da hast du natürlich vollkommen Recht, aber so sind wir halt."

„Verstehe. Und deswegen traut sich letzten Endes keiner mehr, etwas auf Englisch zu sagen, weil er Angst hat, die anderen könnten ihn deswegen auf den Arm nehmen. Dies wiederum führt natürlich dazu, dass die Leute nicht genügend auf Englisch sprechen, also keine Übung haben und so weiter und so fort. Ein echter Teufelskreis."

Francisco nickte und schwieg.

Kurz darauf kamen sie am Parque de Berlin an. Francisco hielt am Straßenrand an und machte den Motor aus. John schaute auf das Taxameter und suchte den Fahrpreis. Francisco dagegen hatte es gar nicht eingeschaltet gehabt.

„Wie viel macht das?", fragte er Francisco.

„Nun mein Freund. Wir waren rund 3 Stunden unterwegs. Allzu viel hätte ich in der Innenstadt heute wohl auch nicht verdient. Also sagen wir …"

„Ist das in Ordnung?"

Er streckte Francisco 300 Euro entgegen.

„Das ist viel zu viel. Für das Geld hätte ich dich ja fast bis nach Galizien fahren können."

Francisco lachte.

„Dann passt das so!", sagte John bestimmt und ließ keinen Zweifel daran, dass er keine Lust hatte, das Geld zurückzunehmen. Francisco steckte es kopfschüttelnd ein. Es erschien ihm mehr als großzügig und irgendwie fand er es ungerecht, so viel Geld für eine solche Fahrt zu akzeptieren. Andererseits verdiente John anscheinend gut und konnte es sich leisten.

Francisco stieg aus dem Wagen.

„Vermutlich werde ich dich vor deiner Abreise nicht mehr sehen, aber falls doch, sollst du wissen, dass ich jederzeit zur Verfügung stehe, wenn du ein Taxi brauchst oder auch sonst Hilfe benötigst. Komm her, amigo."

Und bevor John so richtig wusste, was geschah, hatte ihn Francisco umarmt. Es war eine lange und freundschaftliche Umarmung. Während Francisco John kumpelhaft auf den Rücken klopfte, versuchte sich dieser etwas ungelenk der Umarmung zu entziehen, was jedoch nicht gelang, da Francisco ihn mit aller Herzlichkeit drückte. Schließlich gab John auf und ließ es geschehen, erst zögerlich, dann klopfte auch er auf die Schulter seines Gegenübers. Eine gefühlte Ewigkeit standen sie so da, bis ein lautes Piepen Francisco erschreckte und er die Umarmung löste.

„Kein Problem", meinte John grinsend. „Nur meine Uhr."

„Falls wir uns nicht mehr sehen, leb wohl, mein Freund. Mach's gut." Francisco ging Richtung Fahrertür.

„Wer weiß. ...wer weiß...", erwiderte John, halb in Gedanken versunken.

Sonntag, 01. Juni – 13:57 Uhr

Francisco stieg zurück in seinen Wagen. Er griff zu seinem Handy und wählte die Nummer seiner Frau.

„Na, Schatz. Alles klar bei euch zu Hause?"

...

„Ja, doch, mein Schatz. Der Vormittag lief sehr gut. Habe ganz ordentlich was verdient. Ich mache jetzt auch Feierabend."

...

„Wunderbar, mein Liebling, dann freue ich mich auf eine leckere Paella, wenn ich nun gleich nach Hause komme. Bis dann."

Er legte auf und schaltete das Radio ein. Durch die Scheibe der Beifahrertür blickte er in Richtung Park. John entfernte sich langsam vom Auto. Vor sich hatte er eine leuchtende Kugel, mit der er ganz offensichtlich sprach. Francisco schaute John ungläubig nach.

Als das Leuchten der Kugel nach 2-3 Minuten aufhörte, verbarg sie John unter seinem Sweatshirt. Er hielt an, nahm den Rucksack vom Rücken, öffnete ihn ein kleines Stück, gerade genug, um mit einer Hand hineingreifen zu können. Doch anstatt etwas hineinzutun oder herauszuholen, blieb seine Hand darin einige Sekunden verborgen, so als ob er etwas darin betasten oder gar streicheln würde. In den Augen John's erkannte Francisco ein Strahlen. Was auch immer John da in seinem Rucksack hatte, es machte ihn verdammt glücklich.

Francisco zuckte mit den Schultern und fuhr langsam davon.

Was machte John in diesem Park? Warum wollte er nicht direkt zum Flughafen? Ob er wohl noch ein paar Tage länger in Spanien bleiben würde?

Einige Fragen schossen Francisco durch den Kopf. Dieser John war schon eine ziemlich rätselhafte Person. Dann gingen Francisco's Gedanken in Richtung Familie. Er freute sich auf das Mittagessen und darauf, mit seinen Kindern den Nachmittag verbringen zu können.

Im Radio liefen währenddessen die Nachrichten.

„In Las Rozas, im Norden von Madrid, kam es heute Vormittag zu einem der spektakulärsten Diebstähle in der jüngeren Geschichte Spaniens. Während der Öffnungszeiten wurde dort im Museum der spanischen Fußballnationalmannschaft die Kopie des WM-Pokals von 2010 gestohlen. Bei dem Täter handelt es sich wohl um einen Einzeltäter und keine kriminelle Organisation. Wie es dem rund 40-jährigen Mann, nach aktuellen Erkenntnissen ein US-Amerikaner, gelingen konnte, die Trophäe unbemerkt zu entwenden, ist noch ein Rätsel. Die Überwachungskameras konnten dabei bisher nicht zur Aufklärung beitragen. Auch das Motiv des Täters ist völlig unbekannt, umso mehr, da es sich bei der rund 37 cm großen Trophäe ja lediglich um eine vergoldete Kopie handelt. Der Täter konnte unbemerkt entkommen und hält sich wahrscheinlich noch in Spanien auf..."

Danksagung

Mehr als zweieinhalb Jahre habe ich an diesem Buch gearbeitet, mal mehr und mal weniger. Jetzt bin ich einfach nur glücklich und auch ein wenig stolz darauf, dass ich es tatsächlich zum Abschluss gebracht habe.

Zunächst danke ich Euch, den Lesern dieses Buches, für das Interesse an meinem Werk. Letztlich ist jeder Leser auch ein Stück weit Bestätigung dafür, dass sich die Mühe und der Aufwand, die mit dem Schreiben verbunden waren, gelohnt haben. Weiter danke ich Euch dafür, dass Ihr mir hoffentlich großzügig verzeiht, dass es sich hierbei nicht um ein literarisches Meisterstück handelt und dass das Buch mit Sicherheit wohl den ein oder anderen Fehler enthält.

Bedanken möchte ich mich an dieser Stelle auch bei meiner Familie. Als ich ihr von diesem Buch-Projekt erzählt habe, waren alle neugierig und gespannt. Meine Eltern und Geschwister haben immer wieder Teile davon gelesen und mich durch ihr Interesse darin bestärkt, dieses Projekt auch zu Ende zu führen. Außerdem haben sie mir wertvolle Anregungen und Ideen gegeben. Vielen Dank dafür!

Mein größter Dank gilt natürlich Beatriz. Dafür, dass sie mich bei dieser doch etwas verrückten Idee immer unterstützt hat und mich in so manchen Momenten des Zweifels motiviert hat, dieses Buch fertig zu schreiben. Dafür, dass sie das attraktive Titelbild und den Umschlag gestaltet hat und damit das Tor zum Leser. Dafür, dass sie mich bei Layout–Fragen tatkräftig unterstützt hat. Und last but not least dafür, dass sie immer so viel Verständnis dafür aufgebracht hat, dass ich zahllose Stunden an diesem Buch gearbeitet habe, anstatt diese Zeit mit ihr zu verbringen. Vielen lieben Dank für alles, mein Engel!